DIE UNGEWOLLTE BRAUT DES VISCOUNT

JAYNE RIVERS

CORINNA VEXBORG

KAPITEL 1

London
November 1822

»Ich bin fest entschlossen, noch in dieser Saison zu heiraten«, erklärte Lady Katherine Drake und fuhr dann so leise fort, dass ihre Schwägerin es nicht hören konnte, »ob ich nun wirklich will oder nicht.«

Sie hatte wochenlang darüber nachgedacht und war zu dem Schluss gekommen, dass es rücksichtslos von ihr gewesen war, letztes Jahr nicht zu heiraten. Ihr Bruder, der Earl of Longley, und seine Frau Amelia hatten so viel geopfert, um ihr die Möglichkeit zu geben, einen geeigneten Ehemann zu finden, und dennoch hatte sie gezaudert und gezaudert, bis die Saison zu Ende gewesen und sie immer noch unverheiratet war.

Ja, sie hatten ihr gesagt, sie solle nicht das erstbeste Angebot annehmen und lieber wählerisch sein, aber sie hatten trotzdem erwartet, dass sie sich für *jemanden* entscheiden würde.

Sie war es ihnen schuldig, sich zu bessern.

Amelia blickte von ihrem kleinen Schreibtisch in der

Ecke des Raumes auf und zog eine ihrer dunklen Augenbrauen hoch. »Du solltest nur heiraten, wenn du einen Mann kennenlernst, mit dem du den Rest deines Lebens verbringen willst.«

Kate schnaubte und blickte an Amelia vorbei zum Fenster. Die Sonne schien herein, wärmte den Raum und ließ die vergoldeten Rahmen der Porträts an einer Wand erstrahlen. Es war nicht so, dass sie nicht Amelias Meinung teilen würde. Sie wusste, dass sie sich in einer privilegierten Position befand - ihr Bruder hatte ein Vermögen geheiratet, damit sie es nicht tun musste -, aber die Schuldgefühle nagten an ihr, weil sie es ihm im Gegenzug nicht nachgemacht hatte.

Andrew hatte alles riskiert, um ihr eine Saison zu finanzieren, und sie hatte es vergeigt. Sie würde das nicht nochmal tun.

Kate wandte ihre Aufmerksamkeit wieder dem Skizzenbuch auf ihrem Schoß zu und betrachtete stirnrunzelnd den Entwurf für das Kleid, an dem sie gearbeitet hatte. Es fehlte etwas. Das Design war hübsch, aber es hatte keine Individualität. Vielleicht brauchte es mehr Perlen? Nein, das war es nicht. Ah, die Details am unteren Rand des Mieders. Lächelnd fügte Kate ein kleines, aber kompliziertes Muster hinzu, von dem sie hoffte, dass die Modistin es nachahmen könnte. Perfekt.

»Kate.«

Sie drehte sich zu Amelia um, die von ihrem Stuhl aufgestanden war und durch den Salon auf sie zukam. »Ja, Amelia?«

Amelia ließ sich auf die gestreifte Liege neben ihr sinken und griff nach ihrer Hand, bevor sie ihre eigene betrachtete und feststellte, dass sie mit Tinte befleckt war. Sie zog eine Grimasse und verschränkte stattdessen ihre Finger miteinander: »Ich meine es ernst. Andrew und ich wollen nur, dass du glücklich bist. Wenn du in dieser

Saison nicht den richtigen Mann findest, dann heirate nicht. Du bist uns wichtig, und wir möchten nicht, dass du unglücklich bist.«

Kates Herz zog sich zusammen. Ihre Schwägerin war nicht gerade die Beste, wenn es darum ging, über ihre Gefühle zu sprechen, also bedeutete die Tatsache, dass sie es Kate zuliebe versuchte, sehr viel. Amelia und Andrew waren Kate auch wichtig, und sie hatte nicht vor, sie wegen ihrer eigenen, überlangen Suche nach einem geeigneten Ehemann in den Ruin zu treiben.

»Du hast jemanden geheiratet, bei dem du dir unsicher warst«, sagte sie. »Es ist gut für dich ausgegangen.«

Amelia verdrehte die Augen. »Ich habe auch um etwas verhandelt, das ich wirklich wollte, sodass ich wusste, dass ich, egal wie meine Ehe aussehen würde, zumindest eine Sache haben würde, die mir Freude bereiten könnte.«

Kate senkte den Kopf. Amelias Standpunkt war unbestreitbar. Sie war sich zwar sicher, dass sie nicht alle Einzelheiten über ihre Brautwerbung kannte, aber sie hatte von der Abmachung gehört, die Amelia mit ihrem Bruder getroffen hatte. Eine, die damit geendet hatte, dass sie glücklich verliebt waren und einen süßen Sohn hatten, der gerade im Kinderzimmer schlief.

War es zu viel erhofft, dass ein Mann, der Kate wirklich etwas bedeutete, in dieser Saison aus dem Nichts auftauchen könnte?

Vielleicht war der Gentleman, auf den sie wartete, auf dem Kontinent unterwegs oder erkundete den indischen Subkontinent. Sicherlich gab es eine Menge schneidiger zweiter Söhne oder vielleicht hochrangige Militärangehörige, denen sie noch nicht begegnet war.

»Kate?«, soufflierte Amelia.

Kate schüttelte sich. »Ich bitte um Entschuldigung. Ich war in Gedanken.«

»Eine Entschuldigung ist nicht nötig.« Amelias durchdringender blauer Blick suchte den ihren. »Versprich mir, dass du nur heiraten wirst, wenn du es wirklich willst.«

Kate murmelte etwas, das nicht wirklich eine Zustimmung war, aber auch kein Dementi. Eifrig bemüht, das Thema zu wechseln, zeigte sie Amelia ihr Skizzenbuch. »Was hältst du von diesen?«

Amelia nahm ihr das Buch ab und blätterte durch die Seiten, wobei sie jedes Design sorgfältig studierte. Kate lächelte vor sich hin. Sie wusste, dass ihre Schwägerin kein Interesse an Mode hatte, aber sie hatte Kate immer ermutigt, ihr Interesse an der Kunst zu verfolgen, wie auch immer es sich äußern mochte, sodass sie nie abweisend war, auch wenn sie Kates Begeisterung nicht teilte.

Amelia hielt bei dem neuesten Entwurf inne. »An welche Farben hast du bei diesem hier gedacht?«

»Vielleicht ein heller Grünton mit gelben Akzenten.« Mit ihrem hellen, kastanienbraunen Haar und ihrer hellen Haut stand ihr Grün im Allgemeinen gut, und in dieser Saison konnte sie etwas gewagtere Farbkombinationen tragen als bisher. Eine Debütantin in ihrer ersten Saison musste sich oft auf fade Farben beschränken - Farben, die Kates Teint nicht gerade zur Geltung brachten.

»Meine Damen.«

Sie blickten auf und sahen die Haushälterin, Mrs. Smythe, in der Tür stehen.

»Das Mittagessen wird im Familienzimmer serviert.«

Amelia lächelte. »Vielen Dank, Mrs. Smythe. Hat sich George gerührt?«

»Noch nicht, Mylady. Sein Kindermädchen ist bei ihm, wenn er das tut.« Mrs. Smythe neigte respektvoll den Kopf und wich zurück.

Amelia schlug das Buch zu und stand auf. »Sollen wir Andrew und deiner Mutter Gesellschaft leisten?«

»Ich denke; das sollten wir.« Kate war nicht besonders hungrig, aber die Köchin bot oft nur leichte Kost zum

Mittagessen an, also war sie sicher, dass es etwas geben würde, das ihr schmecken würde.

Sie und Amelia schlenderten den Flur entlang und die Treppe hinunter, wobei Kates Rock um ihre Beine flatterte. Sie betraten das kleinere Esszimmer der Familie, das an den formellen Speisesaal angrenzte. Kates Mutter, Dowager Countess Brigid Drake, saß auf der anderen Seite des mittelgroßen, quadratischen Tisches, und Andrew saß auf der linken Seite. Amelia ging direkt zu dem Stuhl, der Andrew am nächsten war, und er stand auf, um sie auf die Wange zu küssen, als sie ihn erreichte.

Kates Gesicht erhitzte sich. Egal, wie oft sie die beiden sah, wenn sie sich gegenseitig ihre Zuneigung zeigten, sie wurde immer noch rot. Ihr Bauch zog sich zusammen, als der Wunsch nach einer ähnlich hingebungsvollen Beziehung in ihr aufblitzte, aber sie unterdrückte das und setzte sich. Sie brauchte keinen Ehemann, der sie so verehrte wie Andrew Amelia. Jeder sanfte, freundliche und wohlhabende Mann würde ausreichen.

»Wie ist es allen heute Morgen ergangen?«, fragte Andrew Amelia, als er nach einem Teller mit kaltem Braten griff und sich selbst ein Stück davon nahm, was den Beginn der Mahlzeit signalisierte.

Kate füllte ihren Teller mit Braten und Obst sowie einer dicken Scheibe Brot, die mit Butter bestrichen war. Ihre Mutter schenkte jedem von ihnen Tee ein. Kate prüfte die Temperatur und wartete, bis der Tee sich etwas abgekühlt hatte, um einen Schluck zu nehmen.

»Ich habe beschlossen, in dieser Saison zu heiraten«, sagte Kate und wiederholte damit, was sie Amelia bereits gesagt hatte. »Es ist Zeit.«

Andrews rötliche Augenbrauen zogen sich zusammen. »Wie du willst, Kate, aber denke bitte daran, dass es keine Eile hat. Du kannst dir gern Zeit nehmen, um sicherzustellen, dass du den besten Partner für dich findest.«

Kate spießte das Fleisch mit einer Gabel auf, stopfte es sich in den Mund und kaute, wobei sie versuchte, ein Aufflackern von Irritation zu ignorieren. Sie taten alle so, als könne sie nach Herzenslust herumtrödeln, ohne dass es ihnen etwas ausmachen würde, aber das war nicht der Fall. Je länger sie brauchte, desto größer war die Belastung für den Rest des Haushalts. Die Saisons waren nicht billig.

»Das habe ich ihr bereits gesagt«, sagte Amelia und ersparte Kate eine Antwort.

»Gut«, antwortete Andrew, lehnte sich zurück und beobachtete Kate einen langen Moment, bevor er sich wieder seinem Essen widmete.

Die restliche Zeit des Mittagessens verlief ereignislos. Als alle fertig waren, kehrte Kate in ihr Zimmer zurück und rief ihr Dienstmädchen Margaret, die ihr half, sich eine Pelisse anzuziehen, um warm zu bleiben. Sie und Margaret gingen die Treppe hinunter, verließen das Haus durch die Vordertür und nahmen die Kutsche der Familie, um ihre Freundin Lady Sophie Carlisle zu besuchen.

Während dies Kates zweite Saison war, war es Sophies erste. Sie war ein Jahr jünger als Kate, aber sie hatten sich kennengelernt, als Sophies Schwester Andrews besten Freund geheiratet hatte.

Kate klopfte an die Tür.

Der Butler öffnete und schenkte ihr ein kleines Lächeln. »Soll ich nachsehen, ob Lady Sophie verfügbar ist?«

»Ja, bitte.«

Einen Augenblick später kehrte er zurück und begleitete Kate und Margaret in den Salon. Sophie hatte auf einem gepolsterten Stuhl neben dem Kamin gesessen. Sie kam auf die Füße, ihr rothaariges Haar umflatterte sie, und sie umarmte Kate.

»Ich bin so froh, dass du hier bist«, rief Sophie aus. »Ich freue mich auf den Ball morgen.«

Sowohl Kate als auch Sophie waren zum jährlichen Ball

des Earl of Wembley eingeladen worden, der normalerweise das erste wichtige Ereignis der Saison war. Sobald sie die ersten Einladungen erhalten hatten, hatten sie sich zusammengesetzt, um zu koordinieren, welche Veranstaltungen sie am liebsten besuchen wollten.

»Weißt du schon, was du anziehen wirst?«, fragte Kate, als sie Sophie zu ein paar Sesseln folgte. Sie warf einen Blick auf ihr Dienstmädchen. »Margaret, du kannst deine Freundinnen besuchen, wenn du willst.«

Es hatte wirklich keinen Sinn, dass sie hier herumhing, wenn Kate sie für nichts brauchte, und sie wusste, dass Margaret mit einigen der Dienstmädchen im Hause Carlisle eng befreundet war.

Margaret machte einen Knicks. »Danke, Mylady«, sagte sie und verabschiedete sich.

Ein Dienstmädchen kam mit einem Tablett mit Tee und feinen kleinen Kuchen herein. Sie stellte es auf den Tisch und zog sich zurück. Sophie schenkte jedem von ihnen eine Tasse Tee ein und fügte Zucker zu ihrer eigenen hinzu. Wie eine ihrer älteren Schwestern war sie eine Naschkatze.

»Meine Mutter hat mir ein Kleid mit den abscheulichsten Rüschen machen lassen«, sagte Sophie, nahm sich ein Stück Kuchen und schob es sich in den Mund. »Ohne die grüne Borte wäre es völlig unerträglich. Ich weiß nicht, warum sie denkt, dass ich so viele Rüschen brauche, aber ich konnte sie nicht davon abbringen.«

Kate zog eine Grimasse. Sie hatte das Glück, dass ihre Mutter, die sich zwar selbst für Mode interessierte, nicht zu anmaßend war. Sie leitete Kate an, indem sie ihr sagte, welche Kriterien sie einhalten sollte, wie etwa die Pastelltöne, auf die sie in der letzten Saison reduziert worden war, aber sie ließ Kate trotzdem wählen, was sie innerhalb dieser Parameter bevorzugte.

Sophie hatte anscheinend nicht so viel Glück.

»Es ist schön, dass sie sich kümmert«, bot Kate an, die

nicht wusste, was sie sonst sagen sollte.

Sophie schnaubte. »Sie fühlt sich immer noch schuldig, weil sie Emma wie eine Nachzüglerin behandelt hat, vor allem, nachdem sie es war, die sich einen Herzog gesichert hat, also ist sie entschlossen, mit mir nicht dasselbe zu tun. Du hast recht, es ist schön, dass sie sich für meine Saison interessiert, aber ich wünschte, sie würde mir in manchen Dingen etwas mehr Mitspracherecht einräumen.«

»Vielleicht löst sie dich aus ihrer Umklammerung, wenn die Saison weiter fortgeschritten ist.« Kate wählte ein mundgerechtes Stück Kuchen und probierte es. »Mm.« Zitrone. Herb, aber süß. Sehr lecker.

»Was ist mit dir?«, fragte Sophie. »Was wirst du anziehen?«

Kate zögerte, denn sie wollte nicht als Angeberin dastehen, weil sie mehr Spielraum bei der Wahl ihrer Kleidung hatte. »Erinnerst du dich an das eisblaue Kleid, das ich dir gezeigt habe?«

Sophies Lippen formten ein O. »Das wird so schön zu deinen Augen aussehen.«

»Ich hoffe es.« Kate wusste, dass die Farbe ihres Kleides ausschlaggebend dafür war, ob ihre Augen wie ein rauchiger Grauton oder einfach nur stumpf wie Felsbrocken aussahen.

Sophie nippte an ihrem Tee und stellte dann die Tasse ab. »Also, jetzt, wo die Zeit fast gekommen ist, von welchen Männern sollte ich mich fernhalten?«

Kate dachte einen Moment lang darüber nach. »Der Graf von Winn ist ein Trunkenbold und ein Lüstling. Der Herzog von Wight ist erschreckend. Er hat drei Ehefrauen verloren. *Drei.* Alle jünger als er. Das scheint nicht gerade ... zufällig zu sein.«

»Mm.« Sophie nickte. »Ich habe von ihm gehört. Ich werde mich fernhalten. Mutter wird die Sache sicher nicht vorantreiben. Nicht nach ... Du weißt schon, das mit Emma. Wer noch?«

»Soweit ich weiß, haben die meisten der anderen Aristokraten nichts, was man an ihnen auszusetzen haben sollte. Zumindest nicht, dass ich wüsste. Einige von ihnen sind furchtbar langweilig, aber nicht ruchlos. Dann gibt es noch die jüngeren Söhne. Unter ihnen befinden sich eine Handvoll Schurken und Glücksjäger. Nicht alle von ihnen. Einige sind angenehm. Ich werde dir zeigen, welche Gruppen du meiden solltest.«

Sophie schnappte sich einen zweiten Kuchen. »Danke, Kate. Ich bin so froh, dass ich deine Hilfe habe.«

Kate winkte abweisend mit der Hand. Was sie anging, so war sie die Glückliche, die Sophie in dieser Saison bei sich hatte. Sie hatte einige Freundinnen unter den anderen Debütantinnen gefunden, aber keine, der sie so nahe stand, und keine, die so aufrichtig war. Jede von ihnen hatte ein Ziel, und obwohl Kate über den gesellschaftlichen Scharfsinn verfügte, sich im *ton* effektiv zu bewegen, war es schön, Zeit mit jemandem zu verbringen, vor dem sie nicht auf der Hut sein musste.

»Gibt es irgendwelche Herren, an denen du ein besonderes Interesse hast?«, fragte Sophie, bevor sie den Kuchen in nur wenigen Bissen verzehrte.

Kate schüttelte den Kopf. »Wenn es in der letzten Saison jemanden gegeben hätte, den ich besser kennenlernen wollte, wäre ich jetzt vielleicht schon verheiratet. Ich hoffe, dass es dieses Jahr ein paar andere Männer geben wird, die Bräute suchen. Wie fandest du denn deine Vorstellung bei Hofe?«

Sophie war Anfang der Woche vorgestellt worden.

Sie schürzte ihre Lippen. »Ich denke, es ist gut gelaufen.«

»Gut. Ich bin froh, das zu hören. Ich möchte dich um einen Gefallen bitten, wenn das in Ordnung ist.«

»Natürlich.« Sophie grinste. »Für dich tue ich alles.«

Kate lachte. »Warte erst, bis du weißt, was es ist.«

»Oh, ist es etwas Skandalöses?«

»Nein«, protestierte Kate, und ihre Wangen wurden heiß.

»Nun, nicht wirklich. Es ist nur so, dass ich ... diese Saison heiraten möchte. Wenn ich einen interessanten Gentleman finde, hilfst du mir dann, ihn so gut wie möglich kennenzulernen?«

Sophies Augenbrauen hoben sich. »Was genau soll ich denn tun?«

Kate schaute sich um und vergewisserte sich, dass niemand in der Nähe war, um sie zu belauschen, bevor sie flüsterte: »Du weißt, wie beschützend meine Mutter sein kann. Vielleicht könntest du sie ein wenig ablenken, damit sie die Männer nicht verjagt, bevor ich die Gelegenheit habe, sie kennenzulernen?«

Sophie kniff die Augen zusammen. »Nur, wenn du versprichst, vorsichtig zu sein. Lady Drake macht sich nicht ohne Grund Sorgen um dich.«

»Ich weiß, aber es ist ja nicht so, dass ich heimlich herumschleichen und geheime Liaisons eingehen will. Ich möchte einfach mehr als nur zwei Minuten lang mit einem Mann reden.«

Ihre Mutter war eine ausgezeichnete Gesellschafts-Mama und meinte es gut, aber sie konnte manchmal etwas zu sehr auf den Anstand bedacht sein. Ein paar zusätzliche Minuten mit einem Gentleman in einem Raum zu verbringen, in dem die Hälfte der feinen Gesellschaft sie sehen konnte, würde Kate kaum unverheiratbar machen.

»Ich werde tun, was ich kann.« In Sophies blauen Augen glitzerte der Schalk. »Und noch etwas: Hast du mir ein paar Skizzen mitgebracht?«

»Das habe ich, aber das Skizzenbuch ist in der Kutsche.«

»Ausgezeichnet. Ich frage mich, ob Mutter uns zur Modistin begleiten wird, wenn ich jetzt darum bitte, dorthin zu gehen. Sie ist immer offener für andere Stile, wenn du dabei bist.«

»Fragen kostet ja nichts.« Vielleicht könnte Kate Madam

Baptiste ihre neuesten Entwürfe zeigen und sehen, ob sie einen geeigneten Stoff für die Kleider hat.

»Warte hier«, sagte Sophie. »Ich bin gleich wieder da.«

Als ihre Freundin gegangen war, aß Kate gedankenlos ein weiteres Stück Kuchen. Sie mochte Süßigkeiten nicht so sehr wie Sophie, aber niemand mochte Kuchen *nicht*, oder?

Als Sophie zurückkam, trug sie eine Pelisse und hatte Lady Carlisle und Margaret im Schlepptau.

»Guten Tag, Kate«, sagte Lady Carlisle mit einem anerkennenden Nicken. »Sie haben ein ausgezeichnetes Timing. Heute früh wurde uns mitgeteilt, dass Sophies letzte Bestellung abholbereit ist.«

Sophie warf Kate einen vielsagenden Blick zu, offensichtlich in der Hoffnung, dass sie sich für ihren ersten Ball etwas nach ihrem Geschmack aussuchen durfte. Die vier Frauen machten sich auf den Weg zur Vordertür, wo Kates Kutsche wartete.

»Wäre es in Ordnung, wenn wir mit Ihnen fahren?«, fragte Lady Carlisle. »Oder möchten Sie, dass wir einen separaten Wagen nehmen?«

»Sie können gern mit uns fahren«, versicherte Kate ihr. Die beiden Haushalte waren nicht sonderlich weit voneinander entfernt, sodass es keine Unannehmlichkeiten bereiten würde, die Carlisles zuhause abzusetzen, bevor sie zu ihrem eigenen Haus zurückkehrte.

»Danke, Kate.«

Ein Lakai öffnete die Tür und begleitete jede der Damen hinein. Er schloss die Tür, und die Kutsche setzte sich in Bewegung und holperte über das Kopfsteinpflaster der Straße.

Das Geschäft von Madame Baptiste befand sich in einem Steingebäude an der Ecke einer belebten Straße in einem beliebten Einkaufsviertel. Das Geschäft hatte große Schaufenster, in denen Kleider und Stoffballen ausgestellt waren. Die Kutsche hielt vor der Tür, damit die Damen aussteigen konnten, und der Lakai blieb vor der Tür stehen, als sie den Laden betraten, bereit, die Gegenstände zu tragen, mit denen sie herauskamen.

»Ah, Lady Carlisle, Lady Sophie, Lady Katherine«, rief Madam Baptiste aus, und ihre dunklen Augen funkelten bei der Begrüßung.

Sie war eine auffällige Frau mit scharfen Wangenknochen und einem kantigen Kiefer, die im Widerspruch zu ihrer kurvenreichen Figur standen. Kate hatte schon immer gedacht, dass sie sie gerne zeichnen würde - nicht, dass sie so dreist gewesen wäre, danach zu fragen.

»Sind Sie hier, um die Kleider von Lady Sophie abzuholen?«

»Das ist richtig«, sagte Lady Carlisle. »Dürfen wir sie sehen?«

»Natürlich, Mylady. Bitte kommen Sie hier entlang.« Sie führte sie durch eine Tür in den hinteren Teil des Ladens und dann in einen Raum, in dem ein kleines Podest vor einem Ganzkörperspiegel stand.

Aus einem noch tieferen Teil des Ladens kam ein Mädchen mit einem über die Schulter geworfenen Kleid heraus. Kate zog eine Grimasse beim Anblick der Rüschen und des cremefarbenen Stoffes. Das war definitiv nicht der beste Stil für Sophie.

»Das ist das Kleid, auf das ich mich zuerst konzentrieren sollte.« Madame Baptiste nahm es dem Mädchen ab und hielt es hoch. »Möchten Sie es anprobieren, bevor Sie es mit nach Hause nehmen?«

Lady Carlisle nickte.

Das Mädchen half Sophie beim Ausziehen und half ihr dann in das Rüschenkleid. Obwohl es ihr nicht besonders gut stand, passte es gut.

Das Mädchen verschwand im hinteren Teil des Raumes und brachte zwei weitere Kleider, von denen eines dem ersten ähnlich war, das andere jedoch schlichter und in einem hellen Blauton gehalten war. Es schmiegte sich enger an Sophies Körper und ließ ihren Teint eher wie Erdbeeren und Sahne als wie ausgewaschenes Porzellan aussehen.

»Das gefällt mir«, sagte Kate und tat ihr Bestes, um ihrer Freundin zu helfen.

»Mir auch.« Madame Baptiste begegnete Kates Blick und wackelte mit den Augenbrauen. »Der zarte Blauton passt perfekt zu ihren Augen.«

Lady Carlisle gab einen Laut der Zustimmung von sich.

»Darf ich das morgen tragen, Mutter?«, fragte Sophie, die offensichtlich ihr Bestes tat, um die Hoffnung aus ihrer Stimme zu verbannen.

»Wie Sie wünschen.«

Die Assistentin von Madame Baptiste half Sophie aus ihren Kleidern und zurück in ihr ursprüngliches Tageskleid.

In der Zwischenzeit öffnete Kate das Skizzenbuch, das sie mitgebracht hatte, und blätterte die Seite mit ihren neuesten Entwürfen auf. »Wäre so etwas möglich?« fragte sie Madame Baptiste.

Die Modistin beugte sich vor, um einen besseren Blick zu erhaschen. »Ich glaube schon. Schönes Design. Sehr elegant, ohne fade zu sein. Es ist eine Schande, dass Sie in den Adel hineingeboren wurden. Sie haben so ein gutes Auge für Mode. Aus Ihnen wäre eine begabte Modistin geworden.«

In Kates Brust wurde es warm. Manche Frauen wären vielleicht beleidigt, wenn eine Modistin ihr praktische Fähig-keiten unterstellen würde, aber Kate gefiel es, dass jemand, der tatsächlich wusste, wovon er sprach, Kate Potenzial zutraute, auch wenn daraus nie etwas anderes werden könnte als die Befriedigung ihres Egos.

»An welche Farben haben Sie dafür gedacht?«, fragte Madame Baptiste.

Kate erläuterte ihre Vorstellungen, und die Modistin stellte eine Reihe von Stoffen zusammen und zeigte sie Kate zur Ansicht. Sie wählte die aus, die am besten zu dem

Entwurf passten, den sie sich vorgestellt hatte, und bat Madame Baptiste, ihrem Bruder die Kosten in Rechnung zu stellen. Lady Carlisle ging nach draußen, um den Lakaien zu holen, und belud ihn mit den Kleidern.

Als sie und Sophie in die Kutsche stiegen, warf Kate einen Blick auf die Straße und hielt kurz inne. Ein Mann, den sie noch nie zuvor gesehen hatte, der aber zweifellos entweder wohlhabend oder ein Mitglied der Aristokratie war, stieg aus der Kutsche gegenüber von der ihren und ging auf den Eingang der Schneiderei auf der anderen Straßenseite zu.

Er war nicht klassisch gutaussehend - dafür waren seine Gesichtszüge zu hart -, aber sein dunkles Haar und seine Augen und die Art, wie er sich bewegte, hatten etwas Faszinierendes. Vielleicht war es etwas zu schnell von Kate, so zu denken, aber es schien, als würde das Gewicht der Welt auf seinen Schultern lasten, und sie wollte wissen, warum.

»Kate, kommst du?«, rief Sophie aus dem Wageninneren.

Aus ihrer Trance gerissen, ergriff Kate die freie Hand des Lakaien und stieg ein. »Weiß eine von euch, wer der Mann auf der anderen Straßenseite ist?«

Beide Frauen blickten aus dem Fenster.

»Welcher Mann?«, fragte Sophie.

»Der große Gentleman, ganz in Schwarz gekleidet.«

Lady Carlisle war verwirrt. »Da ist niemand.«

Kate spähte aus dem Fenster und sackte zusammen. Er musste wohl die Schneiderei betreten haben. Sie war versucht, vorzuschlagen, dass sie hierbleiben sollten, bis er wieder auftauchte, aber das wäre für eine unverheiratete Lady sicher nicht angemessen gewesen, also gab sie sich damit zufrieden, bis später zu warten, um die Identität ihres geheimnisvollen Mannes zu erfahren.

Als die Kutsche zurück zum Haus der Carlisles rollte, ging ihr der Anblick seines Profils nicht mehr aus dem Kopf. Warum wirkte die Haltung seiner starken Schultern so traurig? Wer war er, und welche Geheimnisse hatte er?

KAPITEL 2

LORD THEODORE, VISCOUNT BLACKWELL, IGNORIERTE DAS
dringende Klopfen an seiner Bürotür, während er die letzten
Seiten des Hauptbuchs des Blackwell-Anwesens durchging.

Die Tür öffnete sich, und sein Bruder Nicholas steckte
den Kopf hindurch. »Komm zum Abendessen, bevor du
anfängst, Staub anzusetzen.«

Theo blickte vom Hauptbuch auf. »Ich bin noch nicht
fertig.«

Nicholas winkte abweisend. »Das kann warten. Du
kannst es dir leisten, die Arbeit für eine halbe Stunde zu
unterbrechen. Das Anwesen wird nicht zusammenbrechen,
wenn man eine Pause macht, um sich zu ernähren.«

Theo kniff die Augen zusammen und war versucht, eine
schnippische Antwort zu geben und ihn danach weiter zu
ignorieren.

»Außerdem«, fuhr Nicholas fort, »braucht dein Stuhl eine
Pause. Im Moment ist das arme Ding sicher kurz davor, mit
deinem Hintern zu verschmelzen, und Gott weiß, dass ich
dich nie wieder aus deinem Büro herausbekomme, wenn das
passiert.«

Mit einem Seufzer erhob sich Theo und streckte sich.

Nicholas hatte nicht ganz unrecht. Er hatte so lange gesessen, dass sich sein Rücken und seine Beine langsam wie ein Stuhl anfühlten. Die Muskeln zwischen seinen Schulterblättern waren verkrampft, und sein Nacken war steif, als er den Kopf hin und her bewegte.

»Gut, ich komme mit.«

»Gott sei Dank.« Nicholas warf einen Blick hinter sich, als ob er befürchtete, seine Mutter könnte hören, dass er den Namen des Herrn missbraucht hatte. Nicht, dass er sich Sorgen zu machen brauchte. Sie war sicher in ihrem Haus in Oxfordshire untergebracht.

Theo schritt aus dem Zimmer und fand ein Dienstmädchen, das hinter Nicholas stand. Als sie den Korridor zum Speisesaal hinuntergingen, eilte sie ins Büro, vermutlich um die Vorhänge zuzuziehen, um die rasch hereinbrechende Dunkelheit zu verdrängen.

Der Korridor wurde von flackernden Kerzen erhellt, aber trotz der vielen kleinen Flammen war es so kalt, dass er froh war, einen Mantel zu tragen. Die Feuer dürften erst vor kurzem angezündet worden sein, sodass sich das Haus noch nicht erwärmt hatte. Im Speisesaal waren nur zwei Plätze am Kopfende des Tisches gedeckt - einer am Ende und der andere rechts daneben.

Theo setzte sich ans Kopfende des Tisches und Nicholas zu seiner Rechten. Sie waren nur zwei Minuten auseinander geboren worden, aber diese Minuten hatten darüber entschieden, wer Viscount Blackwell geworden war. Es gab Zeiten, in denen Theo sich wünschte, dass Nicholas zuerst geboren worden wäre. Nicht dass sein rücksichtsloser Bruder viel Wert auf Verantwortung gelegt hätte.

Die Lakaien hoben die Gloschen von ihren Tellern, und er atmete den Duft von Hühnchen und Gemüse ein. Er bedankte sich bei den Bediensteten, nahm sein Besteck und machte sich über das Hühnchen her. Es war zart und saftig, genau wie er es mochte. Er klopfte sich innerlich auf die

Schulter, weil er einen so hervorragenden Koch eingestellt hatte.

»Ich mache mir Sorgen um dich.«

Theo war so erschrocken, dass er fast sein Messer fallen ließ. »Wie bitte?«

Nicholas schnitt eine Grimasse, hielt aber seinen Blick fest, dunkelbraune Augen in dunkelbraune Augen gerichtet. Seinen Bruder anzustarren war, als würde er in einen Spiegel schauen. »Es ist nicht gesund für dich, dich so zu verstecken und alles zu meiden, was Spaß macht.«

Theos Kiefer verkrampfte sich, und er musste lange ausatmen, bevor er sich soweit entspannte, dass er weiter kauen konnte. »Ich verstecke mich nicht. Mit dem Parlament und der Verwaltung des Anwesens bin ich einfach sehr beschäftigt.«

Nicholas zog eine Augenbraue hoch. »So beschäftigt, dass du nicht einmal die Zeit hast, in die Oper zu gehen oder mit einer der jungen, hübschen Frauen zu flirten, die dir gerne Gesellschaft leisten würde?«

»Ja, so beschäftigt.« Theo tat so, als müsse er sich abwenden, um sich auf sein Essen zu konzentrieren. »Ich habe wirklich keine Zeit für Dinge, die du als Spaß betrachten würdest.«

Vielleicht war das ein wenig überdramatisch, aber die Vorstellung, sich in der feinen Gesellschaft zu begeben, verursachte ihm ein unangenehmes Gefühl im Magen und einen nervösen Schweißausbruch auf seiner Oberlippe. Seit dem Tod seiner Frau war die Gesellschaft nicht gut auf ihn zu sprechen. Es wurde gemunkelt, dass er etwas mit ihrem vorzeitigen Ableben zu tun gehabt hatte.

Natürlich hatte er das, aber nicht so, wie sie dachten.

Dennoch konnte er die prüfenden Blicke nicht ertragen und die Art, wie sie ihm zulächelten, aber nervöse Blicke austauschten, sobald er ihnen den Rücken zuwandte.

»Siehst du, ich glaube nicht, dass es das Problem ist, dass

du zu beschäftigt bist«, sagte Nicholas, spießte ein Stück Karotte mit seiner Gabel auf und steckte es sich in den Mund. »Ich glaube, du hast Angst. Du erinnerst dich daran, wie es nach dem Tod von Elizabeth war, und du würdest lieber in deinem Büro versauern, als dich hinauszuwagen und zu sehen, ob es wirklich so schlimm ist, wie du befürchtest.«

»Das ist es ganz und gar nicht«, beharrte Theo und stopfte sich absichtlich zuviel auf einmal den Mund, um eine Pause zu haben, bevor er antwortete. »Ich bin mit der Lektüre für die nächste Parlamentssitzung im Rückstand, und dann gibt es da noch irgendeine Diskrepanz bei den Ausgaben des Blackwell Estate, der ich auf den Grund gehen muss.«

Ehrlich gesagt vermutete er, dass es sich bei der Diskrepanz nur darum handelte, dass seine Mutter mehr ausgab, als sie sollte, aber das brauchte Nicholas nicht zu wissen.

Nicholas griff nach seinem Weinglas und warf ihm einen Blick zu, der sagte, dass er niemandem etwas vormachen konnte. »Wie wäre das? Ich gebe dir die nächsten zwei Tage Zeit, deine Angelegenheiten zu regeln, aber Samstagabend kommst du mit mir in die Oper. Du kannst doch ein paar Stunden erübrigen. Du bist ein Viscount, kein König.«

Theo schürzte die Lippen. »Du weißt, dass Mutter einen Anfall bekommen würde, wenn man uns beide in der Öffentlichkeit zusammen sieht.«

Ihre Eltern hatten in ihrer unendlichen Weisheit beschlossen, zu lügen und zu behaupten, dass Theo ein Jahr vor Nicholas geboren worden war, um sicherzustellen, dass Nicholas niemals Theos Rolle als Erbe in Frage stellen würde. Es hätte eine einfache, harmlose Täuschung sein sollen, um einen Streit zu verhindern, aber das Problem war, dass jeder, der sie nebeneinander stehen sah, ohne jeden Zweifel wusste, dass sie Zwillinge waren.

Sie waren identisch.

Es war ein Jammer, dass ihre Eltern das nicht erkannt hatten, bevor es zu spät gewesen war, etwas deswegen zu unternehmen.

Zunächst hatten ihre Eltern versucht, die List aufrechtzuerhalten, indem sie die Jungen auf getrennte Schulen schickten und ihren Bekanntenkreis einschränkten, damit niemand ihre Ähnlichkeiten bemerken würde, aber schließlich hatte ihr Vater beschlossen, dass es den Aufwand einfach nicht wert war - vor allem, da Nicholas keine Anzeichen gezeigt hatte, den Titel zu wollen, und der Viscount und die Viscountess nicht mehr als eine öffentliche Schelte bekommen würden, sollte die Wahrheit ans Licht kommen.

Danach durften sie - zum Leidwesen ihrer Mutter - freier miteinander umgehen, aber ihre Persönlichkeiten waren so unterschiedlich, dass sich ihr Leben außerhalb des Hauses kaum überschnitt. Lady Blackwell hatte die Scharade aufrechterhalten wollen, weil sie befürchtete, Gegenstand von Klatsch und Tratsch zu werden, wenn ihre Lüge öffentlich bekannt würde, aber ihr Vater hatte das letzte Wort behalten.

Leider wurde sie immer noch ärgerlich, wenn sie hörte, dass sie zusammen unterwegs gewesen waren. Theo fand die ganze Sache ermüdend, aber er mochte sie, also versuchte er, sie bei Laune zu halten.

»Wie wäre es mit einem Maskenball?«, fragte Nicholas und weigerte sich, das Thema fallen zu lassen. »Es wird ihr egal sein, wer uns bei so etwas sieht. Solange wir unterschiedliche Kostüme tragen, wird uns niemand zweimal anschauen.«

Theo hatte das Gefühl, seinen Kopf gegen den Tisch schlagen zu müssen. »Nein, danke. Ich habe nicht den Wunsch, mich wieder in die Gesellschaft einzugliedern.«

Nicholas schlug sein Besteck so fest auf den Tisch, dass beide zusammenzuckten. »Du bist zu jung, um so zu verkümmern. Elizabeths Tod war tragisch, aber es war nicht deine Schuld, und du solltest dich nicht davon abhalten lassen, zu leben.«

»Es *war* meine Schuld«, sagte Theo leise.

Nicholas konnte das Gegenteil behaupten, bis er blau anlief, aber es würde nichts an der Realität ändern. Theo hatte Elizabeth im Stich gelassen, und das hatte sie das Leben gekostet.

»Mit dir ist nicht zu reden.« Nicholas schüttelte angewidert den Kopf. Er griff nach seinem Weinglas und leerte es viel zu schnell. »Ich werde nicht zusehen, wie du verkümmerst und ihr in ein frühes Grab folgst.«

Theos Herz verkrampfte sich. Er schloss die Augen, und ein Bild von Elizabeths Gesicht erschien auf der Innenseite seiner Augenlider. Sie war so hübsch gewesen, so strahlend und voller Leben, bis die ganze Lebendigkeit aus ihr gewichen und sie nur noch eine Hülle ihres früheren Selbst gewesen war.

»Sie haben Recht, wenn sie über mich tuscheln.« Wenn er ein besserer Ehemann gewesen wäre, wäre Elizabeth vielleicht noch bei ihm.

»Lächerlich«, brummte Nicholas, aber er diskutierte nicht und aß stattdessen schweigend weiter.

Es herrschte eine Spannung zwischen ihnen, die Theo nicht gefiel, aber er war sich auch nicht sicher, wie er sie loswerden konnte. Er war nicht bereit, Nicholas zu geben, was er haben wollte, und sein Bruder war keiner, der sich mit weniger zufrieden gab. Als das jüngere Kind - und sei es nur um zwei Minuten - war er es gewohnt, seinen Willen durchzusetzen.

Während sich das Schweigen hinzog und schmerzhafte Momente verschlang, überlegte Theo, ob er ein Gespräch über die jüngste Gesetzesvorlage beginnen sollte, über die er abstimmen sollte, aber er wusste, dass Nicholas nicht wirklich daran interessiert sein und dass er sich nur darüber ärgern würde, dass Theo versuchte, ihn abzulenken. Stattdessen ließ er zu, dass das unbeholfene Schweigen weiterging.

Sie beendeten die Mahlzeit, und Nicholas erhob sich.

»Du solltest darüber nachdenken, wieder zu heiraten«, sagte er, während er seine Krawatte richtete und die Vorderseite seiner Weste glättete. »Es ist lange genug her, und du brauchst einen Erben.«

»Ich habe dich«, betonte Theo.

»Ja, nun, ich habe kein Verlangen nach einer Frau oder einem Titel. Ich mag mein Leben so, wie es ist.«

Theo zuckte mit den Schultern. »Denk doch nur, wie viele junge Damen du mit dem Titel *Viscount* beeindrucken könntest.«

Nicholas hob eine Augenbraue. »Das reizt mich nicht.«

Theo seufzte, und seine Schultern sanken herunter. Die Diener räumten das Geschirr vom Tisch ab, und Theo riss sich zusammen, um zu verhindern, dass jemand von ihnen Fragen stellte. Die meisten wären von ihm zu sehr eingeschüchtert, um es zu wagen, aber einige waren schon seit seiner Kindheit bei der Familie und neigten dazu, sich mehr Freiheiten bei der Förmlichkeit zu nehmen.

Er erwog, wieder zu arbeiten. Gott wusste, dass genug davon auf ihn wartete. Aber er brachte es nicht übers Herz, sich heute Abend noch einmal mit den Finanzunterlagen und politischen Aufsätzen zu befassen. Ein unangenehmes Gefühl juckte unter seiner Haut, und er hatte das Gefühl, dass er die ganze Nacht wach liegen würde, wenn er nicht etwas Energie freisetzte.

Er fuhr sich mit der Hand durch sein kurzes dunkles Haar, bevor er den Speisesaal verließ, die Treppe in den zweiten Stock nahm und dann den Korridor entlang zu seinem Schlafgemach ging. Er rief seinen Kammerdiener, entledigte sich seiner Kleidung und zog sich eine Reithose und ein locker sitzendes Hemd an.

»Ich werde eine Weile im Boxraum sein«, sagte er zu

seinem Diener Barlow, und dieser holte eine kleine Schachtel und reichte sie ihm. Nachdem dies geschehen war, verabschiedete sich der Diener.

Theo öffnete die Schachtel und holte die weichen Stoffbahnen heraus. Er wickelte sie um seine Knöchel, Handflächen und Handgelenke, so wie er es schon so oft getan hatte, und vergewisserte sich, dass sie gut gepolstert waren, bevor er die losen Enden in die Bänder um seine Handgelenke steckte.

Er stand auf, streckte die Arme über den Kopf und ging den Korridor entlang bis zu dem kleinen Zimmer am Ende. Er schloss die Tür hinter sich und wippte auf seinen Fußballen auf und ab, um sich aufzuwärmen. Er lief ein paar Mal durch den Raum, um seine Muskeln zu lockern, und ging dann zu dem schweren Sandsack, der an einer Kette in der Mitte des Raums aufgehängt war.

Der Sack war mit Sand gefüllt und machte ein zufriedenstellendes Geräusch, als er seine Faust zurückzog und dann auf den Stoff schlug. Er schlug immer wieder auf den Sandsack ein, zuerst nur auf Kopfhöhe, als ob er auf das Gesicht des Gegners zielen würde, dann aber immer weiter nach unten, um auch Aufwärtshaken und Haken zu üben.

Er täuschte nach links und schlug nach rechts, wich aus und blieb dabei immer leichtfüßig. Früher hatte er gerne mit seinen Freunden in einem Gentleman-Boxclub geübt, aber nur wenige Leute waren bereit, mit jemandem in den Ring zu steigen, von dem es hieß, er sei ein Mörder, und von denen, die es taten, taten es die meisten nicht, um sportlich zu sein. Sie wollten behaupten können, dass sie gegen ihn geboxt und überlebt hatten.

Er hatte das satt, und er wollte niemandem noch mehr Grund zum Reden geben, als sie alle ohnehin schon hatten.

Als seine Fäuste zu schmerzen begannen, stieß er den Sack mit den Fußballen oder drehte sich und schlug mit dem knochigen Teil seines Schienbeins dagegen. Seine Schienbeine pochten, aber es tat weit weniger weh, so zu treten, als damals, als er damit angefangen hatte. Sein Körper schien sich an die Strapazen zu gewöhnen.

Als er erschöpft war und ihm alles weh tat, rief er ein Dienstmädchen und bat sie, ihm eine Wanne mit heißem Wasser zu füllen. Er wartete, bis sie fertig war, bevor er in sein Schlafgemach zurückkehrte. Er brauchte die Hilfe seines Kammerdieners nicht, um sich auszuziehen, also entledigte er sich seiner Kleidung und ließ sich in die Wanne sinken, wobei seine Muskeln protestierend zuckten.

Er wusch sich gründlich, trocknete sich mit einem Handtuch ab und zog sich eine Hose und ein Hemd an, die eher bequem als elegant sein sollten. Er sollte schlafen gehen, aber nachdem er so viel Energie verbraucht hatte, war er noch nicht müde. Leider hatte er auch keine Lust, es sich mit einem Buch gemütlich zu machen, und so blieb ihm nichts anderes übrig, als in sein Büro zurückzukehren und den Stapel Arbeit zu lesen, der dort auf ihn wartete.

Er schenkte sich eine Fingerbreit Brandy ein und brachte ihn zu seinem Schreibtisch, wo er sich auf dem Stuhl niederließ, einen Schluck nahm und er das Brennen genoss, als es seine Kehle hinunterlief. Er zündete die Kerzen an, die in einem großen Kerzenständer aus Messing in der Ecke seines Schreibtisches standen und Licht und Schatten auf die Arbeitsfläche warfen.

Das Licht schimmerte auf der Miniatur von Elizabeth, die in einem Rahmen weniger als einen Meter von den Kerzen entfernt stand. Theo hob die Miniatur auf und studierte sie. Die Ähnlichkeit war bemerkenswert. Das Porträt war im ersten Jahr ihrer Ehe gemalt worden. Ihre Wangen waren prall und rosig vor Jugend, und ihre braunen Augen funkelten vor Freude.

Damals war alles so gut gewesen. Tatsächlich war ihre Ehe bis zu dem Sturm, der seinen Vater getötet hatte, wunderbar gewesen. Dann war alles zum Teufel gegangen.

Auf der gegenüberliegenden Ecke des Schreibtischs stapelten sich mehrere ungeöffnete Briefe. Er setzte die Miniatur ab, nahm die Briefe, blätterte sie durch und betrachtete die Absenderadressen. Beim letzten Umschlag erstarrte er. Es war ein Brief von Elizabeths Eltern. Mit klopfendem Herzen öffnete er das Papier und las die vertrauten, fließenden Buchstaben.

Sein Magen drehte sich herum, und bei jedem Wort, das er las, kämpfte er gegen den Drang an, eine der Kerzen zu benutzen, um das Papier anzuzünden und zuzusehen, wie es in Flammen aufging.

Warum mussten sie ihm das immer wieder antun? Warum konnten sie ihn nicht einfach in Ruhe lassen?

KAPITEL 3

»Ich bin froh, dass du mich zum Wembley-Ball begleitest und nicht Amelia«, sagte Kate, als sie und Lady Drake die Treppe hinauf und den Korridor hinunter in den Familienflügel des Londoner Stadthauses gingen, um ihr Kleid für den Abend auszusuchen.

Lady Drake lachte. »Amelia hat viele Stärken, aber die meisten davon liegen außerhalb des Ballsaals. Da sie keine Freude an solchen Angelegenheiten hat, ich aber schon, und sie George zu Hause hat, um den sie sich kümmern muss, ist es nur logisch, dass ich es bin, die dich begleitet.«

Kate unterdrückte ein Kichern. Sie liebte ihre Schwägerin wirklich, aber Amelia hatte keine Geduld zum Tanzen oder zum geselligen Beisammensein, was bedeutete, dass fast jede Einladung, die sie erhielt, eine höfliche Absage erhielt.

Die Tür zu Kates Schlafzimmer stand bereits einen Spalt offen. Margaret wartete in der Nähe des Kleiderschranks. Sie hatte die Vorhänge heruntergelassen, sodass sie nicht nach draußen sehen konnten, aber Kate wusste, dass es inzwischen fast völlig dunkel sein musste. Ihre Mutter setzte sich auf die rot gestreifte Ottomane und klopfte auf das Kissen neben sich, um Kate zu signalisieren, dass sie sich zu ihr setzen sollte.

»Das blaue Kleid, bitte, Margaret«, sagte Kate, als sie den Platz neben Lady Drake einnahm.

Margaret suchte in den Kleidern, bis sie dasjenige fand, auf das sich Kate bezogen hatte, und hob es heraus. »Das hier, Mylady?«

»Ja, danke.«

»Bist du sicher, dass du das tragen willst?«, fragte Lady Drake und betrachtete es mit scharfem Blick. »Es ist wunderschön, aber nicht das auffälligste Kleid in deiner Sammlung.«

»Das stimmt, aber es wird später in der Saison Gelegenheiten geben, die Grenzen der Konventionen zu überschreiten. Heute Abend möchte ich einfach einen guten Eindruck hinterlassen.« Sie wusste, dass der hübsche Blauton ihrem Teint schmeichelte und dass das Kleid sich genug von den anderen unterschied, um aufzufallen, ohne provokant oder besonders gewagt zu sein. Sie fand, dass es gut passen würde.

»Wenn das so ist, habe ich den Schmuck, um den du mich gebeten hast.« Lady Drake winkte Margaret zu, die daraufhin eine kleine Schachtel, die auf dem Schminktisch lag, aufhob und sie Kate reichte.

Kate öffnete die Schachtel, und ein Lächeln stahl sich auf ihre Lippen. Die Saphir-Halskette und die Ohrringe würden das Kleid perfekt ergänzen. Die Drakes hatten ihr zwar nicht viel neuen Schmuck für die Saison kaufen können, aber sie hatte schon welchen, und Lady Drake und Amelia hatten ihr beide versprochen, ihr jeden Schmuck zur Verfügung zu stellen, den sie sich ausleihen wollte.

»Danke, Mutter. Das ist genau das, was ich wollte.«

»Ich bin froh, das zu hören. Während du dich anziehst, gehe ich und mache mich fertig. Ich bin bald wieder da.«

Lady Drake zog sich zurück. Margaret legte das Kleid auf das Bett und half Kate aus ihrem Tageskleid. Sie zog sich bis auf ihre Unterwäsche aus. Die mehrlagigen Petticoats erlaubten es Margaret, sie so zu bewegen, bis das Kleid über sie rutschte.

Sie stand still, während Margaret den Rücken schnürte. Danach setzte sie sich an den Frisiertisch, damit Margaret ihr Haar bürsten und frisieren konnte. Das Dienstmädchen legte die Locken kunstvoll um Kates Gesicht und steckte den Rest zu einem eleganten Knoten am Hinterkopf zusammen.

»Ist das in Ordnung, Mylady?«

»Ja, danke, Margaret.«

Sie stand auf und schlüpfte in ein Paar blaue Satinpantoffeln, dann betrachtete sie ihr Spiegelbild. Sie war ein wenig blass, also kniff sie sich in die Wangen, um etwas Farbe zu bekommen, bevor sie ihre Handschuhe anzog.

»Sie sehen reizend aus, Mylady«, sagte Margaret, als sie sich neben sie stellte, und ein kleines Lächeln erhellte ihr Gesicht.

»Das tut sie, nicht wahr?«, fragte Lady Drake in der Tür. »Ein wahrer Diamant des ersten Wassers.«

Kate lachte. »Ich glaube nicht, dass man als Diamant gelten kann, wenn man nicht innerhalb der ersten Saison heiratet.«

Lady Drake schnalzte mit der Zunge. »Das scheint eine alberne Regel zu sein. Wir müssen uns einfach selbst eine neue einfallen lassen.« Sie bot Kate ihren Arm an. »Sollen wir?«

Kate musterte ihre Mutter von oben bis unten. Lady Drake sah sehr hübsch aus in einem dunkelvioletten Kleid, das ihre schlanke Figur betonte. Ihr graumeliertes Haar - ein ähnlicher Farbton wie bei Kate - war zu einem eleganten Dutt zusammengesteckt, und ihre haselnussbraunen Augen leuchteten vor Vorfreude.

»Das Kleid steht dir gut«, sagte Kate und nahm den Arm ihrer Mutter.

Sie gingen den Korridor entlang, dann die Treppe

hinunter und durchquerten gerade das Foyer, als Amelia und Andrew aus dem Salon traten. Amelia trug den kleinen George auf ihrer Hüfte, und er döste, mit schlaffem Kiefer und halb geöffneten Lippen.

Andrew legte seine Hand auf Kates Schulter und küsste sie auf die Wange. »Umwerfend, wie immer. Die Gentlemen von London werden niemals widerstehen können.«

Kate verdrehte die Augen. »Du silberzüngiger Teufel.«

»Was?« Er grinste. »Es ist die Wahrheit.«

»Bei dir wirkt es so mühelos, die perfekte Gesellschaftsdame zu sein«, sagte Amelia reumütig.

Kate zuckte verlegen mit den Schultern. »Du kennst die Bedeutung von Wörtern, die ich noch nie gehört habe. Jeder von uns kann etwas anderes.«

»Ich weiß. Viel Glück.« Amelia umarmte sie mit ihrem freien Arm und wich zurück.

»Bist du sicher, dass ich nicht mitkommen soll?«, fragte Andrew, wobei sich eine Furche zwischen seinen Augenbrauen bildete. »Es würde nur eine kurze Weile dauern, bis ich mich für einen Ball umziehen könnte.«

»Das ist nicht nötig«, sagte Lady Drake, bevor Kate es tun konnte. »In der vergangenen Saison war es gut, dich zumindest bei den ersten Bällen dabei zu haben, aber jetzt ist Kate ein anerkanntes Mitglied der Gesellschaft, und ich bin selbst in der Lage, alle notwendigen Vorstellungen vorzunehmen.«

Andrew neigte zustimmend den Kopf. »Wenn es jemals eine Veranstaltung gibt, an der ich mit dir zusammen teilnehmen soll, brauchst du mir nur Bescheid zu sagen. Ich möchte dich auf jede erdenkliche Weise unterstützen.«

Kate presste die Lippen aufeinander, um nicht damit herauszuplatzen, dass er schon mehr als genug getan hatte. Er hatte Amelia, eine Erbin mit einer beträchtlichen Mitgift, auch deshalb geheiratet, um sicherzustellen, dass Kate versorgt war. Die ganze Sache war gut gelaufen, aber das hatte er anfangs nicht wissen können, und er hatte es trotzdem getan. Mehr konnte sie von ihm auch nicht erwarten.

Sie verabschiedeten sich, und Kate und Lady Drake machten sich auf den Weg zur Kutsche. Ihr Kutscher hatte die extravaganteste Kutsche für diesen Anlass vorbereitet. Sie war schwarz mit roten Samtpolstern und roten Vorhängen, die man vor die Fenster ziehen konnte.

Kate nahm die Hand eines Lakaien und stieg ein. Sie war froh, dass die Vorhänge offen gelassen worden waren, sodass sie die vorbeiziehenden Straßen beobachten konnte. Die eine oder andere Lampe erhellte die Straße und leuchtete ihnen den Weg, und sie kamen vor dem Haus des Earl of Wembley an, anscheinend zur gleichen Zeit wie alle anderen Gäste, und reihten sich am Ende einer langen Reihe von Kutschen ein, die darauf warteten, dass ihre Passagiere ausstiegen.

Als sie schließlich den Eingang erreichten und ein Lakai die Tür öffnete, stieg Kate aus und stellte fest, dass Sophie und Lady Carlisle in der Kutsche vor ihnen gesessen hatten. Sie sah Sophie in die Augen und grinste. Sophie sah aus, als hüpfte sie auf ihren Fußballen, und hielt erst inne, als ihre Mutter sie mit dem Ellbogen anstieß.

»Es ist nicht damenhaft, zu hüpfen«, murmelte Lady Carlisle.

Sophie schlug die Hände vor sich zusammen. »Tut mir leid, Mutter. Ich bin einfach nur aufgeregt, und Kate sieht so umwerfend aus, findest du nicht auch?«

Kate stieg herunter, hielt inne, um auf ihre Mutter zu warten, und nahm dann den Arm von Lady Drake. »Du siehst auch sehr schön aus, Sophie.«

Es stimmte, das tat sie. Sophie war immer die Art von Mädchen gewesen, die die Aufmerksamkeit auf sich zog - nicht, weil sie außergewöhnlich schön war, sondern weil sie sich immer so frei ausdrückte. Darauf war Kate ein wenig neidisch. Sie neigte dazu, ihre Kunst für sich sprechen zu lassen und war vorsichtiger mit ihrer Mimik und ihren Worten.

Sie stiegen gemeinsam die Treppe hinauf und wurden von ihren Gastgebern begrüßt. Der Graf lächelte jeden von ihnen an und hieß sie in seinem Haus willkommen. Lady Wembley hatte ein paar Worte mehr zu sagen und schwärmte vom Schnitt von Kates Kleid und dem Volant von Sophies Kleid.

»Es ist immer schön, Sie zu sehen, Lady Drake, Lady Carlisle«, sagte sie mit einer Offenheit, die von Aufrichtigkeit sprach. »Lady Katherine, wie schade, dass Sie in der vergangenen Saison keinen Ehemann gefunden haben. Hoffentlich finden Sie unter den Junggesellen dieser Saison jemanden, der vielversprechender ist.«

Kate zwang sich zu einem Lächeln, anstatt eine Grimasse zu schneiden, und machte einen Knicks. »Ich bin sicher, dass ich das werde, Lady Wembley.«

Sophie kniff die Augen zusammen, da sie dies offenbar als Affront gegen ihre Freundin auffasste, obwohl Kate wusste, dass es nicht so gemeint war. Lady Wembley war ein Mensch, der das offene Wort liebte. Sie hatte Kate nicht beleidigen wollen. Sie hatte die Dinge einfach so ausgedrückt, wie sie sie sah.

Sie gingen weiter in den Ballsaal hinein, und Kate verschaffte sich einen Überblick über die Anwesenden. Neben vielen der Frauen, die sie in der vergangenen Saison kennengelernt hatte, waren auch einige neue Debütantinnen mit ihren heiratswütigen Müttern anwesend.

Wie üblich hatten der Graf und die Gräfin keine Kosten gescheut. Üppiges Grün, das aussah wie etwas, das Kate in Amelias Büchern über tropische Inselländer gesehen hatte, war strategisch im Raum verteilt, sodass kleine Nischen entstanden, in denen man sich ungestört unterhalten konnte.

Auf der erhöhten Bühne spielten Musiker, und hinter ihnen fielen reiche karmesinrote und goldene Vorhänge von der Decke auf den Boden.

Verschnörkelte Kronleuchter hingen über den Paaren, die sich auf der Tanzfläche tummelten, und Dutzende von Kerzen erleuchteten den Raum, in dem sich das Gold der Verzierungen und dekorativen Muster an den Wänden spiegelte. An jeder Ecke stand eine Säule im römischen Stil, von der Kate vermutete, dass sie eher dem äußeren Anschein diente als einem praktischen Nutzen. Sie ließen den Raum in der Tat richtig großartig erscheinen.

Gegenüber dem Eingang öffnete sich eine breite Doppeltür zu einem kleineren Raum, durch den sie einen mit Häppchen beladenen Tisch sehen konnte. Im vergangenen Jahr hätte Kate die Köstlichkeiten gerne probiert, aber nach einer Saison hatte sie festgestellt, dass es auf fast jedem Ball eine Variation der gleichen Angebote gab. Das bedeutete zwar nicht, dass das Essen nicht gut war, aber sie hatte andere Prioritäten.

Nämlich die Suche nach einem Ehemann.

Sophie stupste sie am Arm an. »Sind das Kuchen?«

Kate seufzte. Sophie war anscheinend immer noch vor allem von Essen angetan.

»Möchtest du es dir ansehen?«, fragte sie, in der Annahme, dass sie das Tanzparkett von der Seite des Speisetischs aus ebenso gut studieren konnte wie vom Eingang aus.

»Ja, bitte«, sagte Sophie.

Kate und Sophie durchquerten gemeinsam den Raum. Kate schaute sich nach ihrer Mutter um und sah sie mit der Herzogin von Arundel sprechen. Erfreut, dass sie anderweitig beschäftigt war, schlängelte sich Kate um den Rand der Tanzfläche herum und stellte sich in der Nähe der offenen Tür auf, während Sophie sich an einem der Kuchen vom Tisch bediente und Kate einen weiteren anbot.

»Nein, danke«, sagte Kate und musterte die männlichen Partner der beiden Tanzpaare. »Heute Abend geht es für mich nur ums Geschäft.«

Sie wollte vor allem den Mann ausfindig machen, den sie vor der Schneiderei gesehen hatte, aber sie wollte sich auch ein Bild von anderen Männern machen, die für ein Treffen in Frage kämen. Sie ließ die verheirateten Paare sofort außer Acht und konzentrierte sich auf die anderen.

Sie erkannte viele der Männer wieder, die sie im vergangenen Jahr getroffen hatte. Sie hatte bereits beschlossen, es nicht noch einmal mit ihnen zu versuchen, es sei denn, es gab absolut niemanden sonst, der sie interessierte. Schließlich gab es einen Grund, warum sie sich im vergangenen Jahr nicht für einen von ihnen entschieden hatte.

»Das ist gut.« Sophie leckte sich über die Lippen, und Kate bemerkte, dass ein paar Herren in ihre Richtung schauten. Sie konnte nicht sagen, ob Sophies Genuss des Kuchens ihre Aufmerksamkeit erregt hatte oder ob sie schon vorher herübergeschaut hatten.

Sobald sie den Blick des größeren Mannes auf sich gezogen hatte, kamen sie beide auf sie zu.

»Weißt du, wer sie sind?«, fragte Sophie leise.

Von hinten spürte Kate, wie Lady Carlisle, die ihnen gefolgt war, aufhorchte und aufmerksam wurde.

»Nein, ich glaube nicht, dass ich einen der beiden Herren schon einmal getroffen habe«, sagte Kate.

»Sie sind diese Saison neu in der Stadt«, sagte Lady Carlisle. »Ich bin mit beiden Müttern bekannt und kann sie euch beiden vorstellen.«

Die beiden Männer blieben vor ihnen stehen und lächelten beide breit. Sie waren ein sympathisch aussehendes Paar mit gut sitzenden Anzügen und der gleichen aufgestauten Energie, die Sophie immer ausstrahlte.

Lady Carlisle stellte sich zwischen Sophie und Kate.

»Guten Abend, Mr. Bromley, Mr. Garfield. Kennen Sie schon meine Tochter, Lady Sophie Carlisle, oder ihre Freundin, Lady Katherine Drake?«

Beide Männer verbeugten sich.

»Ich für meinen Teil kenne Sie noch nicht«, sagte Mr. Bromley. Er war relativ klein und stämmig, aber immer noch größer als Kate. Sein Haar war noch röter als ihres, und sein Gesicht war reichlich mit Sommersprossen übersät. »Sehr erfreut, meine Damen.«

Kate blickte von Mr. Bromley zu Sophie und musste sich ein Kichern verkneifen bei dem Gedanken, was für flammend rothaarige Kinder sie zusammen hervorbringen könnten.

»Wir kommen gerade aus Oxford«, sagte Mr. Garfield. »Wir haben unsere Studien erst vor wenigen Monaten abgeschlossen.«

Kate nickte, nicht davon überrascht. Die Männer mussten älter sein als sie, aber sie hatten etwas Unreifes an sich, das sie jünger erscheinen ließ, als sie waren. Soweit sie es beurteilen konnte, waren sie süß, aber sie würde einen reiferen, kultivierteren Mann als Ehemann vorziehen.

»Gefällt es Ihnen in London?«, fragte sie.

»In der Tat.« Mr. Garfield streckte ihr seine Hand entgegen. »Es würde mir noch besser gefallen, wenn Sie mich mit dem nächsten Tanz beehren würden.«

Kate schaute zu Lady Carlisle, um stille Zustimmung bittend. Lady Carlisle nickte dezent.

Kate nahm seine Hand. »Das würde mir sehr gefallen.«

Mr. Garfield führte sie auf die Tanzfläche. Sie fragte sich unwillkürlich, ob Sophie mit Mr. Bromley tanzen würde, schaute sich aber nicht um, um das herauszufinden, weil sie nicht unhöflich erscheinen wollte.

Sie tanzten einen Kotillon, und sie merkte schnell, dass Mr. Garfield ein fleißiger Mensch sein mochte, aber er war kein guter Tänzer. Nur ihrer schnellen Beinarbeit war es zu verdanken, dass sie aus dem Tanz mit unversehrten Zehen hervorging. Seine Hand war verschwitzt, wo sie auf ihrem Kleid ruhte, und sie konnte nicht anders, als einen Anflug von Mitleid für ihn zu empfinden. Er war eindeutig nervös.

Sie versuchte, ihn so gut wie möglich zu führen, ohne deutlich zu machen, dass sie die Führung übernahm, aber sie war erleichtert, dass er nicht versuchte, eine Konversation zu beginnen, und war besonders froh, dass ein weiterer Gentleman bei Lady Drake und Lady Carlisle stand, als sie sich näherten. Sie dankte Mr. Garfield für den Tanz, und er schlurfte mit roten Wangen davon, um seinen Freund zu finden.

»Kate«, sagte Lady Drake und griff nach ihrer Tochter. »Das ist Mr. Marcus Adair, der jüngste Sohn von Baron Marwick.«

Mr. Adair lächelte und zeigte dabei seine schönen Zähne. »Es ist mir eine Freude, Sie kennenzulernen, Lady Katherine. Es ist bedauerlich, dass ich Ihre Bekanntschaft im vergangenen Jahr nicht machen konnte. Ich war bei meiner Mutter in Essex. Es ging ihr nicht gut, aber sie hat sich inzwischen erholt.«

Kate machte einen Knicks. »Ich freue mich zu hören, dass es ihr jetzt besser geht.«

»Mr. Adair ist gerne auf dem Land.« Lady Drake schien begeistert, diese Information weitergeben zu können. »Offenbar besitzt seine Familie eine große Anzahl von Jagdhunden.«

Mr. Adair zog verschämt den Kopf ein. »Ich fürchte, ich bin kein Freund der Stadt. Ich bevorzuge einen kräftigen Spaziergang durch die Natur in Begleitung eines Hundes.«

Interessant. Kate genoss sowohl das Landleben als auch die Stadt. Jedes von ihnen hatte seinen eigenen Reiz. Auf dem Land gab es so viele schöne Dinge, die sie skizzieren und malen konnte, aber in der Stadt konnte sie mehr Zeit mit Freundinnen verbringen und hatte eine größere Auswahl an Stoffen und Garnen für ihre Handarbeiten und Designs.

Was sie an Mr. Adair beeindruckte, war, dass er offensichtlich seine Abneigung überwunden hatte, um sich in der Stadt herumzutreiben. Wenn er jemals eine wilde Ader gehabt hatte, dann hat er sie anscheinend längst hinter sich gelassen. Das gefiel Kate. Sie brauchte keinen großen Philosophen als Ehemann, aber sie wünschte sich einen vernünftigen Mann.

»Ich mag Hunde auch sehr«, sagte sie und schenkte ihm ein freundliches Lächeln. »Ich bin zwar kein besonders abenteuerlustiges Mädchen, aber ich male gerne Landschaften.

»Lady Katherine ist eine sehr begabte Künstlerin«, sagte ihre Mutter und strahlte geradezu.

Kate spürte, wie ihre Wangen heiß wurden. »Ich bin passabel, aber ich glaube nicht, dass mich jemand als außergewöhnlich bezeichnen sollte.«

»Vielleicht werden Sie sich selbst nicht gerecht«, sagte Mr. Adair mit einem Zwinkern in den Augen. »Würden Sie gern tanzen, Lady Katherine?«

Kate nahm seine Hand dankend an und kehrte auf die Tanzfläche zurück. Die ersten Töne eines Walzers erklangen, und Mr. Adair führte sie mit der Leichtigkeit eines Mannes, der das Tanzen gewohnt war, in die richtige Position. Ein Lächeln umspielte ihre Lippen, als er ihr eine warme Hand auf den Rücken legte. Der Stoff ihres Rocks raschelte um ihre Waden und kitzelte die empfindliche Haut dort.

Es dauerte weniger als zehn Sekunden, um ihre anfängliche Theorie zu bestätigen. Mr. Adair war ein exquisiter Tänzer. Sie musste kaum nachdenken, während sie sich von ihm über die Tanzfläche führen ließ. Er bewegte sich mühelos zwischen den anderen Tanzpaaren hindurch, ohne ihr auch nur annähernd auf die Füße zu treten.

»Was machen Sie außer Malen noch gerne?«, fragte er, bevor er sie herumdrehte.

»Ich skizziere gerne.« Sie suchte in seinem Blick nach einer Andeutung von Missbilligung. Das Letzte, was sie wollte, war, mit einem Mann zusammen zu sein, der auf ihre Lieblingsbeschäftigungen herabsah. Als sie nichts fand, fuhr sie fort: »Ich mache auch Handarbeiten und entwerfe einige meiner eigenen Kleider.« Der letzte Teil kam etwas überstürzt heraus, da sie gespannt war, wie er reagieren würde.

Er grinste. »Was für eine nützliche Fähigkeit für eine junge Lady.«

War das alles? Kein Kommentar zu der Frage, ob es angemessen war, dass die Schwester eines Grafen eine Arbeit verrichtete, die normalerweise dem einfachen Volk vorbehalten war. Ausgezeichnet.

»Welche Aktivitäten außer Spaziergängen in der Natur machen Sie denn gerne?«, erkundigte sie sich, weil sie mehr über ihn erfahren wollte.

Ein Mann stolperte irgendwo hinter ihr und stieß mit ihr zusammen, und Mr. Adairs Arm legte sich schützend um sie.

»Wir züchten Pferde«, sagte er. »Ich bin bekannt dafür, dass ich das eine oder andere Mal auf Rennen reite.«

»Wie aufregend.« Er war definitiv jemand, der einen Hauptwohnsitz auf dem Lande vorzog. Es war gut, dass er der dritte Sohn war und dem Parlament nicht beiwohnen musste.

Der Walzer endete, und Mr. Adair brachte sie zu ihrer Mutter zurück mit dem Versprechen, sie morgen zu besuchen. Kate sah zu, wie er wieder in der Menge der Gäste verschwand, und war zuversichtlich, dass sie einen Kandidaten gefunden hatte. Jemand, den sie möglicherweise so sehr mögen und respektieren würde, dass sie ihn heiraten könnte.

Doch dann entdeckte sie etwas hinter Mr. Adair, das

schnell alle Gedanken an ihn aus ihrem Kopf löschte. Eine vertraut wirkende, hochgewachsene Gestalt mit dunklem Haar hatte soeben den Ballsaal betreten und sah sich um, um sich zu orientieren.

Es war der Mann, nach dem sie gesucht hatte.

KAPITEL 4

GLÜCKLICHERWEISE KAMEN IN DIESEM MOMENT LADY Carlisle und Sophie zu ihnen.

Kate lehnte sich dicht an Sophie. »Da drüben ist ein Mann, mit dem ich reden möchte«, flüsterte sie und behielt beide Mütter im Auge, um sicherzugehen, dass keine von ihnen mithörte. »Sehr stilvoll. Ein bisschen extravagant.« Er war ganz anders gekleidet als die anderen Male, die sie ihn gesehen hatte. »Lenke sie bitte für mich ab.«

Vielleicht hätte sie einfach um eine Vorstellung bitten sollen, aber sie wurde das Gefühl nicht los, dass der Mann verschwinden würde, wenn sie ihn auch nur eine Minute aus den Augen ließ.

»Wer?«, fragte Sophie und schaute sich auf eine Art und Weise um, die überhaupt nicht subtil war.

»Da drüben.« Sie gestikulierte diskret in Richtung des Mannes. »Er trägt eine himmelblaue Weste mit einer fuchsiafarbenen Krawatte.«

Sophie kicherte, als sie ihn entdeckte. »Ich hätte wissen müssen, dass ein Mann, der diese Farben kombiniert, dein Interesse wecken muss. Natürlich ziehst du einen modischen Gentleman einem konventionell schwarz gekleideten vor.«

Kate zuckte mit einer Schulter. In Wahrheit hatte er dunkle Farben getragen, als sie ihn das letzte Mal gesehen hatte, aber sie konnte auch nicht leugnen, dass ihr sein Mut gefiel, sich auf ein rosa-blaues Ensemble einzulassen, vor allem, wenn man bedachte, dass es im Kontrast zu den harten Linien und Winkeln seines Gesichts stand.

»Oh je.« Sophie tat so, als müsse sie sich Luft zufächeln. »Ich fühle mich ein wenig ohnmächtig. Ist es warm hier drin?«

Als ihre Mütter begannen, an ihr herumzuzupfen, schlich sich Kate davon und schlängelte sich zwischen den in Gespräche vertieften Menschengruppen hindurch, wobei sie sich dem Mann näherte. Sie wusste nicht genau, was sie tun oder sagen sollte, aber sie wollte sich nicht davon abhalten lassen, ihn zu treffen und einen Eindruck zu hinterlassen.

Als sie sich näherte, hatte sie eine Eingebung. Sie tat so, als ob sie stolpern würde, und stürzte so anmutig wie möglich nach vorn, wobei sie betete, dass er sie auffangen würde.

Zum Glück hörte das Universum zu, und der Gentleman drehte sich gerade noch rechtzeitig um, um sie fallen zu sehen. Er fing sie mit einem Paar schlanker, starker Arme auf, und sie konnte ihm zum ersten Mal richtig in die Augen sehen. Sie waren sehr groß. Groß und braun. Aus irgendeinem Grund hatte sie geglaubt, dass sie schwarz sein würden. Ihr Blick senkte sich, und sie bemerkte eine süße kleine Sommersprosse an seinem Kinn.

»Geht es Ihnen gut, Miss?«, fragte er mit warmer, grummelnder Stimme.

»Sie haben mich gerettet.« Sie blinzelte zu ihm hoch, klimperte mit den Wimpern und hoffte, er würde nicht fragen, worüber genau sie gestolpert war. »Danke, guter Herr.«

Seine Berührung verbrühte sie, und sie wich zurück, bevor jemand etwas dazu sagen konnte, dass sie eine Szene machte. Ehrlich gesagt konnte sie froh sein, dass ihre Mutter es nicht bemerkt hatte. Hoffentlich hatte Sophie ihre Aufmerksamkeit gut abgelenkt.

Der Mann gluckste. »Ich war einfach zur richtigen Zeit am richtigen Ort. Ich freue mich, dass ich Ihnen helfen konnte. Geht es Ihnen gut? Haben Sie sich verletzt?«

»Nein.« Ihre Wangen brannten noch heißer. »Ich brauche nur einen Moment. Vielleicht etwas frische Luft.«

Er legte den Kopf schief und musterte ihr Gesicht, als wollte er sich vergewissern, dass sie die Wahrheit sagte. »Möchten Sie, dass ich Sie auf den Balkon begleite?«

Ihr Herz hämmerte. Unter anderen Umständen wäre das eine ziemlich skandalöse Bitte gewesen, aber sie hatte bereits bemerkt, dass der Balkon hier auf den Raum mit den Erfrischungen hinausging und keine versteckten Ecken und Winkel zu haben schien. Gruppen von Menschen gingen dort ein und aus und genossen ein Glas Limonade und ein Stück Kuchen.

»Das würde ich sehr begrüßen. Ich danke Ihnen …« Sie wartete, um ihm die Gelegenheit zu geben, sich vorzustellen, aber er tat es nicht. Vielleicht war er ein Mann, der alles besonders wörtlich nahm, und hatte nicht bemerkt, wozu sie ihn aufzufordern versuchte.

Er nahm ihren Arm und begleitete sie um die Tänzer herum und durch die Tür, vorbei an den Feiernden, die eine Pause eingelegt hatten, um etwas zu essen, und direkt auf den Balkon. Sie beobachtete ihn aus den Augenwinkeln. Irgendetwas an ihm war anders. Er verhielt sich nicht mehr ganz so wie damals, als sie ihn aus seiner Kutsche hatte steigen sehen.

Vielleicht hatte sie aber auch nur zu viel hineininterpretiert und sich etwas eingebildet. Es wäre nicht das erste Mal.

Auf dem Balkon standen zwei Frauen. Kate erkannte eine von ihnen, konnte dem Gesicht aber keinen Namen zuordnen. Sie wusste nur, dass die Frau eine außergewöhnliche Cellistin war. Ihr Retter führte sie zum Rand des Balkons und stützte sich mit den Unterarmen auf das Geländer.

»Ist dies Ihre erste Saison?«, fragte er, und es entging ihr nicht, dass er sich noch nicht nach ihrem Namen erkundigt oder seinen eigenen preisgegeben hatte.

»Meine zweite«, korrigierte sie ihn.

Daraufhin hob sich eine seiner Augenbrauen. »Ein hübsches Mädchen wie Sie wurde in der letzten Saison nicht aufgeschnappt? Was ist denn los mit den Herren der feinen Gesellschaft?«

Sie lachte. »Sie sagen das, als könnten Sie sich gar nicht vorstellen, dass ich sie abgelehnt haben könnte.«

Seine andere Augenbraue hob sich. »Touché, Mylady.«

»Ich bin mir sicher, dass ich Sie in der vergangenen Saison nicht gesehen habe«, sagte sie, in der Hoffnung, dass er ihr einen Hinweis auf seine Identität oder darauf geben könnte, was er in seinem Leben gemacht hatte.

Er hielt inne, bevor er sprach, und sein Blick schweifte nach links. »Ich war in der vergangenen Saison mit meinen Pflichten im Oberhaus beschäftigt.«

Sie runzelte die Stirn. War das eine Lüge? Irgendetwas an seinen Worten klang nicht wahr.

War dieser Mann eine Art Schurke?

»Dann sind Sie also ein Lord?«, fragte sie.

Seine Lippen verzogen sich zu einem verspielten Lächeln. »Erkennen Sie mich nicht, Mylady?« Doch so schnell wie die Frage gekommen war, räusperte er sich und richtete sich auf. »Verzeihen Sie mir meine Kühnheit. Darf ich Ihnen eine Erfrischung holen?«

Neugierig neigte sie den Kopf zur Seite. Er verhielt sich höchst seltsam. »Nein, aber danke für das Angebot.« Sie hörte eine Bewegung hinter ihnen, drehte sich aber nicht um. »Sie können sich aber gerne etwas für sich selbst holen. Ich werde hier gut zurechtkommen.«

»Vielleicht sollte ich ...« Er brach ab, seine Augen weiteten, seine Lippen öffneten sich.

Sie drehte sich, um seinem Blick zu folgen. In der offenen Tür hinter ihnen standen Lady Talbot und Lady Bethel, zwei der schlimmsten Klatschtanten des *ton*. Sie starrten Kate und ihren Begleiter misstrauisch an.

Und in diesem Moment wurde Kate etwas klar. Die Geräusche, die sie vorhin gehört hatte, waren die anderen Frauen vom Balkon gewesen, die sich in den Ballsaal zurückgezogen und sie allein in einem schwach beleuchteten Raum mit einem Gentleman zurückgelassen hatten, den sie nicht kannte.

Sie war in Schwierigkeiten.

»Das ist nicht so, wie es aussieht«, protestierte sie und wich zurück, um sicherzustellen, dass zumindest einige Schritte zwischen ihr und dem mysteriösen Gentleman lagen. »Wir waren nicht allein hier draußen. Da waren noch andere Frauen ...«

Sie hörte auf zu reden, als sie merkte, dass man ihr offensichtlich nicht glaubte. Panik schnürte ihre Brust ein, und sie hatte Mühe, tief Luft zu holen. Sie sah dem Mann in die Augen, und er sah genauso beunruhigt aus, wie sie sich fühlte. Sie mussten dieses Missverständnis aufklären. Dringend.

»Dieser Gentleman hat mir nur geholfen«, beeilte sie sich hinzuzufügen. »Ich war überfordert und brauchte etwas frische Luft.« Ein Windhauch zerzauste ihr Haar, als wollte er ihrer Geschichte Glaubwürdigkeit verleihen. Sie wandte sich dem Mann zu und fügte hinzu: »Ist das nicht richtig?«

Die Lippen des Mannes bewegten sich zu einer stummen Entschuldigung, und dann schob er sich an ihr vorbei, beschleunigte sein Tempo, bis er rannte, und innerhalb von zwei Sekunden war er im Ballsaal verschwunden.

Kates Magen wurde flau. Oh *nein*. Das war noch schlimmer, als sie geglaubt hatte. Die Tatsache, dass er weggelaufen war, war geradezu ein Schuldeingeständnis. Wenn er geblieben wäre, hätten sie sich vielleicht aus der Sache herausreden können, aber wie sollte sie das allein schaffen?

Lady Talbot schnaubte missbilligend, aber ihre Augen - die eines Geiers - leuchteten vor Erregung. Zweifellos schrieb sie in Gedanken bereits an den Gerüchten, die sie im *ton* verbreiten würde.

»Ich hatte etwas Besseres von Ihnen erwartet, Lady Katherine.« Lady Talbot wandte sich an ihre Freundin. »Willst du nicht Lady Drake holen? Sie muss wissen, was ihre Tochter gemacht hat.«

Lady Bethel warf einen Blick auf Kate und einen auf Lady Talbot und trottete dann gehorsam davon wie ein Hündchen, das seinem Herrn gefallen will.

»Es ist alles in Ordnung, Lady Talbot«, versicherte Kate ihr.

Lady Talbot blickte Kate mit gerümpfter Nase an. »Heben Sie sich die Beteuerungen für den Moment auf, wenn Ihre Mutter eintrifft.«

Kate blickte in Richtung des Erfrischungsraums. Vorhin war sie durch die Anwesenheit der anderen so beruhigt gewesen, aber jetzt war niemand in Sicht. Eine Situation, die ein wenig gewagt, aber harmlos genug gewirkt hatte, war nun weitaus schädlicher. Sie fragte sich, was passieren würde, wenn sie einfach weglaufen würde, wie der Gentleman es getan hatte.

Konnte sie das alles hinter sich lassen, oder würde ihr Name durch den Dreck gezogen, ihre Träume von einer Ehe zerstört werden?

Das Schweigen zwischen Kate und Lady Talbot war unerträglich. Kate sah ihrer Begleiterin nicht in die Augen, aber sie spürte, wie der Blick der Frau über sie glitt, auf der Suche nach irgendetwas Falschem, einem geöffneten Knopf oder einem zerrissenen Stück Stoff.

Es war egal, dass Kate und der Gentleman sich nur unterhalten hatten. Wenn Lady Talbot mit ihr fertig war, würde jeder glauben, sie sei halb bekleidet und in einem skandalösen Clinch entdeckt worden.

Ihr Magen drehte sich herum, und Übelkeit durchfuhr sie. Das war nicht gut. Wirklich schlimm.

»Was in aller Welt ist hier los?«

Erleichterung durchströmte Kate, als Lady Drake auftauchte. Ihre Mutter würde das in Ordnung bringen. Sie würde wissen, dass Kate nichts Ruchloses im Schilde führte.

»Ihre Tochter wurde in einer kompromittierenden Situation mit einem Gentleman erwischt«, erklärte Lady Talbot.

Lady Drake sah Kate an. »Wovon redet sie?«

»Es war nichts. Hier liegt ein Missverständnis vor. Wir waren nicht länger als ein paar Sekunden allein. Ich bin mir sicher, dass uns die meiste Zeit, die wir hier draußen waren, jemand aus dem Raum sehen konnte. Es gibt keinen Grund für diese ganze Aufregung.«

»Sie war allein hier draußen mit diesem ...«

»Lady Talbot«, sagte Lady Drake scharf. »Bitte erlauben Sie mir, mit meiner Tochter unter vier Augen zu sprechen.«

Lady Talbots Miene verfinsterte sich, aber sie trat zur Seite, als Lady Drake ihren Arm um Kates Schultern legte und mit ihr durch die Doppeltür, um den Erfrischungstisch herum und in den Ballsaal ging.

Kate war mehr als erleichtert, als sie feststellte, dass das Tanzen noch in vollem Gange war. Lady Bethel musste jedoch bereits damit begonnen haben, den Vorfall zu verbreiten, denn sie spürte, dass sie beobachtet wurde, als sie an Gruppen von plaudernden Frauen vorbeikam. Sie fühlte sich wie ein gescholtenes Kind, wusste aber, dass die Folgen ihres Fehltritts viel, viel schlimmer sein dürften als für alles, was ein Kind tun würde.

Neben ihr hielt Lady Drake ihr Kinn hoch, bis sie durch den Ausgang hinausgeeilt waren und ihre Kutsche kommen ließen. Kate tat ihr Bestes, um dasselbe zu tun. Das alles war völlig überzogen, aber wenn ihre Mutter nicht sprechen wollte, bevor sie allein waren, würde sie das respektieren.

Die Kutsche hielt vor ihnen an, und Lady Drake ließ zuerst Kate einsteigen, dann folgte sie ihr. Sie schwiegen, bis der Wagen von Wembley House weggefahren war.

»Was hast du getan?«, fragte Lady Drake leise.

»Ich bin gestolpert«, log Kate und hielt ihren Blick gesenkt, damit ihre Mutter die Schuldgefühle in ihren Augen nicht sehen konnte. »Ich brauchte frische Luft, und ein Gentleman half mir dabei. Als wir auf den Balkon gingen, waren dort noch zwei andere Frauen, wir waren also nicht allein. Irgendwann sind sie gegangen, und ich habe es nicht bemerkt, und als dann Lady Talbot und Lady Bethel herauskamen ...«

Lady Drake seufzte. »Es sah aus, als hättest du ein heimliches Techtelmechtel.«

»Wir waren nicht einmal in der Nähe des anderen«, protestierte Kate. »Wir haben nichts Skandalöses getan.«

»Manchmal, meine Liebe, spielt es keine Rolle, was die Wahrheit ist - es zählt nur, wie die Situation *aussieht*.«

Kate wusste das, aber hatte es wirklich so schrecklich ausgesehen?

»Wer war denn der betreffende Gentleman?«, fragte Lady Drake. »War er älter? Gebrechlich? Irgendetwas, das ihn harmlos machen würde?«

Kates Zähne gruben sich in ihre Unterlippe, und sie zuckte zusammen. »Ich fürchte, er hat mir seinen Namen nicht gesagt.«

Lady Drakes Augenbrauen flogen hoch. »Du kanntest ihn vorher nicht?«

»Nein«, gab Kate zu, ließ sich in den Sitz sinken und wünschte, er würde sie verschlucken, damit sie die Enttäuschung ihrer Mutter nicht länger ertragen müsste.

Lady Drake kniff sich in den Nasenrücken. »Dann sind

wir in noch größeren Schwierigkeiten, als ich befürchtet hatte.«

»Mutter, ich bin ...«

»Pst. Lass mich nachdenken.«

Die Stille drückte auf Kate, als sie die Augen schloss und im Geiste den Abend noch einmal Revue passieren ließ, wobei sie sich wünschte, sie hätte den Gentleman nie entdeckt und Sophie nie gebeten, ihre Mütter abzulenken. Bis zu diesem Zeitpunkt hatte sie den Ball als relativ erfolgreich betrachtet. Sie hatte mindestens einen Gentleman kennengelernt, den sie gerne näher kennenlernen würde. Aber jetzt ... Hatte sie alles ruiniert?

Die Kutsche kam vor Longley House zum Stehen, und Lady Drake geleitete sie hinein. Kate hütete ihre Zunge, denn sie war sich sicher, dass alles, was sie sagen würde, die Sache nur noch schlimmer machen würde.

Boyden öffnete die Tür, sein Gesichtsausdruck gleichgültig. »Lady Drake, Lady Katherine. Ich hoffe, Sie haben den Abend genossen.«

»Es war ein Scherbenhaufen«, erklärte Lady Drake. »Bitte bringen Sie den Grafen und die Gräfin in den Salon. Es gibt etwas, das ich sofort mit ihnen besprechen muss.«

Die Sorge nagte in Kates Bauch, und sie schlich hinter ihrer Mutter in den Salon. Die Haushälterin eilte herein und zündete mehrere Kerzen an, und auch sie hatte offensichtlich nicht mit dieser Wendung der Ereignisse gerechnet.

Kate hockte sich auf die Kante eines Stuhls und vergrub ihre Hände in ihrem Rock, wobei die Angst ihr Inneres durcheinanderbrachte. Die Uhr tickte, schmerzhaft laut, ohne dass ein Gespräch sie hätte übertönen können.

Lady Drake saß auf einer Liege und faltete die Hände in ihrem Schoß. Die Minuten krochen.

Als Andrew und Amelia zu ihnen stießen, trug Andrew ein Nachthemd und war zerzaust, während Amelias Nachthemd von einem Bademantel bedeckt war.

»Was ist hier los?«, fragte Andrew und kam tiefer in den Raum herein.

Amelia hielt in der Tür inne und sagte etwas zu der Haushälterin.

»Der Ruf deiner Schwester ist in Gefahr«, sagte Lady Drake.

Ihre Worte veranlassten sowohl Amelia als auch Andrew, sich zu Kate herumzudrehen.

Zögernd erklärte sie, was geschehen war, ohne zu erwähnen, dass das alles aus Absicht geschehen war.

»Inzwischen hat Lady Talbot die Ereignisse zweifellos so verdreht, dass sie in ihre Erzählung passen, und die Gerüchte werden sich im *ton* verbreiten«, fügte Lady Drake hinzu, ohne Kate anzuschauen.

Noch nie in ihrem Leben hatte sie sich so klein gefühlt. »Es tut mir leid.« Sie könnte sich noch hundertmal entschuldigen, es würde nicht ausreichen, um die Enttäuschung auf Andrews Gesicht zu vertreiben. »Ich wollte nicht, dass das alles passiert.«

Sie hatte alle enttäuscht. Sie hatten alle so viel für sie getan, und sie hatte alles ruiniert.

Mrs. Smythe eilte mit einem Tablett mit Tee und Keksen herein. Sie stellte es auf den Tisch, und Amelia ging sofort hinüber und schenkte eine Tasse Tee mit ein wenig Zucker ein, nahm sie zusammen mit einem Keks und bot sie Kate an.

»Oh, ich glaube, ich kann jetzt nicht ...«

»Es wird helfen«, sagte Amelia mit Nachdruck. »Du hast einen Schock erlitten. Die Süße wird deinen Kopf frei machen.«

Kate war sich nicht ganz sicher, ob sie das glaubte, aber sie hatte vor, genau das zu tun, was alle von ihr verlangten, denn sie hatte einen Fehler gemacht und musste auf jede erdenkliche Weise versuchen, das wiedergutmachen.

Ihre Hand zitterte, als sie den Tee nahm, und sie hatte

Glück, dass er nicht über den Rand der Tasse schwappte, als sie ihn zum Mund führte und sich zwang, einen Schluck zu nehmen. Sie stellte die Teetasse ab, weil sie Angst hatte, alles zu verschütten, wenn sie sie zu lange festhielt, und nahm stattdessen einen Bissen von dem Keks. Der Keks schmeckte wie Asche in ihrem Mund, und als sie schluckte, zerrte der Klumpen fast schmerzhaft auf dem Weg ihre Kehle hinunter.

Sie sah sich um und bemerkte die Falten an Amelias Mundwinkeln und die Art und Weise, wie ihre Mutter sich die Schläfen rieb, als ob sie pochten. Das war alles ihre Schuld. Ihre Familie hatte so viel für sie getan, und sie hatte es ihnen zurückgezahlt, indem sie eine Szene und sich vielleicht sogar unverheiratbar gemacht hatte.

Der Keks fiel ihr in den Schoß, und Tränen traten ihr in die Augen. Ihre Unterlippe bebte, und sie biss hinein, entschlossen, keinen Laut von sich zu geben.

»Aber, aber.« Amelia zog sich einen Stuhl neben sie und tätschelte ihren Arm. »Es ist alles in Ordnung.«

Kate schniefte und widerstand dem Drang, auf das Offensichtliche hinzuweisen: Es war ganz und gar nichts in Ordnung.

»Oh, Süße.« Mit einem Seufzer stand ihre Mutter auf und hockte sich auf höchst undamenhafte Weise neben sie. »Wir werden einen Weg finden, das zu überstehen.«

»Könntest du mir den Mann beschreiben?«, fragte Andrew sanft.

Mit einem tiefen Atemzug sammelte sich Kate. Sie blinzelte schnell, um ihre Sicht zu klären. »Er war vielleicht in deinem Alter oder etwas jünger. Sein Haar war dunkelbraun und kurz. Seine Augen waren auch braun.«

Andrew zog eine Grimasse. »Viele Männer in meinem Alter haben braunes Haar und braune Augen.«

»Äh ... er trug eine blaue Weste und ein rosa Halstuch.« Sie wollte nicht erwähnen, dass sie die Kombination ziemlich verwegen fand. »Er war nicht das, was ich als gutaussehend bezeichnen würde, aber er hatte etwas Auffälliges an sich.«

Er wandte sich an Lady Drake und hoffte, dass diese Beschreibung etwas in ihr auslösen würde, da sie ebenfalls auf dem Ball gewesen war. Sie schüttelte den Kopf und gab damit zu verstehen, dass sie niemanden gesehen hatte, auf den das passte.

»Ich werde Wembley um eine Kopie der Gästeliste bitten«, sagte Andrew nach einer langen Pause. »Vielleicht können wir die Möglichkeiten eingrenzen. Der Mann muss die Verantwortung für sein Handeln übernehmen.«

Ein Schauer überlief Kate. *Verantwortung übernehmen?* Was genau wollte Andrew eigentlich tun? Der Mann mit dem rosafarbenen Krawattenschal hatte lediglich eine junge Lady, die behauptet hatte, sich unwohl zu fühlen, auf einen nicht menschenleeren Balkon begleitet, um etwas Luft zu schnappen. Er hatte es nicht verdient, dass man ihn zwingen würde, sie zu heiraten oder ...

Sie schluckte.

Amelia schnalzte mit der Zunge. »Ich glaube nicht, dass es für Kate das Beste wäre, diesen Mann zu einem Duell herauszufordern und sich erschießen zu lassen. Ich bezweifle auch, dass sie sich an einen Mann binden möchte, der sie allem Anschein nach im Stich gelassen hat, um seine eigene Haut zu retten.«

Kate stimmte ihr zu, aber der Kiefer ihres sonst so gelassenen Bruders war verkrampft, und seine Augen funkelten vor Wut, also sagte sie nichts.

»Das verlangt nach etwas Stärkerem als Tee.« Andrew verließ den Raum und kam mit einer Flasche mit goldbrauner Flüssigkeit und einem Stapel kleiner Gläser zurück. Er stellte die Gläser in eine Reihe und füllte jedes einzelne. »Trinkt.«

»Was ist es?« fragte Kate, nahm ein Glas in die Hand und schnupperte. Sein Duft erinnerte sie an Marmelade, die zu lange in der Sonne gestanden hatte, allerdings mit einem seltsam Geruch.

»Sherry.« Andrew stürzte sein Getränk in einem Zug hinunter, füllte sein Glas nach und tat es noch einmal.

Zu Kates Überraschung zuckte ihre Mutter mit einer Schulter und trank ihr eigenes Glas leer. Amelia verzog das Gesicht, nahm einen winzigen Schluck und stellte das Glas zurück auf den Tisch.

Kate probierte ihren eigenen. Er schmeckte süß, brannte aber in ihrer Kehle. Sobald der Sherry ihren Magen erreicht hatte, wurde sie von Wärme erfüllt.

»Es tut mir aufrichtig leid, dass ich euch so viele Unannehmlichkeiten bereitet habe«, sagte sie und starrte traurig in die goldenen Tiefen, bevor sie es erneut versuchte.

»Wir werden das schon schaffen«, versicherte Andrew ihr. »Trink deinen Sherry aus und geh dann ins Bett. Vor morgen früh können wir sowieso nichts mehr tun.«

Als sie eine halbe Stunde später an die Decke starrte, konnte Kate kein Auge zutun. Alles, was sie wollte, war, einen gut aussehenden Mann kennenzulernen, der einen bemerkenswerten ersten Eindruck auf sie gemacht hatte, und jetzt fürchtete sie, dass sie aufwachen und feststellen würde, dass sie ruiniert war.

KAPITEL 5

THEO SCHRECKTE AUF, ALS EIN LAUTES KRACHEN DURCH SEIN Schlafgemach hallte. Er richtete sich auf, sein Herz raste, und er hob instinktiv die Fäuste, um sich zu schützen.

»Verdammt.« Ein weiteres Krachen, diesmal leiser. »Verdammte Scheiße.«

Er spähte durch die Dunkelheit, sein Puls begann sich zu beruhigen. Er erkannte diese Stimme. »Nicholas?«

Ein großer Körper sackte auf der Bettkante zusammen, und warmer, nach Alkohol riechender Atem umhüllte sein Gesicht.

Theo wich zurück. »Lieber Gott, Mann, hast du letzte Nacht eine Taverne ausgesoffen?«

Oder sollte es »heute Abend« heißen? Er war sich nicht sicher, ob er so lange geschlafen hatte, dass ein neuer Tag angebrochen war.

»Ich habe es jedenfalls versucht«, lallte Nicholas und rutschte höher, um nicht von der Bettkante zu fallen.

»Was zum Teufel ist hier los?«

Nicholas rollte sich auf den Rücken. »Ich habe es versaut.«

»Wie?« Theo kämpfte gegen seine Frustration an. Nicholas war schon immer rücksichtslos und unverantwortlich gewesen, aber was auch immer er getan hatte, konnte nicht so schlimm sein, dass es dieses Schauspiel rechtfertigte. »Hätte das nicht bis zum Morgen warten können?«

Für Nicholas bedeutete »Morgen« in der Regel gegen Mittag.

»Nein, nein, nein.« Nicholas bedeckte sein Gesicht mit den Händen. »Ich bin gerade erst nach Hause gekommen und habe mich schon zu sehr verspätet. Du musst es wissen. Oh, das ist so ein verdammtes Chaos.«

»Was hast du getan?« Theo biss die Zähne zusammen, seine Geduld schwand.

Nicholas stöhnte. »Du wirst mich hassen.«

Zum ersten Mal machte sich echte Angst in Theos Bauch breit. Nicholas hatte schon viele Fehler gemacht, aber noch nie war er so unwillig gewesen, sich einen einzugestehen. »Um Himmels willen, Mann, was hast du getan?«

Nicholas schwieg so lange, dass Theo nicht sicher war, ob er überhaupt antworten würde, aber schließlich tat er es doch. »Ich habe in deinem Namen eine Einladung zum Wembley-Ball angenommen.«

Theo schüttelte den Kopf und versuchte, sich einen Reim darauf zu machen. »Wenn ich mich richtig erinnere, war der Wembley-Ball gestern Abend, also ist es nicht so, dass ich wegen dir gezwungen sein werde, hinzugehen. Ich verstehe das Problem nicht.«

»Nein, du verstehst nicht, was ich dir sage.« Nicholas atmete grob aus und ertränkte sie beide wieder in seinem Bieratem. »Du hattest keine Lust zu gehen, also bin ich an deiner Stelle gegangen. Ich habe *so getan*, als wäre ich du.«

Die sich windende Sorge in Theos Magen verknotete sich noch fester. Wo auch immer das hinführen sollte, er hatte das Gefühl, dass es ihm nicht gefallen würde. »Und was hast du gemacht, während die Leute dachten, du wärst ich?«

»Ich habe …«

»Ja?«

»Äh … Ich …«

»Spuck es aus.«

»Ich habe potenzielle Ehefrauen für dich recherchiert!«

Totenstille herrschte zwischen ihnen.

Theo glaubte nicht, dass er Nicholas richtig verstanden haben könnte. Er hatte seinem Bruder gesagt, dass er kein Interesse an einer erneuten Heirat habe. Darauf hatte er bestanden. Und doch hatte Nicholas beschlossen, ihn zu ignorieren.

»Du hast es verdient, nicht mehr traurig und einsam zu sein.« Nicholas ließ sich auf die Seite fallen und schlang seinen Arm um Theos Bauch. »Ich hasse es, dich so zu sehen. Elizabeth hätte nicht gewollt, dass du leidest.«

Theo stieß Nicholas' Arm weg. »Sag du mir nicht, was Elizabeth gewollt oder nicht gewollt hätte.«

»Es tut mir leid. Es tut mir leid.«

Die Wut brodelte unter Theos Haut. »Keiner von uns kann sich vorstellen, was Elizabeth gedacht hätte. Sie ist tot, und ich werde nicht wieder heiraten.«

»Ähm … was das angeht …«

Theo kniff die Augen zusammen. »Was hast du getan?«

»Also … Äh … ich wurde wohl mit einem heiratsfähigen Küken allein auf einem Balkon erwischt, und ich bin mir ziemlich sicher, dass die Ladys, die uns gesehen haben, mich mit dir verwechselt haben. Ich bin mir dessen sogar ziemlich sicher.«

Die Luft wurde aus Theos Lunge getrieben, und er sog so scharf den Atem ein, dass es wehtat. Jetzt verstand er, warum Nicholas so außer sich war.

»Hast du sie ruiniert?«, wollte er wissen.

»Nein.« Nicholas klang erschrocken über diese Möglichkeit. »Das würde ich nie tun. Ich habe das falsch eingeschätzt. Wir waren ja nicht allein da draußen, aber innerhalb von zwei Sekunden ging alles zum Teufel.«

Theo massierte sich die Augenlider. »Was ist passiert, nachdem sie euch erwischt haben?«

Schweigen.

»Nicholas, sprich.«

»Ähm, ich habe vielleicht einen schnellen Abgang gemacht, vielleicht auch nicht.«

Theo betrachtete seinen Bruder mit zusammengekniffenen Augen, wobei er versuchte, dessen Gesichtsausdruck in der Dunkelheit zu lesen. »Willst du mir damit sagen, dass du eine Debütantin im Stich gelassen hast, nachdem sie mit dir auf einem Balkon erwischt wurde, ohne dass eine Anstandsdame in Sicht war?«

»Es könnte ... möglicherweise ... so aufgefasst werden. Ich geriet in Panik, Theo. Ich hatte nie die Absicht, Schaden anzurichten. Ich wollte nur sehen, ob es junge Frauen gibt, die dir und Blackwell wieder etwas Leben einhauchen könnten.«

Scheiße.

Scheiße, Scheiße, Scheiße.

»Und du glaubst, dass man dich mit mir verwechselt hat?«

Nicholas nickte: »Wie ich schon sagte, habe ich die Einladung in deinem Namen angenommen. Ich habe die Gastgeber als du gegrüßt. Wenn man bedenkt, wie lange es her ist, dass man dich in der Gesellschaft gesehen hat, hat sich deine Anwesenheit wahrscheinlich innerhalb von Minuten herumgesprochen. Das ist sicher der Grund, warum die Klatschbasen mich auf dem Balkon gesucht haben.«

»Und sie waren nicht enttäuscht von dem, was sie gefunden haben«, knirschte Theo †und schob die Decken beiseite. Er kämpfte sich aus dem Bett und ging zur nächsten Kerze, um sie anzuzünden. Die Dunkelheit machte es zu schwierig, zu denken. Er musste scharfsinnig sein, damit er die ganze Tragweite dessen, was Nicholas ihm sagte, verstehen konnte.

Nicholas hatte sich für ihn ausgegeben.

Nicholas war allein auf einem Balkon mit einer jungen Lady im heiratsfähigen Alter angetroffen worden, die vermutlich aus einer guten Familie stammte, wenn man bedachte, dass sie auf dem Ball gewesen war.

Wer auch immer sie erwischt hatte, dachte wohl, er - oder sie - wüsste genau, wer der betreffende Mann war, und er hatte auch allen Grund zu dieser Annahme, denn Nicholas' List und die Tatsache, dass nur wenige Menschen wussten, dass sie eineiige Zwillinge waren, mussten ihn zu dieser Annahme kommen lassen.

Ergo glaubte jemand, dass Viscount Blackwell eine Unschuldige ruiniert hatte. Sie würden entweder erwarten, dass er die Lady heiratete, oder er würde sich im Morgengrauen mit ihrem Vater, Bruder oder Vormund zum Duell treffen müssen.

Theo zog eine Hose und ein lockeres Hemd an - eines der Hemden, die er normalerweise beim Boxen trug. Er schlenderte zum Schreibtisch auf der gegenüberliegenden Seite des Zimmers und setzte sich auf den Stuhl dahinter.

»Warum tust du mir das an?«, fragte er, immer noch verwirrt darüber, warum Nicholas sich überhaupt für ihn ausgegeben, geschweige denn ihn in diese verfahrene Situation gebracht hatte.

»Das wollte ich nicht.« Nicholas lag immer noch auf dem Bett und machte sichtbare Anstalten, sich aufzusetzen.

Jetzt, da Theo klarer sehen konnte, war es offensichtlich, dass sein Bruder nicht nur sein eigenes Gewicht an Alkohol getrunken, sondern auch einen Spaziergang durch eine schlammige Gegend gemacht hatte und dabei auf die Nase gefallen war. Das Bettzeug müsste gewaschen werden.

»Du bist immer traurig«, sagte Nicholas, der so verloren aussah wie ein mutterloses Hündchen. »Ich wollte helfen. Du warst so glücklich, als du dich in Elizabeth verliebt hattest. Ich dachte, wenn ich eine andere für dich finden würde, dann wärst du wieder glücklich. Der Zeitpunkt auf dem Balkon war ... unglücklich. Ich habe erst gemerkt, dass wir allein waren, als es schon zu spät war. Die junge Lady ... Sie schien so vielversprechend zu sein.«

Er war also zu sehr damit beschäftigt gewesen, sich selbst zu beglückwünschen, als dass er auf die Umgebung geachtet hätte. Wie typisch für Nicholas. Theo wollte nicht daran denken, was für eine Debütantin sein Bruder so beeindruckend gefunden haben mochte. Höchstwahrscheinlich war sie entweder eine, die besonders gerissen war - und es genoss -, oder eine, die sich nicht um die Regeln der Gesellschaft scherte.

Theo ging zum Nachttisch und nahm das große Glas Wasser, das er dort immer aufbewahrte. Er reichte es an Nicholas weiter. »Trinken. Alles.«

Während Nicholas das Wasser wie ein in der Wüste gestrandeter Mann hinunterschluckte, rief Theo nach einem Dienstmädchen. Er bat um eine Tasse Tee und mehr Wasser und schritt dann im Zimmer umher, bis das Dienstmädchen mit den beiden Dingen zurückkehrte. Er füllte Nicholas' Glas nach, deutete ihm an, es auszutrinken, und machte sich selbst eine Tasse Tee.

Nicholas' glasige Augen hatten sich leicht aufgehellt, und seine Pupillen waren reaktionsfreudiger, als er sich auf Theo konzentrierte.

Er wurde nüchterner. Gut.

»Also, sag mir, ob ich das richtig verstanden habe.« Theo wünschte sich eine süße Leckerei zu seinem Tee. Normalerweise mochte er Kuchen oder Kekse nicht einmal so sehr, aber ein bisschen Zucker würde seine derzeitige Stimmung bestimmt verbessern. »Irgendwo da draußen in London gibt es eine junge Lady, deren Namen du nicht einmal kennst, die ruiniert sein könnte, wenn ich sie nicht heirate. Ist das alles?«

Nicholas' Adamsapfel wippte, als er schluckte. »Ja. Aber ich sollte derjenige sein, der sie heiratet. Ich kann allen erzählen, dass ich gelogen habe und dass ich gestern Abend dort war. Wenn wir nebeneinander an einer großen gesellschaftlichen Veranstaltung teilnehmen, damit die Leute erkennen, wie ähnlich wir uns sehen, glauben sie es vielleicht und dann kann sie mich heiraten, nicht dich. Ich will nicht heiraten, aber ich werde es tun, denn das war mein Fehler, und du solltest nicht dafür bezahlen müssen.«

»Vielleicht erkennen sie das aber auch nicht«, sagte Theo. »Sie könnten denken, dass du dich vor dem Traualtar opferst, um meinen Hals zu retten. Und was glaubst du, wen ihre Eltern zur Heirat drängen werden? Einen zweiten Sohn oder ein Mitglied des Parlaments?«

Nicholas verwelkte.

»Dabei ist noch nicht einmal berücksichtigt, wie wütend Mutter sein würde.« Wenn sie sich zum Gespött machten, würde sie reagieren, als ginge die Welt unter, denn ihre Existenz hing so sehr von der Bewunderung der Aristokratie ab.

»Mutter würde darüber hinwegkommen.«

Theo schnaubte und vergrub sein Gesicht in seinen Händen. Vielleicht würde sie das tun, aber vorher würde sie dafür sorgen, dass sie ihr Handeln bereuten. »Mein Gott, Nicholas. Du wusstest, dass ich nie wieder heiraten wollte.«

»Es war ein Unfall.« Nicholas' Elend war an seinen hängenden Schultern und den geröteten Augen deutlich zu erkennen, aber die Tatsache, dass er sich schuldig fühlte, machte die Sache nicht besser.

»Bei dir ist es immer ein Unfall.« Vielleicht war das nicht ganz gerecht, aber Theo fühlte sich im Moment nicht wohltätig.

»Ich bin bereit, sie zu heiraten«, sagte Nicholas ernsthaft. »Ich werde das in Ordnung bringen.«

Theo seufzte. »Wir sollten nichts überstürzen.«

Er musste seine Gedanken abkühlen. So wütend er auch war, eine Lösung für ihre missliche Lage würde ihm so schnell nicht einfallen. In diesem Sinne schnappte er sich die Schachtel mit seinen Handbandagen und schlenderte zur Tür.

Nicholas kletterte vom Bett und stolperte auf ihn zu, wobei er sich aber auffangen konnte, bevor er auf dem Boden aufschlug. »Geh nicht weg. Wir können das besser machen, oder? Sag mir einfach, was ich tun soll, und ich werde es tun.«

Theo wich zurück. »Ich brauche Zeit für mich, sonst könnte ich etwas sagen oder tun, was ich bereue.«

Nicholas' Gesicht verzog sich. »Es tut mir leid, Bruder. Ich bin da, wenn du mich brauchst.«

Theo nickte einmal heftig, schloss die Tür hinter sich und ließ Nicholas seinen Rausch ausschlafen, während er in den Boxraum ging, um seinen Frust abzubauen.

Er benutzte eine der Kerzen im Korridor, um damit die Kerzen im Boxraum anzuzünden, und setzte sich dann auf einen stabilen Holzschemel in der Ecke, während er die Schachtel öffnete und die vertrauten, beruhigenden Bewegungen ausführte, um den Stoff über seinen Knöcheln und um seine Handgelenke zu befestigen.

Sobald die Bänder an Ort und Stelle waren, begann er mit Schlägen, die den Sack nicht trafen. Sein Verstand war noch etwas getrübt vom Schlaf, und er wollte sich nicht zu sehr in den Moment hineinsteigern. Stattdessen arbeitete er sich vor, indem er seinen Schlägen allmählich mehr Gewicht verlieh, als sein Körper und seine Nerven zum Leben erwachten.

Sobald er in der richtigen Stimmung war, schlug er auf den Sack ein, bis seine Fäuste pochten und seine Atemzüge stoßweise kamen.

Scheiß auf diesen verdammten Morgen.

Er wollte sich nicht mit der außer Kontrolle geratenen Angst seiner Mutter vor der Meinung der Gesellschaft über sie auseinandersetzen - was unvermeidlich wäre, wenn Nicholas sich kopfüber in diesen Skandal stürzte, den er ungewollt ausgelöst hatte -, aber er wollte auch keine Frau.

Er wollte nicht zusehen, wie eine weitere Frau, die ihm etwas bedeutete, verkümmerte und sich mit jedem Tag mehr und mehr von ihm entfernte.

Er wollte nicht das Schlafgemach seiner Frau besuchen, um sie leise schluchzend vorzufinden, weil ihre Monatsblutung wieder gekommen war.

Vor allem wollte er nicht zusehen, wie eine weitere starke, lebhafte Frau ihr Funkeln und ihren Lebenswillen verlöre.

Das war alles, was er einer Frau bieten konnte, die ihn heiratete. Er würde jede Frau zu einem Leben in Elend und Verzweiflung verdammen. Das wollte er nicht. Leider wollte er auch nicht eine junge Lady dazu verurteilen, aus der Gesellschaft ausgestoßen zu werden, nur weil sein Bruder sich wie üblich dumm verhalten hatte.

Seine Arme wurden müde, aber egal wie viele Schläge er austeilte, die Gedanken, die ihm durch den Kopf gingen, wurden dadurch nicht weniger. Egal, was er tat, es schien, als würde irgendjemand dadurch verletzt werden. Seine Mutter. Nicholas. Diese unbekannte Frau. Schweiß klebte in seinem Haar und rann ihm den Nacken hinunter. Das Geräusch seines Atems erfüllte den Raum.

Schließlich gab er es auf, Erleichterung zu suchen, und tappte zurück in sein Schlafgemach, um zu baden.

Nicholas lag bewusstlos auf dem Bett in einer etwas ungünstigen Position. Theo erwog, ihn umzulegen, entschied aber, dass er es verdient hatte, mit einem steifen Nacken aufzuwachen. Die Absichten seines Bruders mochten gut gewesen sein, aber er hatte trotzdem hinter Theos Rücken etwas getan, von dem er gewusst hatte, dass er es nicht gutheißen würde.

Manchmal kam es mehr auf die Ausführung als auf die Absicht an, und seine Ausführung war sehr schief gelaufen.

Da er Nicholas trotz seiner schwelenden Wut nicht stören wollte, wusch sich Theo mit kaltem Wasser und schnupperte an seiner Achselhöhle, um sich zu vergewissern, dass er nicht unerträglich roch, bevor er sich eine einfache Hose und ein Hemd anzog - um nicht auf die Hilfe seines Dieners angewiesen zu sein - und die Treppe hinunterging.

Der köstliche, hefige Duft von frisch gebackenem Brot durchzog das Erdgeschoss des Hauses, und er folgte dem Geruch bis zum Esszimmer. Das Dienstmädchen, das er geweckt hatte, dürfte seine Köchin, Mrs. Browne, geweckt haben, weil das Frühstück viel früher als sonst fertig war.

Er nahm sich einen Teller mit Eiern und Wurst, bestrich eine dicke Scheibe warmes Brot mit Butter und Marmelade und setzte sich an das Kopfende des Tisches, um zu essen. Er verschlang das Brot, hungrig vom Training, und wurde erst langsamer, als sein nagender Hunger verschwunden war.

Während er über den Eiern und der Wurst brütete, fiel sein Blick auf den leeren Stuhl ihm gegenüber. Einst hatte auf diesem Platz eine junge Frau mit dunklem Haar gesessen, die sich geweigert hatte, zu tun, was man ihr sagte, und das mit einem Lächeln, das sein Herz erwärmte und ihn glauben ließ, dass er nie allein sein würde.

Er war naiv gewesen.

»Mylord?«

Er warf einen Blick auf den Butler Albert, der ein paar Meter entfernt stand, die Handflächen über dem runden Bauch gefaltet und ein Blatt Papier an seinen Körper gepresst.

»Ja, Albert?«

Albert räusperte sich. »Meister Nicholas hat darum gebeten, dass wir Kopien der Skandalblätter besorgen, sobald sie verfügbar sind, und sie Ihnen zur Verfügung stellen. Das ist das erste.«

Der verdammte Nicholas.

Theo war sich nicht sicher, ob er für die Weitsicht seines Bruders, selbst im betrunkenen Zustand, dankbar sein sollte, oder ob er wütend sein sollte, weil er daran erinnert wurde, wie sehr Nicholas gepatzt hatte.

»Danke.« Er streckte die Hand aus, und Albert reichte ihm zögernd die Zeitung. Theo konnte seine Frustration kaum an seinen treuen Bediensteten auslassen. Es war nicht ihre Schuld, dass sein Bruder nie etwas durchdenken konnte.

»Gibt es sonst noch etwas, Mylord?«

»Im Augenblick nicht, Albert.«

Theo breitete das Blatt auf dem Tisch aus und überflog die ersten Textfragmente, um seinen Namen zu finden. Einen Moment lang glaubte er, Nicholas sei vielleicht übervorsichtig gewesen, weil er dachte, er sei erkannt worden, aber ganz unten in der Ecke stand dann doch ein kleiner Artikel über die Entdeckung der unverheirateten Lady Katherine Drake, der Schwester des Earl of Longley, allein in einer kompromittierenden Position mit dem ebenfalls unverheirateten - und furchtbar berüchtigten - Viscount Blackwell.

Verdammt!

Er las den Text erneut. Was zum Teufel hatte Nicholas getan? Er behauptete, dass zwischen ihm und dem Mädchen nichts vorgefallen sei, aber in diesem Artikel klang es so, als wären sie praktisch *in flagranti* gewesen.

Und das auch noch mit der Schwester eines Grafen.

Und dieses gottverlassene Klatschblatt hatte sie mit ihrem Namen identifiziert.

Und Theo.

Nicholas konnte den Leuten erzählen, was er wollte, aber Theo bezweifelte, dass das jemand glauben würde. Lady Katherines Vormund würde sich sicher nicht mit Nicholas zufrieden geben, wenn er seine Tochter in eine Viscountess verwandeln könnte.

Ihm wurde der Boden unter den Füßen weggezogen, und er dachte, er müsse sich übergeben. Er würde sie jetzt heiraten müssen, sonst wäre das arme Mädchen ruiniert.

KAPITEL 6

KATE WIPPTE UNGEDULDIG VON EINEM FUß AUF DEN ANDEREN, während sie darauf wartete, dass der Diener ihr den Korb mit den Skandalblättern reichte, die er hatte besorgen sollen. Sobald er ihn ihr entgegenstreckte, griff sie danach und hielt kurz inne, um sich für ihre Unhöflichkeit zu entschuldigen, bevor sie mit dem Korb in den Salon eilte, wo ihre Familie versammelt war. Alle begierig, herauszufinden, wie schlimm die Lage war.

Andrew und Amelia saßen auf einer Liege, Tee bereits eingeschenkt, als ob Tee jedes Problem lösen könnte, das sie plagte. Ihre Mutter saß ihnen gegenüber, und Kate ließ sich neben ihr aufs Sofa fallen, dankbar für das Feuer, das im Kamin brannte, weil es die Kälte in der Luft abwehrte. Der vergangene Abend war relativ mild gewesen, aber über Nacht hatte sich das Wetter geändert, und es regnete jetzt leicht.

Sie blickte auf die oberste Zeitung, las schnell und erkannte sofort ihren Namen in einem Artikel in der rechten unteren Ecke. Ohne weiterzulesen, reichte sie die anderen Zeitungen herum. Sie würde verrückt werden, wenn sie sie alle selbst überprüfen müsste.

»Hier wirst du kurz erwähnt«, sagte Amelia, die schneller las als alle anderen. »Zusammen mit einer Beschreibung des Wembley-Balls, aber da steht lediglich, dass ein unverheiratetes Fräulein mit einem nicht identifizierten Herrn auf einem Balkon erwischt worden sein soll.«

»Ein Lord?« Andrews Augenbraue hob sich. »Und er ist nicht geblieben und hat seine Pflicht getan, um sicherzustellen, dass dir nichts passiert?«

Kate zuckte zusammen. Wer auch immer der Mann gewesen war, er hatte sich gerade in der Wertschätzung ihres Bruders herabgesetzt. Sie wandte ihre Aufmerksamkeit wieder dem Artikel zu, in dem ihr Name stand, und stellte mit Entsetzen fest, dass der Autor sich Freiheiten mit der Wahrheit herausgenommen hatte, indem er behauptete, ihr Haar sei offen und das Kleid im Rücken ungeschnürt gewesen, als man sie ertappt hatte.

»Ich bin *keine* Hure«, hauchte sie empört. »Der Mann hat mich nicht angerührt, außer dass er mich auf den Balkon begleitet hat.«

Sie las weiter, hörte aber auf, als ihre Mutter nach Luft schnappte.

»Ich habe unseren mysteriösen Gentleman identifiziert.« Die Stimme von Lady Drake zitterte. »Es scheint, dass du gestern Abend die Bekanntschaft von Viscount Blackwell gemacht hast.«

Viscount Blackwell.

Kates Magen wurde hart, und ihr Puls raste in ihren Ohren. »Gewiss nicht.« Sie rieb sich die Brust, in der Hoffnung, die plötzliche Enge dort zu lindern. »Lord Blackwell hat sich seit Jahren nicht mehr in die höfliche Gesellschaft gewagt. Das hast du mir doch gesagt, nicht wahr, Mutter?«

»Das habe ich jedenfalls geglaubt.« Lady Drake verzog den Mund. »Er heiratete jung, und er und seine Frau nahmen nur selten an gesellschaftlichen Veranstaltungen teil. Er wurde nicht mehr gesehen, seit seine Frau ... verstorben ist.«

Kate hörte die Pause, bevor sie den Satz beendete, und füllte im Geiste die Lücke.

Seit er sie *getötet* hatte.

Denn jeder wusste von den Gerüchten, dass Viscount Blackwell seine Frau ermordet hatte, als sie keinen Erben gebar. Und wenn man den Gerüchten Glauben schenken durfte, hatte er möglicherweise auch seinen Vater aus dem Weg geräumt, um die Wartezeit bis zum Erreichen seines Titels zu verkürzen.

»Seht euch das an.« Lady Drake schob Kate das Skandalblatt zu, die es mit zitternden Händen nahm.

Kate las die Schlagzeile: *Wird Lady K. die nächste unglückliche Viscountess Blackwell sein?*

Amelia riss ihr das Blatt aus der Hand und spottete. »Niemand wird dich zwingen, einen Mörder zu heiraten. Ich werde es nicht zulassen.«

»Aber was ist, wenn ich ruiniert bin?« Aufgrund dieser Artikel musste jeder annehmen, dass sie eine unerlaubte Liaison eingegangen war. Niemand würde je glauben, dass die ganze Sache nur ein unglücklicher Zufall gewesen war.

Amelia zerknüllte die Zeitung, warf sie beiseite und nahm Kates Hand. »Du wirst *keinen* Mörder heiraten. Nicht wahr, Andrew?«

»Nein, natürlich nicht.« Andrew runzelte die Stirn, als er in einer anderen Zeitung blätterte. »Obwohl ich die Geschichten über Blackwell nie geglaubt habe. Ich weiß, dass die Umstände nicht gut aussahen, aber soweit ich das beurteilen kann, scheint er ein anständiger Mensch zu sein.«

Anständig?

Anständig?

War er bereit, Kates zukünftige Sicherheit auf »anständig« zu gründen?

Das hoffte sie wirklich nicht.

»Gib mir die Zeitung«, sagte sie und griff nach dem Blatt, das auf Andrews Knie lag. »Ich möchte sie alle sehen.«

Er überließ sie ihr. Amelia und Lady Drake legten den Rest in den Korb und stellten ihn neben sie, damit sie alles in ihrem eigenen Tempo lesen konnte. Sie ging eine nach der anderen durch, und mit jeder neuen Information, die sich in ihr Gehirn bohrte, wurde ihr das Herz schwerer und der Kopf leichter.

Schließlich konnte sie sich auf nichts mehr konzentrieren, und Flecken tanzten vor ihren Augen.

Bevor er geflohen war, hatte sie den Mann gemocht, den sie gestern Abend getroffen hatte. Sie hätte ihn nie für einen Mörder gehalten. Aber viele Mitglieder des *ton* schienen zu glauben, dass er das war, obwohl es keine Beweise geben konnte, sonst wäre er weggesperrt worden.

Sie wusste nicht, was sie tun sollte. Ihr Name war in den Artikeln so oft erwähnt worden, dass sie wusste, dass sie, wenn sie nicht heiratete, Schande über ihre Familie bringen würde, und wenn irgendwelche Herren sie haben wollten, wären es sicherlich solche, mit denen sie nichts zu tun haben wollte.

Aber ihre andere Option - einen Weg zu finden, Lord Blackwell zur Heirat zu bewegen - gefiel ihr auch nicht. Zunächst müsste sie den Mut aufbringen, ihre ehelichen Pflichten zu erfüllen, und dann, wenn sie nicht schwanger werden würde, könnte sie einen »Unfall« erleiden, wie ihn seine vorherige Viscountess erlitten hatte.

Soweit sie sich erinnern konnte, war die Viscountess angeblich an den Folgen eines Kutschenunfalls gestorben, aber das Paar hatte sich zuvor heftig über ihre mangelnde Fähigkeit, einen Erben zu zeugen, gestritten. Hinzu kam, dass niemand Zeuge eines solchen Unfalls gewesen war und dass mehrere Leute den zerzausten Viscount kurze Zeit später mit dem schlaffen, blutigen Körper seiner Frau gesehen hatten, und das war kein guter Anblick gewesen.

Aber vielleicht brauchte sie sich über ein solches Schicksal keine Sorgen zu machen. Lord Blackwell war offensichtlich nicht geneigt, sie zu heiraten, sonst wäre er nicht bei der ersten Gelegenheit geflohen. Andrew könnte ihn zu einem Duell herausfordern, um ihn zu zwingen, aber sie wollte nicht, dass ihr Bruder sich selbst in Gefahr brachte, und außerdem ... nun, sie würde einen Ehemann vorziehen, der nicht mit vorgehaltener Waffe zum Altar geführt wurde.

Die Tür öffnete sich, und Boyden trat ein, sein eisengraues Haar sorgfältig geglättet und mit einem unergründlichen Gesichtsausdruck.

»Mylord.« Er wandte sich direkt an Andrew. »Besuch für Lady Katherine.«

Kate atmete scharf ein. Könnte es Lord Blackwell sein?

Hatte er die Zeitungen gesehen und beschlossen, dass er sich anständig verhalten sollte? Ihre Gefühle waren so durcheinander, dass sie nicht wusste, ob sie das wollte oder nicht. Ein Teil von ihr war wütend darüber, in diese Situation gebracht worden zu sein, obwohl absolut nichts Unangemessenes passiert war, aber ein größerer Teil von ihr befürchtete, dass sie viele der Dinge, die ihr wichtig waren, verlieren würde.

Andrew nickte. »Führen Sie ihn herein.«

Kate schluckte. Sie nahm also an, dass sie dies tun würden.

Doch einige Sekunden später war es Sophie, die durch die Tür stürmte, und nicht der streng dreinblickende, gut gekleidete Herr vom Ball.

Sophies Augen glitzerten von ungeweinten Tränen, und sie warf sich Kate an den Hals. »Es tut mir so leid!«

Kate öffnete ihre Arme und schlang sie um ihre engste Freundin. »Mir geht es gut.«

»Nein, tut es nicht.« Sophie wich zurück und runzelte die Stirn. »Du wurdest kompromittiert. Oh, ich hätte dich vor diesem heimtückischen Mann schützen müssen.«

Kates Lippen zuckten, als zum ersten Mal seit Stunden Belustigung in ihr aufblitzte. »Leider musste ich nicht vor

Lord Blackwell beschützt werden, sondern vor den Geiern der Gesellschaft. Er hat mich nicht im Geringsten angefasst, Sophie. Es war einfach unglücklich, dass wir nicht bemerkt haben, dass die beiden anderen Frauen, die auf dem Balkon gewesen sind, gegangen waren, bevor die Damen Talbot und Bethel uns begegneten.«

Sophie blinzelte heftig, ihre Wimpern hoben sich dunkel von ihrer milchweißen Haut ab. »Und du bist sicher, dass du unverletzt bist?«

Kate zog eine Grimasse. »Nun, mein Ruf ist sehr getrübt, aber ich selbst bin unversehrt.«

Sophie atmete erleichtert auf. »Das ist wenigstens etwas. Was wirst du jetzt tun?«

»Ich weiß es nicht.«

Andrew stand auf und deutete auf die Tür. »Ich bin in meinem Arbeitszimmer, falls mich jemand braucht.«

Er murmelte etwas davon, dass er eine eindringliche Nachricht schicken müsse, aber Kate konnte nicht genau hören, was er sagte.

»Bitte fordere niemanden zu einem Duell heraus«, rief sie ihm nach. Normalerweise war er nicht jähzornig, aber sie konnte nicht vorsichtig genug sein.

Er machte eine Geste, die sie nicht deuten konnte, und verschwand um die Ecke.

Vielleicht ahnend, dass etwas Zeit allein mit ihrer Freundin Kate mehr helfen würde, als wenn sich alle um sie scharten, und so stupste ihre Mutter Amelia an und nickte in Richtung Ausgang. Kate schenkte ihrer Mutter ein dankbares Lächeln, als sie eine verwirrte Amelia hinausbegleitete und ihr vorschlug, nach dem kleinen George zu sehen.

»Musst du ihn heiraten?«, fragte Sophie und wandte sich Kate zu.

Kate holte tief Luft. »Ich weiß nicht einmal, ob das eine Option ist. Er rannte wie der Teufel, als er merkte, dass wir allein erwischt worden waren. Ich könnte mich irren, aber das scheint mir kein besonders gentlemanhaftes Verhalten zu sein.«

Sophie zögerte. »*Willst* du ihn denn heiraten? Ich weiß, dass du daran interessiert warst, mit ihm zu sprechen, aber ich wünschte, ich hätte nie zugestimmt, zu helfen. Das ist alles meine Schuld.«

»Nein, das ist es nicht«, versicherte Kate ihr. »Es war mein schlechtes Urteilsvermögen.«

»Aber das wäre nicht passiert, wenn ich unsere Mütter nicht abgelenkt hätte. Wusstest du, wer er war, als du ...?« Sie brach ab.

Kate schüttelte den Kopf. »Ich hatte keine Ahnung.«

Selbst wenn sie die gehabt hätte, könnte sie nicht garantieren, dass sie ihn nicht hätte treffen wollen.

Na gut, sie hätte sich wahrscheinlich zweimal überlegt, ob sie sich mit ihm auf den Balkon wagen sollte, aber sie war schon immer ein wenig impulsiv gewesen, und ein Mann mit einem schwarzen Ruf hatte etwas Faszinierendes an sich.

Vorausgesetzt natürlich, dass er *sie* nicht umbringen wollte.

Sophie sah ungewöhnlich ernst aus, als sie flüsterte: »Wenn du ihn nicht heiratest, bist du vielleicht ruiniert.«

»Ich weiß«, gab Kate zu.

»Aber selbst wenn du das nicht tust, werde ich dir beistehen.« Sie hob ihr Kinn, ihre blauen Augen trotzig. »Es ist nur ... es ist *ungerecht*.«

Kate würde nicht widersprechen. Sie stimmte Sophie ja zu. Aber manche Dinge änderten sich nicht von heute auf morgen, und die Erwartungen der Gesellschaft an junge unverheiratete Frauen gehörten dazu.

»Glaubst du, dass er wirklich ein Mörder ist?«, fragte Sophie und blickte sich um, als fürchte sie, Lord Blackwell könnte sich hinter den Vorhängen verstecken und mithören. »Wirkte er gewalttätig?«

Kate neigte ihren Kopf hin und her. »Ich habe nur ein

paar Minuten mit ihm gesprochen. Er wirkte gesellig, aber vielleicht nicht übermäßig angetan von den Regeln der Gesellschaft.« Schließlich hatte er sich nicht einmal vorgestellt, und er hatte nicht gezögert, sie auf den Balkon zu begleiten.

Sophies Nase kräuselte sich. »Du musst doch einen Eindruck von dem Mann bekommen haben.«

»Nicht wirklich.« Kate wünschte, sie hätte mehr zu sagen. Alles, was sie von ihm wusste, war, dass er einen Hauch von Schalk in sich trug, der im Gegensatz zu der Schwere stand, die sie zu bemerken geglaubt hatte, als sie ihn vor dem Ball gesehen hatte.

Boyden hustete unauffällig in sein Taschentuch. Kate zuckte erschrocken zusammen, als er auftauchte. Sie hatte nicht bemerkt, dass er eingetreten war.

»Lady Bowling steht vor der Tür, Mylady.«

»Wir sind nicht zu Hause, Boyden«, rief Lady Drake, als sie ins Zimmer stürmte. »Mein Gott, diese Frau ist eine furchtbare Klatschtante.«

»Verstanden, Mylady.«

»Warten Sie.« Lady Drake hielt ihn auf. »Die einzige Person, für die wir zu Hause sind, ist Lord Blackwell.«

Boyden verbeugte sich. »Sehr wohl, Mylady.«

Lady Drake wandte sich an Kate und Sophie. »Ich schlage vor, du versteckst dich irgendwo tiefer im Haus. Zweifellos ist Lady Bowling nur die erste Besucherin von vielen. Alle werden wissen wollen, was auf dem Wembley-Ball passiert ist, und was liegt da näher, als unter dem Vorwand, sich um dein Wohlbefinden zu sorgen, vorbeizukommen?«

»Wir gehen nach oben«, stimmte Kate zu. »Wenn Sophie bleiben will.«

Sophie verdrehte die Augen. »Natürlich will ich das. Du brauchst mich. Wir können uns an das Fenster in der Bibliothek setzen, mit Blick auf die Eingangstür, und Wache halten.«

Das war so gut wie jede andere Idee, und so ging Kate mit ihr, obwohl sie noch schnell in ihr Schlafgemach eilte, um ihr Skizzenbuch und einen Stift zu holen, bevor sie sich auf den Weg in die Bibliothek machte.

»Möchten Sie etwas Tee?«, fragte sie Sophie und merkte, dass sie das schon längst hätte tun sollen.

»Nein. Ich hätte nichts gegen eines von Mrs. Bakers Törtchen, aber noch nicht. Machen wir es uns erst einmal gemütlich. Irgendetwas sagt mir, dass du eine lange Nacht hinter dir hast.«

»Du bist sehr scharfsinnig.«

Sie stellten ihre Sessel vor dem Fenster auf, und es dauerte nicht lange, bis zwei Frauen im gleichen Alter wie Lady Drake an die Haustür traten und klopften. Boyden wies sie ab.

Kate ließ sich tiefer in den Sessel sinken, wissend, dass sie von der Straße aus nicht zu sehen waren. Das Letzte, was sie wollte, war das Gefühl, dass sie zur Schau gestellt wurde.

Und doch, als eine Person nach der anderen an die Tür trat und versuchte, Boyden zu überreden, sie hereinzulassen, hatte sie das Gefühl, dass die gehobene Gesellschaft entschieden hatte, dass *sie* für das Wochenende die Unterhaltung war. Nur sehr wenige von ihnen interessierten sich tatsächlich für sie. Sie wollten einfach nur diejenigen sein, die als erste erfuhren, was zwischen der bis dahin tadellosen Lady Katherine Drake und dem berüchtigten Lord Blackwell wirklich passiert war.

Als Kate es nicht mehr aushielt, begann sie, Sophie zu skizzieren, von der leicht nach oben gebogenen Nase ihrer Freundin über die Sommersprossen, die sie nicht unter Puder verstecken wollte, bis hin zu dem schwachen Zug um ihren Mundwinkel, der immer auf Ärger hindeutete.

»Glaubst du, Andrew wird den Viscount herausfordern?«, fragte Sophie und stützte ihr Kinn auf ihre Hand.

»Ich hoffe nicht.«

»Das wäre in gewisser Weise romantisch.«

Kate gab ein unwilliges Geräusch von sich. »Weißt du, was romantisch wäre? Lord Blackwell sagt diesen schrecklichen Klatschbasen, sie sollen sich um ihre eigenen Angelegenheiten kümmern, und dann schwärmt er von der Schönheit meiner Augen oder so etwas in der Art.«

Sophie kniff die Augen zusammen. »Du bist rührselig, nicht wahr? Wir brauchen Kuchen.«

»Ich bin nicht ...«, protestierte sie, aber Sophie war schon auf den Füßen und ging weg.

Als sie zurückkehrte, hatte sie Mrs. Baker auf den Fersen, die ein Teetablett trug, auf dem zwei kleine Kuchenstücke lagen.

»Bitte sehr, meine Liebe.« Mrs. Baker hantierte mit dem Tablett und stellte es auf einen kleinen Tisch zwischen ihnen. Dann schenkte sie Tee ein.

»Vielen Dank, Mrs. Baker.« Kate glaubte nicht, dass sie etwas würde essen können, aber sie schätzte sowohl Sophies Bemühungen als auch die der Köchin, ihre Stimmung zu verbessern.

»Sehr gern geschehen, Lady Katherine.«

Mrs. Baker zog sich zurück, und Sophie biss begeistert ein Stück von ihrem Kuchen ab.

»So gut«, murmelte sie, nachdem sie geschluckt hatte. »Mutter ist weniger besorgt, dass ich auf meine Figur achten soll, als sie es bei Violet und Emma mit deren Figur gewesen ist, aber wir bekommen trotzdem nicht oft Kuchen. Du solltest etwas davon essen.«

Kate beäugte den Kuchen widerwillig. Es war schön, dass Sophie helfen wollte, aber sie glaubte wirklich nicht, dass ein Stück Kuchen die Lösung sein würde.

»Mach schon«, ermutigte Sophie.

Seufzend nahm Kate den Kuchen in die Hand und knabberte am Rand. Ihr Mund war trocken, und es fiel ihr schwer zu schlucken. Wie sie erwartet hatte, saß der winzige Bissen unangenehm in ihrem Bauch und half überhaupt nicht.

Draußen fuhr eine Kutsche vor, und sie runzelte die Stirn. Sie erkannte das Wappen auf der Tür nicht.

»Wer ist das?«, fragte Sophie mit einem Bissen Kuchen im Mund.

»Ich habe keine Ahnung.«

Gemeinsam beobachteten sie, wie ein hochgewachsener Gentleman mit Hut aus der Kutsche stieg und geradewegs auf die Tür zuging. Sie warteten darauf, dass Boyden ihn abwies, aber als er das Haus betrat, setzte sich Kate aufrechter hin.

Oh, großer Gott. Das war er.

Lord Blackwell war hier.

KAPITEL 7

teilte der Butler Theo mit.

»Ich glaube, für mich dürften sie zu Hause sein.« Theo zog seine Karte aus der Tasche und hielt sie dem Mann hin, der den Namen las und die Lippen kräuselte, als hätte er etwas Verdorbenes gerochen.

»Wie Sie meinen.« Der Butler trat zur Seite, um ihn hineinzulassen.

Theo trat ein, bevor der Butler seine Meinung ändern konnte, und wartete, während er die Tür schloss. Er war erleichtert, aus dem Regen herauszukommen, der in der letzten Stunde zwar nachgelassen hatte, aber noch keine Anzeichen dafür zeigte, dass er aufhören würde.

»Ich bringe Sie ins Arbeitszimmer des Grafen. Ich nehme an, Sie möchten mit ihm sprechen?«

»Ja, danke.«

Eigentlich würde er gerne die Bekanntschaft des Mädchens machen, das er angeblich ruiniert hatte, aber er konnte verstehen, dass man ihm unter den gegebenen Umständen keinen direkten Zugang zu ihr gewähren würde. Verdammter Nicholas.

Er war nicht überrascht, dass die Drakes heute keine Besucher empfingen. Er hasste es, sich vorzustellen, wie viele Klatschtanten und Opportunisten an der Türschwelle aufgetaucht sein mussten, in der Hoffnung, herauszufinden, was der schreckliche Viscount Blackwell diesem süßen, unschuldigen Mädchen angetan hatte.

Danke, Nicholas.

Wenn sein Bruder ab sofort nie wieder aus der Reihe tanzen würde, wäre es zu früh. Theo hätte eine Auszeichnung dafür verdient, seinen Frust an einem Sandsack und nicht an seinem Zwilling ausgelassen zu haben. Vielleicht wäre es das Beste gewesen, wenn er Nicholas ein Veilchen verpasst hätte. Wenigstens würde er sich dann nicht mehr in die Gesellschaft wagen und weiteren Schaden anrichten, bis das Auge geheilt war.

Er folgte dem Butler einen Korridor entlang zu einer geschlossenen Tür. Der Butler klopfte.

»Kommen Sie herein«, rief eine Männerstimme.

Theo nahm sich zusammen. Er hoffte, dass der Graf so liebenswürdig war, wie er es in Erinnerung hatte. Er wollte lieber keine blutige Nase bekommen, weil er die Schwester des Mannes beleidigt hatte.

»Viscount Blackwell ist hier, um mit Ihnen zu sprechen, Mylord«, sagte der Butler.

»Tatsächlich?« Longleys Stimme war trügerisch sanft. »Bitte führen Sie ihn herein.«

»Ja, Mylord.«

Der Butler ließ Theo eintreten, und auf seinen Lippen erschien das leiseste Grinsen, als würde er sich über jede Strafe freuen, die der Graf diesem schändlichen Besudler der mädchenhaften Tugend auferlegen wollte.

Theo hob seinen Blick zu dem des Grafen und hielt sofort inne, wobei er fast über sich selbst stolperte. Longley war immer ein umgänglicher Mensch gewesen - sowohl vom

Aussehen als auch vom Auftreten her -, aber in diesem Moment sah er mörderisch aus.

Theo verschränkte die Hände vor der Leiste, leicht besorgt, dass der Graf seine Fortpflanzungsfähigkeit gefährden könnte. »Danke, dass Sie mich empfangen, Mylord.«

Longley zeigte mit dem Finger auf den Stuhl auf der anderen Seite des Schreibtischs. »Setzen Sie sich.«

Theo setzte sich.

Der selbstgefällige Butler zog sich zurück.

Longley starrte ihn einen langen Moment lang an. »Nennen Sie Ihr Anliegen.«

Das Grauen kroch in seinem Bauch. Er wollte das nicht tun. Nachdem er seine Frau verloren hatte, hatte er sich geschworen, nie wieder zu heiraten. Er war sich nicht sicher, ob er eine zweite Ehe überleben würde, wenn auch die so furchtbar schief ging, und er wollte auch keine junge Frau zu einem Leben im Elend mit ihm verdammen. Er hatte bereits bewiesen, dass er nicht in der Lage war, eine Frau bei Laune zu halten.

Theo räusperte sich und zwang sich zu sprechen. »Zunächst möchte ich Ihnen versichern, dass ich nichts Unpassendes mit Ihrer Schwester getan habe.« Sobald Nicholas wieder nüchtern gewesen war, hatte Theo ihn das auf die Familienbibel schwören lassen. »Allerdings verstehe ich, dass die Situation anders wirkte, und nun ist Lady Katherines Ruf gefährdet.«

Longley beugte sich vor, holte eine Flasche Brandy aus seinem Schreibtisch und goss einen Schluck davon in ein kleines Glas. Theo bot er nichts an. »Fahren Sie fort.«

Gute Gott, der Mann war entschlossen, es ihm nicht leicht zu machen.

»Ich bin bereit, Lady Katherine zu heiraten.« Die Worte schmeckten bitter auf seiner Zunge, und während Longley seinen Drink schlürfte, wünschte sich Theo, er hätte selbst einen. Es war nicht leicht gewesen, zu dieser Entscheidung zu kommen, aber sich als Opferlamm anzubieten, würde sowohl seinen Bruder als auch seine Mutter schützen, die beiden Menschen, die er am meisten auf der Welt liebte.

Longley leerte das Glas und stellte es ab. »In Anbetracht der Lage, in der Sie sich befinden, und der Tatsache, dass Sie sich selbst dorthin gebracht haben, sollten Sie die Möglichkeit, meine geliebte Schwester zu heiraten, nicht mit dem Gang zur Schlinge gleichsetzen. Es sei denn, Sie ziehen es vor, die Sache im Morgengrauen mit Pistolen zu regeln.«

Theos Magen kribbelte, und er blinzelte Longley an, unfähig, eine Antwort zu formulieren. Er hätte nicht gedacht, dass der Graf ein Mann wäre, der ihm ein Duell androhen würde. Er war immer so freundlich und unvoreingenommen gewesen. Wenn es um seine Schwester ging, war Longley offenbar alles andere als entspannt.

»Das wird nicht nötig sein«, sagte er. »Ich bitte um Entschuldigung, Lord Longley. Ich habe nichts gegen Lady Katherine.«

Wie könnte er auch? Er hatte sie noch nicht einmal kennengelernt.

»Ihr Gesichtsausdruck sagt etwas anderes«, sagte Longley kalt.

Theo fuhr sich mit der Hand durch sein Haar. Er verstand das alles falsch. »Wirklich nicht. Es ist nur so, dass ich nie vorhatte, wieder zu heiraten, also muss ich mich erst einmal an den Gedanken gewöhnen.«

Longley warf einen Blick auf seine Flasche, als würde er darüber nachdenken, ob er sich noch einen einschenken sollte, aber er entschied sich wohl dagegen, denn er legte seine Handflächen auf den Schreibtisch und lehnte sich in seinem Stuhl zurück. »Warum sollten Sie sich mit einer jungen unverheirateten Dame auf dem Wembley-Ball unterhalten, wenn nicht, um eine Frau zu finden?«

»Sie ist gestolpert und brauchte Hilfe.« Eine weitere

Information, die er von Nicholas erhalten hatte. »Ich war dort, um einen alten Freund zu treffen, aber als ich ihr begegnete, bot ich ihr aus Höflichkeit an, sie auf den Balkon zu begleiten, um Luft zu schnappen.«

In Wirklichkeit war das eine Entscheidung, die Theo niemals getroffen hätte, aber Nicholas war schon immer leichtsinniger gewesen als er selbst.

»Mm-hmm.« Longley schaute zweifelnd. »Sie haben Glück, dass Kate mir das Gleiche gesagt und mir versichert hat, dass zwischen Ihnen beiden nichts weiter passiert ist als ein unglücklicher Zufall.«

Gott sei Dank. Manche Frauen sahen die Gelegenheit, sich eine Ehe mit einem Lord zu sichern, und logen, um ihn in die Falle zu locken. Wenigstens wusste er jetzt, dass Lady Katherine ein Mindestmaß an menschlichem Anstand besaß.

»Also, wie gehen wir weiter vor?«, fragte Theo.

Longley starrte ihn an, seine haselnussbraunen Augen nachdenklich, aber unnachgiebig. »Ich werde meine Schwester nie bitten, jemanden zu heiraten, den sie nicht will. Sie können ihr gerne einen Antrag machen, und wie auch immer ihre Entscheidung ausfällt, ich werde dazu stehen.«

Theo legte den Kopf schief und war wieder einmal überrascht. Er wäre davon ausgegangen, dass die meisten Vormünder junger Ladys, die in einen Skandal verwickelt wurden, nur zu gerne Entscheidungen für ihre Mündel treffen würden - vor allem, wenn es möglich war, sie aus einer Situation herauszuholen, solange ihr Ruf noch weitgehend intakt war.

Dass Longley die Entscheidung Lady Katherine - Kate - überließ, sprach Bände über seine Zuneigung und seinen Respekt für sie.

»Darf ich dann mit Lady Katherine sprechen?« Er konnte die Sache genausogut so schnell wie möglich hinter sich bringen. Hoffentlich würde Gott seine Gebete erhören, und sie würde ihn abweisen. Noch besser wäre es, wenn sie bereits die Zuneigung eines höher gestellten Mannes gewonnen hätte, so dass niemand diesen unglücklichen Vorfall bemerken würde, wenn sie stattdessen diesen anderen heiratete.

»Boyden!«, rief Andrew.

Der Butler erschien hinter ihnen, als hätte er die ganze Zeit dort geschwebt. Das hatte er wahrscheinlich. Die Dienerschaft war notorisch neugierig.

»Ja, Mylord?«

»Bitten Sie Lady Katherine, in den Salon zu kommen. Sie können ihr mitteilen, dass Lord Blackwell hier ist, um mit ihr zu reden.«

Der Butler verbeugte sich. »Sehr wohl, Mylord.«

Er warf Theo einen bösen Blick zu, als er sich zurückzog.

Longley erhob sich und gab Theo ein Zeichen, ihm durch die Tür des Arbeitszimmers zu folgen. Er führte Theo den Korridor hinunter und in einen in Weiß- und Grüntönen gehaltenen Salon. »Sie können hier warten.«

»Sie bleiben nicht?«, fragte Theo, nunmehr zum dritten Mal überrascht.

»Nein. Kate wird eine Anstandsdame mitbringen, und sie wird sich wohler fühlen, wenn sie die Dinge mit Ihnen besprechen kann, ohne dass ich dabei mithöre. Wenn Sie allerdings einen Fuß aus der Reihe tanzen, werde ich das erfahren.«

Daran zweifelte Theo nicht. Diese ernste, hartnäckige Version des Earls hatte etwas seltsam Beunruhigendes an sich.

Longley nickte einmal und entfernte sich. Theo überlegte, ob er sich auf eines der Sofas oder in einen der vielen Sessel setzen sollte, entschied sich aber dafür, stehen zu bleiben, aus Respekt vor Lady Katherine, die sich zweifellos bald zu ihm gesellen würde.

Er schritt durch den Raum und wieder zurück und überlegte, wie er es so formulieren könnte, dass er ihr die echte Option einer Heirat eröffnete, wenn sie es wollte, und sie gleichzeitig ermutigte, ihn zurückzuweisen.

Er wollte wirklich nicht, dass das Mädchen ruiniert wurde. Das hatte sie nicht verdient. Aber sie hatte auch etwas Besseres verdient, als ein Leben lang an einen Mann gebunden zu sein, der bereits eine Frau in den Tod getrieben hatte.

Leise Schritte näherten sich, und einen Moment später trat der Butler ein und hielt die Tür auf. Zwei Frauen traten ein, Arm in Arm.

Zwei.

Keine von beiden ein Dienstmädchen. Beide trugen Kleider adliger junger Ladys. Zu seiner Verwunderung hatten beide Frauen rötliches Haar und hätten daher Longleys Schwestern sein können - obwohl das Haar der linken Frau heller war als das der anderen. Sie hatten beide helle Augen und ein schönes Lächeln.

Er blickte von einer zur anderen, und sein Magen sank in seine Schuhe. Lieber Gott, er hatte keine Ahnung, welche von ihnen Lady Katherine Drake war.

Er verbeugte sich vor ihnen. »Meine Damen.«

Beide Frauen knicksten vor ihm und erwiderten den Gruß. Als sie sich aufrichteten, musterte er ihre Gesichter, verzweifelt auf der Suche nach einem Hinweis darauf, welche Frau er ansprechen sollte. Die auf der linken Seite hatte einen Hauch von Schalk in den Augen und ein verschmitztes Lächeln. Sie war definitiv die Art von junger Lady, die sein Bruder auf einen Balkon locken könnte.

Er entschied, dass es sich bei dem rothaarigen Küken höchstwahrscheinlich um Lady Katherine handelte, und wandte sich ihr zu. »Können wir unter vier Augen sprechen, Mylady?«

Sie runzelte die Stirn, ihr freches Lächeln verzog sich missbilligend. »Das könnten wir wohl, aber ich hätte gedacht, dass Sie dringender mit Lady Katherine sprechen sollten.«

Die Luft im Salon kühlte um mehrere Grad ab. Schmerzhaft langsam wandte sich Theo der anderen Frau zu. Die, deren Haar eher ein verbranntes Blond war als ein feuriges Rot, und mit grauen Augen, die vor Intelligenz glänzten und nicht einmal die geringste Spur von Schalkhaftigkeit aufwiesen.

Oh, verdammt.

Das war Lady Katherine.

Er hatte seine Frage an die falsche Frau gerichtet, und dem herrischen Bogen ihrer Augenbraue und der schmalen Linie ihrer Lippen nach zu urteilen, war sie von seinem Irrtum nicht gerade angetan. Natürlich nicht. Das wäre ja keine, die in der Nacht zuvor angeblich ein skandalöses Intermezzo mit ihm gehaben haben sollte und am nächsten Tag nicht mehr erkannt wurde.

Aber bei Gott, sie war ganz und gar nicht die Art von Frau, von der er erwartet hätte, dass sein Bruder sich für sie interessieren würde. Alles an ihr, von ihrer Körpersprache bis zu ihrer Kleidung, verriet, dass sie eine anständige, wohlerzogene Lady war. Er hätte nie gedacht, dass dieses sittsame Geschöpf den Mut haben könnte, sich mit einem so verwegenen Mann wie seinem Bruder allein auf einen Balkon zu wagen.

Er holte tief Luft und verbeugte sich so tief, dass er sich wie ein armer Schlucker fühlte, der sich vor dem König verbeugte. »Ich bitte um Entschuldigung, Lady Katherine. Ihre Begleiterin hat recht. Es war eine lange Nacht, und ich bin nicht ganz auf der Höhe. Ich hätte mich sofort an Sie wenden sollen.«

»Es ist alles in Ordnung, Lord Blackwell.« Ihre Stimme war sanft und melodiös, aber darin lag eine Kühle, die er zweifellos verdient hätte, wenn er tatsächlich der Mann gewesen wäre, den sie gestern Abend getroffen hatte. »Wir wurden einander nie offiziell vorgestellt. Ich bin Lady Katherine Drake, und das ist meine Freundin, Lady Sophie Carlisle. Sie war so freundlich, um mir an diesem schwierigen Tag Gesellschaft zu leisten.«

Großartig, er hatte dieses Mädchen nicht nur ruiniert, ohne sie überhaupt kennengelernt zu haben, sondern auch ihren Stolz verletzt.

Er nahm ihre Hand und beugte sich darüber. »Lord Blackwell, zu Ihren Diensten.« Als er sie losließ, nickte er Lady Sophie zu. »Es ist mir ein Vergnügen, Mylady.«

»Sollen wir uns da drüben hinsetzen?«, fragte Lady Katherine und deutete auf ein Sofa vor dem leeren Kamin.

»Ja, tun wir das.«

»Einen Moment, bitte.« Lady Katherine ging zur Tür und sprach mit jemandem. Auf dem Rückweg murmelte sie Lady Sophie etwas zu, die ans andere Ende des Raumes ging, wo sie als Anstandsdame sitzen konnte, ohne das Gespräch zu stören.

Er zog Lady Katherines Arm in seine Ellenbeuge und führte sie zu den beiden Sofas, die sich gegenüberstanden. Sie ließ sich anmutig niedersinken, und er setzte sich ihr gegenüber.

Er sah sie aus den Augenwinkeln an und war wieder einmal überrascht, dass sein Bruder Lady Katherine unter den vielen anderen Debütantinnen, die zweifellos auf dem Ball gewesen waren, als Gesprächspartnerin ausgewählt hatte.

Vielleicht war es so einfach gewesen, wie beide behauptet hatten - sie hatte frische Luft gebraucht, und er hatte sie begleitet -, aber Nicholas hatte gesagt, dass er geglaubt hatte, Theo könnte das Küken wirklich mögen. Vielleicht war sein Bruder klüger, als Theo ihm zugetraut hatte.

Mit ihrer gelassenen Eleganz und ihrer zurückhaltenden Schönheit war Lady Katherine definitiv die Art von Frau, die Theos Interesse wecken würde, wenn er tatsächlich auf der

Suche nach einer Ehefrau wäre. Er hatte schon einmal eine temperamentvolle Frau geheiratet, und es hatte ein schlechtes Ende genommen. Auf den ersten Blick könnte Lady Katherine sich nicht noch mehr von Elizabeth unterscheiden.

»Lady Katherine«, begann er unbeholfen. »Was gestern Abend passiert ist, tut mir mehr leid, als ich sagen kann. Ich entschuldige mich von ganzem Herzen für den Kummer, den Ihnen diese Situation bereitet hat.«

Sie verschränkte ihre Finger ineinander und legte sie auf ihren Schoß. »Ich weiß das zu schätzen, aber soweit ich weiß, erfordert nur eine Handlung eine Entschuldigung. Das meiste davon war dem schlechten Zeitpunkt geschuldet, aber es war ein unglaublich schlechtes Benehmen von Ihnen, so schnell zu verschwinden, als wir entdeckt wurden. Wenn Sie geblieben wären, hätten wir die Situation vielleicht erklären können, aber als Sie geflohen sind, hat uns das schuldig aussehen lassen.«

Sein Kiefer verkrampfte sich. Sie hatte absolut Recht. Der verdammte Nicholas. »Ich verstehe das und entschuldige mich dafür. Ich geriet in Panik, und es war falsch von mir, zu gehen.«

Ihre Augen suchten seine, aber so wie sie sie zusammenkniff, hatte sie wohl nicht gefunden, wonach sie suchte. Wahrscheinlich, weil er log und sie das irgendwie spüren konnte. Wenn nicht so viel auf dem Spiel stünde, wäre er von ihrer Auffassungsgabe beeindruckt.

Eine kleine, mollige Frau mit roten Wangen und mütterlicher Ausstrahlung stürmte in den Raum und stellte ein Teetablett auf einen der Beistelltische.

Lady Katherine bedankte sich bei ihr und schenkte ihnen beiden eine Tasse Tee ein. »Wie mögen Sie den Tee?«

»Schwarz.«

Sie stellte die Tasse neben ihn, stellte ihre eigene hin und bot ihm einen Keks an.

»Nein, danke.« Er glaubte nicht, dass er in der Lage sein würde, etwas zu essen, wenn seine gesamte Zukunft vom Ausgang dieses Gesprächs abhängen könnte. »Lady Katherine, ich hatte nie die Absicht, wieder zu heiraten, aber in Anbetracht der Umstände möchte ich um Ihre Hand anhalten, um den Schaden zu beheben, den mein leichtsinniges Handeln Ihrem Ruf zugefügt hat.«

KAPITEL 8

WUT BRANNTE IN KATES BAUCH, ALS SIE IHREN TEE UMRÜHRTE und langsam einatmete, um nicht vor dem Viscount zu fluchen. Ladys sollten niemals Flüche aussprechen, vor allem dann nicht, wenn sie sich gegen Mitglieder der Aristokratie richteten.

Die schiere Dreistigkeit von Lord Blackwell, ihr einen Heiratsantrag zu machen, obwohl er nicht einmal den Anstand gehabt hatte, sie zu erkennen. Er war eindeutig nicht die Art von Mann, die einen akzeptablen Ehemann abgeben würde.

Wie konnte er es wagen, sie so schlecht zu behandeln?

Ja, er hatte das »Richtige« getan, indem er hierher gekommen war, um ihr einen Antrag zu machen, aber er hatte am vergangenen Abend einige Minuten mit ihr verbracht und hatte Sophie trotzdem irgendwie mit ihr verwechselt!

Er hatte unbeholfen versucht, sich da rauszureden, aber das war ihm nicht gelungen, und Kate durchschaute sein Spiel. Er hatte Glück, dass sie es nicht übers Herz gebracht hatte, seine Teetasse über seine schöne schwarze Hose zu leeren.

»Ich werde darüber nachdenken«, sagte sie, denn sie wusste, dass sie ihn nicht einfach zurückweisen durfte. Sie war im Moment sehr aufgeregt und daher nicht in der Lage, eine rationale Entscheidung zu treffen. Sie brauchte Zeit, um ihre Optionen abzuwägen.

Lord Blackwells Augen weiteten sich. »Wie bitte?«

Sie starrte ihn an. »Ich sagte, dass ich Ihr großzügiges Angebot in Betracht ziehen werde. Ich fühle mich derzeit nicht in der Lage, eine fundierte Entscheidung zu treffen. Schließlich kenne ich Sie kaum.«

»Viele haben geheiratet und kannten einander noch weniger«, sagte er und zog eine Falte zwischen den Brauen, die andeutete, dass sie ihn verwirrte.

Er war nicht der einzige, der verwirrt war.

Vor ein paar Tagen hatte sie einen gutaussehenden Mann gesehen, auf dessen Schultern das Gewicht der Welt zu lasten schien, und sie hatte ihn kennenlernen wollen. Am vergangenen Abend hatte sie einen extravagant gekleideten Lord kennengelernt, der sie sofort im Stich gelassen hatte, als etwas schief ging. Heute war er hier, die Last wieder auf seinen Schultern, und versuchte, das Richtige zu tun.

Was war mit diesem Mann los?

Sie legte ihren Löffel beiseite und schlang ihre Hände um ihre Tasse, dankbar für die Wärme, die der Tee spendete. Sie warf einen Blick aus dem Fenster. Es hatte aufgehört zu regnen, aber graue Wolken hingen schwer am Himmel, und es würde sie nicht wundern, wenn der Regen später wieder einsetzen sollte.

»Was würden Sie heute tun, wenn wir uns nicht in einer solchen Situation befänden?«, fragte sie, neugierig darauf, mehr über ihn zu erfahren - nicht zuletzt, um ihre Entscheidung zu untermauern. In Anbetracht der Gerüchte über den Viscount musste sie seinen Charakter kennenlernen.

Er wich ein wenig zurück, die Furche zwischen seinen Brauen vertiefte sich. »Entweder die Verwaltung meines

Anwesens oder die Überprüfung von Dokumenten für das Parlament.«

»Gehen Sie immer ins Parlament?« Sie hatte gehört, dass einige Lords sich nicht um die Zukunft des Landes kümmerten und ihren Sitz im Oberhaus ignorierten.

Er nickte steif. »Ich betrachte es als meine Pflicht gegenüber England, an den Sitzungen teilzunehmen. Das ist der einzige Grund, warum ich zur Zeit nach London komme.«

Wie faszinierend. Wenn er nur in London war, um an Parlamentssitzungen teilzunehmen, warum war er dann auf dem Ball der Wembleys gewesen?

»Macht es Ihnen Spaß?«, fragte sie.

Er schürzte die Lippen. »Ich mache das nicht aus Spaß an der Freude. Ich tue es, um meinem Land auf die bestmögliche Weise zu dienen.«

Also, nein. Sie hatte angenommen, dass es ihm keinen Spaß machen würde.

»Das ist sehr ehrenvoll von Ihnen.« Sie nippte an ihrem Tee und suchte nach einem anderen Gesprächsstoff. Sie war wütend auf ihn und misstraute ihm, aber sie musste auch herausfinden, ob sie die Situation retten konnte.

»Ist dies Ihre erste Saison?«, fragte er und betrachtete die Kekse, machte aber keine Anstalten, einen zu nehmen.

Sie runzelte die Stirn. »Nein, meine zweite.«

Sie hätte schwören können, dass sie ihm das gestern Abend gesagt hatte.

»Ah. Ich verstehe.« Er verlagerte sein Gewicht unbehaglich. »Wie ist Ihre Saison bisher verlaufen?«

»Ziemlich stressig, wie Sie sicher wissen.« Er befand sich schließlich in der gleichen Lage wie sie, auch wenn der Schaden für seinen Ruf nicht so gravierend sein würde wie für ihren.

Er zuckte zusammen. »Äh, ja. Verzeihen Sie mir. Das war eine schlecht durchdachte Frage.«

Kate schaute durch den Raum, wo Sophie schweigend

ihren eigenen Tee trank und so tat, als würde sie nicht zuhören. Sie wünschte, sie hätte den gleichen Mut wie ihre Freundin. Zweifellos hätte Sophie an Kates Stelle irgendeine bissige Bemerkung gemacht, aber Kate konnte sich nur zu einem Blick hinreißen lassen.

»Wie lange werden Sie in London bleiben, Mylord?«

»Bis das Parlament vor Weihnachten geschlossen wird«, antwortete er.

Da fiel ihr auf, wie belastet diese ganze Sache war. Am vergangenen Abend hatte er sich geweigert, ihr seinen Namen zu nennen - und jetzt, wo sie ihn kannte, konnte sie verstehen, warum - aber er war ziemlich charmant gewesen.

Eine Möglichkeit kam ihr in den Sinn, und ihr Herz zog sich zusammen. Das würde erklären, warum er sie nicht erkannt hatte, und ihm eine Ausrede für vergessene Aspekte ihres Gesprächs liefern.

Sie seufzte. »Verzeihen Sie die Frage, aber waren Sie letzte Nacht betrunken, Mylord?«

Er starrte sie an. Blinzelte. Starrte noch mehr. »Wie bitte?«

Sie zog den Kopf ein. »Ich möchte Sie nicht beleidigen. Ich möchte es nur wissen, damit ich es besser verstehen kann. Irgendetwas an Ihnen scheint heute anders zu sein.«

»Oh.« Er sah verblüfft aus, richtete sich dann aber wieder auf. »Ich war vielleicht ein bisschen beschwipst. Ich glaube nicht, dass ich betrunken war. Es sei denn, ich ... Ich habe nichts getan, was Sie glauben lässt, dass ich verrückt geworden bin, oder?«

»Nein, das haben Sie nicht«, beeilte sie sich, ihm zu versichern.

»Gut.« Er war sichtlich erleichtert. Vielleicht war er betrunkener gewesen, als er zugeben wollte, wenn er so besorgt über sein Verhalten war. Er sollte sich zumindest an einen Teil davon erinnern.

Kate hörte ein Knirschen und sah über ihre Schulter zu

Sophie, die das Gesicht verzog und sich den Rest eines Kekses in den Mund steckte.

Blackwell beugte sich zu ihr. »Was machen Sie denn gern mit Ihrer Zeit?«

»Ich mag Kunst.« Sie war versucht, das näher auszuführen, aber betrunken oder nicht, er hatte ihren Stolz verletzt, indem er sich nicht an ihr Aussehen erinnerte, und sie wollte es ihm nicht zu leicht machen.

Er hob seine Tasse an die Lippen und trank. Es dürfte ihm schmecken, denn er nahm gleich noch einen Schluck. »Welche Art von Kunst?«

»Zeichnen. Malerei. Auch anderes.«

Er nickte, und sein Blick glitt zum Fenster. »Es regnet nicht mehr. Haben Sie vielleicht Lust, mit mir im Park spazieren zu gehen?«

Sie zögerte. Einerseits sollte sie diese Gelegenheit nutzen, um Lord Blackwell besser kennenzulernen, damit sie entscheiden konnte, was sie als Nächstes tun wollte, aber andererseits ... »Wir würden eine Menge Aufmerksamkeit auf uns ziehen.«

Das Letzte, was sie wollte, war, wieder die Augen aller auf sich gerichtet zu spüren. Angestarrt zu werden, war schon am vergangenen Abend unangenehm genug gewesen.

Doch Lord Blackwells Mund verzog sich zu der leisesten Andeutung eines Lächelns. »Vielleicht wäre das der vernünftigste Weg, der Sache zuvorzukommen.«

»Wie meinen Sie das?«

Er zuckte mit den Schultern. »Wenn wir heute zusammen gesehen werden, dann erscheint der gestrige Vorfall sicher weniger skandalös. Wir können so tun, als würden wir umeinander werben, und zeigen, dass wir beide uns nicht von irgendwelchen Gerüchten verletzen lassen.«

Es war ... eigentlich nicht der schlechteste Plan, den sie je gehört hatte.

»Warten Sie hier«, sagte sie, stand auf und ging zum

anderen Ende des Raumes. »Was denken Sie?« fragte sie Sophie.

Sophie blies die Luft aus dem Mundwinkel. »Seine Idee ist gut.«

»Ich weiß«, murmelte sie. »Aber es würde auch die Gerüchte bestätigen, dass wir umeinander werben.«

»Was wäre in den Augen des *ton* skandalöser: ein Stelldichein oder eine gelöste Verlobung?«, fragte Sophie, wobei ihr Tonfall deutlich machte, dass sie sich nicht sicher und die Frage ernst gemeint war.

»Ich weiß es nicht«, gab Kate zu. »Aber ich werde ihn nicht nach einer so kurzen Bekanntschaft heiraten - schon gar nicht bei seinem Ruf - also nehme ich an, dass ein Spaziergang mit ihm zumindest eine Möglichkeit wäre, unsere Beziehung zu vertiefen, ungeachtet der Konsequenzen, die das haben könnte.«

»Ich kann deine Anstandsdame sein«, sagte Sophie.

»Danke.« Kate drückte ihre Schulter, dann wandte sie sich wieder an Lord Blackwell. »Ich werde mit Ihnen spazierengehen, und Lady Sophie wird als Anstandsdame mitkommen.«

Blackwell erhob sich. »Meine Kutsche steht draußen. Werden Sie viel Zeit für die Vorbereitung brauchen?«

»Eine kleine Weile.« Kate sah an ihrem Kleid hinunter. Ihre jetzige Kleidung war für den Aufenthalt im Freien bei so kühlem Wetter nicht geeignet: »Ich sollte mich umziehen.«

»Ich werde hier warten.«

Kate schickte ein Dienstmädchen, um ihren Bruder und ihre Mutter über ihre Pläne zu informieren, und ging mit Sophie nach oben. Sophie hatte eine Pelisse mitgebracht und trug bereits Spazierschuhe, was unter diesen Umständen ein Glücksfall war.

Margaret half Kate, ein angemesseneres Kleid und eine Pelisse anzuziehen, dazu Schuhe, die den feuchten Boden überstehen würden. Sie packte auch einen Regenschirm ein, denn das Letzte, was sie wollte, war, durchnässt zu werden, wenn das Wetter wieder umschlug.

Unten wartete Lord Blackwell geduldig auf sie, aber zu ihrer Überraschung war niemand aus ihrer Familie gekommen, um sich selbst zum Mitkommen einzuladen. Sie hätte erwartet, dass entweder Lady Drake oder Andrew kommen würden, um zu schnüffeln, aber aus irgendeinem Grund hielten sie beide Abstand.

Als Lord Blackwell sie zu seinem Wagen begleitete, fragte Sophie ihn, wie lange er schon in London sei und wo sein Landsitz liege. Er antwortete in knappem Tonfall, ohne weitere Einzelheiten zu nennen. Sophie war eine kluge Gesprächspartnerin, aber abgesehen davon, dass er ihre Fragen beantwortete, führte er den Gesprächsfaden nicht weiter und gab ihr nicht viel, um das Gespräch zu vertiefen.

Sie erreichten die Kutsche, und er nahm Kates Hand und half ihr hinein. Ein Schauer des Bewusstseins durchfuhr sie, als ihre Haut die seine berührte, aber sie tat ihr Bestes, um sich das nicht anmerken zu lassen. Sie setzte sich ans Fenster, und Sophie nahm den Platz neben ihr ein. Blackwell setzte sich ihnen gegenüber, sein Rücken steif. Er fühlte sich sichtlich unwohl.

Die Kutsche rollte vorwärts und schaukelte leicht, bevor die Pferde einen gleichmäßigen Rhythmus fanden. Kate beobachtete die Straße und fragte sich, wie viele Leute durch ihre Fenster gespäht hatten, als sie das Haus verließen, um Klatsch und Tratsch über ihren Ausflug mit Lord Blackwell zu verbreiten.

Sophie blieb ungewohnt still, und auch Blackwell sprach nicht. Nach einigen Minuten wurde die Stille fast schmerzhaft.

Kate brannte darauf, etwas zu sagen, irgendetwas, um das Schweigen zu durchbrechen, aber sie wusste nicht, was.

Blackwell war für sie im Grunde ein Fremder. Ein Fremder, den sie durch die Umstände gezwungen sein könnte, zu heiraten. Sie war zwar nicht schüchtern, aber mit dieser Situation hatte sie nicht gerechnet, und sie wusste nicht, wie man sich richtig benehmen sollte.

Die Kutsche hielt am Hyde Park, und sie warteten auf einen Lakaien, der die Tür öffnete. Blackwell kletterte hinaus, seine langen Gliedmaßen bewegten sich anmutig, und half den Ladys beim Aussteigen. Als sie sich ihm näherte, bemerkte sie, dass er die kleine Sommersprosse nicht mehr hatte, die sie gestern Abend an seinem Kinn entdeckt hatte. Vielleicht war es eher ein Fleck als eine Sommersprosse gewesen.

Gemeinsam drehten sie sich um und gingen den Kiesweg entlang in den Park. Es waren nur wenige Menschen in der Nähe, wahrscheinlich wegen des schlechten Wetters, aber jeder starrte unweigerlich auf ihre kleine Gruppe, als er sie kommen sah.

»Achten Sie nicht auf sie«, sagte Blackwell laut genug, um die nächste Gruppe dazu zu bringen, sich kichernd abzuwenden und so zu tun, als hätten sie nicht geguckt.

»Der Fluss hat heute eine gute Strömung«, sagte Sophie und deutete auf den Wasserlauf, der durch den Park führte. Die Ufer waren grün und grasbewachsen, und die Strömung stärker als sonst. »Glauben Sie, es könnte Überschwemmungen geben?«

»Das bezweifle ich«, antwortete Blackwell und blickte hinüber. »Soweit ich weiß, soll das Wetter morgen aufklaren.«

Guter Gott.

Kate stand am Rande des Ruins, dieser Mann hatte ihr einen Heiratsantrag gemacht, obwohl er sie eindeutig nicht heiraten wollte, und sie sprachen über das Wetter?

Wie furchtbar britisch von ihnen.

Sie schaute sich um, auf der Suche nach Gesprächsstoff, erstarrte aber, als ihr Blick auf Lady Talbot fiel, die inmitten einer Gruppe von Frauen Hof hielt, die Kate als die Mütter anderer Debütantinnen erkannte, von denen viele in dieser Saison ebenfalls auf der Suche nach Ehemännern waren.

Sophies Arm streifte den von Kate, als sie etwas näher kam. »Lass dich von ihr nicht aus der Ruhe bringen. Sie ist nur eine boshafte alte Hexe.«

»Lady Talbot«, überlegte Blackwell. »Ich hätte es wissen müssen.«

Was in aller Welt sollte das bedeuten?

Kate warf wieder einen Blick auf die Frauen und stellte fest, dass zumindest eine von ihnen ihre Tochter dabei hatte. Das Mädchen sah Kate in die Augen und schnitt eine Grimasse, wobei sie nicht sagen konnte, ob sie Mitleid oder Verachtung empfand.

»Haben Sie eigentlich Kinder, Mylord?«, fragte Kate. Die Gerüchte über ihn deuten darauf hin, dass dies nicht der Fall war, aber wenn er nicht die Absicht hatte, wieder zu heiraten, dann waren sie vielleicht falsch. Warum sollte ein Viscount auf eine Heirat verzichten, wenn er noch keinen Erben hatte?

»Nein, habe ich nicht.«

Sie biss sich auf die Lippe, um keine weiteren Fragen zu stellen. Sein schroffer Ton war nicht gerade einladend.

Ein Wassertropfen landete auf Kates Wange, und sie hob ihr Gesicht zum Himmel. Ein weiterer Tropfen.

»Ich glaube, wir sollten gehen, wenn wir nicht nass werden wollen«, sagte sie, falls es keiner ihrer Begleiter bemerkt haben sollte.

»Wie Sie wünschen.« Lord Blackwell blieb abrupt stehen und drehte sich um.

Beide Frauen beeilten sich, das Gleiche zu tun.

Den kurzen Weg zurück zur Kutsche legten sie ohne

weiteres Gespräch zurück. Sie kletterten in die Kutsche und fuhren so schweigsam zurück, wie sie gekommen waren. Als sie vor dem Haus der Drakes anhielten, richtete Lord Blackwell seinen finsteren Blick mit aller Kraft auf Kate.

»Haben Sie eine Entscheidung getroffen?«, fragte er.

KAPITEL 9

Theo beobachtete das Spiel der Emotionen auf Lady Katherines Gesicht. Sie waren nicht sehr gut zu entziffern, aber es war offensichtlich, dass sie im Zwiespalt war. Seine Finger verkrampften sich auf seinen Schenkeln, er atmete langsam ein und zwang sich, nicht zu zappeln, während er ihre Antwort erwartete.

Sie warf einen Blick auf ihre Freundin Lady Sophie und schien zu einem Schluss zu kommen. »Darf ich weiter darüber nachdenken? Nicht für lange. Vielleicht können wir uns morgen wieder treffen? Ich weiß, dass wir unter Zeitdruck stehen, aber ich möchte nicht überstürzt eine Entscheidung treffen, die mein Leben völlig verändern könnte.«

Er starrte sie mit halb offenem Mund an. Wie schrecklich war sein Ruf, dass sie bereit war, einen Skandal zu riskieren, indem sie ihn nicht heiratete?

Er hatte immer gewusst, dass im *ton* über ihn getratscht wurde und dass er kein gefragter Gast auf Partys war, aber war sein Ruf wirklich so schlecht, dass Lady Katherine lieber ihre Zukunft wegwerfen würde, als Lady Blackwell zu werden?

Es war in gewisser Weise das Ergebnis, das er sich erhofft hatte, aber es schockierte ihn dennoch.

»Mylord?«, fragte sie und schürzte die Lippen.

»Das ist in Ordnung, Lady Katherine. Ich werde sie morgen wieder aufsuchen.« Er stieg wie ein Automat aus der Kutsche, reichte ihr die Hand, um ihr hinauszuhelfen, und tat dann dasselbe für Lady Sophie. Er wartete, bis sie das Haus betreten hatten, und als sich die Tür hinter ihnen schloss, stieg er wieder in seine Kutsche und rief: »Zum *Regent*.«

Dies erforderte einen Drink in seinem Club.

Dort angekommen, trat er durch eine wenig bekannte Seitentür ein und schlich sich lautlos den Korridor hinunter zu dem Zimmer, das Nicholas normalerweise bevorzugte. Er hatte den Verdacht, dass er seinen Bruder hier finden würde - falls der sich von den Folgen des übermäßigen Alkoholkonsums am Vorabend erholt hatte.

Tatsächlich saß Nicholas in einem braunen Ledersessel in einem kleinen Raum mit weißem Marmorfußboden, einer Handvoll Kerzen, die ein wenig Licht spendeten, und verblassten braunen Säulen im römischen Stil. Neben ihm standen eine Karaffe und zwei kleine Gläser, was darauf hindeutete, dass sein Bruder schon auf ihn gewartet hatte.

Theo schenkte sich einen Drink ein und ließ sich auf den nächsten Stuhl fallen. »Glauben die Leute wirklich, dass ich meine Frau kaltblütig ermordet habe?«, fragte er, bevor er das Glas leerte und sofort nach mehr verlangte. Er füllte aber nicht nach. So verlockend es auch sein mochte, sich zu betrinken, so würde das sein Problem nicht beheben.

Nicholas lümmelte tief im Sessel und blickte ihn an, blinzelte, als wäre selbst das wenige Licht hier drin zu viel für ihn. »Was ist passiert?«

Theo drehte das Glas in seinen Fingern. »Ich bin gegangen, um Lady Katherine Drake einen Heiratsantrag zu machen.«

Nicholas schnitt eine Grimasse und schüttete mehr

Brandy in sein Glas. »Tut mir leid. Ich könnte immer noch ...«

»Sie hat nicht ja gesagt.«

Nicholas' Augen weiteten sich. »Wie bitte?«

»Zuerst sagte mir Longley, dass es die Entscheidung seiner Schwester sei.«

»Gut für ihn.«

»Und dann sagte Lady Katherine, dass sie sich nicht sicher sei und dass sie mich erst kennenlernen wolle. Ich habe den Eindruck, dass sie denkt, wenn sie das Angebot annimmt, besteht die Möglichkeit, dass ich sie im Schlaf erwürgen könnte.«

Er wollte nicht, dass sie in die Ehe einwilligte. Er hatte sogar gehofft, sie würde ihn zurückweisen. Aber er konnte nicht leugnen, dass es sein Ego verletzte, dass sie so offen über die Möglichkeit, ihn zu heiraten, besorgt war.

Er war kein Ungeheuer.

»Ich muss einen schlechten Ruf haben, wenn sie nicht sofort zusagt«, murmelte er, drehte das Glas noch einmal und überlegte, ob ein weiterer Drink nicht schaden würde.

»Nun, das ist sicher nicht gut«, sagte Nicholas taktvoll. »Aber ich dachte auch nicht, dass es so schlimm ist. Die meisten vernünftigen Menschen wissen, dass die Gerüchte über dich nichts weiter als Klatsch und Tratsch sind. Hast du denn zugestimmt? Wirst du dem Küken den Hof machen?«

Theo seufzte und kniff sich in den Nasenrücken. »Ich sehe nicht, dass ich eine andere Wahl habe.«

»Es gibt immer eine Wahl«, widersprach Nicholas. »Ich habe dir einen Ausweg angeboten, aber du bist zu aufopferungsvoll für dein eigenes Wohl.«

»Bei dir klingt das wie eine schlechte Sache.«

»Das kann es sein, wenn es zu deinem eigenen Schaden ist.« Er hielt inne. »Es tut mir so leid, Theo. Ich hatte nie die Absicht, dass so etwas passiert. Ich wollte dir nur helfen und wusste nicht, wie.«

»Ich weiß.« Theo atmete scharf aus und ließ die Schultern hängen. »Ich wünschte nur ... Nun, ich nehme an, das spielt jetzt keine Rolle mehr. Jedenfalls, um deine Frage zu beantworten: Ich habe Lady Katherine gesagt, dass ich sie morgen aufsuchen werde.«

»Du solltest mit ihr in die Oper gehen«, schlug Nicholas vor. »Es ist ein Ort, an dem man sehen und gesehen werden kann, und man hat die Möglichkeit, sich mit ihr zu unterhalten, aber es gibt nicht so viel Druck, sich mit anderen zu beschäftigen, wie es vielleicht der Fall wäre, wenn man sich anderswo hinwagt.«

»Ich werde darüber nachdenken.« Es war keine schlechte Idee, aber in Anbetracht der Schwierigkeiten, die Nicholas ihm eingebrockt hatte, hatte Theo es nicht eilig, seinen Rat zu befolgen.

»Also.« Nicholas drehte seinen Sessel herum, sodass sie einander gegenübersaßen. »Was hältst du denn von Lady Katherine?«

Theo runzelte die Stirn, da er von der Frage überrascht wurde. »Was meinst du?«

»Sie kam mir vor wie eine Frau, die du interessant finden könntest.«

Ah. Dies war ein weiteres Beispiel für Nicholas' fehlgeleitete Verkupplungsversuche.

»Sie war sehr zurückhaltend«, sagte er taktvoll.

Nicholas senkte den Blick auf sein Glas. »Seltsam. Als wir uns kennenlernten, wirkte sie unkonventionell und nicht gerade wie ein verwelkendes Veilchen.«

Theo musste lachen. »Oh, sie ist definitiv kein verwelkendes Veilchen. Eher wie eine kühle weiße Rose. Elegant und ziemlich dornig.«

»Oh ho.« Nicholas zog die Augenbrauen hoch. »Hast du sie irgendwie beleidigt?«

»Ich glaube, du hast genug davon getan, als du geflohen

bist und es den Klatschbasen überlassen hast, sie zu zerreißen.«

Er zuckte zusammen. »Touché.«

Theo würde nicht zugeben, dass er Lady Katherine falsch identifiziert hatte. Er war sich zwar sicher, dass sein Bruder die Verwirrung verstehen würde, da er selbst die betreffende Lady ja nie kennengelernt hatte, aber er würde es auch viel zu amüsant finden.

»Hast du vor, lange hier zu bleiben?«, fragte Nicholas.

»Nein, ich werde bald gehen. Du solltest vielleicht auch darüber nachdenken, zu gehen. Ich denke, es wäre klug, in nächster Zeit nicht wieder zu viel zu trinken.«

Sie saßen noch eine Weile zusammen, dann verabschiedete sich Theo und fuhr mit seiner Kutsche nach Hause. Als er ankam, bat er seinen Butler Albert, sich über die morgigen Opernvorstellungen zu informieren und dann Lady Katherine wissen zu lassen, dass er sie und Lady Drake am Abend gern in die Oper begleiten würde, falls sie einverstanden sei, anstatt sie tagsüber zu besuchen.

Danach schleppte er sich in sein Arbeitszimmer, setzte sich an seinen Schreibtisch und las den Brief von Elizabeths Eltern noch einmal durch. Elizabeths Vater war Pfarrer von South Wye, der Stadt, die Blackwell Hall in Oxfordshire am nächsten lag.

Der Pfarrer, Mr. Norman, war besorgt über die Schäden am Kirchendach. Wäre Theo noch mit Elisabeth verheiratet gewesen, dürfte man annehmen, dass sein Mäzenatentum den Schaden decken würde. Sie baten ihn, den Anstand zu haben, die Reparaturen zu Ehren seiner verstorbenen Frau zu finanzieren, für deren Tod sie ihn verantwortlich machten.

Theo würde natürlich für die Reparaturen aufkommen, schon allein, damit der Pfarrer und seine Frau ihn eine Weile in Ruhe lassen würden. Sie kamen oft und baten ihn um Dinge, und er missgönnte es ihnen nicht, denn sie hatten seinetwegen ihre Tochter verloren. Leider ließen sie keine Gelegenheit aus, ihn an diese Tatsache zu erinnern.

Er verfasste einen Brief an seinen Verwalter, rief Albert herbei, um ihn aufzugeben, und kroch dann in sein Bett, noch weitgehend bekleidet, und schloss die Augen.

Was für ein Tag.

Man hatte ihm mit einem Duell gedroht. Er sah sich nun mit der Möglichkeit konfrontiert, erneut zu heiraten, was das Letzte war, was er tun wollte. Er wusste ehrlich gesagt nicht, was der morgige Tag bringen würde.

Was würde Elizabeth denken, wenn sie ihn jetzt sehen könnte?

Sie war eine so liebevolle Seele gewesen. So warm und leidenschaftlich. Er hatte sich glücklich geschätzt, sie zu haben ... bis er ihr Funkeln erstickt hatte.

Theo hatte Elizabeth in South Wye gesehen, als sie noch Kinder gewesen waren, aber er hatte ihr nie viel Aufmerksamkeit geschenkt. Sie war die wildhaarige Tochter von Mr. und Mrs. Norman gewesen, die im Pfarrhaus wohnte ... sonst nichts.

Das Magische war erst passiert, als er für den Sommer von Oxford nach Hause zurückkehrte und sie bei einem örtlichen Tanzabend kennengelernt hatte. Sie hatte gelächelt und den Mund auf eine Weise verzogen, die irgendwie liebenswert und verspielt zugleich war. Er hatte sich auf der Stelle in sie verliebt.

Sie hatten getanzt und geredet, und er hatte sie am nächsten Tag besucht. Er war hingerissen gewesen. Irgendetwas an ihr hatte eine Spannung gelöst, die er immer in sich getragen hatte. Mr. und Mrs. Norman waren begeistert gewesen von der Aufmerksamkeit, die er ihrer Tochter schenkte, deren andere örtliche Heiratsaussichten nicht besonders beeindruckend gewesen waren.

Seine Eltern hingegen waren eher unzufrieden gewesen. Die Tochter eines örtlichen Pfarrers war nicht gerade die gute Partie, die sie sich für ihren Sohn gewünscht hatten. Vor allem, weil er sie sofort hatte heiraten wollen, ohne Rücksicht auf die Schulbildung. Sie hatten sich auf einen Kompromiss geeinigt: Sie würden der Heirat zustimmen, wenn er zuerst seine Universitätsausbildung abschließen würde.

Sie hatten den Fehler gemacht, anzunehmen, dass Elizabeth nur eine vorübergehende Schwärmerei war und sein Interesse an ihr nachlassen würde. Zu ihrer Überraschung war er nach seinem Studienabschluss nach Hause zurückgekehrt und hatte sie sofort zu seiner Frau gemacht.

Er rief sich ein Bild in Erinnerung, wie sie an ihrem Hochzeitstag ausgesehen hatte. Seine Mutter war entschlossen gewesen, deutlich zu machen, dass es ihr nicht peinlich war, dass ihr Sohn eine Bürgerliche heiraten wollte. Sie hatte dafür gesorgt, dass sein Vater ein extravagantes Kleid bezahlte und die prächtigste Hochzeit veranstaltete, die Blackwell Hall je gesehen hatte.

Elizabeth hatte ihm in die Augen gesehen, als sie einander gegenüberstanden, und ihr Blick hatte amüsiert geglänzt. Das Kleid war viel zu knallig für sie gewesen, aber das war beiden egal, denn sie waren verliebt und wollten heiraten. Das war alles, was sie wollten.

In den folgenden Jahren war sie seine beste Freundin geworden. Sie waren immer füreinander dagewesen, und trotz der Ablehnung seiner Mutter begannen die Familien, sich gegenseitig zu akzeptieren. Sie fanden heraus, wie sie sich im Umgang miteinander verhalten sollen. Sie hatten sich jedoch nie wirklich miteinander vermischt. Nicht wirklich.

Zum Glück hatte Theos Vater eine gewisse Begeisterung für Elizabeth entwickelt. Er hatte dafür gesorgt, dass sie immer alles hatte, was sie brauchte, und dass niemand, der Blackwell Hall besuchte, ihr das Gefühl gab, ihrer Stellung unwürdig zu sein. Sie hatten gerne zusammen Schach gespielt und oft Nachmittage in der Sonne mit einem Schachbrett und einem Tablett mit Tee verbracht.

Doch dann kam der Sturm.

Das schlimmste Wetter, an das sich die Menschen erinnern konnten, war über das Land gefegt. Der Wind tobte und ließ Türen durch die Luft fliegen, riss Wände aus den Gebäuden und machte es unmöglich, sich ins Freie zu begeben, ohne einen Sturz zu riskieren.

Es regnete in Strömen, bildete Rinnen in den Senken und Tälern des Landes um sie herum und ließ Bäche entstehen, wo es früher keine gab. Blitze zuckten am Himmel, und der Donner erschütterte den Boden.

Dann erreichte sie die Nachricht, dass das Lieblingspferd seines Vaters ausgebrochen war. Der Stallmeister hatte ihnen geraten, darauf zu warten, dass das Pferd von selbst zurückkam, sobald der Sturm vorüber war, aber der Viscount liebte dieses Pferd, und er ignorierte den Rat des Stallmeisters und machte sich auf die Suche nach ihr.

Als sie erfahren hatten, wohin er gegangen war, hatte Elizabeth Theo angefleht, seinen Vater zu suchen. Widerwillig hatte Theo seine Jacke und seine wasserdichteste Hose angezogen und sich in den strömenden Regen hinausgewagt. Nach über einer Stunde der Suche hatte er die Stute hoch oben auf einer Klippe gefunden.

Sobald er sie gesehen hatte, wusste er, dass etwas nicht stimmte. Er hatte sich langsam genähert und die Hände ausgestreckt, um das aufgeregte Tier zu beruhigen. Ihre Augen waren wild, und sie bäumte sich auf, als ob sie mit ihren Hufen nach ihm schlagen wollte.

Als er sich ihr näherte, wurde ihm klar, warum sie so aufgebracht war. Dort, am Fuße der Klippe, lag der zerschmetterte Körper seines Vaters. Es war offensichtlich, dass er tot war. Keiner hätte einen solchen Sturz überleben können.

Theo hatte eine weitere Stunde gebraucht, um die Stute

vom Rand der Klippe wegzulocken. Er hatte überlegt, sie dort stehen zu lassen, aber sein Vater hatte sein Leben gegeben, um sie zu retten, und das durfte nicht umsonst gewesen sein.

Als er zum Herrenhaus zurückkehrte, warteten seine Mutter und Elizabeth bereits drinnen und eilten zu ihm, sobald er eintrat. Er hatte Elizabeth in seine Arme gezogen und sein Gesicht in ihrem Haar vergraben, um sich zu beruhigen, bis er genug Kraft hatte, sich zurückzuziehen und ihnen zu erzählen, was geschehen war.

Danach war es, als ob ein Licht in Elizabeth erloschen wäre. Es war so allmählich geschehen, dass er nicht gemerkt hatte, wie schlimm es geworden war, bis sie sich eines Tages einfach weigerte, das Bett zu verlassen.

In den Jahren ihrer Ehe vor dem Tod seines Vaters war Elizabeth nicht schwanger geworden. Es schien sie nicht zu stören, denn sie waren jung gewesen und hatten es nicht eilig gehabt, einen Erben zu zeugen. Doch als Theo Viscount Blackwell wurde, änderte sich das.

Mit jedem Monat, der verstrich, wuchs Elizabeths Melancholie.

Sie wurde immer weniger die Frau, in die er sich verliebt hatte. Sie war besessen von der Frage, ob sie überhaupt in der Lage sein würde, seine Kinder zu gebären.

Erschwerend kam hinzu, dass einige unangenehme Mitglieder der Gemeinde zu verstehen gaben, dass sie ihrer Meinung nach über ihren Stand hinausgewachsen war und dass sie zumindest den Anstand haben sollte, einen Erben zu zeugen.

Das hatte ihr den Mut geraubt.

Dann, an einem schicksalhaften Tag, hatte er sie verloren.

Es wäre fast sinnvoller gewesen, wenn sie sich unbemerkt davongemacht hätte, denn sie schien langsam zu verschwinden und sich selbst aus ihrem Leben zu löschen, aber stattdessen verschwand sie mit der Wucht einer Explosion und brachte sein Leben völlig durcheinander.

Er hatte nie erwartet, seine Frau beerdigen zu müssen. Zumindest nicht für viele, viele Jahre. Er hatte wie betäubt dagestanden, als sie ihren Sarg in den Boden senkten. Die zweite Beerdigung in seiner Familie in weniger als zwei Jahren.

Sie hatten sie auf dem Familiengrab beigesetzt, wogegen Mr. und Mrs. Norman protestiert hatten. Sie hatten geglaubt, dass sie in der Kirche beerdigt werden sollte. Sie hatten ihm zu Recht Vorwürfe gemacht, aber er hatte sie nicht loslassen können, nicht einmal im Tod.

Jetzt stellte er sie sich so vor, wie sie in den letzten Tagen ausgesehen hatte, mit hageren Gesichtszügen, weil sie nichts mehr gegessen hatte, und mit hohlen Augen.

»Es ist deine Schuld«, flüsterte sie in seinem Kopf.

Vielleicht war es das wirklich.

KAPITEL 10

»Und du bist sicher, dass du das tun willst?«, fragte Amelia, während Margaret mit einer Haarbürste durch Kates Haar strich.

Kate begegnete dem Blick ihrer Schwägerin im Spiegel. »Ich möchte zumindest versuchen, Lord Blackwell kennenzulernen. Vielleicht sind die Gerüchte völlig unwahr, und er wäre ein geeigneter Ehemann.«

Margaret begann, Kates Haar zu einem Zopf um ihren Scheitel zu flechten. Kate zuckte zusammen, als sie etwas zu fest daran zog.

Amelia schürzte die Lippen. »Andrew und ich werden dir zur Seite stehen, egal wie du dich entscheidest.«

George zappelte in ihren Armen, und sie ließ ihn auf den Boden hinunter und sah zu, wie er auf die Beine kam und zum Bett wankte.

»Ich danke Ihnen. Das ist besser, als ich es verdiene.« Sie hatte einen königlichen Fehler begangen, als sie so getan hatte, als würde sie stolpern und in Lord Blackwells Arme fallen. Niemand außer ihr war an dieser Situation schuld, und sie hatte Glück, dass ihre Familie so rücksichtsvoll war.

Margaret band das Ende des Zopfes zusammen und

steckte eine mit Juwelen besetzte Haarnadel hindurch, um ihn zu fixieren. Sie glättete Kates Haare nach hinten und griff dann zu einem heißen Eisen, um ein paar Strähnen zu Locken zu drehen, die lose um ihr Gesicht hingen.

Kate saß ganz still, obwohl sie Amelia und George hinter sich spielen hörte. Wenn sie sich im falschen Moment bewegte, würde das heiße Eisen ihre Wange verbrennen.

»Welche Abenteuer stehen derzeit für Miss Joceline an?«, erkundigte sich bei Amelia nach der fiktiven Figur, die ihre Schwägerin geschaffen hatte. Amelias erster Roman war letztes Jahr gedruckt worden, und ein weiterer sollte bald folgen.

Amelia hielt George davon ab, eine der Schubladen zu öffnen, und hob ihn in die Luft, wobei sich ihre Miene entspannte. »Joceline ist nach Russland geschickt worden, um einen Prinzen zu heiraten. Sie wurde fälschlicherweise für eine vermisste Adelige gehalten und hat noch nicht herausgefunden, wie sie entkommen kann. Ihre Begleiter werden sehr unglücklich sein, wenn sie ihre wahre Identität erfahren.«

Kate grinste. »Joceline bringt sich immer in die interessantesten Situationen.«

Als sie Amelia zum ersten Mal begegnet war, hatte Kate gedacht, dass sie vielleicht selbst nach Abenteuern dürstete, aber sie hatte nicht lange gebraucht, um zu erkennen, dass Amelia ihre Abenteuer lieber zwischen den Seiten eines Buches erlebte. Das passte zu Kate, denn sie war genauso, sie genoss die Annehmlichkeiten ihres Zuhauses zu sehr, um sich für echte Abenteuer zu interessieren.

Margaret ließ Kates Haar los und zupfte an einer Locke, wobei sie lächelte, als diese sprang.

»Ich überlege, ob Joceline einen Verehrer haben sollte«, sagte Amelia, während sie sich auf die Bettkante setzte und einen wütenden George auf ihren Schoß nahm. Er hielt ihre Halskette fest und studierte sie, als wäre sie das Faszinierendste, was er je gesehen hatte. »Ich kann mich aber nicht entscheiden, ob es besser wäre, ihr einen anderen Abenteurer zu geben oder vielleicht einen Piraten oder einen Adligen, der sie retten will, aber nicht weiß, dass sie durchaus in der Lage ist, sich selbst zu retten.«

»Warum nimmst du nicht von jeder Sorte einen und schaust, welche Figur die beste Chemie mit ihr hat?«, schlug Kate vor.

Amelias Augen weiteten sich, und sie befreite ihre Halskette aus Georges pummeligen kleinen Händen. »Diese Idee gefällt mir.«

»Das dachte ich mir schon.« Kate hatte längst erkannt, dass ihre Schwägerin umso mehr Spaß daran hatte, je weniger konventionell die Dinge waren.

Margaret wich von Kate zurück, damit sie ihr Spiegelbild deutlich sehen konnte. »Möchten Sie noch etwas anderes tun, Mylady?«

Kate musterte sich selbst. Der Zopf prangte wie ein Diadem über ihrer Stirn, vor allem mit der Schmucknadel, und die Locken fielen modisch um ihr Gesicht. »Nein, danke. Ich glaube, ich bin bereit, mich anzuziehen.«

Margaret ging zum Kleiderschrank. »Welches Kleid möchten Sie tragen?«

»Das buttergelbe mit grüner Borte.« Gelb schmeichelte Kate nicht immer, aber dieser helle Farbton passte gut zu ihren Augen, und der Hauch von Grün ergänzte das. Es würde sich gut für die Oper eignen.

Margaret zog das Kleid heraus und half Kate hinein. Amelia stand still daneben, während Margaret den Rücken des Kleides zuknöpfte. Kate konnte erkennen, dass sie tief in Gedanken versunken war, aber es war unmöglich herauszufinden, ob sie über die Optionen nachdachte, die Kate zur Verfügung standen, oder ob sie überlegte, wie sie ihre fiktive Heldin einem gut aussehenden Piraten vorstellen konnte.

Als Kate angezogen war, legte sie eine einfache Halskette

an, damit sich ihr Hals nicht so kahl anfühlte, bedankte sich bei Margaret und ging mit Amelia und George die Treppe zum Foyer hinunter, wo Andrew und Lady Drake warteten.

Kates Lippen zuckten zufrieden, als sie bemerkte, dass ihre Mutter ein Kleid in den Farben trug, die Kate ihr empfohlen hatte. Lady Drake war zwar der Meinung, dass das tiefe Blau zu viel für eine Frau ihres Alters sei, aber Kate hatte ihr versichert, dass sie darin wunderschön aussehen würde, und das tat sie auch.

Obwohl sie wusste, dass dies unwahrscheinlich war - ihre Mutter hatte nie Interesse an einer erneuten Heirat gezeigt - hoffte Kate, dass sie einen netten Mann kennenlernen würde, der ihr im Alter Gesellschaft leisten könnte. Sie war zu jung, um allein zu sein, und sobald Kate verheiratet war, würden beide Kinder von Lady Drake Partner und eigene Familien haben.

Andrew blickte auf. »Blackwell ist gerade angekommen.«

Tatsächlich klopfte es an der Tür, und Boyden öffnete.

Andrew rückte näher an sie heran. »Es ist noch nicht zu spät für mich, ihn wieder wegzuschicken.«

»Ich weiß, aber ich möchte herausfinden, ob wir zusammenpassen.« Immerhin hatte sie das schon mal geglaubt, bevor alles schief gegangen war. Lord Blackwell hatte sich gegen die Ehe gesträubt, aber Andrew hatte das seinerzeit auch, und jetzt war er lächerlich glücklich. Das Gleiche könnte auch ihr passieren.

Boyden drehte sich um. »Lord Blackwell ist für Lady Drake und Lady Katherine hier.«

Die Tür öffnete sich und zeigte den Viscount in einem schlichten schwarzen Anzug, der die scharfen Konturen seines Gesichts betonte.

Er neigte respektvoll den Kopf. »Lord Longley. Meine Damen. Ich freue mich, Sie alle zu sehen.«

»Blackwell.« Andrew nickte im Gegenzug. »Ich erwarte,

dass meine Schwester unversehrt nach Hause gebracht wird.«

Blackwells Lippen wurden schmaler. »Das wird sie.«

Kate erkannte die Notwendigkeit, die Wogen zu glätten, glitt zu ihm hinüber und lächelte. »Sie sehen heute Abend sehr elegant aus, Mylord.«

Seine Augen weiteten sich fast unmerklich. »Und Sie sind wunderschön, wie immer.«

Es war interessant, wie leicht ihm diese Worte von der Zunge gerutscht waren. Vielleicht war er früher einmal charmant gewesen.

»Sollen wir uns auf den Weg machen?«, schlug sie vor, um Andrews schwelender Abneigung zu entgehen. Rational gesehen wusste ihr Bruder, dass Lord Blackwell nichts Unrechtes getan hatte, aber er beschützte sie, und das zeigte er auch.

Lord Blackwell begleitete Kate und Lady Drake zu seiner Kutsche, und sie fuhren durch die klare Nachtluft zum Opernhaus.

Der untere Teil des Opernhauses hatte sich bereits gefüllt, sodass nur noch eine Handvoll Menschen im Foyer stand, als Lord Blackwell den beiden Damen aus der Kutsche half. Er nahm Kates Arm, und gemeinsam gingen sie durch den Eingang und die Treppe hinauf.

»Ich habe eine Privatloge für den Abend, also werden wir nicht gestört«, sagte er, blieb vor einer Tür stehen und gab Kate ein Zeichen, einzutreten.

Es gab mehrere Stühle, und sie nahm einen in der Mitte. Ihre Mutter setzte sich zu ihrer Linken, und Lord Blackwell zu ihrer Rechten. Von unten drang ein Summen von Gesprächen nach oben, und sie schaute sich die anderen Logen an und nahm Blickkontakt mit ein paar Leuten auf, die dasselbe taten.

Etwas streifte ihren Oberschenkel, und sie schreckte auf, als sie feststellte, dass Blackwells Bein gegen ihr eigenes gestoßen war. Ein Bewusstsein durchzuckte sie, und ihr Bauch wurde flau.

Sie war ihm noch nie so nahe gewesen - zumindest nicht für längere Zeit. Er war ein großer Mann, und so war es nur logisch, dass er viel Platz einnahm. Sie warf ihm aus dem Augenwinkel einen Blick zu.

Er sah zwar nicht klassisch gut aus, war aber auch alles andere als unscheinbar. Die Neigung seiner Nase und die Konturen seines Mundes hatten etwas an sich, das sie dazu brachte, einen Stift nehmen und ihn skizzieren zu wollen. Er wäre ein interessantes Thema. Vor allem, weil das Licht und die Dunkelheit ständig über seine Züge spielten. Es wäre eine kontrastreiche Studie.

Erregung flatterte in ihr wie Schmetterlingsflügel, und sie zwang sich, ihn nicht weiter anzustarren, nicht einmal heimlich.

»Erinnere ich mich richtig, dass Sie aus Oxfordshire stammen?«, fragte sie und krallte ihre Finger in die Handflächen, um zu verhindern, dass sie in Gedanken die klaren Linien seiner Figur nachzeichnete.

»Das tue ich.« Er wandte sich ihr zu, sein Gesichtsausdruck war unverändert. So ernst. Es lag ein Schleier der Traurigkeit über ihm. »Ich wurde in Blackwell Hall geboren, das nicht weit von der Stadt South Wye entfernt liegt. Longley Estate liegt in Suffolk, nicht wahr?«

»Richtig.« Sie fragte sich, ob er über die Familie recherchiert hatte oder ob ihm diese Tatsache von selbst eingefallen war. »Gefällt es Ihnen auf dem Land?«

»Ich mag die Ruhe und wie leicht man sich dort erholen kann. Der Londoner Trubel kann anstrengend sein. Allerdings gibt es auch Aspekte von London, die ich mag. Und Sie, Mylady? Haben Sie eine Vorliebe?«

»Ich habe auch Freude an beidem.« Sie überlegte sich ihre nächste Frage. Sie tat ihr Bestes, um sich ein Bild von dem Mann zu machen und herauszufinden, ob er latente Mordabsichten hegte, aber sie konnte ihn ja nicht direkt fragen, ob er seine Frau umgebracht hatte und dies bei Bedarf wieder tun würde. »Haben Sie Familie, die in Blackwell Hall wohnt?«

»Meine Mutter wohnt dort, wenn es ihr passt. Zurzeit ist sie in Oxfordshire, aber ich habe keinen Zweifel, dass sie bald nach London kommen wird. Sie kann sich nie lange von der Gesellschaft fernhalten.«

In seiner Stimme lag eine gewisse Zärtlichkeit. Ein Mann, der seine Mutter so gern hatte, konnte doch nicht ein herzloser Mörder sein, oder?

Ehrlich gesagt, fiel es ihr schwer, ihn zu lesen, was ungewöhnlich war. Im Allgemeinen brauchte sie nicht viel, um eine Ahnung davon zu bekommen, wie andere dachten. Es half auch nicht, dass er jetzt anders aussah als noch auf dem Balkon. Damals hatte er etwas Unbekümmertes an sich gehabt. Eine Leichtigkeit, die er hier nicht mehr besaß.

Er verwirrte sie.

Die Aufführung begann, und sie machte es sich gemütlich und schaute zu. Sie hatte eine passable Gesangsstimme, aber sie war immer wieder erstaunt über die Menschen, die so makellos vor so großen Menschenmengen auftreten konnten.

Sie lehnte sich näher an den Rand der Loge und lauschte jedem Wort. Sie war froh, dass sie eine Komödie und keine Tragödie sahen. Sie hatte keinen Hang zur Dramatik, so wie es manche Leute taten.

Niemand in ihrer Loge sprach bis zur Pause, als Lord Blackwell aufstand und die Schultern zurückwarf.

»Möchten Sie etwas trinken?«, fragte er und richtete seinen dunklen Blick auf sie. »Ich kann dem Gedränge trotzen, während Sie hier warten. Limonade, vielleicht?«

»Ja, bitte.« Sie war ein wenig durstig.

Lady Drake erbat sich auch ein Glas. Sobald er weg war, neigte sie ihren Kopf zu Kate. »Was hältst du von ihm?«

Kate zog eine Grimasse. »Ich bin mir nicht sicher, was ich von ihm halten soll.«

Lady Drake nickte. »Er wirkt fürsorglich, aber unnahbar. Er ist auf jeden Fall auffällig, auf eine ungewöhnliche Art und Weise.«

»Das ist er«, gab sie zu. »Ein Teil von mir möchte ihn zeichnen.«

Lady Drake stupste sie an. »Vielleicht wirst du das eines Tages.«

»Vielleicht.« Aber sie hatte es nicht eilig, irgendetwas zu tun.

Lord Blackwell kam ein paar Minuten später zurück, in jeder Hand ein Glas. Er bot eines Kate und das andere ihrer Mutter an. Ihre Finger berührten sich, als sie das Glas von ihm entgegennahm, und ein Schauer lief ihr über den Rücken, obwohl ihr nicht kalt war.

Ihr Blick fiel in den seinen, und ihr Atem stockte. Ein leichtes Zusammenkneifen seiner Augen zeigte, dass auch er den Funken zwischen ihnen gespürt hatte. Keiner von ihnen würde es laut zugeben.

»Was halten Sie bisher von der Vorstellung?«, fragte Kate, während sie ihre Finger um den Stiel ihres Glases legte und den säuerlichen Geschmack der Zitrone auf ihrer Zunge genoss.

»Miss Caradori ist außerordentlich begabt.«

Er setzte sich, und sie hielt den Atem an, fast in der Hoffnung, ihre Beine würden sich wieder berühren. Allerdings achtete er darauf, einen kleinen Abstand zwischen ihnen zu halten.

»Das ist sie«, stimmte Kate zu, die enttäuscht war, dass er sich nicht zu der Geschichte geäußert hatte. Die bloße Bemerkung über etwas Offensichtliches gab ihr keinen Einblick in seine Persönlichkeit.

»Die Kostüme sind wunderbar«, sagte Lady Drake.

Lord Blackwell nickte nur.

Die Pause endete, und Kate ließ sich wieder auf die Aufführung ein. Doch das Gefühl, beobachtet zu werden, verhinderte, dass sie sich völlig entspannen konnte. Mehrmals, wenn sie aufblickte, sah sie, dass jemand sie anstarrte. Als Blackwell ihnen die Getränke gebracht hatte, schien er genug Aufmerksamkeit erregt zu haben, um einige Zuschauer von der Vorstellung auf der Bühne abzulenken.

Ein plötzlicher Knall hinter ihr ließ sie zusammenzucken. Ihre Hand flog zu ihrer Brust, und ihr Herz schlug wie wild.

»Es ist alles in Ordnung.« Eine warme Handfläche legte sich auf ihren Oberschenkel und umfasste ihn fest genug, um sie zu beruhigen. »Wahrscheinlich ist nur ein Stuhl umgefallen oder jemand, der zu viel getrunken hat, ist über seine eigenen Füße gestolpert.«

Kates Blick blieb auf der männlichen Hand haften, die über ihrem Rock ruhte. Blackwell versteifte sich, als würde er erst jetzt merken, was für eine intime Geste das war. Er riss seine Hand weg, aber es war zu spät. Kate hatte bereits eine verblüffende Wahrheit erkannt: Seine Berührung hatte ihr gefallen.

Selbst durch die Lagen ihres Rocks hindurch hatte die Wärme seiner Hand sie erreicht und etwas in ihr ausgelöst. Es fühlte sich an, als würde man von einem Freund umarmt, aber mehr. Da war ein Funke, den sie noch nie mit einem Freund erlebt hatte.

Als die Vorstellung zu Ende war, hatte sie den Faden völlig verloren. Sie warteten, bis sich der Großteil des Publikums verzogen hatte, bevor sie sich aus der Loge wagten.

Blackwell zog ihren Arm in seine Ellenbeuge und war der perfekte Gentleman, als er sie die Treppe hinunterführte, vorbei an den Nachzüglern, und sie in seine Kutsche einsteigen ließ. Doch trotz seines guten Benehmens brodelte etwas Heißes und Aufregendes in ihrem Bauch.

Das muss doch bedeuten, dass er nicht für den Tod seiner Frau verantwortlich war, oder? Ihre Instinkte hatten irgendwie entschieden, dass es sicher war, sich zu ihm hingezogen zu fühlen, und das wäre sicher nicht passiert, wenn er böse wäre.

Es sei denn, sie gehörte zu den törichten jungen Ladys, die glaubten, sie könnten einen unverbesserlichen Menschen zur Besserung bewegen.

Ein ernüchternder Gedanke.

Blackwell fuhr sie zurück nach Longley House und begleitete sie bis zur Tür.

»Darf ich Sie morgen besuchen?«, fragte er.

Sie blinzelte ihn in der Dunkelheit an und konnte nicht erkennen, ob er wirklich mehr Zeit mit ihr verbringen wollte oder ob dies nur ein Teil seiner Wiedergutmachungsbemühungen war.

»Morgen Nachmittag findet in der Harrods-Residenz eine Musikaufführung statt«, sagte Lady Drake und übernahm damit dankenswerterweise die Führung, denn Kate war sich nicht sicher, was sie antworten sollte. »Vielleicht könnten Sie uns begleiten?«

Blackwell verbeugte sich. »Es wäre mir eine Ehre. Guten Abend, meine Damen.«

Als er sich umdrehte und davonstakste, blickte Kate ihm mit zwiespältigen Gefühlen nach. Er war ein interessanter Mann, aber je mehr Zeit sie mit ihm verbrachte, desto unsicherer wurde sie über seinen Charakter.

Er würde bald eine Antwort wollen, und sie hatte keine für ihn.

KAPITEL 11

Nicholas reichte Theo zwei kleine Wattebäusche. »Damit kannst du dir die Ohren zustopfen.«

Theo runzelte verwirrt die Stirn. »Zu welchem Zweck?«

Nicholas sah ihn an, als ob er dumm wäre. »Um sie zu schützen. Einige junge Ladys spielen ihre Instrumente wie ein Traum, andere wiederum schwingen sie eher wie Folterwerkzeuge. Sie wollen sehen, wie laut sie sie zum Schreien bringen können. Glaub mir, du solltest vorbereitet sein.«

Theo steckte die Watte in seine Hosentasche und tastete sie ab, um sicherzugehen, dass sie nicht sichtbar waren. »Es kann nicht höflich sein, sich die Ohren zuzustopfen.«

»Was sie mit diesen Instrumenten anstellen, ist auch unhöflich«, murmelte Nicholas. »Du kannst dir ja aussuchen, ob du höflich sein oder ob du Kopfschmerzen haben willst. Es liegt ganz bei dir.«

Theo, der sich gewarnt fühlte, bedankte sich und ging langsam die Treppe hinunter zu seinem Wagen. Ein Teil von ihm war erstaunt, dass er und Lady Katherine immer noch dieses seltsame Liebeswerben führten, aber ein anderer Teil von ihm, den er lieber für sich behalten wollte, mochte ihre Gesellschaft.

Das war nicht so positiv, wie es scheinen mochte, denn er wollte zwar keine Frau zu einem Leben im Elend an seiner Seite verdammen, aber er wollte vor allem mehr für die Frauen, die er bewunderte und respektierte.

Egal. Bis Lady Katherine eine Entscheidung getroffen hatte, stand er ihr zu Diensten. Er hatte nicht die Absicht, sie zu ruinieren - es sei denn, sie entschied, dass dies die bevorzugte Vorgehensweise war.

Er holte Lady Katherine und Lady Drake in Longley House ab und wies den Fahrer an, sie zur Residenz der Harrods zu bringen.

»Ich habe gehört, dass dies eine informelle Musikaufführung ist, an der jeder teilnehmen kann«, sagte er, als sie die Straße entlang fuhren. »Werden Sie auch etwas spielen, Lady Katherine?«

Lady Katherine lächelte und zeigte die geraden weißen Zähne, die normalerweise von zarten rosa Lippen verdeckt wurden. »Ich habe ein Klavierstück für die Veranstaltung eingeübt.«

»Mögen Sie Musik?« Es hatte den Anschein gehabt, als ob sie die Oper genossen hätte, aber Zuhören und Spielen waren zwei sehr unterschiedliche Dinge.

Sie wedelte mit der Hand hin und her. »Ich finde Musik schön, und ich höre gerne denen zu, die talentierter sind als ich. Ich bin eine ganz passabler Musikerin, was bedeutet, dass Mutter mich für Veranstaltungen wie diese anmeldet, aber mein Talent liegt eher in der Kunst als der Musik.«

Er nickte. Es war nicht das erste Mal, dass sie auf ihre künstlerischen Neigungen hinwies. »Ich hoffe, ich darf eines Tages etwas von Ihrer Kunst sehen.«

»Vielleicht.« Ihre Lippen verzogen sich zu einer Andeutung eines Lächelns. »Wenn ich glaube, dass es Ihnen gefallen könnte.«

Irgendwie hörte sich das weniger so an, als ginge es ihr darum, ihr Ego zu schützen, als vielmehr als würde sie eine stille Herausforderung aussprechen. Sie verlangte von ihm, dass er sich als würdig erwies, etwas zu betrachten, das sie als persönlich ansah.

Was für eine faszinierende Frau.

Sie hielten vor einem Haus am Rande von Mayfair. Es war ein älteres Gebäude, aber gut gepflegt. Theo hatte Mr. und Mrs. Harrod noch nicht kennengelernt. Ehrlich gesagt, wenn es sich nicht um einen Bekannten seiner Eltern oder einen alten Schulfreund handelte oder um jemandem im Oberhaus, war die Wahrscheinlichkeit groß, dass er ihn noch nicht kennengelernt hatte. Da er jung geheiratet hatte, war er meist auf dem Land geblieben und hatte zurückgezogen gelebt.

Vor der Eingangstür hatte sich eine Gruppe junger Ladys versammelt, die alle in ihre Richtung schauten, als sich die Kutschentür öffnete und Theo ausstieg. Er reichte Lady Katherine die Hand und half ihr herunter.

Eine der Frauen, die sie beobachteten, verbarg ihren Mund hinter ihrer Hand und kicherte. Er hoffte, dass sie nur zufällig einen Scherz gehört hatte, denn er würde es nicht dulden, dass jemand Lady Katherine nicht respektvoll behandelte.

Lady Drake führte sie die Treppe hinauf und begrüßte eine ältere Frau, die ein pompöses lila Kleid trug. Sie stellte Theo vor, der ein paar Worte des Dankes dafür murmelte, dass er so spät noch dabei sein durfte, und dann gingen sie weiter ins Haus und bogen nach links in einen kleinen Ballsaal ab.

Die Stühle waren in einem Bogen um eine niedrige Bühne angeordnet. Lady Drake ging direkt auf die linke Seite und setzte sich in die hinterste Reihe. Theo führte Lady Katherine zu dem Stuhl neben dem ihrer Mutter, und er nahm den auf ihrer anderen Seite.

Während sich die Plätze füllten, bemerkte er, dass die Gäste einen großen Bogen um sie machten, als ob sie befürchteten, dass entweder sein Ruf oder ihr Skandal auffliegen könnte.

Auf der Bühne war eine Reihe von Instrumenten aufgebaut. In der Mitte stand ein Flügel, um den herum kleinere Instrumente aufgestellt waren. Ein Cello, eine Geige, etwas in einem Etui, das eine Flöte sein könnte, und, mit Abstand das Schönste von allen, eine kunstvoll geschnitzte Harfe. Er fragte sich, ob diese Instrumente den Harrods gehörten oder ob die Leute, die spielen wollten, sie mitgebracht hatten.

Schließlich wurden die Türen hinter ihnen geschlossen, und Mrs. Harrod stellte sich vor sie alle hin und hielt eine kurze Begrüßungsrede. Als sie fertig war, stellte sie die erste Musikerin vor.

Die junge Frau, die einen erschreckend weißen Farbton hatte, nahm die Geige in die Hand, wobei ihre Hände so heftig zitterten, dass der Bogen immer wieder die Saiten berührte und schreckliche Kreischgeräusche von sich gab.

Als sie anfing, ernsthaft zu spielen, kramte Theo sofort in seiner Tasche, um die Wattebäusche herauszuholen. Er stopfte sich winzige Stücke davon in die Ohren und betete, dass niemand in der Nähe seine Unhöflichkeit bemerken würde. Er warf einen Seitenblick auf Lady Katherine, aber sie war zu sehr damit beschäftigt, ein ernstes Gesicht zu machen, als dass sie sein schlechtes Benehmen bemerkt hätte.

Zum Glück dauerte das Lied nicht lange. Die junge Lady stürzte von der Bühne und eilte zur Tür, als wolle sie sich aus dem Staub machen. Sie wurde von Mrs. Harrod abgefangen, die sie auf einen Stuhl in der Nähe des Ausgangs lenkte.

Die nächste Person, die die Bühne betrat, war ebenfalls eine junge Frau. Diese jedoch putzte sich heraus und zeigte ein strahlendes Lächeln, als sie hinter dem Cello Platz nahm. Dann ging sie sofort dazu über, es zersägen zu wollen.

Es gab absolut keinen Unterschied in den Fähigkeiten zwischen ihr und der vorherigen Lady, außer dass die erste den gesunden Menschenverstand hatte, zu wissen, wie schrecklich sie war. Die Cellistin war voller Begeisterung bei der Sache. Sie wiegte sich im Takt der Musik und machte übertriebene Handbewegungen mit dem Bogen, als wäre sie von der Leidenschaft mitgerissen.

Theo beneidete sie fast. Wie schön wäre es, solche Größenwahnvorstellungen zu haben? Niemals an den eigenen Fähigkeiten zu zweifeln? Er hätte sicher nichts gegen einen solchen Vertrauensvorschuss.

Lady Katherine war die Dritte, die auf die Bühne gerufen wurde. Sie setzte sich ans Klavier und ließ ihre Finger auf den Tasten ruhen. Als sie zu spielen begann, war sie ... nicht allzu schlecht. Man hätte sie sicher nicht als Virtuosin bezeichnet, aber die Musik, die ihren Fingerspitzen entsprang, klang angenehm. Er zog dafür sogar die Watte aus seinen Ohren.

Das Lied, das sie ausgewählt hatte, war beschwingt und erinnerte ihn an Wildblumenfelder, die in einer Frühlings- brise wehten. Es gab ein paar Zögerlichkeiten, und vielleicht griff sie hin und wieder daneben, aber er würde ihr gerne noch einmal zuhören. Das Gleiche konnte er von den ersten beiden Interpretinnen nicht behaupten.

Während ihre Finger über die Tasten tanzten, war ihr Gesicht heiter, und ihre Lippen verzogen sich zu einem kleinen Lächeln. Er nutzte die Gelegenheit, um sie einge- hend zu studieren. Er hatte in den letzten Tagen nicht viel Zeit damit verbracht, sie zu betrachten - nicht, weil er kein Interesse gehabt hätte, sondern weil Anstarren unhöflich war.

Jetzt konnte er nach Herzenslust schauen. Sie war hübsch. Ihre Finger elegant und geschmeidig. Ihr Haar dicht und glänzend. Und ihre Lippen ...

Nein, es war sicherer, wenn er sich nicht mit diesen Eigenschaften aufhalten würde.

»Spielt sie nicht wunderbar?«, murmelte Lady Drake, leise genug, dass nur er es hören konnte.

»Das tut sie. Sie sollten stolz sein.«

Sie strahlte. »Das war ich schon immer. Auch wenn sie sich selbst in Schwierigkeiten bringt.«

Als Lady Katherine mit Schwung geendet hatte, applaudierte er enthusiastisch. Er war nicht der Einzige im Publikum, der sichtlich erleichtert war, nicht noch eine Runde der Ohrenfolter über sich ergehen lassen zu müssen.

Sie verbeugte sich, kehrte auf ihren Platz zurück und faltete die Hände in ihrem Schoß.

Er lehnte sich zu ihr. »Sie haben gut gespielt.«

»Danke, Mylord.«

Als nächstes betrat ein Mann die Bühne. Er spielte die Geige viel geschickter als die erste Lady. Seine Bewegungen waren eingeübt, und er brachte die Saiten zum Klingen wie Kristall.

Insgesamt gab es fast ein Dutzend Aufführungen. Viele der Musiker spielten recht gut, und eine der Cellistinnen hätte einen Platz im Nationalorchester verdient gehabt.

Zu Theos Erleichterung hatte er keinen Grund, sich wieder die Ohren zuzuhalten. Ehrlich gesagt konnte er von Glück reden, dass er es geschafft hatte, den Tag zu überstehen, ohne dass jemand bemerkte, dass er es überhaupt getan hatte.

Als Mrs. Harrod den musikalischen Teil des Nachmittags für beendet erklärte, trugen Diener Platten mit Speisen in den Raum und stellten sie auf Tische an der Rückwand. Die Gäste vermischten sich miteinander und genossen Erfrischungen, kleine Sandwiches und Kekse.

Er stand mit Lady Katherine an einem der Tische, während ihre Mutter sich etwas zu trinken holte. »Gibt es einen Grund, warum Lady Sophie nicht hier ist?«

Sie lachte. »Sophie hat kein Interesse an einem Auftritt. Ihre Mutter zeigt ihre Talente oft zu Hause während der

Besuchszeiten, aber sie zieht es vor, nur für sich selbst zu spielen.«

»Lord Blackwell, Lady Katherine«, sagte eine elegant gekleidete Frau und blieb vor ihnen stehen. Sie hatte scharfe Augen, die zwischen ihnen beiden hin und her spähten. »Höre ich in der Ferne Kirchenglocken?«

Theo warf einen Blick auf Lady Katherine. Er hatte keine Ahnung, wer diese Frau war, und wusste daher nicht, wie er reagieren sollte.

Lady Katherine lächelte, aber es erreichte nicht ihre Augen. »Wenn es ein Aufgebot zu verlesen gibt, werden Sie davon hören, Lady Bowling.«

Lady Bowling verzog den Mund wie eine Pflaume. Offensichtlich wollte sie nicht abwarten, ehe sie herausfand, ob und welche Vereinbarungen zwischen ihnen getroffen worden waren. Sie wollte es jetzt wissen.

»Ich werde meine Ohren offen halten«, sagte sie und ging auf Lady Drake zu - vermutlich in der Hoffnung, dass sie von ihr mehr über den neuesten Klatsch erfahren würde.

Theo senkte den Kopf. »Möchten Sie woanders Tee und Kuchen nehmen?«

Er wusste, dass sie ihre Bekanntschaft vertiefen wollte, und es wäre schwierig, das zu tun, wenn sie sich Sorgen machen mussten, dass alle sie anstarrten.

»An welchen Ort dachten Sie?«, fragte sie.

»In der Nähe des Hyde Parks gibt es ein kleines Teehaus, das sehr gemütlich ist.«

Sie nickte. »Das wäre mir sehr recht. Lassen Sie mich nur erst meine Mutter retten.«

Kurze Zeit später betraten sie das Teehaus und gaben ihre Bestellungen auf. Das Lokal war eher schlicht eingerichtet, ohne den Schnickschnack der eleganteren Etablissements. Er hatte diesen Ort immer gemocht, weil das Personal höflich, aber nicht neugierig war, und die Gäste einander größtenteils in Ruhe ließen.

Leider schien er heute mehr Interesse auf sich zu ziehen als sonst. Nicht nur eine Gruppe von Frauen an einem der Tische warf ihnen jedes Mal einen Blick zu, wenn sie glaubten, dass niemand auf sie achtete, sondern auch ein paar ältere Herren in einer Ecke. Ihre Mienen verrieten, dass sie seine Anwesenheit in etwa so erträglich fanden wie Hundescheiße unter ihrer Schuhsohle. Sie blickten immer wieder von ihm zu Lady Katherine, als hätten sie Angst, dass er sich entweder von ihr trennen oder sie vor ihren Augen ausziehen würde.

Er würdigte keine der beiden Parteien eines Blickes, weil er nicht wollte, dass Lady Katherine und Lady Drake sich unwohl fühlten, aber er war sicher, dass sie es von selbst bemerkt hatten.

Kurz überlegte er, dass es in beider Interesse sein könnte, seinen schlechten Ruf hochzuspielen, um Lady Katherine zu ermutigen, ihn abzulehnen - er wollte ihr Leben wirklich nicht ruinieren, indem er sie an sich kettete -, aber aus irgendeinem Grund konnte er sich nicht dazu durchringen, es zu tun.

»Lesen Sie gerne?«, fragte Lady Katherine, nachdem sie vor dem Fenster Platz genommen hatten. Der Ladenbesitzer war schlau genug, um zu erkennen, dass ihre Anwesenheit die Aufmerksamkeit der Passanten erregen und sie anlocken würde.

Es kribbelte in seinem Nacken, aber er konzentrierte sich auf sie und tat sein Bestes, um es zu ignorieren. »Das tue ich.«

Sie lächelte, und ein Schock der Lust durchfuhr ihn. Sie war hübsch, egal was sie tat, aber wenn sie so lächelte, könnte sie sicher jeden Mann für sich gewinnen. Es war seltsam, dass sie unverheiratet in ihre zweite Saison gegangen war.

»Die Gräfin, Lady Longley, schreibt Abenteuerromane. Ich bewundere ihr Können und ihre Intelligenz.«

Seine Augenbrauen flogen hoch. »Wirklich?«

Für eine adelige Frau war es ungewöhnlich, eine Karriere zu machen, selbst wenn es sich um eine künstlerische Karriere handelte. Lady Katherines Augen verengten sich, als wolle sie ihn herausfordern, schlecht über die Taten der Gräfin zu sprechen.

»Wir sind alle stolz auf Amelia«, meldete sich Lady Drake zu Wort, deren liebenswürdige Miene im Widerspruch zu dem Stahl in ihrem Rückgrat stand.

»Ich bin sicher, dass es wohlverdient ist.« Er würde herausfinden müssen, was sie veröffentlicht hatte. »Ich fürchte, ich kann mich nicht erinnern, von Lord Longleys Hochzeit gehört zu haben. Aus welcher Familie stammt die Gräfin?«

Wenn möglich, kniff Lady Katherine ihre Augen noch mehr zusammen. »Amelias Vater ist ein Geschäftsmann, Mr. Hart.«

Ah, das ergab schon mehr Sinn. Sie war zweifellos zu Fleiß erzogen worden.

»Lesen Sie auch gerne?«, fragte er.

Überraschung blitzte in ihren Augen auf, als hätte sie erwartet, dass er sich über den niedrigen Status der Gräfin äußern würde. Er hatte es sich zur Regel gemacht, nie etwas dergleichen zu sagen. In Anbetracht seines eigenen Rufs wäre dies ziemlich heuchlerisch gewesen. Wenn der Graf und die Gräfin mit der Verbindung zufrieden waren, dann ging es ihn nichts an.

Der Kellner brachte ihnen ihren Tee und stellte jedem von ihnen eine zarte Porzellantasse vor die Nase. Lady Drake ergriff die Initiative und schenkte ein.

»Ich ziehe es vor, von Amelia direkt von Jocelines Taten zu erfahren«, sagte Lady Katherine und erinnerte ihn daran, dass er eine Frage gestellt hatte. »Ich habe für viele Dinge Geduld, aber ich fürchte, dass das Lesen langer Werke nicht dazugehört.«

»Was ist mit Poesie?«, fragte er, während er sich für das Thema erwärmte. »Poesie ist oft kürzer.«

Ihre kühlen grauen Augen erwärmten sich. »Ich muss zugeben, dass ich eine Vorliebe für Gedichte habe, insbesondere für die von William Blake, William Wordsworth und Lord Byron.«

Sein Herz hob sich leicht. Hier hatten sie etwas gemeinsam. »Ich habe mich früher als eine Art Amateurdichter betrachtet. Aber ich habe schon seit Jahren nichts mehr geschrieben.«

Nicht mehr seit dem Tod von Elizabeth.

Er wusste, dass manche Menschen die Kunst - sei es in Schriftform oder in Form von Bildern - nutzten, um dunkle Zeiten zu überstehen, aber er hatte sich immer am wirkungsvollsten ausgedrückt, wenn er sich inspiriert oder fröhlich fühlte. Seine beste Arbeit hatte er in den ersten Tagen seines Werbens und seiner Ehe geleistet. Nachdem Elizabeth in einen Zustand der Melancholie verfallen war, hatte er sich nicht mehr dazu durchringen können, weiterzumachen.

»Ich würde gerne einmal Ihre Gedichte lesen«, antwortete sie mit einem sanften Blick, der ihn absolut erschreckte.

Dieser Blick?

Der sagte, dass sie ihn ja vielleicht doch heiraten würde, und dass er nichts tun könne, um sie aufzuhalten.

KAPITEL 12

EINIGE TAGE SPÄTER, AUF LADY HAMPSTEADS BALL, SPRÜHTEN in dem Moment, als Lord Blackwell eintraf, so etwas wie Funken über Kates Haut. Sie beobachtete, wie er Lord und Lady Hampstead begrüßte, und als ihr Blick die elegante Neigung seines Halses und die scharfe Kante seines Kiefers entlang wanderte, machte ihr Herz einen Sprung, und ihr Inneres flatterte.

»Er macht eine gute Figur«, sagte Sophie, die neben Kate am Rande des Ballsaals an einem geschlossenen Fenster mit kastanienbraunen Vorhängen stand.

Kate öffnete den Mund, um Sophie zu sagen, dass sie Lord Blackwell nicht schön finden dürfe, weil er ihr gehöre, aber sie schloss ihn sofort wieder. Lord Blackwell gehörte nicht ihr. Sie war sich nicht einmal ganz sicher, ob er sich für die Vorstellung einer Ehe zwischen ihnen erwärmt hatte, obwohl sich bei ihrer letzten Begegnung etwas verändert hatte.

»Das tut er in der Tat«, stimmte sie stattdessen zu, atmete tief ein und ignorierte das Kitzeln in ihren Nasenflügeln. Ein Duft, den sie nur als »grün« beschreiben konnte, erfüllte den Raum, der von den vielen, vielen Sträuchern und Blumenarrangements herrührte, die Lady Hampstead zur Dekoration verwendet hatte. In der Zeit, seit Kate hier war, hatte es bereits eine Reihe von Niesanfällen gegeben, und es schien noch schlimmer zu werden.

»Ich hatte erwartet, dass er ähnlich gekleidet sein würde wie beim Ball der Wembleys«, sagte Sophie.

»Seine Kleidung ist heute Abend viel dezenter, das ist wahr.« Kate hatte das auch sofort bemerkt. Er trug überwiegend Schwarz, ein weißes Hemd und eine einfache Krawatte. Keine Ausschmückungen oder Farbschübe. »Beim Wembley-Ball war er definitiv irgendwie anders.«

Vielleicht hatte er damals einfach zu viel getrunken, wie er angedeutet hatte, aber sie hatte seit jenem Abend Stunden mit ihm verbracht, und er hatte ihr nicht den Eindruck vermittelt, ein Mann zu sein, der übermäßig trank.

Ihre Gedanken wurden unterbrochen, als er sich dem Ballsaal zuwandte und sein Blick dem ihren begegnete, als hätte er genau gewusst, wo er sie suchen musste.

Ihr Atem stockte. »Oh.«

Sophie kicherte. »Er ist bemerkenswert intensiv, nicht wahr?«

Das war er, und das gefiel ihr an ihm. War das dumm von ihr?

Lord Blackwell hielt ihrem Blick stand, bahnte sich einen Weg durch die Feiernden und kam direkt auf sie zu. Er nahm ihre Hand, verbeugte sich und strich mit den Lippen über ihren Handschuh: »Guten Abend, Mylady. Darf ich den nächsten Tanz beanspruchen?«

»In der Tat.« Sie konnte den Blick nicht von seinen dunklen Augen abwenden.

»Darf ich auch einen Walzer für später am Abend reservieren?«

Sophie quietschte und stupste Kate an. Beide wussten, dass die Bitte um zwei Tänze gleichbedeutend mit der Ankündigung einer Verlobung war.

»Das würde mir gefallen.«

Ihre Hand blieb in seiner, und sie überlegte, ob sie sie zurückziehen sollte, aber dann endete das Lied, und die Tänzer begannen, sich für das nächste vorzubereiten. Er zog sie auf die Tanzfläche und stellte sich ihr gegenüber, als die Musik begann.

Seine Schritte waren etwas stockend, und er hielt ein paar Mal inne, als wüsste er nicht, was als Nächstes kam, aber das war zu erwarten gewesen, denn sie bezweifelte, dass er in den vergangenen Jahren überhaupt noch getanzt hatte. Als er an Selbstvertrauen gewann, wurde sein Tanz geschmeidiger, und sie konnte sich entspannen und seine Nähe genießen, ohne Angst zu haben, zu stolpern oder dass er ihr auf die Zehen treten würde.

Jedes Mal, wenn er sich ihr näherte, nahm sie den schwachen Duft von Pfefferminz wahr. Es war sehr angenehm. Die Wärme seines Körpers strahlte förmlich, und sie wusste, dass ihr selbst die Röte in die Wangen steigen dürfte.

Ihr Kleid flatterte um ihre Beine, und sie war dankbar, dass sie eines ihrer neuen, extravaganteren Modelle angezogen hatte. Die Art und Weise, wie seine Augen ab und zu nach unten wanderten, ließ sie vermuten, dass ihm gefiel, wie es an ihr aussah.

»Die Leute starren uns an«, murmelte er, als ob sie es nicht bemerkt haben könnte. In diesem Moment war ihr alles bewusst.

»Ignorieren Sie sie«, flüsterte sie zurück. Das war es, was sie zu tun versuchte. Zu diesem Zeitpunkt wussten alle Mitglieder des *ton*, dass sie zusammen auf einem Balkon erwischt worden waren, und warteten gespannt darauf, wie sich das Drama vor ihren Augen entwickeln würde.

Er zog eine Grimasse und stolperte einen weiteren Schritt. »Leichter gesagt als getan. Ich dachte, ich wüsste, wie es sich anfühlt, das Opfer eines Skandals zu sein, aber das hier ist etwas anderes.«

Sie musterte ihn und stellte fest, dass er zum ersten Mal auf die Gerüchte über den Tod seiner Frau anspielte. Sie hatte angenommen, er musste wissen, wie es sich anfühlte, Gegenstand von Klatsch und Tratsch zu sein, obwohl er sich laut ihrer Mutter seither versteckt hatte, sodass er wahrscheinlich nie die volle Wucht der gesellschaftlichen Ächtung erfahren hatte.

Eine Furche zwischen den Augenbrauen und Falten an den Mundwinkeln zeugten davon, dass ihn das alles sehr belastete. Das allein sagte ihr schon etwas über ihn. Er mochte es nicht, im Mittelpunkt zu stehen. Nicht, dass sie etwas anderes erwartet hätte, aber man konnte sich nie sicher sein, bis das Gegenteil bewiesen war.

Sie vermutete, dass er auch ein freundlicher Mann war. Er war ernsthaft - daran gab es keinen Zweifel -, aber abgesehen von der ersten Begegnung, als er vor ihr weggelaufen war, war er fürsorglich und ehrlich, aber nie unfreundlich gewesen.

Ehrlich gesagt, schien er kein Mann zu sein, der seine Frau ermorden würde, weil sie keinen Erben zur Welt gebracht hatte. Wenn er mit der blutigen Leiche seiner Frau gesehen worden wäre, kurz nachdem man sie streiten hörte, musste es dafür eine Erklärung geben. Vielleicht hatten die Londoner Klatschbasen diesen Teil einfach nicht erzählt, weil er eine gute Geschichte ruinieren würde.

Der Tanz endete, und er begleitete sie dorthin zurück, wo Sophie wartete, jetzt mit Lady Drake an ihrer Seite. Er bedankte sich bei Kate für den Tanz, grüßte Lady Drake und wandte sich an Sophie.

»Möchten Sie tanzen?«, fragte er sie.

Sophie nickte und begann, auf ihn zuzuhüpfen, bevor sie sich anscheinend an ihre Ausbildung erinnerte und sich stattdessen graziöser bewegte. Kates Brustkorb drückte sich zusammen, als sie Lord Blackwell losließ und sah, wie er mit Sophie wegging. Sie stellte erfreut fest, dass sie weiter voneinander entfernt standen als sie selbst mit ihm. Sie vertraute ihrer Freundin, dass sie nichts Unpassendes tun oder sagen würde, aber sie fühlte sich seltsam besitzergreifend gegenüber dem Viscount.

»Hast du dich schon entschieden?«, fragte ihre Mutter und bot ihr ein Glas Limonade an.

Kate nahm das Glas entgegen und nippte daran, während sie Lord Blackwell und Sophie weiter beobachtete. »Ich fange an zu glauben, dass es nicht das Schlimmste war, mit ihm auf einem Balkon erwischt zu werden.«

»Wirklich?« Lady Drakes Augen funkelten mit etwas, das Kate nicht identifizieren konnte. »Glaubst du, dass du sein Angebot annehmen wirst?«

»Ich ziehe es in Erwägung.« Wenn sie das nicht täte, würden die Einladungen wahrscheinlich versiegen. Der andere Gentleman, den sie auf dem Wembley-Ball kennengelernt hatte, Mr. Adair, hatte sie nicht besucht, und sie konnte sich nicht vorstellen, dass andere Männer sie als geeignete Partnerin ansahen. Zumal sie aufgrund der finanziellen Schwierigkeiten ihrer Familie nur eine bescheidene Mitgift hatte.

»Was ist denn deine Meinung über ihn?« Sie schätzte die Meinung ihrer Mutter, und wenn diese Bedenken hatte, würde das Kate veranlassen, ihre anfänglichen Gedanken zu überdenken.

Lady Drake stellte ihr leeres Glas auf einem Tablett ab, als ein Kellner vorbeikam. »Ich hatte erwartet, dass jemand mit seinem Ruf jähzorniger sein müsste. Er hat meines Wissens nicht ein einziges Mal die Stimme erhoben, und ich bin geneigt zu glauben, dass Andrew Recht haben könnte, wenn er sagt, dass er wahrscheinlich keine Schuld am Tod seiner Frau trägt.«

Kate nickte. Obwohl sie sich über Lord Blackwells wahre Gesinnung noch nicht sicher war, war sie zu einem ähnlichen Schluss gekommen.

»Er scheint ein sehr düsterer Mann zu sein«, überlegte Lady Drake. »Er ist nicht der, den ich mir für dich vorgestellt habe, aber soweit ich weiß, ist sein Anwesen gut erhalten und profitabel, seine Finanzen sind in Ordnung, und Andrew hat keine anderen dunklen Geheimnisse aufgedeckt als die, die wir bereits kennen. Es könnte schlimmer kommen.«

Ja, das könnte es, und Kate begann zu glauben, dass sie noch Schlimmeres erleben würde, wenn sie ihn nicht akzeptierte. Wenn sie die Wahl hatte zwischen Männern, von denen sie bereits entschieden hatte, dass sie an ihnen nicht interessiert war - welche Lüstlinge oder Titeljäger sich auch immer dazu herablassen würden, eine in Ungnade gefallene Debütantin zu heiraten - oder ihm, dann war er wahrscheinlich der Beste von allen.

»Brigid, Kate, es ist so schön, euch zu sehen.«

Beide Frauen wandten sich der Sprecherin zu, einer hübschen blonden Frau mit tiefblauen Augen und einem schüchternen Lächeln.

»Emma!«, rief Kate und begrüßte Sophies ältere Schwester mit einer Umarmung. »Ich hatte nicht erwartet, dass du heute Abend hier bist.«

Lady Emma Stanhope, die Herzogin von Ashford, kam näher, um einem vorbeigehenden Paar aus dem Weg zu gehen. »Vaughan und ich haben uns darauf geeinigt, jede Saison drei Bälle zu besuchen. Ich liebe es zu tanzen, aber er wünscht sich, die Gesellschaft ganz zu meiden, also ist es ein Kompromiss für uns beide.«

Kate sah sich um und suchte nach der dunklen, imposanten Gestalt des Herzogs. »Wo ist Seine Gnaden?«

»Er besorgt mir ein Stück Kuchen«, sagte Emma, und Kate konnte kaum überrascht sein. Emma war der Grund dafür, dass Sophie so eine Vorliebe für Süßigkeiten hatte. Emma schaute sich um, ihre Lippen kräuselten sich verächtlich. »Ignoriere sie alle. Ich weiß, dass es schwer ist, aber du solltest einfach das tun, was das Beste für dich ist.«

Es lag Kate auf der Zunge zu fragen, ob es das war, was Emma getan hatte, da sie beide wussten, dass sie jemanden geheiratet hatte, den sie eigentlich nicht hatte heiraten wollen, um ihre Familie zu schützen, aber sie liebte Emma und wollte ihre Freundin nicht in Verlegenheit bringen, also hielt sie den Mund.

Es erinnerte sie jedoch daran, dass sowohl Emma als auch Amelia Männer geheiratet hatten, bei denen sie unsicher gewesen waren, und dass sie beide in ihren Ehen das Glück gefunden hatten. Beide Frauen liebten ihre Männer, und ihre lächerlichen Ehemänner waren völlig vernarrt in sie.

Das klang recht nett. Sie wäre froh, den gleichen Weg zu gehen, wenn er zum Glück führen würde.

»Danke für den Rat«, sagte sie. »Ich werde es mir merken.«

Lord Blackwell brachte Sophie zu ihnen zurück und verabschiedete sich. Der Herzog von Ashford brachte Emma ihren Kuchen, und nachdem sie ihn aufgegessen hatte, führte er sie auf die Tanzfläche. Kate sah ihnen wehmütig hinterher. Was würde sie nicht für einen Ehemann geben, der sie so ansehen würde, wie der Herzog Emma ansah. Als ob sie das Einzige auf der Welt wäre, was zählte.

Miss Francine Thompson, eines der Mädchen, mit denen sie sich in der vergangenen Saison angefreundet hatte, gesellte sich mit einer zierlichen Brünetten zu ihnen, die viel zu jung aussah, um auf der Suche nach einem Ehemann zu sein.

»Werden Sie Lord Blackwell heiraten?«, fragte Francine leise. »Haben Sie denn keine Angst, dass er Sie von einer Klippe stoßen oder Sie von einer Kutsche überfahren lassen würde?«

Kate versteifte sich. »Lord Blackwell hat mir keinen Grund gegeben, um meine Sicherheit zu fürchten. Er war immer sehr höflich, wenn wir miteinander gesprochen haben.«

Die Blicke, die sie ihr zuwarfen, erinnerten sie daran, dass zwar nichts zwischen ihnen vorgefallen war, aber die Gesellschaft das anders sah. Sie glaubten, er hätte sie auf einem Balkon verführt.

»Wirklich«, betonte sie.

Die Augen von Francines Freundin weiteten sich komisch. Kate folgte ihrem Blick und entdeckte Lord Blackwell, der mit einem Glas in der Hand hinter Sophie schwebte.

»Ich dachte, Sie möchten vielleicht etwas Limonade«, sagte er unbeholfen und reichte Kate das Glas.

Sie nahm ihm das Glas ab und tat so, als würde sie das Gekicher von Francine und dem anderen Mädchen nicht hören.

»Ist alles in Ordnung?«, fragte er und zog die Augenbrauen zusammen, als er zwischen den beiden hin und her blickte.

»Ganz und gar.« Sie trank die Limonade und drehte Francine die Schulter zu, ohne sie zu schneiden, aber um zu zeigen, dass sie das Verhalten der anderen Frau nicht billigte.

Blackwell verbeugte sich vor ihr. »Ich glaube, der nächste Tanz ist ein Walzer. Werden Sie den mit mir tanzen?«

»Es wäre mir ein Vergnügen.« Sie reichte Sophie den Rest ihrer Limonade, lächelte ihre Mutter an, die sich mit Lady Villiers unterhielt, und nahm seinen Arm.

Als sie sich von den anderen entfernten, lehnte er sich dicht an sie heran und sagte leise: »Ich entschuldige mich, wenn meine Anwesenheit Ihnen Kummer bereitet.«

»Das tut sie nicht.«

Die Aufmerksamkeit war nicht angenehm, aber sie konnte sie ertragen, und wenn er wirklich nur ein Opfer von bösartigem Klatsch und unbegründeten Gerüchten war, dann hatte er etwas Besseres verdient als die Behandlung, die er von anderen erhielt. Er schien nicht darauf bedacht zu sein, das selbst zu erreichen, wenn sie ihn also heiraten würde, wäre das ihre Aufgabe.

Sie gingen zusammen in Position, und sie atmete seinen minzigen, frischen Duft ein, dankbar, dass er eine bessere Hygiene hatte als einige der anderen Männer der *feinen Gesellschaft*. Im Ballsaal war es etwas stickig, und obwohl der Geruch des Gebüschs die meisten Dinge überlagerte, war bei vielen der anwesenden Männer noch immer Schweißgeruch wahrnehmbar.

Die Musik begann. Lord Blackwell tanzte den Walzer anmutiger als zuvor, vielleicht weil er sich weniger Schritte merken musste. Die Wärme seines Körpers umhüllte Kate und lullte sie in einen Zustand der Zufriedenheit ein, den sie heute Abend nicht erwartet hatte.

Sie lächelte vor sich hin. Wenn sie selbst inmitten des Skandals so empfinden konnte, dann hatte sie das Potenzial, ihr Glück exponentiell zu steigern.

Und da wusste sie es.

Sie würde diesen Mann heiraten.

Das würde sie ihm aber nicht gleich sagen. Sie wartete, bis sie am Rande der Tanzfläche einen Moment für sich hatten, ohne dass sie jemand belauschen konnte, oder zumindest ohne, dass jemand ihnen so viel Aufmerksamkeit schenkte.

Sie knabberte an ihrer Lippe, ein wenig nervös, wie er wohl reagieren würde. »Wenn Ihr Angebot noch gilt, würde ich es gerne annehmen und Ihre Viscountess werden.«

Seine Augen weiteten sich, aber er nickte. »Das tut es. Wann soll ich Sie aufsuchen, um die Einzelheiten zu besprechen?«

»Kommen Sie bitte morgen vorbei. Bis dahin werde ich Zeit gehabt haben, es meinem Bruder zu sagen.«

Hoffentlich würde Andrew nicht schlecht auf diese Nachricht reagieren.

KAPITEL 13

THEO SCHLENDERTE AN ALBERT VORBEI UND GING DIREKT IN sein Büro, wo er im Dunkeln den Brandy fand, sich eine ordentliche Portion einschenkte und ihn kippte. Der Branntwein brannte in seiner Kehle, aber es war nicht genug. Er schenkte sich noch einen ein und trank auch diesen.

»Ist alles in Ordnung, Mylord?«, fragte Albert hinter ihm.

Mit einem Seufzer wandte sich Theo ihm zu. Das schwache, flackernde Licht in der Halle machte aus Albert in der Tür eine Silhouette. Er konnte nicht viel von den Gesichtszügen seines Butlers erkennen, aber seine Hände waren nervös vor seinem dicken Bauch verschränkt.

»Morgen werde ich verlobt sein.« Theo wog die Brandyflasche in der Hand, stellte fest, dass noch viel davon übrig war, und überlegte, ob er sich den dritten einschenken sollte.

»Herzlichen Glückwunsch, Sir!«

Obwohl er Alberts Gesicht nicht sehen konnte, konnte er erkennen, dass Albert von der Aussicht, eine Hausherrin zu haben, weit mehr begeistert war als er selbst. Zweifellos würden viele der Hausangestellten das Gleiche denken. Sie mochten es, eine Frau in ihrer Nähe zu haben, und seine

Mutter füllte diese Rolle nicht mehr so aus, wie sie es früher getan hatte.

»Ja, nun«, sagte er angewidert. »Wir wollen nichts überstürzen. Es besteht immer noch die Möglichkeit, dass sie ihre Meinung ändert.«

Albert presste seine Handflächen zusammen. »Ich bin sicher, das wird sie nicht. Welche Lady aus gutem Hause wäre nicht begeistert, Viscount Blackwell zum Mann zu haben?«

Theo schnaubte. »Sie kennen meinen Ruf genauso gut wie ich, Albert.«

»Vielleicht, Mylord. Aber ich weiß auch, dass Sie den gar nicht verdient haben. Ich freue mich darauf, mehr über Ihre Zukünftige zu erfahren. Soll ich Barlow auf Ihr Zimmer schicken?«

»Nein, danke.« Theo hatte seinen Kammerdiener an diesem Tag früh weggeschickt und ihm gesagt, er solle sich die Nacht frei nehmen. Er würde den Mann jetzt nicht stören, auch wenn es praktisch gewesen wäre, seine Hilfe zu haben.

Er warf einen Blick auf die Flasche. Wenn er nicht alles hinunterschlucken und sich wie ein Säufer darin suhlen wollte, blieb ihm wohl nichts anderes übrig, als ins Bett zu gehen und zu hoffen, dass es am Morgen besser aussah. Er wollte wirklich nicht dafür verantwortlich sein, das Leben einer weiteren Frau zu ruinieren, die ihm etwas bedeutete, und er hatte Lady Katherine bereits liebgewonnen.

Leider hatte sie ihre Wahl getroffen.

Er entließ Albert, schleppte sich in sein Schlafgemach und stellte erleichtert fest, dass auf dem Nachttisch eine Kerze brannte und sein Nachthemd bereitlag. Er begann, sein Hemd aufzuknöpfen, wobei seine Finger dank der vielen Brandys, die er getrunken hatte, unbeholfen waren, aber er hielt inne, als er die Beule unter der Bettdecke bemerkte.

Er spannte sich an und hob die Fäuste, bereit, von dem Eindringling eine Erklärung zu verlangen, entspannte sich aber, als er merkte, dass es Nicholas war. Sein Bruder lag mit dem Gesicht nach unten, das Gesicht auf die Wange gedreht, der Mund offen und die Augen geschlossen.

Theo verdrehte die Augen, beugte sich vor und stieß Nicholas an. Sein Bruder rüttelte sich wach und richtete sich auf.

»Du hast bekommen, was du wolltest«, sagte Theo mit einer Bitterkeit, die ihn überflutete. »Morgen früh wird Lady Katherine Drake offiziell zustimmen, die neue Viscountess zu werden.«

Nicholas zog eine Grimasse, und sein Blick war wachsam, als er Theo musterte. »Ich glaube wirklich, dass diese Ehe dich wieder glücklich machen könnte«, sagte er nach einer langen Pause. »Es tut mir leid, wie es passiert ist, aber willst du ihr nicht eine Chance geben?«

Theo setzte sich auf die Bettkante und kämpfte damit, seine Stiefel auszuziehen, während er über die Worte von Nicholas nachdachte. Wenn er in eine Ecke gedrängt wurde, dürfte es sinnvoll sein, das Beste daraus zu machen, aber er war sich nicht sicher, ob er zu dieser Art von Optimismus fähig war.

Er zog erst den einen und dann den anderen Stiefel aus und ließ sich neben Nicholas auf das Bett fallen. »Ich habe Angst, dass ich sie ruinieren werde, so wie ich es bei Elizabeth getan habe.«

»Oh, Theo.« Nicholas klopfte ihm auf die Schulter. »Was mit ihr passiert ist, war nicht deine Schuld. Es war auch nicht ihre. Das war einfach nur Pech.«

Theo schloss die Augen. »Hätte ich anders reagiert, wäre sie vielleicht nicht den Weg gegangen, den sie eingeschlagen hatte.«

»Oder es wäre gar nichts anders gekommen.« Nicholas

rutschte ein Stück, sodass sie nebeneinander lagen. »Niemand kann diese Dinge wissen.«

»Ich wünschte nur, ich hätte ...«

Dass er was genau getan hätte?

Dass er aufgehört hätte, das Anwesen zu verwalten, für das er plötzlich verantwortlich gewesen war, und sich stattdessen um sie gekümmert hätte? Er hatte sein Bestes getan, um sie zu verhätscheln und sich um sie zu kümmern, ungeachtet seiner anderen Verpflichtungen.

Vielleicht wünschte er sich, dass sein Vater nie über die Klippe gestürzt wäre. Sein Vater hätte noch viele Jahre leben sollen, aber er konnte nicht leugnen, dass, wenn er und Elizabeth Schwierigkeiten mit der Empfängnis gehabt hätten, dies irgendwann zu einem Problem geworden wäre, egal ob sein Vater lebte oder starb.

Nicholas seufzte. »Du weißt ja, was man sagt. Wenn Wünsche Pferde wären, würden Bettler reiten. Du kannst nicht mehr zurück. Warum nicht einen Neuanfang wagen?«

»Weil ich nicht weiß, wie ich es besser machen soll.« Wenn er nicht wusste, was er falsch gemacht hatte, konnte er auch nicht verhindern, dass er denselben Fehler wiederholte, und er würde es nicht ertragen können, zu sehen, wie das Licht langsam aus Lady Katherines klugen grauen Augen verschwand.

»Ich habe Vertrauen in dich«, sagte Nicholas.

»Du wärst der Einzige.«

In Wahrheit war Nicholas derjenige, der mit einer Frau besser dran wäre. Vielleicht hätte Theo sich nicht so schnell zum Märtyrer machen sollen. Nicholas war charmant und rücksichtsvoll, wenn er es wollte. Lady Katherine wäre vielleicht mit ihm glücklich geworden, und angesichts dessen, was er jetzt über ihren Vormund wusste, hätte der Graf wahrscheinlich nicht darauf gedrängt, dass sie Theo um seines Titels willen heiraten sollte.

Dafür war es jetzt allerdings zu spät.

»Willst du heiraten?«, fragte er, davon überzeugt, dass er die Antwort wusste, aber er brauchte die Bestätigung, um seine Gedanken zu beruhigen.

Nicholas schnaubte. »Ich? Lieber Gott, nein. Ich bin zu viel für jede Mayfair-Miss.«

Aber Theo konnte nicht umhin, eine Spur von etwas Unbekanntem in seiner Stimme zu bemerken.

»Habe ich einen Fehler gemacht, als ich ihr den Antrag gemacht habe?«

Nicholas schnaubte erneut. »Wenn du dich aus dieser Situation befreien willst, werde ich meine Pflicht tun, aber ich habe kein Verlangen nach deiner zukünftigen Braut.«

Theo verstummte. Sie lagen wortlos beieinander, bis ihn schließlich der Schlaf einholte.

Er wachte allein auf und hatte einen bitteren Geschmack im Mund. Ihm war kalt, obwohl jemand - vermutlich Nicholas - in der Nacht die Decke über ihn gezogen hatte. Er streckte sich, wischte sich über die müden Augen und rief nach seinem Kammerdiener.

Barlow half ihm mit einer hochgezogenen Augenbraue und einem leicht abschätzigen Blick aus der Kleidung. Er suchte eine neue Garderobe zusammen, die geeignet war, einen Earl zu beeindrucken, während Theo sich die Zähne putzte und seine morgendlichen Waschungen vornahm.

Er zog sich mit ein wenig Hilfe an und ging zum Frühstück hinunter. Er war überrascht, dass Nicholas bereits am Tisch saß und eine Tasse Tee vor sich hatte. Er hatte angenommen, dass sein Bruder noch ein paar Stunden in seinem eigenen Bett schlafen würde.

»Hast du darüber nachgedacht, was ich gestern Abend gesagt habe?«, fragte Nicholas, schob seinen Stuhl zurück und stand auf, als Theo eintrat.

»Worüber?« fragte Theo, der emotional zu erschöpft war, um zu verstehen, was Nicholas meinte.

»Dass du deiner Ehe eine echte Chance geben« solltest.«
Nicholas ging zur Anrichte und tat sich Eier und Würstchen
auf. »Schließ einfach die Möglichkeit nicht aus, dass dies ein
glückliches Ereignis sein könnte.«

Theo machte sich eine Tasse Tee und folgte ihm. Sie
setzten sich einander gegenüber. Theo wollte Nicholas nicht
antworten. Sein Bruder kannte seine Gedanken zu diesem
Thema bereits.

Nicholas spießte ein Stück Wurst auf seine Gabel und
winkte Theo damit zu. »Du solltest wenigstens einen Verlobungsball schmeißen, um zu beweisen, dass du dich nicht für
die Verbindung schämst und dass nichts Schändliches
zwischen euch passiert ist. Lady Katherine hat das verdient.
Vor allem, weil der Ball dafür sorgen würde, dass sich die
Hochzeit verzögert, was dem *ton* zeigen würde, dass es
keinen Grund gibt, vor den Traualtar zu eilen, und so ihren
Ruf zu wahren.«

Theo sah Nicholas mit zusammengekniffenen Augen an.
Sein Bruder hatte eine Menge Vorschläge für jemanden, der
ihn überhaupt erst in diesen Schlamassel gebracht hatte.

Obwohl ... er hatte ein gutes Argument.

Wenn Theo einen Verlobungsball veranstaltete und die
Hochzeit um ein paar Wochen verschob, während das
Aufgebot verlesen und die Vorbereitungen getroffen wurden,
würde das den Schaden für Lady Katherines Ruf erheblich
mindern, was wiederum dafür sorgen würde, dass ihre Ehe
auf einem besseren Fundament beginnen würde.

Nein, er wollte nicht unbedingt heiraten, aber er wollte
auch nicht, dass seine zukünftige Viscountess unglücklich
war, wenn es sich vermeiden ließ.

»Also gut, ich werde einen Ball veranstalten.« Das war
das einzige Zugeständnis, das er im Moment machen würde.

»Ich denke, das ist klug.«

Theo warf Nicholas einen Blick zu, woraufhin dieser
sofort den Mund hielt. Theo wandte seine Gedanken dem

Ball zu. Er würde dies auf intelligente Weise tun müssen. Sie müssten einige der wichtigsten Mitglieder des *ton* einladen, aber er wollte keine neugierigen Klatschtanten in seinem Haus willkommen heißen, wenn sie Lady Katherine Unbehagen bereiten oder versuchen könnten, in seinen persönlichen Angelegenheiten herumzuschnüffeln.

Nicholas dürfte besser wissen als Theo, wer geeignet sein könnte. Wenn er doch nur seinen Bruder Lady Katherine vorstellen könnte, damit sie gemeinsam die Gästeliste zusammenstellen können. Leider hatte er den Verdacht, dass es im Moment am klügsten sein würde, Nicholas und Lady Katherine getrennt zu halten.

Nach dem Frühstück rief Theo eine Kutsche, die ihn nach Longley House bringen sollte. Seine Brust war angespannt und sein Herz schwer von dem Gefühl des drohenden Unheils, als er die Treppe hinaufging und an die Tür klopfte.

Der Butler - dessen hochmütige Miene verriet, dass er von Theo unbeeindruckt war - führte ihn in den Salon, wo er warten sollte, während der Mann Lady Katherine holte. Er setzte sich auf eines der Sofas vor dem schwarz-grünen Marmorkamin und sah auf die Uhr. Es war etwas früher, als es normalerweise für gesellschaftliche Besuche üblich war, aber seine Angst hätte noch mehr Zeit gehabt, sich aufzubauen, wenn er noch eine Stunde gewartet hätte, bevor er sich hierher auf den Weg machte.

Als Lady Katherine hereinkam, trug sie ein einfaches blaues Tageskleid, und ihr Haar fiel ihr locker um die Schultern. Es schimmerte im Sonnenlicht wie poliertes Gold, und er fragte sich, wie weich es sein würde, wenn er mit den Fingern hindurchfuhr.

Sie machte einen Knicks. »Guten Morgen, Mylord.«

Er stand auf und verbeugte sich. »Guten Morgen, Lady Katherine.«

Sie durchquerte den Raum und setzte sich ihm gegenüber, wobei sie den schwachen Duft von etwas Blumigem mitbrachte. »Sind Sie gekommen, um mit Andrew zu sprechen?«

Er nickte und ließ sich wieder auf das Sofa sinken. »Vorher wollte ich mich vergewissern, dass Sie sich Ihrer Entscheidung sicher sind und es sich nicht über Nacht anders überlegt haben.«

Bitte mach, dass sie ihre Meinung geändert hat.

Sie lächelte, ihr Gesichtsausdruck war heiter. »Ich bin mit meiner Entscheidung zufrieden, aber danke, dass Sie sich erkundigt haben.«

Das Frühstück drohte ihm in der Kehle aufzusteigen, aber er versuchte, es zu unterdrücken. »Nun gut, dann. Ich werde sofort mit dem Grafen sprechen. Ist er in seinem Arbeitszimmer?«

»Das wird er jetzt sein. Boyden dürfte ihn vor Ihrer Ankunft gewarnt haben. Ich bringe Sie hin.«

Sie standen beide auf und schlenderten nebeneinander aus dem Salon und den Korridor entlang.

Sie hielt vor der Tür inne. »Danke.«

Er war sich nicht ganz sicher, wofür sie sich bei ihm bedankte. Vielleicht für eine ehrenhafte Tat. Wie dem auch war, er nickte und klopfte.

»Kommen Sie herein«, rief der Earl of Longley von drinnen.

Lady Katherine wich zurück, und Theo stieß die Tür auf, wobei ihm kurz die Frage durch den Kopf schoss, ob es wirklich schon zu spät sei, die ganze Situation Nicholas in den Schoß zu legen und aufs Land zu fliehen.

Er trat ein.

Andrew Drake saß hinter seinem Schreibtisch, sein normalerweise warmer, haselnussbrauner Blick war scharf und abschätzend. »Bitte setzen Sie sich.«

Theo ließ sich auf den Besucherstuhl fallen und kam

sofort zur Sache. Es war wohl besser, dieses Gespräch schnell hinter sich zu bringen. »Ich bin hier, um Ihren Segen für die Heirat mit Lady Katherine zu erbitten.«

Andrew neigte seinen Kopf zur Seite. »Sie hat mir gegenüber deutlich gemacht, dass sie der Verbindung gegenüber aufgeschlossen ist.«

»Ausgezeichnet.«

Andrew stützte seine Hände auf den Schreibtisch. »Ich möchte, dass Sie wissen, dass ich nie an den Unsinn geglaubt habe, Sie hätten etwas mit dem Tod Ihres Vaters oder Ihrer Frau zu tun.«

Theo runzelte die Stirn. Das war eine unerwartete Bemerkung. »Ich bin froh, das zu hören.«

Andrew legte den Kopf schief. »Ehrlich gesagt, finde ich es lächerlich, dass jemand behauptet hat, Sie hätten etwas mit dem Tod Ihres Vaters zu tun. Ich vermute, es wäre nie dazu gekommen, wenn nicht die unglücklichen Umstände des Ablebens der ehemaligen Lady Blackwell dazu geführt hätten. Wenn sich die Klatschbasen erst einmal an etwas festgebissen haben, lieben sie es, alles so dramatisch wie möglich erscheinen zu lassen, und das war Öl ins Feuer.«

Theo dachte das Gleiche. Es hatte nie eine Andeutung gegeben, dass die Leute die Umstände des Todes seines Vaters in Frage stellten, bis er an jenem schicksalhaften Tag mit Elizabeths Leiche nach South Wye geritten war.

Andrews Augen verengten sich, und seine Lippen wurden schmaler. »Abgesehen davon habe ich den Eindruck, dass Sie als Bräutigam eher zurückhaltend sind. Wenn Sie diese Ehe eingehen, möchte ich nicht, dass Kate die Hauptlast davon trägt. Ich erwarte, dass Sie alles tun, was Sie können, um ihr Glück zu sichern.«

»Das werde ich.« Theo mochte vielleicht nicht unbedingt heiraten wollen, aber er würde sein Bestes tun, um sie zu versorgen und zu betreuen. Er war nicht grausam, nur abgestumpft.

Andrew hielt seinen Blick einen langen Moment lang fest, bevor er nickte. »Dann stimme ich der Heirat zu. Welchen Zeitrahmen stellen Sie sich vor?«

»Vielleicht einen Monat«, schlug Theo vor. »Wenn wir Anfang Dezember heiraten, haben wir noch Zeit, vor Weihnachten aufs Land zu reisen, und die Hochzeitsvorbereitungen sind auch nicht so überstürzt.«

»Anfang Dezember ist für mich akzeptabel.«

»Gut.« Theos Kopf drehte sich. Passierte das wirklich? »Ich würde auch gern einen Verlobungsball veranstalten. Vielleicht könnte das eine oder zwei Wochen vor der Hochzeit sein?«

»Interessante Idee.« Andrew klang, als wäre er einverstanden. »Das dürfte das Ganze sicherlich weniger skandalös erscheinen lassen. Ich werde Kate hereinbitten. Es wäre ein Bärendienst, ihre Hochzeit ohne sie zu besprechen.«

Wieder einmal war Theo von der Haltung des anderen Mannes gegenüber seiner Schwester überrascht. Er versuchte nicht, Entscheidungen über ihren Kopf hinweg zu treffen, und bezog sie aktiv in Dinge ein, die ihr Leben beeinflussen würden. Theo konnte das respektieren.

Vielleicht könnten er und Andrew nach all dem Freunde werden. Obwohl er das Gefühl hatte, dass es viel kosten würde, um die Gefährdung von Lady Katherines - Kates - Ruf wieder gutzumachen.

Andrew umrundete den Tisch und öffnete die Tür. Kate dürfte nicht weit entfernt gewesen sein, denn sie gesellte sich einen Moment später zu ihnen. Theo zwang sich, sie anzulächeln, als sie einen zweiten Stuhl heranzog und Andrew sich wieder auf seinen Platz hinter dem Schreibtisch setzte.

Andrew räusperte sich. »Kate, ich habe Lord Blackwell die Erlaubnis gegeben, um deine Hand anzuhalten. Willst du das immer noch durchziehen?«

Kate funkelte, ihr Lächeln war strahlend, ihre Augen

leuchteten. Der hoffnungsvolle Ausdruck traf Theo mitten in die Brust und raubte ihm den Sauerstoff aus den Lungen.

Verdammt.

Worauf hatte er sich da bloß eingelassen?

KAPITEL 14

KATES NERVEN LAGEN BLANK, ALS SIE MIT IHREM Skizzenbuch unter dem Arm an die Haustür von Lord Blackwells Londoner Residenz klopfte und auf eine Antwort wartete. Es war der Montag, nachdem sie sich über die Heirat geeinigt hatten, und der Viscount hatte angeboten, ihr und Lady Drake seinen Ballsaal zu zeigen, damit sie mit der Planung des Verlobungsballs beginnen konnten.

Kate war gespannt darauf, das Haus von innen zu sehen, da es bald ihr Zuhause sein würde, wann immer sie in London sein würden. Sie hoffte, dass es schön war.

Die Tür schwang auf, und der Butler trat heraus. Er war ein kleiner, rundlicher Mann mit flauschigem, grauem Haar an den Seiten seines Kopfes und einer glänzenden Kuppel auf dem Kopf.

»Lady Katherine Drake und Lady Brigid Drake für Lord Blackwell«, sagte sie und reichte ihm eine Visitenkarte.

Er lächelte breit und vermittelte ihr den Eindruck, dass er ein fröhlicher Mensch war. »Es ist mir eine Freude, Sie kennenzulernen, Mylady.« Er verbeugte sich tief. »Und Ihre geschätzte Mutter auch. Ich bin Mr. Albert Smith, aber Sie dürfen mich Albert nennen.«

Kate lächelte angenehm berührt zurück. »Schön, Ihre Bekanntschaft zu machen, Albert. Ich bin sicher, dass wir uns noch viel öfter sehen werden.«

Er sah geradezu begeistert aus. »In der Tat, das werden wir.«

Kates Herz wurde warm. Es war schön zu wissen, dass, auch wenn Blackwell selbst der Hochzeit zögerlich gegenüberstand, sein Haushalt sie wahrscheinlich willkommen heißen würde. Sie hatte nicht gewusst, ob sie sich über die neue Hausherrin freuen würden oder ob sie glauben würden, dass sie jemanden ersetzte, der ihnen wichtig gewesen war, und ihr die kalte Schulter zeigen würden.

Lord Blackwell tauchte hinter Albert auf. Sein Gesichtsausdruck war wie immer schwer zu lesen, und er neigte den Kopf zur Begrüßung. »Guten Tag, Lady Katherine, Lady Drake.«

Sie runzelte die Stirn, verwirrt über sein schnelles Erscheinen, noch bevor Albert ihn geholt hatte. Hatte er auf sie gewartet? In der Nähe der Tür auf ihre Ankunft gewartet? Solche Überlegungen waren wahrscheinlich unsinnig, aber es war eine schöne Vorstellung.

»Erlauben Sie mir, Ihnen den Ballsaal zu zeigen«, sagte er.

Er gab ihnen ein Zeichen, ihm zu folgen, vorbei an einer beeindruckenden Treppe und nach rechts, wo ein Paar Flügeltüren in einen Ballsaal führten. Der Raum war nicht so groß wie der in Longley House, aber er war mit einem königsblau-weiß gemusterten Teppich und zahlreichen glänzenden Kandelabern prächtig ausgestattet.

Die Wände waren bis halb zur Decke cremefarben und darüber puderblau, mit achteckigen weiß-blauen Kacheln an der Decke und einem kunstvollen weißen Stuck in der Mitte, an dem ein Kronleuchter hing. Dicke Vorhänge in einem cremefarbenen bis goldenen Farbton umrahmten jedes Fenster, und über jedem Fenster befand sich eine dekorative Metallarbeit in Form eines floralen Musters, das dem des Teppichs ähnelte.

Licht strömte herein, und die Luft war warm, als ob die Fenster die Wärme der Sonne einfangen und speichern würden. In einer Wand war ein verschnörkelter Kamin eingelassen.

Kate gefiel das Zimmer auf Anhieb. Blau war eine ihrer Lieblingsfarben, und angesichts der Art und Weise, wie diese Farbe mit den Creme- und Goldtönen sowie der Qualität der Einrichtung kombiniert wurde, wusste sie, dass sie nichts ändern würde, selbst wenn sie die Erlaubnis bekäme, den Raum von Grund auf neu zu gestalten.

»Sie können dekorieren, wie Sie es für richtig halten«, sagte Blackwell und unterbrach damit ihre stille Wertschätzung. »Bitte machen Sie sich keine Sorgen über die Kosten. Blackwell ist zwar nicht das reichste Anwesen des Landes, aber es wird Ihnen sicher an nichts fehlen.«

Kates Herz sang. Sie wusste zwar, dass er sich auf materielle Dinge bezog, aber seine Worte gaben ihr dennoch das Gefühl, dass sie ihm wichtig war. Er zeigte es vielleicht nicht auf die übliche Weise, aber das tat der Herzog von Ashford auch nicht, und Emma war glücklich mit ihm. Vielleicht könnte Kate das auch haben.

Lady Drake wanderte durch den Raum von einem Ende zum anderen. Kate drehte sich um und spürte in ihrem Innersten, dass sie genau an diesem Ort sein sollte. Vielleicht war ihr erstes Treffen mit Blackwell und das anschließende Werben unkonventionell gewesen, aber all ihre Instinkte sagten ihr, dass dies richtig war.

»Was denken Sie?« fragte sie ihre Mutter.

Lady Drake fuhr mit ihren Fingern über einen der seidenen Vorhänge. »Dies ist dein Verlobungsball, das heißt, du triffst die Entscheidungen. Persönlich würde ich die

Einrichtung relativ einfach halten. Kein Einschleppen ganzer Sträucher. Vielleicht ein paar elegante Rosen oder, je nachdem, wie schwer sie zu bekommen sind, Schneeglöckchen.«

»Ich stimme zu.« Kate stemmte die Hand in die Hüfte, während sie den Raum mit kritischem Blick musterte. »Wenn wir zu viele andere Elemente hereinbringen würden, sähe es unruhig aus. Ich denke, Schneeglöckchen oder weiße Rosen würden gut passen. Die Gästeliste könnte umfassend, aber nicht riesig sein. Vielleicht hundert Leute.«

Lady Drake wandte sich an Lord Blackwell. »Was denken Sie?«

Sein Blick war dunkel und unergründlich. »Was immer Sie für das Beste halten. Ich weiß, dass die Bälle hier in der Vergangenheit mehr als hundert Gäste beherbergt haben, vorausgesetzt, der Verbindungsraum ist offen, Sie müssen sich also keine Sorgen machen, dass dies eine Einschränkung ist.«

»Was immer *wir* für das Beste halten?« Kate ging auf ihn zu, ein Lächeln umspielte ihre Lippen. »Das ist ein furchtbar gefährliches Versprechen, Lord Blackwell. Was wäre, wenn ich mehrere Dutzend Lilienarrangements und einen Koiteich mit echten Fischen vorschlagen würde?«

Es war bekannt, dass solche Dinge schon gemacht worden waren. Kate hatte das immer für lächerlich gehalten, obwohl sie zugab, dass die Zierfische sehr hübsch und nett anzusehen gewesen waren.

Eine seiner Augenbrauen wanderte leicht nach oben. »Dann würde ich mein Bestes tun, um das zu ermöglichen.«

»Und was wäre, wenn ich beschließen würde, alles in leuchtenden Pink- und Orangetönen zu haben?«, forderte sie ihn heraus.

Er neigte den Kopf. »Wenn das Ihr Wunsch wäre, würde ich ihn erfüllen.«

»Hmpf.« Sie war sich nicht sicher, warum sie eine andere

Antwort erwartet hatte, außer dass sie geglaubt hatte, der Herr mit der modischen bunten Krawatte, den sie auf dem Wembley-Ball kennengelernt hatte, würde zumindest eine Meinung zur Dekoration seines Verlobungsballs haben - oder vielleicht ein paar grundsätzliche Bedenken bezüglich des guten Geschmacks. Er schien damals so sein.

Nur eine weitere Art, wie Viscount Blackwell sie verwirrte.

»Vielleicht könnten wir in dieser Ecke Musiker haben«, sagte Lady Drake und lenkte Kates Aufmerksamkeit von dem Viscount ab.

»Lassen Sie mich eine Zeichnung machen.« An der anderen Seite des Raums standen Stühle, und Kate setzte sich auf einen und legte das Skizzenbuch auf ihr Knie. Mit ein paar einfachen Strichen skizzierte sie den allgemeinen Grundriss des Ballsaals. Sie fügte die Grundfiguren für die Musiker in der von ihrer Mutter angegebenen Ecke hinzu und zeichnete kleine Blumenarrangements dorthin, wo sie sie am besten zu platzieren gedachte.

Lady Drake stand neben ihrer Schulter. »Ich denke, das reicht völlig aus.«

»Darf ich mal sehen?«

Kate zuckte zusammen und stellte überrascht fest, dass Lord Blackwell direkt vor ihr stand. Er streckte seine Hand aus, und sie reichte ihm das Skizzenbuch.

Er gab ein Geräusch in seiner Kehle von sich. »Das ist sehr gut. Sie sind sehr talentiert.«

Hitze durchströmte Kate, und ihr Magen kippte. Sie neigte den Kopf und bemerkte, dass ihre Mutter sie wissend beobachtete.

»Danke, Mylord.«

Er reichte das Skizzenbuch zurück. »Ich freue mich darauf, mehr von Ihren Zeichnungen zu sehen.«

Sie war seltsam aufgeregt, es ihm zu zeigen. Es hatte

wirklich den Anschein, als würde er ein dankbares Publikum abgeben.

»Möchten Sie eine Führung durch den Rest des Hauses?«, fragte er, als sie eine weitere Verzierung zu einem der Blumenarrangements - dem Mittelstück - hinzufügte.

»Oh, ja, bitte.« Sie beeilte sich, aufzustehen, und legte das Skizzenbuch zur Seite. Sie befürchtete, dass sie etwas verschmiert hatte, aber als sie nachsah, waren die Linien noch klar. Nicht, dass es darauf ankam. Die Zeichnung war rein praktisch. Sie wollte nur nicht später feststellen, dass ihre Hände grau waren und sie aus Versehen Farbe auf ihr Gesicht bekommen hatte.

»Wie Sie sehen, gibt es einen Nebenraum, der entweder als Erweiterung des Ballsaals genutzt oder als kleinerer Raum für die Bewirtung von Gästen abgetrennt werden kann.« Er führte sie durch den zweiten Raum und zurück ins Foyer. »Mein Arbeitszimmer ist am Ende des Flurs.«

Sie folgten ihm zurück durch das Foyer und in einen Flur auf der anderen Seite der Haupttreppe. Er öffnete jede Tür, an der sie vorbeikamen, und ließ sie hineinschauen. Es gab einen Salon, ein Frühstückszimmer, ein formelles Esszimmer und ein eher zwangloses Familienzimmer. Die weiter hinten gelegenen Räume wurden vom Personal genutzt.

Als er sie die Treppe hinaufführte, versuchte Kate, sich den Grundriss der Räume zu merken, damit sie sich in Zukunft nicht verirrte. Es schien recht einfach zu sein.

»Die Familienzimmer sind auf der linken Seite.« Er gestikulierte den Korridor entlang. »Auf der rechten Seite befindet sich die Bibliothek, das Familienzimmer im Obergeschoss und das Zimmer, in dem meine Mutter gerne am Fenster sitzt und stickt, während sie die Welt an sich vorbeiziehen lässt.«

Kate runzelte die Stirn. Sie glaubte nicht, dass sie die

Viscountess-Witwe schon einmal getroffen hatte. »Ist Ihre Mutter derzeit in London?«

»Nein, sie ist in Blackwell Hall in Oxfordshire. Normalerweise wohnt sie dort, außer wenn sie Freunde in London oder Bath besucht. Dort fühlt sie sich meinem Vater am nächsten.«

Ihr Herz drückte sich zusammen. »Das ist schön.«

Der Viscount zuckte mit einer Schulter. »Sie wird zur Hochzeit nach London kommen, wenn nicht sogar schon vorher, sodass Sie sie dann kennenlernen können.«

»Wird sie am Verlobungsball teilnehmen wollen?«, fragte Lady Drake.

Blackwell schürzte die Lippen. »Ich werde sie einladen, aber ich bin mir nicht sicher.«

Kate verstand das nicht. Sicherlich würden die meisten Mütter die Verlobung ihres Kindes gerne feiern. Wäre ihr Vater noch am Leben, hätte ihn niemand daran hindern können, dabei zu sein, aber nicht alle Adelsfamilien standen einander so nahe wie die ihre. In der Tat, viele taten es nicht.

Es machte sie ein wenig traurig für ihn, wenn sie daran dachte, dass die seine auch so sein könnte. Nun, egal. Wenn sie erst verheiratet waren, würde er ihre Familie haben, um alle Unzulänglichkeiten auszugleichen.

Sie gingen in den Familientrakt, und Blackwell wies auf die einzelnen Türen hin, um zu zeigen, welche Zimmer für Gäste und welche für bestimmte Familienmitglieder reserviert waren. Sie betraten keines davon, aber Kate hatte das auch nicht erwartet. Das würde erst nach ihrer Heirat geschehen.

»Was ist das für ein Zimmer?«, fragte sie, als ihr auffiel, dass er eine der Türen, an denen sie vorbeigegangen waren, nicht erwähnt hatte.

Er zögerte. »Äh, das gehört meinem Bruder.«

»Oh.« Sie hatte fast vergessen, dass er einen Bruder hatte.

Er hatte es nie erwähnt, und sie hatte nicht daran gedacht, nach Einzelheiten zu fragen. »Ist er auch in London?«

Auf ihre Frage folgte eine lange Pause.

Schließlich sagte Blackwell: »Ja, aber er ist gerade nicht da, also kann ich ihn leider nicht vorstellen.«

»Es tut mir leid, das zu hören. Ich hoffe, ich werde ihn vor der Hochzeit kennenlernen.«

»Wir werden sehen.« Sein Ton wurde knapp. »Kehren wir in den Ballsaal zurück und besprechen wir die Hochzeit selbst.«

Er ging den Korridor entlang zurück, und sie beeilte sich, mit ihm Schritt zu halten, wobei sie einen Blick über die Schulter auf ihre Mutter warf. Lady Drake zog neugierig eine Augenbraue hoch. Kate weitete daraufhin die Augen und war erleichtert, dass sie nicht die Einzige war, die Blackwells Reaktion seltsam fand.

There was something off about this family. Sie konnte nur nicht genau sagen, was es war. Vielleicht würde sich alles klären, wenn sie seine Mutter kennenlernte.

»Möchten Sie eine große oder kleine Hochzeit?«, fragte Blackwell, als sie die Treppe hinuntergingen.

»Ich würde es vorziehen, es klein zu halten.« Sie raffte ihren Rock mit einer Hand, um nicht darüber zu stolpern. »Familie und enge Freunde. Haben Sie eine Vorliebe?«

Er sah sie an. Ein Teil der Anspannung war aus seinen Zügen gewichen, und sein schiefes Lächeln brachte ihr Inneres zum Brodeln. »Ich stimme zu. Klein wäre am besten.«

»Keine Gesellschaftshochzeit in der St. George's Kathedrale?« In Lady Drakes Stimme schwang Enttäuschung mit.

Kate warf ihr einen entschuldigenden Blick zu. »Nein, aber egal, wie viele Leute wir einladen, ich möchte ein schönes Kleid haben. Etwas, das ich selbst entworfen habe.«

»Dann sollen Sie es haben«, erklärte Blackwell. »Ich würde gerne sehen, was Sie sich einfallen lassen.«

Diesmal hatte Lady Drakes hochgezogene Augenbraue nichts mit Neugier zu tun, sondern mit der unausgesprochenen Bedeutung von Lord Blackwells Worten. Er unterstützte Kates Talente und hielt nichts davon, dass sie sich für etwas interessierte, das entweder als trivial oder unter ihrem Status angesehen werden könnte.

Kate verbarg ihr Lächeln. Sie war immer noch nervös darüber, ihn zu heiraten, aber jedes Mal, wenn sie zusammen waren, wurde sie überzeugter, dass sie die richtige Entscheidung getroffen hatte. Ihr Instinkt sagte ihr, dass Lord Blackwell trotz seines düsteren Rufs und seines stoischen Auftretens ein guter Mensch war.

Er führte sie in den Salon, wo sie alle Platz nahmen. Sie wünschte sich, er hätte nicht so viel Abstand zwischen ihnen gelassen, denn sie genoss das Kribbeln und Flimmern, das seine Anwesenheit in ihr auslöste.

»Sie sollten mir auch eine Liste mit Dingen geben, mit denen Sie sich hier wohler fühlen würden«, fuhr er fort, als hätte ihr Gespräch nie eine Pause gemacht. »Ich möchte, dass Sie sich wie zu Hause fühlen.«

Die Freude blubberte in ihr. Ja, der Viscount dürfte ein ausgezeichneter Ehemann sein.

»Das werde ich tun«, sagte sie freundlich.

Eine Gestalt schritt an der offenen Tür vorbei. Sie erhaschte nur einen flüchtigen Blick auf ihn, aber irgendetwas an ihm wirkte seltsam. Er trug keine Dienstbotenuniform, und seine aufrechte Haltung ließ darauf schließen, dass er eine wichtige Person war. Aber wer außer dem Viscount sollte hier sein?

»Ist das Ihr Bruder?«, fragte sie neugierig.

»Wo?« Blackwells Blick flog zur offenen Tür, und er wurde blass. »Ich bin sicher, es war nur einer der Lakaien.«

»Er trug keine Uniform.«

Blackwell ging zur Tür und schloss sie. »Vielleicht war er nicht im Dienst.«

Zwischen ihren Augenbrauen bildete sich eine Furche. Dieser Mann war kein Lakai gewesen - das wusste sie - und die Tatsache, dass Blackwell die Tür geschlossen hatte, damit sie ihn nicht wieder vorbeikommen sah, war beunruhigend.

Was hatte Lord Blackwell zu verbergen?

KAPITEL 15

London
Dezember 1822

KATE KONNTE NICHT SAGEN, OB DER KNOTEN IN IHREM BAUCH von der Aufregung oder von ihren Nerven herrührte. Die Kutsche hielt vor Blackwell House, und sie wartete darauf, dass Andrew zuerst ausstieg und dann Amelia, ihrer Mutter und ihr selbst beim Aussteigen half.

Eine Gänsehaut kribbelte auf ihren Schultern, und sie rieb sich die nackten Oberarme. Es war ein kühler Abend, und wegen der dichten Wolken war es bereits dunkel geworden, und ein leichter Nieselregen fiel, als sie zum Eingang gingen, der offen stand.

Albert scheuchte sie ins Haus, um dem schlechten Wetter zu entgehen. Er schloss die Tür hinter ihnen und verbeugte sich tief. »Lord Blackwell ist im Ballsaal.«

In diesem Moment betrat der besagte Mann das Foyer, was Alberts Worte Lügen strafte, und hielt inne, als sein Blick an ihr hängen blieb. Sie zuckte zusammen, als seine dunklen Augen warm wurden.

»Sie sind exquisit, Lady Katherine«, sagte Blackwell.

Sie erschauderte, aber diesmal nicht vor Kälte. Er hatte eine Art, ihr das Gefühl zu geben, sie sei das Einzige, was er sah. »Danke, Mylord. Sie sehen auch sehr gut aus.«

Es stimmte ja. Er trug einen Anzug, von dem sie vermutete, dass er neu war, obwohl er genauso einfarbig war wie die anderen, in denen sie ihn seit dem Wembley-Ball gesehen hatte. Nach dem, was sie inzwischen über ihn erfahren hatte, war es wirklich seltsam, wie extravagant seine Kleidung an jenem Abend gewesen war.

Sein Blick verweilte auf ihrem Kleid, und sie fragte sich, was er davon hielt. Sie hatte das minzgrüne Kleid mit blassblauem Saum selbst entworfen, um zu ihrer Hautfarbe zu passen und ihre schlanke Taille zu betonen, aber sie hatte keine Ahnung, ob ihm das auffiel.

»Ist das einer Ihrer Entwürfe?«, fragte er.

»Ja, obwohl Madame Baptiste geholfen hat. Ich habe ihr Zeichnungen von meiner Vision gezeigt, und sie hat sie in die Tat umgesetzt.« Kate schätzte die Geduld der Modistin mit ihr sehr. Sie wusste, dass die meisten jungen Ladys dazu neigten, ihr weit weniger Anweisungen oder Vorschläge zu geben, aber Madame Baptiste hatte Kate nie das Gefühl gegeben, sich belästigt zu fühlen.

Er sah ihr wieder in die Augen, und etwas in ihm wurde weicher. »Es scheint, als ob ich eine äußerst talentierte Frau bekommen werde.«

Kates Herz hob sich, und sie lächelte so breit, dass es fast weh tat. Sie konnte sich wirklich glücklich schätzen, einen solchen Mann gefunden zu haben, wie auch immer es dazu gekommen war.

Er wandte sich an ihre Familie. »Danke, dass Sie gekommen sind, Lord Longley, Lady Longley, Lady Drake.«

»Ich bin froh, dass ich aus der Kälte raus bin«, sagte Andrew. »Es ist verdammt schlechtes Wetter.«

»Nun, es ist Winter«, sagte Amelia. »Das ist nur zu erwarten.«

Albert räusperte sich, und Blackwell blickte zu ihm hinüber. Zu dem Butler gesellte sich eine Frau von durchschnittlicher Statur, etwas weich um die Mitte, mit ausgeprägten Gesichtszügen und gepflegtem braunem Haar.

Blackwell gestikulierte zu ihnen. »Erlauben Sie mir, Ihnen meinen Butler Albert und die Haushälterin, Mrs. Taylor, vorzustellen. Sollten vor dem Ball noch Änderungen in letzter Minute erforderlich sein, wird Mrs. Taylor sicher gern dabei helfen können.«

Mrs. Taylor machte einen Knicks. »Ich bin mehr als froh, wenn ich helfen kann. Es ist eine wahre Freude zu wissen, dass Blackwell House wieder eine Herrin haben wird.«

Kate nickte ihr zu. »Freut mich, Sie kennenzulernen, Mrs. Taylor. Ich freue mich darauf, in Zukunft häufiger mit Ihnen zu sprechen.«

Es war wichtig, dass sie so bald wie möglich ein gutes Verhältnis zur Haushälterin aufbaute, denn die Bediensteten würden sich weitgehend an ihr und Albert orientieren, der zum Glück bereits seine Zustimmung gegeben hatte.

»Gehen wir hinein.« Blackwell ging rückwärts in den Ballsaal.

Kate sah ihm hinterher und bewunderte die Gestalt unter seiner gut geschnittenen Kleidung. Er hatte breite Schultern und eine schlanke Taille, aber sie hatte keine Ahnung, was sie darüber hinaus erwarten sollte. Sie hatte noch nie einen unbekleideten Mann gesehen. Hoffentlich würde er nicht zu förmlich mit seiner Frau sein, denn sie war sehr lernbegierig.

Als sie den Ballsaal betrat, empfing sie eine Wand aus warmer Luft. Die kam von einem Feuer, das in dem vergoldeten Marmorkamin brannte, und von den Dutzenden von Kerzen, die den Raum beleuchteten und den blauen und cremefarbenen Teppich und die Vorhänge in ein goldenes Licht tauchten.

Sträuße aus weißen Rosen und Schneeglöckchen waren

um die Bögen und Türöffnungen sowie auf einigen der kleinen Tische am Rande des Raumes verteilt. In einer Ecke war Platz für die Musiker geschaffen worden, die gerade dabei waren, ihre Instrumente zu stimmen. Das leise Klimpern von Klaviertönen und die satten Akkorde einer Geige klangen durch die Luft.

Kate rückte einen Schneeglöckchenzweig zurecht, der etwas schief stand, und ging in den Nebenraum, um den Erfrischungstisch zu überprüfen. Das Essen war noch nicht herausgebracht worden, aber Limonade und Ratafia standen in einem Turm aus feinen Weingläsern bereit, damit sich die Gäste bedienen konnten.

»Wir werden das Feuer löschen, wenn die ersten Gäste eintreffen.«

Kate zuckte zusammen, als Blackwells Stimme so nah bei ihr erklang. Sie hatte ihn nicht kommen hören.

»Es wird sonst zu heiß, wenn alle hier sind. Vor allem, wenn das Tanzen beginnt.«

Sie nickte. »Es war eine gute Idee, es lange genug brennen zu lassen, um den Ballsaal zu erwärmen.«

Er zuckte mit den Schultern. »Das war Mrs. Taylors Vorschlag. Ich bin mir nicht sicher, ob ich darauf gekommen wäre.«

Irgendwie hatte Kate den Verdacht, dass er sich selbst nicht genug Anerkennung zollte.

»Es hat alles gut geklappt«, sagte Kate über die Dekoration.

Er grinste. »Sie haben ein gutes Auge. Mit Ihnen und Lady Drake an der Spitze habe ich nie etwas anderes erwartet.«

Sie verdrehte die Augen. »Sie Schmeichler.«

Sie konnte nicht leugnen, dass sein Kompliment ihr Herz höher schlagen ließ. Er war immer höflich und fürsorglich zu ihr gewesen, aber sie hatte nicht den Eindruck, dass er Dinge sagte, die er nicht so meinte.

»Möchten Sie etwas trinken, bevor wir anfangen?«, fragte er. »Wenn Sie keine Lust auf Limonade oder Ratafia haben, gibt es in meinem Arbeitszimmer auch Sherry. Ich denke, wir haben es uns verdient.«

»Sherry?« Lady Drake tauchte neben ihnen auf. »Ich würde ein Glas zu schätzen wissen.«

Kate kicherte. »Ich nehme auch eins.«

Sie war sich immer noch nicht sicher, ob sie das süße Brennen des Sherrys wirklich mochte, aber sie mochte ihn ganz sicher nicht *nicht*. Sie glaubte, dass sie auf den Geschmack kommen könnte, wenn sie ihm eine Chance gäbe.

Amelia und Andrew kamen Arm in Arm zu ihnen. Es war das erste Mal, dass sie beide abends von George getrennt waren, seit sie nach London gekommen waren. Das war ungewöhnlich für Eltern ihrer Klasse, aber sie genossen es, Zeit mit ihm im Kinderzimmer zu verbringen und ihn ins Bett zu bringen. Kate war jedoch froh, dass sie angeboten hatten, heute Abend hier zu sein. Ihre Familie sollte ihren Verlobungsball nicht verpassen.

Amelia verzog das Gesicht. »Ich glaube, ich nehme nur eine Limonade, danke.«

»Was ist mit Ihnen, Longley?«, fragte Blackwell.

»Sherry klingt hervorragend«, antwortete Andrew.

Blackwell rief Mrs. Taylor zu sich. »Könnten Sie uns bitte vier Gläser Sherry bringen?«

»Natürlich, Mylord.«

»Werde ich heute Abend Ihren Bruder kennenlernen?«, fragte Kate Lord Blackwell.

Seine Augenbrauen zogen sich zusammen. »Leider nicht. Nicholas ist nach Oxfordshire gereist, um Mutter in die Stadt zu begleiten, und sie sind noch nicht angekommen.«

Kate verbarg ihre Enttäuschung. Sie hatte bisher noch niemanden aus Lord Blackwells Familie kennengelernt und war gespannt darauf, mehr über ihn herauszufinden.

Als Mrs. Taylor mit dem Tablett mit den Getränken zurückkehrte, bot sie es zuerst Blackwell und dann Kate an. Sie nahm ihr Glas und hob es an ihre Lippen, wobei sie Blackwells Blick auffing, bevor sie das Glas anhob. Er hob sein Glas zu einem stummen Trinkspruch, ohne seinen Blick von ihr abzuwenden. Ihr Herz erwärmte sich, und sie fühlte sich leichter als Luft.

Albert unterbrach den Moment. »Lord und Lady Carlisle sind mit Lady Sophie eingetroffen.«

Kate leerte ihr Glas und stellte es zurück auf das Tablett von Mrs. Taylor. »Wir sollten unsere ersten Gäste begrüßen.«

Sie machten sich auf den Weg zur Haustür, wo die Carlisles bereits warteten. Sophie strahlte und winkte Kate zu, als sie sie erblickte.

»Hi, Sophie«, sagte Kate und glitt zu ihr hinüber. »Ich bin so froh, dass ihr die ersten Leute hier seid.«

Es war beruhigend zu wissen, dass sie eine gewisse Unterstützung hatten, bevor der Rest der feinen Gesellschaft eintraf. Nicht, dass irgendjemand unpassende Bemerkungen gemacht oder angedeutet hätte, dass die Verlobung etwas weniger als *de rigueur* war - zumindest nicht ihr gegenüber. Sie konnte sich des Eindrucks nicht erwehren, dass hinter ihrem Rücken über sie getuschelt wurde.

»Ich durfte mich doch nicht verspäten«, sagte Sophie und schaute sich interessiert um. »Du bist ja im Grunde die Gastgeberin dieser Veranstaltung. Wie aufregend ist es, diese Rolle zu haben, wenn man noch nicht einmal verheiratet ist?«

Kate versuchte, nicht zu breit zu lächeln. »Es ist ziemlich erstaunlich.«

Es gefiel ihr, dass sie heute Abend die Gastgeberin spielen durfte. Wäre die Viscountess-Witwe bereits in London angekommen, wäre das ihre Rolle, aber sie war noch nicht da.

Kate wandte ihre Aufmerksamkeit Lord und Lady

Carlisle zu, nur um festzustellen, dass ihr Verlobter sie bereits mit dem leicht nach oben gezogenen Mundwinkel, der als Lächeln durchging, begrüßte.

Das Rumpeln von Kutschenrädern kündigte die Ankunft weiterer Gäste an, und Kate stellte sich rechts von Blackwell auf, bereit, ihre Begrüßungspflichten zu erfüllen. Sie hatte halb erwartet, dass Andrew und Amelia sich ihnen anschließen würden, aber sie gingen mit den Carlisles in den Ballsaal und ließen Lady Drake mit Kate und Blackwell zurück.

»Ich sollte ihnen besser folgen«, sagte Sophie und nickte in Richtung ihrer Eltern. »Ich habe die strikte Anweisung, mich heute Abend zu benehmen. Wer weiß? Vielleicht treffe ich auch einen hübschen Schurken auf einem Balkon.«

Kate schnaubte. »Nicht heute Abend, das wirst du nicht. Die Außentüren bleiben fest verschlossen. Da draußen ist es viel zu kalt, um sie zu öffnen.«

Ganz zu schweigen von der Tatsache, dass es ihr lieber wäre, wenn sich ihre Freundin auf ihrem Verlobungsball nicht ruinieren würde.

Sophie beeilte sich, Lord und Lady Carlisle einzuholen, und Kate setzte ein Lächeln auf, um Francine Thomson und ihre Mutter zu begrüßen. Sie kniff die Augen zusammen und warnte Francine im Stillen, keine Bemerkungen zu machen, wie die, die sie zuvor darüber gemacht hatte, dass Lord Blackwell Menschen von Klippen stürzen würde. Wären sie allein gewesen, hätte sie der anderen Frau direkt gesagt, sie solle ihre Meinung für sich behalten.

Sie und Blackwell blieben viel zu lange am Eingang stehen, bevor sie sich in das fröhliche Treiben im Ballsaal einreihten. Als sie von ihren Pflichten befreit waren, holte sich Kate eine Limonade und trank sie schnell aus, da ihre Kehle nach dem vielen Reden ausgedörrt war.

Sie war froh, diesen Teil des Abends hinter sich zu haben. Obwohl alle höflich waren, merkte sie, dass einige von ihnen sie für eine Närrin hielten, weil sie Blackwell heiraten würde, und andere hielten sie für eine Hure, weil sie ihn überhaupt erst in die Falle gelockt hatte.

Die Leute im Erfrischungsraum gingen auseinander, als Blackwell hereinkam, und machten ihm den Weg frei, um direkt zu Kate zu kommen. Er schien es nicht einmal zu bemerken, denn seine dunklen Augen wichen nicht von ihr.

Er reichte ihr die Hand. »Ich habe die Musiker gebeten, für den nächsten Tanz einen Walzer zu spielen. Möchten Sie sich mir anschließen?«

»Das würde ich gerne tun.« Kate legte ihre behandschuhte Handfläche auf seine und ließ sich von ihm vom Tisch wegziehen.

Als sie den Ballsaal betraten, war das Lied zu Ende, und sie suchten sich einen freien Platz auf dem Parkett und stellten sich auf, während sie auf den Beginn des nächsten Liedes warteten. Als dies geschah, ließ sie sich zu einem leichten Tanz hinreißen.

Blackwell bewegte sich anmutig, ohne zu zögern, und sie fragte sich, ob er geübt hatte. Das letzte Mal, als sie getanzt hatten, war er wie eingerostet gewesen.

Sie blickte zu ihm auf und stellte fest, dass er sie bereits beobachtete. Diese dunklen Augen hätten kalt sein müssen, aber irgendwie durchfluteten sie sie mit Wärme. Seine Berührung an ihrer Seite war sanft, aber fest. Sie wiegten sich gemeinsam, als ob jeder genau wüsste, wo der andere seine Füße hinsetzen würde.

Es war zauberhaft.

Sie hatte wirklich Glück gehabt.

Obwohl sie nicht miteinander sprachen, fühlte sich das Schweigen nicht unangenehm an. Als der Tanz endete, sie sich bei ihm unterhakte und mit ihm die Tanzfläche verließ, drehte sie sich zu ihm um und fragte: »Sind alle Ihre Anzüge schwarz oder haben Sie auch welche in anderen Farben?«

Er verzog einen Mundwinkel, als ob er sich amüsieren

würde. »Die meisten von ihnen sind schwarz. Ich habe einen grauen und einen dunkelblauen. Stört Sie das?«

»Nein, es überrascht mich nur. Ich hätte schwören können, dass Sie hellblau und rosa getragen haben, als wir einander kennenlernten.« Vielleicht hatte er aber auch Krawatten in anderen Farben und benutzte sie nur, um mehr Leben in seine dunkleren Anzüge zu bringen. »Sie waren an jenem Abend ganz anders als sonst.«

Wieder hatte sie den Eindruck, dass ihr etwas entging. Etwas Wichtiges und direkt vor ihrer Nase.

Sein Gesichtsausdruck änderte sich nicht, aber er wurde fast übernatürlich still. »Wie ich schon sagte, war ich damals etwas betrunken.«

Sie zögerte, bevor sie die nächste Frage stellte, die ihr durch den Kopf ging. »Ist das etwas, das bei Ihnen oft vorkommt?«

Sie glaubte nicht, dass er ein wütender oder gewalttätiger Betrunkener sein würde, und er wirkte zu sorgfältig, um sich Schlampereien zu erlauben, aber wenn es das war, worauf sie sich einließ, dann sollte sie es wissen.

»Nein. Ich hatte an jenem Abend einige Dinge im Kopf. Das war nichts, worüber Sie sich Sorgen machen müssten. Ich verspreche, dass es unsere Ehe nicht beeinträchtigen wird.«

Sie wich zurück und fühlte sich ein wenig getadelt. Es war nicht so, dass er ihr gesagt hätte, sie solle nicht neugierig sein, aber sie hatte diese Botschaft trotzdem erhalten, laut und deutlich. Es gefiel ihr nicht, aber sie glaubte ihm, wenn er sagte, dass es nicht seine Art sei, sich zu betrinken.

»Möchten Sie noch einmal tanzen?«, fragte er, und sie konnte sich des Eindrucks nicht erwehren, dass es sich um eine Ablenkung handelte, um diese Befragung zu beenden.

»Nein, danke.« Sie versuchte zu lächeln, wusste aber, dass es ihr nicht richtig gelang. »Ich bin ein bisschen überhitzt. Ich hole mir vielleicht noch etwas zu trinken.«

»Erlauben Sie mir, Ihnen Gesellschaft zu leisten.«

Er begleitete sie zu den Getränken und bot ihr eine Limonade an, die sie nahm und schnell leerte. Es war keine Lüge - sie war wirklich durstig. Leider konnte die Limonade ihr den unangenehmen Verdacht nicht nehmen, dass Blackwell ihr etwas verheimlichte.

»Bitte entschuldigen Sie mich«, sagte sie. »Ich muss kurz den Ruheraum benutzen.«

Sie ging, bevor er ihr anbieten konnte, sie dorthin zu begleiten, oder bevor er weitere Fragen stellte. Sie ging jedoch nicht direkt in den Ruheraum, sondern hielt auf dem Weg dorthin inne, um Sophies Arm zu berühren und ihr ins Ohr zu flüstern, dass sie mit ihr reden müsse.

Sophie beendete ein Gespräch mit einem blonden Gentleman, den Kate nicht kannte, und trat neben sie. Kate sprach erst, als sie im Ruheraum waren und sie sich vergewissert hatte, dass sie allein waren.

»Ich glaube, Blackwell lügt mich über irgendwas an«, flüsterte sie und sah sich um, um sicherzugehen, dass sich niemand an sie heranschleichen konnte. »Ich weiß aber nicht, was.«

Sophies Lächeln verblasste. »Willst du die Verlobung auflösen?«

Kate dachte darüber nach. »Nein, das glaube ich nicht, aber es macht mich unruhig. Was ist, wenn es etwas Ernstes ist und ich es erst nach der Heirat erfahre? Ich werde keinen Ausweg mehr haben.«

Vielleicht klang das alles ein bisschen dramatischer, als es war, aber es ging um ihre Zukunft. Wenn Blackwell Geheimnisse hatte, konnte man nicht wissen, welche das sein könnten.

KAPITEL 16

Es regnete in Strömen, als Theo die Pferde über die schlammige Straße zwischen Blackwell Estate und South Wye lenkte. Obwohl es erst Nachmittag war, machte die Dunkelheit der Gewitterwolken über ihm es schwer, etwas zu sehen.

Ein Windstoß löste einen Ast von einem Baum und schleuderte ihn gegen die Kutsche. Die Pferde bäumten sich auf, und die Räder schlitterten im Schlamm. Theos Herz machte einen Sprung. Ein weiterer Ast folgte, und einen Moment später kippte der Wagen um.

Theo stürzte zu Boden, der Aufprall trieb ihm den Atem aus den Lungen. Er wälzte sich auf die Seite, stöhnte über den Schmerz in seinen Rippen und erstarrte, als die Pferde wegsprangen und den umgestürzten Wagen hinter sich herzogen. Selbst von hier aus konnte er sehen, dass ein Teil des Holzes gebrochen war.

Verzweifelt sah er sich nach Elizabeth um, aber da war keine Spur von ihr. Sie musste noch im Wagen sein.

Er eilte der Kutsche hinterher und machte leise Geräusche, um die Pferde zu beruhigen. Er hatte alle Mühe, mit ihnen Schritt zu halten, aber schließlich blieben sie stehen. Er befreite die beiden sofort vom Zaumzeug, damit sie keinen Schaden anrichten konn-

ten, falls sie wieder abhauen würden, und sank dann auf die Knie. Das Wasser einer Pfütze drang in seine Hose, als er sich am Fenster festhielt und geduckt hineinschaute.

Sein Magen wurde flau, als er den Anblick vor ihm zu verarbeiten versuchte. Elizabeth war in der Tür eingeklemmt, ihr Unterkörper befand sich im Inneren des Wagens, während ihr Oberkörper auf der anderen Seite der Tür sein musste, geschleift zwischen Wagen und Straße.

Er stieg aus und bemühte sich, den Wagen von ihr zu schieben, um sie von dem Gewicht zu befreien. Da er zu schwach war, griff er nach einem heruntergefallenen Ast und benutzte ihn als Hebel. Als es ihm endlich gelang, die Kutsche anzuheben, hievte er sie mit aller Kraft von ihr herunter.

Die Tür öffnete sich, und sie sackte zu Boden.

»Nein«, schluchzte er, und der Atem stockte ihm in der Brust.

Ihre Kleidung war zerfetzt und mit Schlamm und Blut befleckt. Ihr Gesicht war auf einer Seite zerkratzt, und Blut durchtränkte ihr Haar und lief ihr über die Stirn. Ihre Augen - normalerweise ein so wunderbar sattes Braun - blickten blind in die seinen, ein schwacher, glasiger Schimmer bewies, dass er zu spät kam.

Sie war schon tot.

Er kletterte zu ihr hinüber und tastete nach dem Puls. Als er keinen fand, legte er sein Ohr an ihren Mund, wollte ihren Atem auf seiner Wange spüren und hoffte mit jeder Faser seines Seins, dass er sich irrte. Doch als er sich zurückzog, veränderten sich ihre Gesichtszüge. Ein spitzes Kinn und hohe Wangenknochen, die leeren Augen wechselten von Braun zu Grau.

Lady Katherine.

Lieber Gott, sie war tot. Er hatte sie verloren, genauso wie er Elizabeth verloren hatte.

Er richtete sich auf, sein Hemd klebte an seinem schweißnassen Oberkörper. Sein Herz hämmerte wie wild, und er sah sich um, unfähig, sich zu entspannen, bis er sich vergewissert hatte, dass er in seinem eigenen Schlafzimmer war.

»Es war nur ein Traum«, flüsterte er sich selbst zu. Die Worte machten es ihm aber nicht leichter. Diesmal war es ein Traum gewesen, aber es war nicht unmöglich, dass er in Zukunft wahr werden würde.

Er brauchte eine körperliche Erleichterung, stand auf, wischte sich den Schweiß vom Körper, zog sich seine Boxkleidung an und machte sich auf den Weg durch das stille Haus. Das graue Licht der Morgendämmerung erhellte seinen Weg, als er zu dem Raum ging, in dem er seine Sünden abwaschen wollte.

Er wickelte seine Hände ein und schlug auf den Boxsack ein, bis seine Fäuste schmerzten, seine Muskeln schrien und sein Atem in rasenden Stößen kam. Langsam hellte sich das graue Licht auf, und durch die Fenster wurde der schwache Hauch von blauem Himmel sichtbar.

Er wischte sich den Schweiß von der Stirn, schlich zum Hocker und ließ sich darauf fallen. Er starrte ins Leere und wollte, dass das Bild von Lady Katherines leeren Augen aus seinem Kopf verschwand. Als dies nicht geschah, löste er seine Bandagen und nahm sie mit in sein Schlafgemach.

Während seiner Abwesenheit waren die Laken von seinem Bett abgezogen und die Badewanne gefüllt worden. Eines der Dienstmädchen musste ihn im Boxzimmer gehört haben - oder, was wahrscheinlicher war, Mrs. Taylor selbst hatte ihn gehört, denn sie schien immer alles zu wissen, was im Haus vor sich ging.

Er zog sich aus, erleichtert, dass sein Blut durch das Training, das er gerade absolviert hatte, in Wallung geraten war, denn sonst wäre es ihm in seinem Zimmer wohl zu kalt gewesen. Er warf die Kleider dorthin, wo er seine Faustbandagen abgelegt hatte, und stieg in die Wanne.

Das Wasser war warm, aber nicht heiß, und ein Stück Seife war neben der Wanne abgelegt worden. Er wusch sich mit zügigen Bewegungen und zog eine Grimasse, als er bemerkte, dass einer seiner Knöchel aufgeplatzt war. Hoffentlich würde das bei der morgigen Hochzeit niemandem auffallen. Das Letzte, was sein Ruf gebrauchen konnte, war, dass er aussah, als wäre er in eine Schlägerei verwickelt gewesen.

Außerdem hatte er bemerkt, dass Lady Katherine auf dem Verlobungsball nicht sie selbst gewesen war. Sie mussten alles bis nach der Hochzeit zusammenhalten, was bedeutete, dass er keine Aufmerksamkeit auf etwas lenken durfte, das als unangemessen betrachtet werden könnte.

Er stand auf, das Wasser rann von seinem Körper, und er trocknete sich schnell ab, während die Tropfen auf seiner Haut abkühlten. Die Haare auf seinen Armen standen aufrecht, er rieb sie, wickelte sich das Handtuch um die Taille und rief seinen Diener.

Barlow war ein hochgewachsener, schlanker Mann mit einem dicken Schnurrbart und Koteletten, dessen Kleidung ebenso tadellos gepflegt war wie die von Theo selbst. Er half Theo in seine Kleidung für den Tag - er musste sich gut anziehen, da er seine Verlobte aufsuchen würde - und erschrak beim Anblick seiner Fingerknöchel.

»Soll ich Ihnen das verbinden?«, fragte er und rümpfte die Nase in deutlicher Missbilligung. »Wenn Sie es so lassen, könnten Sie auf Ihr weißes Hemd bluten.«

Theo schüttelte den Kopf. »Wenn Sie es verbinden, wird es Aufmerksamkeit erregen. Ich würde es vorziehen, wenn es niemand merkt.«

Barlow schürzte seine Lippen. »Dann erlauben Sie mir wenigstens, eine Salbe aufzutragen, um das Risiko von Blut zu verringern.«

»Danke, das wäre gut.«

Theo setzte sich auf das Ende des Bettes, während Barlow eine kleine Ampulle mit Salbe aus seiner Tasche zog und sich vor ihn kniete. Barlow schmierte die klare Salbe auf den Schnitt an Theos Knöchel, wischte sich dann die Hände an einem Taschentuch ab und steckte das Fläschchen wieder in seine Tasche. Mrs. Taylor dürfte ihn gewarnt haben, dass er die Salbe brauchen könnte, sodass er vorbereitet sein konnte.

Theo dankte Barlow, entließ ihn und machte sich auf den Weg nach unten zum Frühstück. Schritte polterten auf der Treppe hinter ihm, und er warf einen Blick über die Schulter, als Nicholas zu ihm eilte.

»Aufgeregt wegen des großen Ereignisses morgen?«, fragte Nicholas, der mit ihnen Schritt hielt, als sie das Foyer erreichten und sich zum Esszimmer wandten. Er war in der Tat nicht mit ihrer Mutter auf dem Weg nach London gewesen, wie Theo Lady Katherine erzählt hatte. Er hatte einfach beschlossen, sich bis zu ihrer Hochzeit zurückzuhalten, um die Dinge nicht durcheinander zu bringen.

Sobald sie verheiratet waren, würde Theo sie einander vorstellen. Glücklicherweise war Nicholas dabei, sich einen kurzen Bart wachsen zu lassen, um sich von Theo so weit wie möglich zu unterscheiden und ihrer Mutter zu gefallen.

»Ich bin mir nicht sicher, ob 'aufgeregt' das richtige Wort dafür ist.« Eher erschrocken. Entsetzt. Auf der Suche nach einem Ausweg. »Ich kann nicht glauben, dass ich wieder heiraten werde.«

Theos erste Hochzeit war ein großes Ereignis gewesen, bei dem seine ganze Familie und viele andere Gäste anwesend waren. Er war erleichtert, dass es diesmal kleiner sein würde.

Damals, als er zum ersten Mal geheiratet hatte, hatte Lady Blackwell viel Aufhebens darum gemacht, dass er und Nicholas beide bei der Hochzeit dabei waren. Sie hatte nicht gewollt, dass die beiden Seite an Seite gesehen werden, falls ihre Lüge auffliegen würde, aber sie war diejenige gewesen, die auf einer großen Hochzeit bestanden hatte, und Theo hatte nicht ohne Nicholas heiraten wollen.

Es war hilfreich gewesen, dass sie damals ihren Vater

dabei hatten. Er hatte ihre Mutter einfach daran erinnert, dass niemand nach Beweisen für eine zwanzigjährige Täuschung suchen würde, und hatte vorgeschlagen, dass Nicholas seine Haare und seinen Bart wachsen lassen sollte, damit sie nicht so offensichtlich identisch waren.

»Ich hoffe, du wirst es nicht bereuen.« Das Lächeln von Nicholas verschwand. »Ich fühle mich schrecklich. Es ist meine Schuld, dass du das tust.«

»Ich habe eine Entscheidung getroffen«, erinnerte Theo ihn. Er hätte die ganze Sache einfach ignorieren oder Nicholas zwingen können, Lady Katherine selbst zu heiraten, aber das hatte er nicht getan. Also hatte er niemandem außer sich selbst die Schuld zu geben.

Sie betraten den Speisesaal, und jeder nahm sich einen Teller vom Beistelltisch. Eine Kanne Tee war aufgebrüht worden und stand zwischen ihren beiden Gedecken.

Um sich von der bevorstehenden Hochzeit abzulenken, unterhielten sie sich beim Frühstück über Pferde. Nicholas liebte das Reiten, auch wenn er es in London viel seltener tat als auf dem Land.

Theo wollte gerade nach Longley House aufbrechen, als Albert ihn in seinem Arbeitszimmer aufspürte.

»Mylord, Ihre Mutter ist hier«, sagte er und rang die Hände.

Theos Kopf sank zurück, und er stöhnte. »Wird sie merken, wenn ich durch den Hinterausgang gehe?«

»Ja, das werde ich«, sagte eine feste Frauenstimme hinter Albert. »Denk nicht einmal daran, wegzulaufen, Theodore. Wir haben etwas zu besprechen.«

Theo verzog das Gesicht, sammelte sich und nickte Albert zu. »Ich danke Ihnen. Bitte sagen Sie dem Fahrer, dass ich mich verspäten werde.«

»Ja, Mylord.« Albert verbeugte sich und trabte mit mehr Tempo als gewöhnlich davon. Der Butler hatte seiner Mutter und seinem Vater gedient, bevor er Theo diente, und er hasste jede Spannung zwischen den Familienmitgliedern.

Lady Blackwell stürmte in den Raum, gekleidet in eine dicke violette Reisepelisse. Seit dem Tod seines Vaters trug sie Lila- und Grautöne, obwohl die angemessene Trauerzeit längst vorbei war.

Sie schaute ihn von oben herab an, was eine bemerkenswerte Leistung war, wenn man bedachte, dass er einige Zentimeter größer war als sie, und kniff ihre dunklen Augen zusammen. »Was bringt es, mir eine Einladung zu deiner Hochzeit zu schicken, wenn du sie so spät verschickst, dass ich nicht in der Lage sein werde, an der Planung des Ereignisses teilzunehmen?«

Theo warf einen Blick auf die Schublade, in der er den Brandy aufbewahrte, und wünschte, er hätte einen Schluck getrunken, um sich auf ihr Verhör vorzubereiten. Genau darum war es ihm ja gegangen, dass sie zu spät dran sein würde. Ja, er wollte, dass seine Mutter bei der Hochzeit anwesend war, aber er hatte ihre Haltung in Bezug auf die Planung seiner Heirat mit Elizabeth nicht zu schätzen gewusst und zog es vor, dass sie so wenig wie möglich an dieser Hochzeit beteiligt war.

Er hatte ihr nie verziehen, dass sie so viel Aufhebens um das Ereignis gemacht hatte, um zu beweisen, dass ihr der niedrige Status von Elizabeths Geburt egal war, obwohl jeder wusste, dass es anders gewesen war.

»Und was hat es mit dieser kleinen Hochzeit auf sich?«, wollte sie wissen und stemmte die Hände in die Hüften. »Deine zukünftige Braut ist die Schwester eines Grafen. Wir sollten die Verbindung unserer Blutlinien auf möglichst eindrucksvolle Weise feiern.«

Er verdrehte die Augen. Natürlich freute sie sich, *diese* Hochzeit zu feiern. Das würde ihre Familie in den Augen der feinen Gesellschaft so viel besser aussehen lassen.

»Lady Katherine wünscht sich eine kleine Hochzeit, und die soll sie bekommen.« Er konnte ihr vielleicht nicht alles geben, was er ihr geben wollte, aber manches lag in seiner Macht, und er würde es nach bestem Wissen und Gewissen tun.

»Es ist schade, dass du mich nicht früher gerufen hast. Ich hätte sie überreden können. Du weißt doch, wie gut ich mit großen Angelegenheiten umgehen kann.« Ihr Blick schweifte über ihn, und sie schien endlich zu bemerken, dass er sich zum Gehen angezogen hatte. »Wohin bist du denn unterwegs?«

»Ich werde Lady Katherine aufsuchen, um unsere Pläne für morgen zu bestätigen. Mrs. Taylor hat das Zimmer für dich vorbereitet, falls du dich zurückziehen möchtest, um dich auszuruhen. Ich bin sicher, deine Reisen waren anstrengend.«

Sie sah ihn an, als ob er verrückt wäre. »Ich komme mit dir. Ich muss Lady Katherine kennenlernen. Es wäre nicht gut, wenn wir uns erst kennenlernen, wenn du schon verheiratet bist.«

Er schluckte. Das Letzte, was er tun wollte, war, Lady Katherine seine Mutter aufzudrängen, wenn sie wahrscheinlich ohnehin schon gestresst war. »Ich werde nicht lange bleiben. Ich bin sicher, dass sie heute sehr beschäftigt sind.«

Sie ließ ihre Zähne aufblitzen. »Ein kurzer Besuch ist mir recht.«

Verdammt, es sah so aus, als käme er aus dieser Sache nicht mehr heraus.

»Also gut. Sei bitte in fünf Minuten startklar.«

Kurze Zeit später wurden sie von Longleys Butler in einen Empfangsraum geführt, wo Kate und Lady Drake auf sie warteten. Es gab ein Tablett mit Tee und drei zarten Teetassen. Als Lady Drake seine Mutter sah, erhob sie sich und rief nach einem Dienstmädchen, das ihnen eine weitere Teetasse bringen sollte.

Theo verbeugte sich. »Guten Tag, meine Damen. Darf ich Ihnen meine Mutter vorstellen, Lady Blackwell. Mutter, das sind Lady Drake und Lady Katherine Drake.«

Seine Mutter nickte den beiden respektvoll zu. »Ich freue mich sehr, Sie kennenzulernen. Ich habe befürchtet, dass mein Sohn nie wieder heiraten würde, und es ist eine Erleichterung zu wissen, dass seine Zukunft jetzt in sicheren Händen liegt.«

Kate lächelte warmherzig. »Ich bin froh, dass Sie noch rechtzeitig kommen konnten. Möchten Sie Tee?«

»Ja, bitte, Lady Katherine. Ich nehme ihn mit Milch, aber ohne Zucker.«

Kate schenkte jedem von ihnen Tee ein, wobei sie sich stillschweigend vergewisserte, dass sie sich richtig an seine Vorlieben erinnerte, bevor sie jedem von ihnen eine Tasse reichte. Sie setzten sich ihr und Lady Drake gegenüber, und Theo konnte sehen, dass seine Mutter vor Aufregung fast zitterte. Lady Katherine war nicht nur ein Mitglied der Aristokratie, sie war auch wunderschön und selbstbewusst.

Sie war praktisch die Fleischwerdung von Lady Blackwells sehnlichstem Wunsch nach einer Schwiegertochter.

»Sollen wir den Ablauf der morgigen Veranstaltung durchgehen?«, schlug Lady Drake vor.

»Ich würde mich freuen«, antwortete seine Mutter. »Ich habe einige Vorschläge, wenn es nicht zu spät ist, sie einzubauen.«

Eine Stunde später waren sie die notwendigen Einzelheiten durchgegangen, und zu seiner ewigen Dankbarkeit hatte seine Mutter keine unangemessenen Forderungen gestellt. Sie dürfte wohl erkannt haben, dass es für wesentliche Änderungen zu spät war, also hatte sie nur solche vorgeschlagen, von denen sie annahm, dass sie akzeptiert werden könnten.

Ein Dienstmädchen kam mit Scones, Marmelade und Clotted Cream herein, und sie machten eine Pause, um zu essen. Während Lady Drake Marmelade auf ein Brötchen löffelte, entschuldigte sich Lady Katherine für ein paar Minuten, und Lady Blackwell nahm Theo zur Seite, außerhalb von Lady Drakes Hörweite.

»Sie ist sehr charmant«, murmelte sie, und ihre Augen funkelten vor Aufregung. »Sie ist auch in dich verliebt.«

Sein Blut gefror. »Mach dich nicht lächerlich«, schnappte er. »Das ist sie nicht.«

»Oh, aber sie ist es.« Seine Mutter sah so selbstgefällig aus. »Als Frau kann ich diese Dinge lesen.«

Er biss sich auf die Lippe, um nicht das instinktive »Das kann nicht sein« zu bellen.

Sie *könnte* es sein. Sie wussten es beide. Er wollte nur nicht, dass sie es war. Wenn sie mehr wollte, als er ihr geben konnte, dann würde sie unglücklich sein, und er würde sich in der gleichen Situation wiederfinden wie zuvor, mit einer unglücklichen Frau und keiner Ahnung, wie er das Problem lösen könnte.

Das Letzte, was er wollte, war, dass sich die Geschichte wiederholte.

In seinem Augenwinkel war eine Bewegung zu erkennen. Kate schlenderte zurück ins Zimmer, ihre Augen fanden sofort seine, und ein süßes Lächeln ging über ihr Gesicht.

Oh nein.

Seine Muskeln spannten sich an. Dieses Lächeln stammte nicht von jemandem, der sich keinen Deut um ihn scherte. Es war das Lächeln von jemandem, der ihn zumindest *mochte*.

Das war nicht gut.

Seine Mutter drückte seine Schulter. »Ich habe es dir gesagt.«

Plötzlich wünschte er sich, er wäre in seinem Boxraum, wo er den Sack verprügeln und einen Weg finden könnte, um sich besser zu fühlen. Leider konnte er dem hier nicht entkommen.

Seine Mutter gesellte sich wieder zu Lady Drake, und er zwang sich, ihr zu folgen. Er nahm einen Scone in die Hand und biss hinein, aber er konnte nur mit Mühe schlucken. Er hatte keine Chance, den Leckerbissen wirklich zu genießen.

Sie blieben noch eine Weile und unterhielten sich höflich. Jedes Mal, wenn er Kates Blick begegnete, war er sich der Zuneigung in diesen Augen bewusst.

Mit jeder Begegnung ihrer Blicke fühlte er sich schlechter. So sollte es nicht sein. Am Anfang hatte sie ihn nicht gemocht, und obwohl das kein idealer Zustand gewesen war, war ihm das lieber als die zaghafte Hoffnung, die er jetzt in ihrem Gesichtsausdruck sah.

Er musste die Sache in den Griff bekommen. Es musste etwas geben, das er tun konnte, um eine sichere emotionale Distanz zwischen ihnen zu gewährleisten.

Dann wurde es ihm klar.

Als sie gingen, nahm er sie zur Seite und nahm all seinen Mut zusammen, in der Hoffnung, sie nicht zu verärgern. Was wäre besser, es jetzt hinter sich zu bringen und die Erwartung zwischen ihnen festzulegen, als sie später zu überrumpeln.

»Was ist es?« fragte sie mit einer Mischung aus Neugier und Vorsicht im Gesicht.

Er atmete langsam ein. »Ich denke, dass Sie nach unserer Heirat vielleicht über Weihnachten in London bleiben sollten. So können Sie näher bei Ihrer Familie sein. Ich beabsichtige, mich auf den Landsitz in Oxfordshire zurückzuziehen.«

Sie sah erschrocken aus. »Aber warum? Meine Familie wird sowieso nicht hier sein. Sie reisen dann auch auf den Landsitz.«

Verdammt, diese Möglichkeit hatte er nicht in Betracht gezogen.

»Sie könnten mit ihnen reisen«, schlug er vor.

Ihre Augen weiteten sich, und ihre Unterlippe zitterte. »Wollen Sie denn gar nicht, dass ich mit Ihnen komme?«

Sein Herz drückte sich zusammen. Sie verstand das als Ablehnung, und das brachte ihn um. »Ich denke, es ist einfach das Beste. Werden Sie es tun?«

Sie kniff die Lippen zusammen und schritt wortlos von ihm weg.

KAPITEL 17

»WORÜBER BIST DU SO VERÄRGERT?«, FRAGTE AMELIA, ALS SIE am Abend vor der Hochzeit in der Tür von Kates Schlafzimmer stand.

»Nichts«, antwortete Kate gereizt.

Amelia machte einen Schritt in den Raum hinein. »Brigid und Andrew machen sich Sorgen um dich. Und ich auch. Es ist noch nicht zu spät, deine Meinung zu ändern.«

Kate verschränkte die Arme und fühlte sich viel zu verletzlich für dieses Gespräch. Sie hatte bereits ihr Nachthemd angezogen, und ihr Haar war gebürstet und hing locker über ihren Rücken. »Man hat dich also geschickt, um herauszufinden, was mit mir los ist?«

Das war überraschend, da es nicht gerade Amelias Stärke war, über Gefühle zu sprechen.

Amelia, die Kates Gedanken zu lesen schien, lachte. »Ich weiß, es klingt seltsam, aber Andrew ist ein Mann und versteht die Probleme der Frauen nicht. Er kann sich nicht vorstellen, was dir gerade durch den Kopf gehen könnte. Ich schon. Ich habe jemanden geheiratet, bei dem ich mir unsicher war.«

Ah, das ergab schon mehr Sinn.

»Und Mutter?«

Amelia hob eine Schulter und ließ sie fallen. »Sie hat deinen Vater sehr geliebt. Sie kann weibliche Probleme besser nachvollziehen als dein Bruder, aber sie war nie in einer solchen Situation wie wir. Ich weiß, dass sie nicht ganz gleich sind, aber es gibt Ähnlichkeiten.«

Das stimmte. Amelias Eltern hatten sie zur Heirat gezwungen. Sie hatte nur wenige Möglichkeiten gehabt, da die meisten Mitglieder des *ton* auf sie herabblickten, weil sie die Tochter eines Geschäftsmannes war und nicht zu ihrer Klasse gehörte. Andrew hätte vielleicht nicht einmal in Erwägung gezogen, sie zu heiraten, wenn er nicht Geld gebraucht hätte, um sich aus einer schwierigen finanziellen Lage zu befreien.

Kate seufzte. »Bei seinem heutigen Besuch sagte Lord Blackwell, dass er möchte, dass ich in London bleibe oder mit euch über Weihnachten aufs Land fahre, anstatt mit ihm auf sein Anwesen in Oxfordshire zu reisen. Ich weiß, dass er nicht vorhatte zu heiraten, aber ich hätte nicht gedacht, dass er mich so sehr verabscheut, dass er mich nicht einmal in seiner Nähe haben will.«

Amelia kam zu ihr und setzte sich auf die Bettkante. Kate saß neben ihr, hielt aber ein wenig Abstand zwischen ihnen und lehnte sich lieber an einen der Pfosten des Himmelbetts als an ihre Schwägerin. Sie fühlte sich im Moment zu verstört für jegliche Nähe.

Sie bemerkte, dass sich Amelias Gesichtsausdruck nicht verändert hatte, und runzelte die Stirn. »Du hast damit gerechnet?«

»Nicht genau«, sagte Amelia und sah auf ihre Hände hinunter. »Aber die Männer können töricht sein, wenn es um ihr Herz geht.«

Kate schnaubte. »Ich glaube nicht, dass sein Herz daran beteiligt ist.«

Und das tat weh. Nicht nur ihrem Ego, sondern auch

ihren Gefühlen. Sie hatte geglaubt, sie könnten wirklich eine solide Beziehung aufbauen, aber wenn er dazu nicht bereit war, waren alle Bemühungen ihrerseits von vornherein zum Scheitern verurteilt.

Amelia wandte sich ihr zu. »Hast du jemals gehört, was zwischen Emma und Ashford passiert ist, als sie frisch verheiratet waren?«

Kate legte ihren Kopf schief. »Nein. Wie meinst du das?«

Amelia streckte zögernd ihre Hand aus, um sie auf Kates Finger zu legen, doch dann hielt sie inne und zog sie zurück. »Ashford versuchte, sie auf dem Land zurückzulassen, während er nach London zurückkehrte. Emma war ziemlich aufgebracht darüber.«

»Was hat sie getan?« Es war schwer zu glauben, dass Ashford jemals von seiner Frau getrennt sein wollte. Er war vernarrt in Emma.

»Sie sagte ihm, wenn er stur sei und ohne sie nach London fahre, dann wolle sie ihre Schwester besuchen und nicht darauf warten, dass er zurückkomme, wenn es ihm passe.«

Kate grinste und freute sich, dass Emma für sich selbst eingetreten war. Ihre Freundin war reizend, und sie hatte etwas Besseres verdient, als im Stich gelassen zu werden. »Gut für sie.«

Amelia nickte zustimmend. »Am Ende ist Ashford zur Vernunft gekommen und hat sie zurückgewonnen, aber sie hat es ihm nicht leicht gemacht. Ich will damit sagen, dass Blackwells Vorschlag heute nicht bedeutet, dass ihm nichts an dir liegt, sondern nur, dass er nicht weiß, wie er seine Gefühle verarbeiten soll.«

»Das hilft tatsächlich«, gab sie zu.

Wenn Emma und Ashford etwas Ähnliches durchgemacht hatten und daraus eine glückliche Ehe hervorgegangen war, dann könnte das vielleicht auch für sie und Blackwell gelten, aber nur, wenn sie sich durchsetzte und ihm nicht erlaubte, ihre Zukunft zu diktieren, nur weil er Angst vor seinen Gefühlen hatte.

»Danke.«

»Gern geschehen.« Amelias Lächeln wurde teuflisch. »Wenn du die Hochzeit wirklich nicht durchziehen willst, können wir dich auf ein Schiff nach Amerika schmuggeln.«

Kate brach in Gelächter aus, und sie versuchte nicht einmal, es zu unterdrücken. Das war so typisch *für Amelia*, das zu sagen.

»Weißt du was? Ich denke, wir werden gut zurechtkommen.«

Amelia rückte näher. »Das denke ich auch.«

Amelia ging kurz darauf, und Kate löschte die Kerzen und legte sich ins Bett. Sie schloss die Augen und schwelgte in der Vertrautheit der weichen Matratze unter ihr, dem schwachen Duft der Blumen und dem Knarren des Hauses, wenn sich Menschen darin bewegten.

Morgen würde sie an einem neuen Ort sein. Irgendwo, wo es andere Geräusche, Gerüche und Gefühle gab. Sie war nervös, aber auch aufgeregt. Ihr ganzes Leben würde sich ändern, und ihr Instinkt sagte ihr, dass sie glücklich werden könnte, wenn sie es versuchte - vorausgesetzt, Blackwell ließ sich von seinen Vorbehalten abbringen.

Sie träumte von Kindern mit schwarzen Haaren und grauen Augen.

Am Morgen stand sie früh auf, frühstückte und zog sich dann mit Margaret ins Schlafzimmer zurück, um sich auf die Hochzeit vorzubereiten. Sie betrachtete die rosa-weiße Tapete und fragte sich, wie ihr neues Schlafzimmer wohl gestaltet sein würde. Vielleicht wäre es zeitlos und klassisch, vielleicht hatte die vorherige Lady Blackwell es nach ihrem Geschmack eingerichtet.

Unabhängig von seinen Zögern bezüglich ihrer Ehe hatte Blackwell angedeutet, dass er es ihr so angenehm wie möglich machen würde, und das bedeutete hoffentlich auch, dass sie das Zimmer umgestalten konnte, wenn es ihr nicht gefiel.

»Wie wir geübt haben, Mylady?«, fragte Margaret, nahm die verzierte Haarbürste vom Frisiertisch und stellte sich hinter Kate. Ihre Blicke trafen sich im Spiegel.

»Ja«, sagte Kate. »Du hattest es genau so gemacht, wie ich es mir vorgestellt habe.«

Sie hatte Margaret Anfang der Woche ihr Haar frisieren lassen, damit sie alle Änderungen besprechen konnten, die notwendig sein könnten, wenn sie es nicht so machte, wie Kate es sich vorgestellt hatte. Zum Glück hatten Kates gründliche Beschreibung und die Skizzen, die sie angefertigt hatte, ausgereicht, damit Margaret gleich beim ersten Mal alles richtig gemacht hatte.

»Sind Sie furchtbar aufgeregt?«, fragte Margaret und begann, ihr Haar zu bürsten.

»Ich freue mich darauf, das Kleid zu tragen.« Kate war sich noch nicht ganz sicher, was sie von dem Rest halten sollte.

»Ich bin sicher, Sie werden eine wunderschöne Braut sein.«

»Ich danke dir. Ich hoffe es.«

Kate saß still da, während Margaret Haarnadeln sammelte und sie in einer Hand hielt, während sie Kates Haar zusammenfasste. Sie steckte es am Hinterkopf fest und ließ Teile an der Vorderseite und an den Seiten unangetastet. Sobald der größte Teil des Haares festgesteckt war, flocht Margaret einen Zopf und steckte ihn mit weiteren Nadeln fest, um sicherzustellen, dass nichts auseinanderfiel.

Nachdem sie das getan hatte, nahm das Mädchen das Heizeisen und lockte damit die Haarsträhnen seitlich ihres Gesichtes, wobei sie auch ihre Ponyfransen in die Locken mit einbezog. Kate schloss die Augen und hielt ganz still, während sie die Hitze spürte, die von dem Eisen ausging und ihre Haut erwärmte. Sie wollte nicht zucken und sich ungewollt verbrennen.

Als Margaret fertig war, lächelte Kate ihr Spiegelbild an. Wieder einmal hatte Margaret ihr Können unter Beweis gestellt. Die Locken umrahmten ihr Gesicht und fielen ihr um die Schultern, während die Haare hinten im Nacken hochgesteckt waren. Ziemlich elegant, würde sie sagen.

»Perfekt«, sagte Kate, während Margaret einen zweiten Spiegel hinter sie hielt, damit sie die Rückseite sehen konnte.

Margaret grinste und trat einen Schritt zurück, um Kate Platz zum Aufstehen zu geben. Nachdem ihre Haare fertig waren, musste Kate nur noch ihr Hochzeitskleid und ihren Schmuck anziehen und zu der kleinen Kirche fahren, die sie für die Zeremonie ausgewählt hatten.

Margaret hielt das Kleid so, dass Kate hineinsteigen konnte, und hob es an, um ihr zu helfen, ihre Arme durch die Ärmel zu schieben. Kate stand still, während Margaret die Bänder festzog und das Kleid damit im Rücken befestigte.

Sie holte tief Luft und stellte überrascht fest, dass ihr Busen durch die engen Bänder um ihre Taille größer wirkte als sonst. Glücklicherweise reichte die Enge aber nicht aus, um ihre Atmung zu behindern.

Sie betrachtete ihr Spiegelbild, während Margaret sich darum kümmerte, dass das Kleid so saß, wie es sollte. Die Stoffschichten, die sich an Kates Haut anschmiegten, waren relativ robust und hatten einen zarten Rosaton, während die oberen Schichten hauchdünn waren und sie umspielten. Sie hatte den Stoff vom Kontinent importieren lassen müssen, da er in England noch nicht populär war.

Die Ärmel waren gepufft, und aufwendige Perlenstickereien an der Büste machten das Kleid zu einem echten Hingucker.

Sie liebte es.

Und dank Andrew und Amelia hatte sie auch die passende Halskette dazu. Als sie den Entwurf gesehen hatten,

hatten sie ihr eine dreistufige rosa Perlenkette in genau demselben Farbton wie das Kleid gekauft.

Margaret legte ihr die Perlen um den Hals und bedeutete Kate dann, den Kopf zu neigen, damit sie die passenden Ohrringe anbringen konnte. Der letzte Schliff war ein goldener Armreif, der ihr rechtes Handgelenk umschloss. Sie entschied sich, das linke Handgelenk ungeschmückt zu lassen, um ihren neuen Ring besser zur Geltung zu bringen.

Kate verdrehte die Augen über sich selbst. Sie war zwar nicht egoistisch, aber sie konnte zugeben, dass sie ein klein wenig materialistisch war, da sie gerne gut aussah und viel Wert auf ihr Äußeres legte. Das war sicher nicht der schlechteste Charakterzug, den sie haben konnte.

»Heben Sie bitte den Fuß, damit ich Ihnen in den Schuh helfen kann?«, fragte Margaret.

Kate hob erst den einen, dann den anderen Fuß und hielt sie in die Höhe, während Margaret ihr die ebenfalls rosafarbenen Schuhe auf die Füße schob. Dann wandte sie sich an ihr Dienstmädchen.

»Danke, Margaret. Du bist über dich hinausgewachsen.«

»Gern geschehen, Mylady. Wenn ich sagen darf, Sie sehen reizend aus.«

»Danke.« Kate musterte sie einen Moment lang. »Sehen wir uns heute Abend im Blackwell House?«

»In der Tat. Mein Gepäck wurde bereits hingeschickt.«

»Ich wünsche dir alles Gute für die Eingewöhnung.« Kate meinte die Worte mit jeder Faser ihres Wesens. Sie hatte ihr Dienstmädchen gebeten, mit ihr zusammen in den neuen Haushalt umzuziehen, und zu ihrer Freude war Margaret einverstanden gewesen. Es war schön zu wissen, dass sie zumindest ein vertrautes Gesicht in ihrem neuen Zuhause haben würde.

Kate machte sich auf den Weg nach unten, wo ihre Familie wartete.

Amelia kam auf sie zu und bot ihr eine Saphir-Haarnadel

an. »Etwas Geliehenes, Altes und Blaues, das zu deiner neuen Halskette passt. Wenn du sie haben willst. Ich weiß, dass es vielleicht nicht zusammenpasst.«

Kates Herz erwärmte sich bei dieser Geste. »Ich würde sie gerne tragen. Kannst du sie in den Zopf stecken?«

Sie drehte sich so, dass Amelia ihr Haar erreichen konnte, und hielt still, während sie die Brosche einsteckte.

»Also, können wir jetzt gehen?«, fragte Lady Drake und strich sich das Haar von der Schulter. Die Haare waren zurückgesteckt, ähnlich wie bei Kate, nur dass ihre Haare im Nacken hochgesteckt waren, während die ihrer Mutter in lockeren Locken herunterfielen.

»Ich glaube schon.« Amelia ging um Kate herum und stellte sich neben Andrew. »George ist beim Kindermädchen, alle sind angezogen, und die Kutsche wartet.«

»Keine Zweifel?«, fragte Andrew, wobei seine ernsten Augen im Widerspruch zu dem leichtherzigen Ton standen.

Ihr Inneres wurde weich. »Nein.«

Wenn sie auch nur den geringsten Eindruck erwecken würde, dass sie das hier nicht durchziehen wollte, hatte sie keinen Zweifel, dass er sie wegzaubern würde. Sie hatte großes Glück, ihn als Vormund zu haben. Sie hoffte nur, dass er auf den kleinen Gefallen vorbereitet war, den sie bald von ihm verlangen würde.

Als sie das Haus verließen, rief Boyden ihnen einen Segen hinterher. Sie lächelte in sich hinein und freute sich, dass der übermäßig korrekte Butler so viel Wert darauf legte, etwas zu sagen, das über die Erfüllung seiner Pflichten hinausging.

Rosa Schleifen schmückten die Kutsche, und innen war es warm, dank der heißen Ziegelsteine unter den Sitzen. In Anbetracht der kühlen Temperatur draußen war Kate dankbar dafür.

Sie schaute aus dem Fenster, während sie die Straße zur Kirche hinunterrollten. Die Menschen hielten inne, um sie vorbeifahren zu sehen, denn sie wussten aufgrund der Bänder, dass sie zu einem wichtigen Ziel unterwegs waren.

Sie blieben vor der Kirche stehen. Die sah nicht anders aus als sonst. Von außen war nicht zu erkennen, dass Hochzeitsgäste in den Kirchenbänken warteten. Die Kirche war aus Stein, mit einem bogenförmigen Eingang und einem dekorativen Rundfenster über der Tür.

»Bereit?«, fragte Andrew.

»Äh.« Kate öffnete ihre Hand, in der sie den Zettel hielt, den sie vor dem Verlassen ihres Schlafzimmers mitgenommen hatte. »Würdest du das bitte für mich an Lord Blackwell weiterleiten?«

Andrew starrte sie mit großen Augen an. »Wie bitte?«

»Es gibt etwas, auf das ich die Antwort wissen muss, bevor wir heiraten. Ich habe es auf diesen Zettel geschrieben. Würdest du es ihm bitte geben?«

Lady Drake stöhnte. »Bitte sag mir nicht, dass du ihn vor den Altar stehenlassen willst.«

»Das ist nicht mein Plan.« Das könnte allerdings passieren, je nachdem, wie Blackwell reagierte. »Bitte, Andrew.«

Andrew seufzte und nahm ihr das gefaltete Papier ab. »Wird er mich platt machen, wenn er das liest?«

»Das glaube ich nicht.« Es gab keine Möglichkeit, das mit Sicherheit zu wissen.

Er schaute zur Decke, als ob er Gott um Geduld bitten würde. »Die Dinge, die ich für meine Familie tue.«

Mit diesen Worten stieg er aus der Kutsche und eilte durch den gewölbten Eingang.

»Was in aller Welt soll das, Kate?«, fragte Lady Drake mit zusammengekniffenen Augen.

Kate schaute lieber zu Amelia als zu ihrer Mutter. »Ich stehe für mich ein.«

Sie würde sich nicht von ihrem neuen Mann trennen lassen, aus welchem lächerlichen Grund auch immer er das für nötig hielt. Sie würde ihr Bestes tun, damit diese Ehe funktionierte.

Kaum eine Minute später kam Andrew wieder aus der Kirche. Er hielt sich an den Seiten der Wagentür fest und lehnte sich herein.

»Blackwell sagt: Also gut.«

Kate grinste. »Ausgezeichnet.«

Sie reichte ihm die Hand und hob mit der anderen ihr Kleid so weit an, dass sie aus der Kutsche steigen konnte, ohne über den Saum zu stolpern. Sie ließ seine Hand los und trat zur Seite, damit auch Amelia und Lady Drake die Kutsche verlassen konnten. Sobald sie auf dem Gehweg standen, hakte sich Lady Drake bei Amelia unter, und sie gingen gemeinsam in die Kirche.

Andrew stieß seinen Atem aus. »Also, können wir das tun?«

»Auf jeden Fall.« Sie nahm seinen Arm und hob ihr Kinn, während sie gemeinsam über den gepflasterten Gehweg und durch die Tür gingen.

Es waren nur eine Handvoll Gäste anwesend. Weniger als zwanzig. Aber alle Augen waren auf sie gerichtet, als sie mit Andrew an ihrer Seite den Gang zum Altar entlang glitt. Sie begegnete Blackwells dunklem Blick und machte sich darauf gefasst, die wichtigste Verpflichtung ihres Lebens einzugehen.

Hoffentlich würde sich das nicht als Fehler herausstellen.

KAPITEL 18

Theos Atem stockte.

Oh nein.

Er steckte in großen Schwierigkeiten.

Sie waren noch nicht einmal verheiratet, und er konnte seinen Blick nicht von Kate abwenden. Sie war wunderschön, ihre Wangen von der Kälte gerötet, ihr Kleid königlich. Sie machte es ihm schwer, zu denken. Wie töricht.

Diese Hochzeit war eine schreckliche Idee.

Ihre Augen begegneten den seinen, die graue Iris funkelte mit etwas, das er nicht erkannte, und sein Brustkorb zog sich zusammen. Ihre perfekten rosafarbenen Lippen verzogen sich zu einem Lächeln, und seine Hose spannte sich in einer Weise, die völlig unangemessen war.

Er bemerkte ihren Bruder kaum, als er ihren Arm ergriff, um im übertragenen Sinne die Verantwortung für diese schöne Frau zu übernehmen, die sein Leben auf den Kopf stellen würde.

Als sie sich von dem mit Blumen gesäumten Gang abwandten, fragte er sich, ob es ein Fehler gewesen war, in letzter Minute auf die Änderung ihrer Bedingungen einzugehen. Sie war schon verlockend genug. Wenn sie darauf bestand, ihn nach Oxfordshire zu begleiten, und er nicht genügend Abstand von ihr gewinnen konnte, um einen klaren Kopf zu behalten, war er verloren.

Und sie auch. Sie war sich dessen nur noch nicht bewusst.

Sie mochte große Hoffnungen in ihre Ehe setzen, aber sie wusste nicht, was für ein Versager von einem Ehemann er war. Leider würde sie die Wahrheit noch früh genug erfahren.

Sie löste ihren Arm von Andrew und drehte sich, um Theo gegenüber zu stehen. Der Ausschnitt ihres Kleides war tief und lenkte seinen Blick auf die glatte Porzellanhaut. Sein Mund wurde trocken, und er zwang sich, seinen Blick zu heben und ihr Gesicht zu betrachten.

Er hätte ihren Zettel - und die darin enthaltene Bitte - als Möglichkeit nutzen können, dieser Ehe zu entkommen, aber er hatte es nicht übers Herz gebracht, das zu tun. Jetzt war es zu spät. Es wäre falsch, die Sache abzubrechen. Das, was von ihrem guten Namen übrig geblieben war, würde in Scherben liegen.

Der Geistliche begann zu sprechen. Theo hörte zu, aber er fühlte sich losgelöst von seinem Körper, als würde er von oben auf sich herabschauen. Obwohl er den kalten Luftzug, der durch die Kirche pfiff, und die Festigkeit des Bodens unter seinen Füßen spürte, fühlte er sich seltsam losgelöst.

Als er an der Reihe war, rezitierte er die Worte, seine Stimme war für seine eigenen Ohren so laut, als würde sie in seinem Schädel widerhallen.

Der Unterschied zu seiner ersten Hochzeit könnte nicht größer sein.

Es gab kein verschmitztes Lächeln zwischen der Braut und dem Bräutigam, keine lächerlich extravagante Dekoration, die von seiner Mutter entworfen worden war, und vor allem keine Liebe zwischen ihm und Kate. Das Einzige, was die beiden Ereignisse gemeinsam hatten, war, dass sie rechtsverbindlich waren ... und dass in den Augen seiner Braut ein Hoffnungsschimmer lag.

Er wünschte wirklich, er hätte das nicht bemerkt. Er wollte Kate nicht enttäuschen, aber er wusste ganz genau, dass er es tun würde. Er wusste nicht, wie er das sein könnte, was sie sich wünschte.

Er beobachtete, wie sich ihre Lippen bewegten, als sie ihr Gelübde sagte, und steckte ihr dann den Ring seiner Großmutter an den Finger. Dies war eines der Zugeständnisse, die er für seine Mutter gemacht hatte. Sie hatte ihm nicht erlaubt, den Ring seiner Großmutter zu benutzen, als er Elizabeth geheiratet hatte, aber es gefiel ihr, ihn am Finger der Schwester eines Earls zu wissen. Eine, die ihrer Meinung nach eine würdige Viscountess war.

Er bemerkte, wie Kate den Ring musterte, und hoffte, dass er ihr gefiel. Er hielt zwar weniger von seiner Mutter wegen ihrer Spielchen, aber er empfand keine Verbitterung oder Groll gegenüber Kate, weil sie das Familienerbstück tragen durfte. Der Ring stand ihr sogar gut. Der Smaragd passte gut zu ihrem rötlichen Haar.

Der Geistliche verkündete, dass es an der Zeit für ihn sei, seine Frau zu küssen, und Theo rückte näher an Kate heran und bemerkte, wie sich ihre Augen weiteten, als sie zu ihm aufsah. Er legte seine Hand auf ihre Hüfte, senkte den Kopf und streifte mit seinen Lippen die ihren. Ihre waren blütenblattweich und öffneten sich zu einem überraschten Ausatmen. Er war versucht, näher zu kommen und wirklich zu erfahren, wie sie schmeckte, aber er zwang sich, sie loszulassen und sich wieder zu entfernen.

Sie starrte ihn mit geweiteten Pupillen an, und ihre Zunge fuhr heraus, um ihre Lippen zu berühren. Ein Blitz der Lust schoss durch ihn hindurch, und er unterdrückte ihn schnell wieder. Er konnte es sich nicht erlauben, sich dermaßen zu ihr hingezogen zu fühlen.

Am Ende der Zeremonie nahmen sie die Glückwünsche

und Grüße der Gäste entgegen. Er stellte Nicholas so kurz wie möglich vor, der sich durch Bart und Kleidung so weit wie möglich von Theo unterschied, um ihre Mutter *und* Lady Katherine nicht zu verärgern, bis alles geregelt sein würde.

Es war möglich, dass sie irgendwann die Wahrheit darüber herausfinden würde, wer tatsächlich mit ihr auf dem Balkon gewesen war, aber es dürfte für alle Beteiligten besser sein, wenn dies nicht vor Publikum geschähe.

Nachdem der Strom der Gratulanten abgezogen war, stiegen Theo und Kate in seine Kutsche, um denjenigen zu folgen, die zum Hochzeitsfrühstück nach Longley House fuhren. Während der Fahrt schwiegen sie beide, vielleicht überwältigt von dem, was sie gerade getan hatten.

Er hielt inne, bevor er ihr aus der Kutsche half. »Du hast dich mit dem Hochzeitskleid selbst übertroffen. Es ist spektakulär.«

Ein schüchternes Lächeln umspielte ihre Lippen. »Danke, Mylord.«

»Wir sind jetzt verheiratet, also nenn mich bitte Theodore, wenn wir unter uns sind.«

Ihr Lächeln wurde breiter. »Du kannst mich Katherine nennen.«

Er nahm ihre Hand, genoss es, ihre weiche Haut an seiner zu spüren, und begleitete sie in den formellen Speisesaal, wo alle am Tisch saßen. Für ihn war ein Platz am Kopfende des Tisches frei und einer zu seiner Rechten für sie.

Er legte seine Hand auf ihren Rücken, während er sie dorthin führte. Als ranghöchstes anwesendes Familienmitglied saß Longley zu seiner Linken und seine Frau auf seiner anderen Seite. Lady Drake stand neben Kate. Sie blickte auf und strahlte die beiden an. Der liebevolle Ausdruck könnte sich nicht noch mehr von der Selbstgefälligkeit seiner eigenen Mutter unterscheiden, die links neben Lady Drake saß.

Nicholas hatte sich mit der Begründung, er habe Kopfschmerzen, vom Frühstück abgemeldet, um Lady Blackwell keinen Anlass zu geben, sie beide dafür zu tadeln, wie schlecht sie für ihre Nerven seien.

Zu diesem Zeitpunkt fand Theo, dass die Situation schon zu lange andauerte. Eigentlich hätten sie schon als junge Männer gemeinsam Veranstaltungen besuchen und ihre Mutter einfach mit den Folgen ihrer Lügen konfrontieren müssen.

Doch da sie sich beide um sie sorgten und ihr Vater nicht mehr da war, um sie zur Vernunft zu bringen, unterwarfen sie sich leider immer noch diesem lächerlichen Ritual, öffentliche Auftritte gemeinsam zu minimieren, damit niemand vermutete, dass sie tatsächlich Zwillinge waren und ihre Mutter nicht »ruiniert« wurde.

Ehrlich gesagt bezweifelte er sehr, dass sie ruiniert wäre, selbst wenn sie sich direkt an die Klatschpresse wenden und alles gestehen würden, aber es würde Getuschel und Missbilligung geben, und wenn es etwas gab, das Lady Blackwell hasste, dann war es, Gegenstand öffentlicher Zensur zu sein. Auch wenn die tatsächlichen Auswirkungen wahrscheinlich nicht schwerwiegend wären, wäre sie dennoch unglücklich.

Die Mahlzeit verging schnell. Er unterhielt sich mit Longley, während er gelegentlich einen Blick auf Kate warf, um sich zu vergewissern, dass sie sich gut amüsierte. Nach dem Dessert zogen sich einige der Männer in einen anderen Raum zurück, aber Theo blieb in ihrer Nähe. Er war sich nicht sicher, ob es der Ring an ihrem Finger war oder die Art, wie ihr Lächeln ihn jedes Mal traf, wenn es über ihr Gesicht ging, aber er fühlte sich nicht in der Lage, sie zu verlassen.

Er machte den Fehler, wegzugehen, um sich etwas zu trinken zu holen, und bereute es sofort, als er sie bei seiner Rückkehr in ein Gespräch mit einem anderen Gentleman vertieft fand. Bevor er überhaupt darüber nachdachte, war er schon auf dem Weg zu ihnen, und besitzergreifende Gedanken schossen ihm durch den Kopf.

Sie war seine Frau, und dies war ihr Hochzeitstag. Er würde nicht dulden, dass jemand mit seiner Braut kokettierte.

Erst als er an ihrer Seite ankam, erkannte er den fraglichen Gentleman als den Herzog von Ashford und erinnerte sich daran, dass er glücklich verheiratet war. Es beunruhigte ihn, wie erleichtert er war. Er sollte nicht eifersüchtig werden. Er sollte Abstand halten und alles tun, was nötig war, um seine Frau glücklich zu machen. Sicherlich sollte er sie nicht näher an sich heranzuziehen und sie mit all den komplizierten Gefühlen belasten, die sie in ihm auslöste.

Der letzte Teil der Feier war das Anschneiden der Torte reserviert. Longleys Köchin hatte eine beeindruckende Stufentorte kreiert, die mit rosa Glasur versehen war und so gut zu Kates Kleid passte, dass es kein Zufall sein konnte.

Er und Kate standen hinter der Torte und hielten beide das Messer fest, als sie es durch die Glasur in den dichten, mit Früchten gefüllten Kern stießen. Er ließ das Messer zuerst los, und seine Finger glitten an ihren entlang, als er seine Hand zurückzog. Sie vollendete den Schnitt und löste das Stück Kuchen heraus.

Dann brach sie, wie er es nie erwartet hätte, ein Stück ab und hielt es ihm hin. Er widerstand der Versuchung, seinen Mund um ihre Finger zu schließen, und nahm ihr stattdessen das Stück Kuchen ab und schob es sich in den Mund, wobei sein Herz wie wild hämmerte.

Gott, wenn sie so weitermachte, würde es die Herausforderung seines Lebens werden, ihr zu widerstehen. Und das musste er. Er durfte sie nicht verlieren, so wie er Elizabeth verloren hatte. Wenn er das täte, bestand die Gefahr, dass er gänzlich den Verstand verlor.

Nein, es wäre für alle besser, wenn er eine gesunde Distanz wahren würde. Das würde sie glücklicher machen.

Ein Lakai nahm Kate das Messer ab und schnitt die Torte weiter in kleine Portionen. Die Herzogin von Ashford war die erste in der Schlange für ein Stück, dicht gefolgt von Lady Sophie.

Kate brach sich eine weitere kleine Portion ab und knabberte daran. Es schien ihr zu schmecken, denn sie nahm sich noch mehr, wischte sich die Finger ab und schaute sich um, um zu sehen, ob es jemand bemerkt hatte. Als sich ihre Blicke trafen, funkelten ihre Augen vor Heiterkeit.

Er schüttelte den Kopf. Sie würde auf jeden Fall seine Zurückhaltung testen.

Eine Stunde später saßen sie wieder in seiner Kutsche und waren auf dem Weg nach Blackwell House. Er hatte eine Nachricht vorausgeschickt, und als sie ankamen, war das Personal bereits im Foyer versammelt, um ihre neue Herrin zu begrüßen. Er schaute zu ihr hinüber, aber sie wirkte völlig gefasst, als sie sich an den Anfang der Reihe stellten, um sich vorzustellen.

»Albert und Mrs. Taylor hast du ja bereits kennengelernt«, sagte er, während sich der Butler verbeugte und die Haushälterin einen Knicks machte.

»Es ist eine Freude, Sie wiederzusehen«, sagte Kate mit einer leichten Neigung ihres Kopfes. »Ich freue mich darauf, mit Ihnen beiden die Führung des Haushalts zu besprechen.«

Theo trat einen Schritt zurück und erlaubte es Mrs. Taylor, Kate jedem der Haushaltsmitglieder vorzustellen. In der Gruppe befand sich ein ihm unbekanntes Dienstmädchen, von dem er annahm, dass es die Zofe war, die Kate aus Longley House mitgebracht hatte.

Nachdem alle vorgestellt worden waren, entließ er alle außer Mrs. Taylor.

»Ist das Zimmer der Viscountess vorbereitet?«, fragte er.

»Ja, Mylord. Alles ist so, wie Sie es wünschen.«

»Gut.« Er drehte sich zu Kate um und bemerkte, wie sie neugierig die Brauen zusammenzog. »Bitte lass mich dir dein neues Schlafgemach zeigen. Erinnerst du dich an den Rundgang von deinem letzten Besuch, oder möchtest du dich noch einmal umsehen?«

Sie nickte. »Ich erinnere mich. Sollte ich jemals nicht mehr weiter wissen, bin ich sicher, dass Mrs. Taylor mir gern helfen wird.«

»Mit Freuden«, sagte Mrs. Taylor, wobei sich ihre Brust aufblähte und ihre Augen aufleuchteten.

Sie stiegen die Treppe hinauf und gingen in den Familienflügel, wo sie vor dem Zimmer der Viscountess stehen blieben, und er atmete tief ein. Als er hineingegangen war, um zu entscheiden, welche Änderungen vor Kates Ankunft vorgenommen werden mussten, war es das erste Mal gewesen, dass er den Raum seit Elizabeths Tod betreten hatte.

Ehrlich gesagt, war er noch nicht so weit gewesen, aber er glaubte auch nicht, dass er es jemals sein würde. Manchmal mussten die Menschen ungeachtet ihres emotionalen Zustands vorankommen.

Mrs. Taylor öffnete die Tür, und ihm stockte der Atem, als er das Bett erblickte. Glücklicherweise war die violette Tagesdecke, die Elizabeth immer bevorzugt hatte, entfernt und durch eine weiße, mit aufgestickten Blumen übersäte Decke ersetzt worden.

Die Habseligkeiten seiner verstorbenen Frau waren schon vor langer Zeit eingelagert worden, was es leichter machte, zu vergessen, dass sie diesen Raum einst bewohnt hatte, als sie noch lebte und als sie gestorben war. Kates Habseligkeiten waren ausgepackt worden, und auf dem kleinen Schreibtisch rechts neben dem Fenster lagen eine Reihe von Gegenständen, von denen er annahm, dass sie sie für ihre künstlerischen Aktivitäten verwendete.

»Ich lasse dich allein, damit du es dir bequem machen kannst«, sagte er und floh wie der Feigling, der er war. Seine Schuhe polterten auf der Treppe, als er hinunterging, bevor er in sein Arbeitszimmer eilte und die Tür schloss.

»Ich dachte mir schon, dass du bald hier sein würdest«, sagte Nicholas, der hinter dem Schreibtisch saß und seine bestrumpften Füße darauf gelegt hatte. »Ich verstehe allerdings nicht, warum. Du hast eine wunderschöne neue Frau, mit der du ins Bett gehen solltest.«

Theos Fäuste ballten sich an seiner Seite. »Sprich nie wieder so über Kate.«

Nicholas hob die Augenbrauen. »Kate, ja?«

Theo zog eine Grimasse über seinen Ausrutscher. Er ging zur Anrichte, fand den Brandy und schenkte sich eine ordentliche Portion ein. Er trank aus und ließ sich dann auf den Besucherstuhl fallen, denn Nicholas machte keine Anstalten, Theos bevorzugten Platz zu verlassen.

»Warum bist du nicht bei deiner Frau?«, fragte Nicholas.

Theo stopfte die Hände in die Taschen, seine Brust war angespannt. »Ich kann nicht wiederholen, was ich mit Elizabeth gemacht habe. Nicht schon wieder.«

Nicholas legte den Kopf schief. »Was dann? Willst du die Ehe einfach unvollzogen lassen und sie für den Rest deines Lebens meiden, damit du dich nicht in sie verlieben wirst?«

Theo schnaubte. »Sie bedeutet mir bereits etwas. Ich schütze mich nicht. Ich schütze sie. Wir wissen beide, wie es enden wird, wenn ich sie an mich heranlasse.«

»Nein, wissen wir nicht.« Nicholas ließ seine Füße auf den Boden fallen und verschränkte die Arme. »Warum sagst du mir nicht, was deiner Meinung nach passieren wird?«

»Tu das nicht.« Theo war zu erschöpft, um Nicholas' Spiele zu spielen, aber er antwortete schließlich doch. »Sie wird unglücklich werden, und ich werde nicht wissen, wie ich ihr helfen kann, und dann werden wir uns beide aus dem Leben wegwünschen.«

»Und was hält sie davon?«, fragte Nicholas.

Theo kippte sein leeres Glas zurück und genoss den Tropfen Brandy, der auf seiner Zunge landete. »Wovon?«

»Von deinem dummen Plan, vor deinen Gefühlen davonzulaufen.«

Theo zuckte mit den Schultern. »Sie braucht es nicht zu wissen.«

Es war ja nicht so, dass diese Ehe aus Liebe geschlossen worden war. Sie war aus dem Bedürfnis heraus entstanden, einen Skandal zu vermeiden.

Nicholas beugte sich vor und schlug die Hände zusammen. »Und was ist mit mir? Wann wirst du ihr sagen, dass ich der Kerl auf dem Balkon war?«

»Niemals, es sei denn, ich muss es.« Es gab keinen Grund, sie unnötig zu verärgern. Sie hatte zugestimmt, ihn zu heiraten, nicht Nicholas, und sie schien mit ihrer Entscheidung zufrieden zu sein.

»Ich denke, das ist ein Fehler«, sagte Nicholas.

»Der vergangene Monat war für alle Beteiligten sehr anstrengend. Es gibt keinen Grund, ihr etwas zu sagen, das ihr noch mehr Kummer bereiten könnte.«

»Blödsinn«, sagte Nicholas. »Du willst dich nur nicht mit den Konsequenzen auseinandersetzen.«

In diesem Fall hatte sein Bruder ein gutes Argument. Kate würde bestimmt unglücklich sein, wenn sie erfuhr, dass sie mit dem einen Bruder auf dem Balkon gewesen und dann mit dem anderen verheiratet worden war.

Er hatte geglaubt, er würde das Richtige tun. Alle waren davon ausgegangen, dass Nicholas er gewesen war, auf der Gästeliste hatte sein Name gestanden, und die meisten Eltern würden auf der Heirat mit einem Viscount bestehen, statt auf einem zweitgeborenen Sohn, wenn es eine Option gewesen wäre.

Die meisten.

Woher sollte er wissen, ob die Drakes eine der wenigen Familien waren, die die Wahrheit über die Bequemlichkeit stellten? Sein Magen drehte sich um. Wenn sie Kate nicht getäuscht hätten, hätte sie sich vielleicht anders entschieden, aber er konnte nicht riskieren, dass sie jetzt die Wahrheit erfuhr. Soweit es sie betraf, war er es gewesen, der auf dem Balkon gewesen war.

»Das ist wahr. Vielleicht sollte ich es gestehen, aber nicht jetzt. Ich sollte ihr Zeit geben, sich an das Eheleben zu gewöhnen.«

»Wenn sie es herausfindet, bevor du es ihr sagst, wird sie durch die fortgesetzte Täuschung nur noch wütender sein«, sagte Nicholas. »Ich denke, es ist ein Fehler, zu warten. Du solltest es ihr jetzt sagen.«

Theo schloss die Augen. »Ich brauche Zeit.«

Er betete, dass er die richtige Entscheidung traf.

KAPITEL 19

AM TAG NACH DER HOCHZEIT PACKTE KATE GERADE BLEISTIFT und Papier in eine kleine Tragetasche, um sie in der Kutsche mitzunehmen, als Blackwell - Theodore - an die Schlafzimmertür klopfte.

Beim Anblick seines Gesichtsausdrucks bekam sie Herzklopfen. Seine nach unten gezogenen Mundwinkel verrieten ihr, dass sie das, was er zu sagen beabsichtigte, wahrscheinlich nicht zu schätzen wusste.

»Bist du sicher, dass du mit mir nach Oxfordshire reisen willst?«, fragte er, den Blick von ihr abgewandt und zum Fenster gerichtet. »Sogar meine Familie wird in London bleiben. Es würde dir wahrscheinlich mehr Spaß machen, die Ferien hier oder mit deiner Familie zu verbringen.«

Kate drückte das Kreuz durch. »Du willst dich also nicht an unsere Abmachung halten, dass ich dich begleiten darf?«

Als sie ihm in ihrer Nachricht mitgeteilt hatte, dass sie ihn nur heiraten würde, wenn er ihr erlaubte, mit ihm nach Oxfordshire zu gehen, hatte sie nicht damit gerechnet, dass sie noch mit weiteren Entmutigungen wie dieser konfrontiert werden würde.

Er erbleichte. »Nein, das ist es nicht. Ich bin ein Mann,

der sein Wort hält. Ich dachte nur, es wäre möglich, dass du deine Meinung geändert hast.«

»Habe ich nicht.«

Es stimmte zwar, dass sie sich bei ihrer Familie vermutlich wohler fühlen würde, aber sie musste alles tun, was sie konnte, um sich eine glückliche Zukunft aufzubauen, und das bedeutete, bei Theodore zu bleiben, bis sie das überwunden hatten, was ihn davon abhielt, eine sinnvolle Beziehung mit ihr einzugehen.

»Ich verstehe.«

Sie verschränkte ihre Finger vor sich, weil sie ihre Hände unter Kontrolle halten musste. Wenn sie ihre Finger machen ließ, was sie wollten, befürchtete sie, dass sie sich in ihrem Reisekleid verheddern würden, und sie wollte nicht verraten, wie nervös sie war.

»Die einzigen Teile Englands, die ich gesehen habe, sind London, Bath und die Gegend um Longley Estate.« Sie tat ihr Bestes, um zu lächeln. »Ich bin begierig darauf, mehr vom Land zu sehen.«

Das stimmte, obwohl sie noch nie von der Lust am Reisen getrieben worden war. Sie war einfach neugierig darauf, wo Theodore aufgewachsen war und wie es ihn geprägt hatte. Außerdem war sie auf der Suche nach neuen Motiven zum Malen, und die könnte sie in der Landschaft von Oxfordshire finden.

»Ich hoffe, Oxfordshire ist nach deinem Geschmack.« Er schaute sich in dem Zimmer um, das bis auf das Bett und die Schränke kahl war: »Bist du bereit, abzureisen?«

»Das bin ich.«

Sie schloss ihre Tasche. Er hob sie mit einer Hand auf und bot ihr den anderen Arm an. Sie hakte sich ein, und er begleitete sie den Korridor entlang, die Treppe hinunter und durch den Vordereingang hinaus, wo sein Wagen auf sie wartete.

Als er ihr hineinhalf, war seine Berührung warm und fest.

Instinktiv beugte sie sich näher heran, doch er räusperte sich und wich zurück. Ihr Magen wurde sauer. Er war am vergangenen Abend nicht in ihr Zimmer gekommen, wie sie es erwartet hatte. Sie glaubte nicht, dass er sie abstoßend fand. Manchmal war sein Blick sogar bewundernd.

Vielleicht wollte er die Dinge einfach langsam angehen. Immerhin hatte er schon einmal eine Frau verloren, und sie konnte sich vorstellen, dass es für ihn schwierig war, plötzlich eine neue Frau zu haben.

Sie setzte sich mit dem Gesicht nach vorne in den Wagen und stellte erfreut fest, dass die Sitze gepolstert waren, was die Fahrt erträglicher machen würde. Die Polster waren aus rotem Samt, ebenso wie die Verkleidung der Wände. Die Vorhänge waren purpurrot und dick. Sie hielt sie offen, um sich die vorbeiziehende Landschaft anzusehen. Auf Reisen wurde ihr gelegentlich übel, und es half, die Landschaft zu beobachten.

Ein kalter Wind pfiff durch die offene Tür, und sie fröstelte, dankbar für ihren dicken Wollreisemantel und die pelzgefütterten Handschuhe. Draußen sprach Theodore kurz mit dem Fahrer, bevor er einstieg und ihr gegenüber Platz nahm. Eine Kutsche war ihnen vorausgefahren, mit dem großen Gepäck und den Mitgliedern des Haushalts, die sie begleiten würden - Margaret und Barlow.

»Erzähl mir von Blackwell Hall«, sagte Kate, als sich die Kutsche in Bewegung setzte.

Theodore begegnete ihrem Blick. »Das Herrenhaus wurde vor etwa fünfzig Jahren umgebaut. Es ist groß, aber relativ unprätentiös. Das Gebäude ist aus Ziegeln und Stein gebaut. Es gibt einen zentralen Bereich, in dem sich die öffentlich zugänglichen Räume und die von der Familie am häufigsten genutzten Zimmer befinden. Dann gibt es kleinere Flügel an jeder Seite. Der Ostflügel beherbergt die Unterkünfte der Bediensteten, der Westflügel hauptsächlich

Gästezimmer. Der bleibt die meiste Zeit ungenutzt, wird aber regelmäßig gereinigt.«

»Ist es ...« Kate brach ab, da sie nicht wusste, wie sie fragen sollte, ob Blackwell Hall gemütlich war und wie gerne er sich dort aufhielt. »Ziehst du Blackwell Hall oder deine Londoner Residenz vor?«

Zu ihrer Überraschung grinste er. Seine Augenwinkel kräuselten sich und ließen ihn jünger erscheinen. Sie fragte sich, wie viel älter als sie er war. Sie schätzte, dass es nicht mehr als zehn Jahre waren, vielleicht auch weniger, aber es war schwierig, es genau zu wissen, und man wurde im Allgemeinen nicht ermutigt, sich nach dem Alter anderer Leute zu erkundigen.

»Ich mag sowohl die Stadt als auch das Landleben, aber wenn man mich fragt, muss ich zugeben, dass ich Blackwell Hall vorziehe«, sagte er und schaute mit weitem Blick über ihre Schulter. »Es hat etwas sehr Friedliches. Deshalb kehre ich immer zurück, wenn ich die Gelegenheit dazu habe.«

Kate knabberte an ihrer Unterlippe, bevor sie sich auf gefährliches Terrain wagte. »Hast du mit deiner verstorbenen Frau die meiste Zeit dort verbracht?«

Etwas Dunkles blitzte in seinen Augen auf, bevor er sich wieder auf sie konzentrierte. »Ja, das haben wir.«

Sie zögerte, weil sie sich von seinem nüchternen Ton abschrecken ließ, aber sie konnten ja nicht ewig um das Thema seiner verstorbenen Frau herumschleichen. »Erzählst du mir ein wenig über sie?«

»Ich habe sie nicht umgebracht«, schnappte er, die Fäuste geballt, die Knöchel weiß.

»Das habe ich auch nie geglaubt«, sagte sie und blieb nach außen hin ruhig, obwohl sich in ihrem Bauch Knoten bildeten. »Ich möchte nur wissen, wie sie war.«

Immerhin hatte die andere Frau eine wichtige Rolle in Theodores Leben gespielt und möglicherweise dazu beige-

tragen, dass er einer Heirat mit Kate ablehnend gegenüberstand.

Seine Hände lockerten sich. Er atmete langsam ein, dann
kratzte er sich im Nacken. »In Ordnung. Ich bitte um
Entschuldigung. Ich neige dazu, bei solchen Fragen voreilige
Schlüsse zu ziehen.«

»Verständlich.« Immerhin war er verleumdet worden.

»Elizabeth war die Tochter des örtlichen Pfarrers. Ich sah
sie und wusste einfach, dass ich sie heiraten musste. Ich will
nicht sagen, dass es Liebe auf den ersten Blick war, aber wir
haben uns schnell ineinander verliebt. Nicht alle waren
damit einverstanden, auch meine Eltern nicht, aber sie
hatten sich soweit beruhigt, dass wir heiraten durften -
zumindest mein Vater.«

Die harten Züge seines Gesichts wurden weicher, als er
über Elizabeth sprach, und falls Kate irgendwelche Zweifel
über seine Rolle bei ihrem Tod gehegt hatte, wurden sie
endgültig ausgeräumt. Dieser Mann hatte seine Frau geliebt.

Ihr Herz hämmerte. Hoffentlich konnte er eines Tages
auch so für sie empfinden.

»Kanntet ihr euch schon lange, bevor ihr geheiratet
habt?«, fragte sie.

»Etwa zwei Jahre. Meine Eltern bestanden darauf, dass
ich zuerst meine Schulausbildung beende, und im Nachhinein betrachtet war das eine weise Entscheidung.«

»Ja, ich kann mir vorstellen, dass du nach deiner Heirat
kein Interesse mehr daran hattest, an die Universität zurückzukehren.«

Sie stellte keine weiteren Fragen, da sie ihn nicht drängen
wollte, mehr zu erzählen, als ihm lieb war. Sie würden ein
ganzes Leben zusammen haben, um sich über die ganze
Geschichte auszutauschen. Das musste nicht sofort
passieren.

Nach einer Weile wurden die Gebäude draußen immer
spärlicher, bis sie schließlich durch offene Landschaft

fuhren. Sie fuhren an einer Burg vorbei, die im Sommer wahrscheinlich reizvoll wäre, aber vor dem grauen Himmel eine seltsam unheilvolle Ausstrahlung hatte. Kate spähte durch das Fenster und merkte so viel von diesem Anblick, wie sie konnte, bis der Bau hinter ihnen verschwand.

Sie holte Papier und Bleistift aus ihrer Reisetasche und machte sich daran, die Burg zu skizzieren. Sie musste alle paar Minuten aufschauen, um sich wieder an der Aussicht zu orientieren, sonst könnte ihr übel werden, aber die Ablenkung ließ die Zeit schneller vergehen.

»Darf ich sehen, woran du arbeitest?«, fragte Theodore.

Kate reichte ihm das Papier und war untypisch schüchtern, was ihre Arbeit betraf.

Seine Augen weiteten sich. »Du bist sehr begabt.«

»Danke.« Ihr Inneres flatterte. »Ich bin keine Künstlerin, aber es macht mir Spaß, ein und dasselbe Thema in verschiedenen Techniken neu zu gestalten. Wenn ich mir zum Beispiel die Farben der Landschaft rund um die Burg aufschreibe, kann ich sie später malen oder handarbeiten.«

»Das musst du mir alles mal zeigen. Jetzt hast du meine Neugierde geweckt.«

Ihre Wangen erwärmten sich, und sie verbarg ein Lächeln, als er ihr das Papier zurückgab, erfreut über die Bemerkung. Sein Interesse an ihren Leidenschaften war sicher ein gutes Zeichen.

Den Rest des Tages sprachen sie nicht mehr viel miteinander. Die Reise nach Oxfordshire war zu lang, um sie ohne Zwischenhalt zu bewältigen, und so kehrten sie in einem Gasthaus in einer kleinen Stadt ein, von der Kate noch nie gehört hatte. Es gab nicht viel mehr als eine Metzgerei, eine Schmiede und das Gasthaus.

Als sie hineingeführt wurden, nahm sich Kate einen Moment Zeit, um sich zu sammeln, denn sie war sich sicher, dass sie ihre erste Nacht mit ihrem neuen Mann verbringen würde.

Leider wurde sie in ein separates Zimmer gebracht, und er hielt sich fern, außer um mit ihr zu Abend zu essen. Sie wusste nicht, was sie davon halten sollte. Sie hätten die Ehe doch schon längst vollziehen müssen. Sie war sich nicht ganz sicher, was genau dazugehörte, aber Amelia hatte ihr die grundlegenden Einzelheiten erklärt.

Sie wagte nicht, Theodore darauf anzusprechen. Dafür war sie nicht kühn genug. Nicht nach einer so begrenzten Bekanntschaft.

Also hielt sie den Mund.

Über Nacht fiel Schnee und blieb auch liegen, was ihre Reise am nächsten Tag verlangsamte, sodass sie erst am späten Nachmittag in Blackwell Hall ankamen.

Sie verliebte sich auf den ersten Blick.

Trotz des kalten Winterwetters strahlte die Sonne vom Himmel und ließ das Gebäude warm und einladend erscheinen. Wie Theodore gesagt hatte, war der Ort aus Ziegeln und Sandstein gebaut, und es gab eine gewundene Straße aus kleinen gelben Kieselsteinen, die zum Haus führte. Die schneebedeckten Rasenflächen erstreckten sich in beide Richtungen, und sie konnte sich vorstellen, wie grün sie im Frühjahr sein würden.

Das Land um die Halle war flacher, als sie erwartet hatte. Goldenes Licht tanzte über die Sträucher, die den vom Schnee leicht niedergedrückten Rasen umgaben, und ein paar weiße Wolken zogen über den Himmel.

»Es ist wunderschön«, hauchte sie und lehnte sich nahe an das Fenster, um einen besseren Blick zu erhaschen.

»Das ist unser Zuhause«, sagte Theodore.

Sie nahm an, dass dies jetzt *ihr* Zuhause war.

Es war kein besonders aufwändiges Gebäude. Es gab keine Türme oder Türmchen. Und es hatte einfach etwas an sich, das ihr das Gefühl gab, dass sie sich nicht an irgendwelche noblen Regeln halten musste. Vielleicht lag seine

Anziehungskraft in seiner Einfachheit. Manchmal waren die einfachsten Dinge die schönsten.

Es juckte sie in den Fingern, es zu malen. Sie wusste bereits, welche Farbschattierungen sie für die Umgebung kombinieren würde. Sie hatte ein Terrakotta-Rot im Malkasten, das sich perfekt für das Mauerwerk eignen würde, aber sie malte nicht oft Steine - zumindest keinen einfachen grauen Stein -, sodass es einiger Experimente bedürfen würde, um das Richtige zu finden.

Die andere Kutsche war zweifellos bereits angekommen, sodass es möglich war, dass ihre Farben in ihrem neuen Schlafgemach ausgepackt worden waren. Wenn sie direkt dorthin ging, könnte sie dieses Licht einfangen, bevor es sich änderte, was bei gutem Licht immer unvermeidlich war.

Aber ... sie hatte Pflichten. Sie war jetzt die Herrin dieses Hauses. Sie konnte nicht einfach alles ignorieren und tun, was ihr gefiel. Zum Malen würde später noch Zeit sein. Zuerst musste sie das Personal kennenlernen und das Anwesen erkunden.

Als sie den Platz direkt vor dem Herrenhaus erreichten, wurde ihr klar, dass sie ohnehin keine andere Wahl hatte, als sofort mit ihrer Arbeit zu beginnen. Die Bediensteten waren bereits versammelt und warteten. Hier waren es mehr als in dem Haus in London, aber das ergab ja auch Sinn, denn die Halle war viel größer und es gab auch weitläufige Anlagen und Ställe, die gepflegt werden mussten.

Kate tat ihr Bestes, um sich die Namen zu merken, als sie allen Anwesenden vorgestellt wurde, aber es waren viele, also konzentrierte sie sich auf die Mitglieder des Haushalts, mit denen sie am ehesten regelmäßig zu tun haben würde. Da war Mrs. Tubbs, die Haushälterin, Mr. Giles, der Butler, und Mrs. Franklin, die Köchin.

Mrs. Tubbs war eine zierliche, schlanke Frau mit wildem grauem Haar, Augen, die etwas zu groß für ihr Gesicht wirkten, und einem viel angenehmeren Gemüt, als man bei ihrem

Anblick erwarten würde. Mr. Giles war jung für einen Butler, und Theodore teilte ihr mit, dass er seinen Vater ersetzt hatte, der erst wenige Jahre zuvor in den Ruhestand gegangen war.

Mrs. Franklin war eine pummelige Frau mit rötlichem Gesicht, was Kate vielversprechend fand. Wenn die Köchin eine ähnliche Figur gehabt hätte wie Mrs. Tubbs, könnte sie sich über die Qualität der in Blackwell Hall servierten Speisen Sorgen machen müssen. Eine füllige Köchin war nie eine schlechte Sache.

Nach der Begrüßung wurden alle Mitarbeiter mit Ausnahme von Mrs. Tubbs entlassen.

»Bist du bereit für einen Rundgang?«, fragte Theodore. »Oder möchtest du dich erst einmal ausruhen?«

»Eine Führung, bitte«, sagte Kate.

Ihre Mutter hatte sie schon lange darauf vorbereitet, einen Haushalt zu führen. Zuerst musste sie sehen, womit sie arbeiten würde. Dann musste sie sich vergewissern, dass die wichtigsten Bediensteten gern ihre Wünsche erfüllen würden. Erst nachdem sie sich deren Respekt verschafft und sich mit der Situation, in der sie sich befand, abgefunden hatte, sollte sie versuchen, irgendwelche Änderungen vorzunehmen.

Sie vermutete, dass sie vorsichtiger als sonst vorgehen musste, denn sie war nicht die einzige Herrin, die während Theodores Amtszeit als Viscount über dieses Haus herrschte. Sie könnten daran gewöhnt sein, Dinge auf eine bestimmte Art und Weise zu tun, oder sie könnten sie trotz der positiven Reaktion der Londoner Bediensteten als Eindringling betrachten.

Kate hatte nicht den Wunsch, den Einfluss von Elizabeth auszulöschen oder sie zu ersetzen. Allerdings wollte sie sich in ihrem eigenen Haus auch nicht unwohl fühlen. Wenn sich etwas ändern musste, damit sie sich als Teil des Haushalts fühlte, dann würde es geschehen.

Sie stiegen die Steintreppe hinauf und gelangten in ein Foyer, das kleiner war, als sie es von außen erwartet hätte. Es hatte einen weißen Marmorfußboden, der aussah, als sei er erst kürzlich gereinigt worden.

»Wie viel hat Meister Theodore Ihnen über Blackwell Hall erzählt?«, erkundigte sich Mrs. Tubbs.

»Er beschrieb mir den Grundriss«, sagte Kate. »Er ging nicht sehr ins Detail, was die einzelnen Räume oder das Gelände angeht.«

Mrs. Tubbs nickte. »Das Gelände ist weitläufig. Ich würde empfehlen, sich heute im Haus umzusehen und das Gelände für morgen oder später in der Woche aufzusparen. Das wäre zu viel auf einmal.«

Kate neigte den Kopf. »Ich werde Ihren Rat befolgen. Ich vertraue darauf, dass Sie das am besten wissen.«

Mrs. Tubbs sah zufrieden aus. »Ausgezeichnet. Beginnen wir mit den offiziellen Empfangsräumen, denn dort werden Sie alle Gäste oder Besucher empfangen, die Sie hier begrüßen möchten.«

Der Rundgang dauerte so lange, dass Kates Füße schmerzten, als sie fertig waren, und ihr Magen knurrte. Glücklicherweise machten sie einen Abstecher in den Speisesaal, wo eine Mahlzeit serviert wurde. Sie und Theodore aßen schweigend, da sie beide von der Reise hungrig waren. Nachdem sie sich satt gegessen hatten, führte er sie in ihr Schlafgemach.

Sobald sie eintrat, überkam sie ein Gefühl der Schwere. Es war offensichtlich, dass das Bett erst kürzlich bezogen worden war, und das Fehlen von Staub auf der Kommode deutete darauf hin, dass das Zimmer ebenfalls gereinigt worden war. Sie fragte sich, ob der Raum nach Elizabeths Tod bis jetzt unberührt geblieben war.

Eine Tür in der Nähe des Bettes verband das Zimmer mit dem von Theodore, und plötzlich fühlte sich die ganze Sache zu unangenehm an. Das Essen saß ihr jetzt wie ein Klumpen im Magen.

Theodore hatte Elizabeth geliebt. Wenn er ihr Zimmer die ganze Zeit über so gelassen hatte, wie es war, bezweifelte sie, dass er sie so sehr betrauert hatte, wie er es hätte tun sollen. Es fühlte sich nicht richtig für Kate an, hier einzuziehen, wissend, dass er sie gar nicht hier haben wollte.

»Möchtest du, dass ich ein anderes Zimmer nehme?«, fragte sie leise und drehte sich um, um ihm in die Augen zu sehen.

Er starrte sie fragend an. »Warum solltest du das tun?«

»Das war Elizabeths Zimmer.«

»Gefällt es Ihnen nicht?« Mrs. Tubbs' Tonfall war von Sorge geprägt. »Wir können alle Änderungen vornehmen, die Sie wünschen.«

Sie schüttelte den Kopf. »Das ist es nicht. Es ist nur ... wäre es nicht seltsam für dich, wenn ich anstelle von ihr hier wohne?«

Blackwells Mundwinkel zuckten. »Nein. Du bist jetzt die Viscountess. Es wäre seltsam, wenn du dieses Zimmer nicht nehmen würdest.«

Sie neigte ihren Kopf zurück. »Sind Sie sicher?«,

»Ja.«

Nun, das war's.

Irgendwie half die entschlossene Antwort, auch wenn sie das unangenehme Gefühl, ihre Nase in etwas gesteckt zu haben, wo sie nichts zu suchen hatte, nicht lindern konnte. Sie zog eine Grimasse. Wenn sie sich jetzt in ihr Zimmer zurückzog, würde die Spannung zwischen ihnen weiter bestehen bleiben, und das konnte sie nicht zulassen.

»Ich weiß, dass Sie mir geraten haben, das Gelände erst morgen zu besichtigen, Mrs. Tubbs, aber mir ist durch die hinteren Fenster aufgefallen, dass es auf der Rückseite einen Garten zu geben scheint. Könnten wir dort spazierengehen?

Die frische Luft wird uns gut tun, nachdem wir in der Kutsche eingesperrt waren.«

Mrs. Tubbs blickte Theodore an. »Seine Lordschaft ist wahrscheinlich besser in der Lage, Ihnen die Gärten zu zeigen, als ich es bin. Ich gehe nicht viel nach draußen. Die verstorbene Viscountess hatte ein echtes Händchen für die Rosenzucht. Seine Lordschaft verbrachte oft Zeit mit ihr in den Gärten.«

Theodore versteifte sich, und sie fragte sich, warum. Wollte er nicht, dass das Personal ihr von Elizabeth erzählte?

Vielleicht sollte sie es herausfinden, denn sie wollte so wenig Ärger wie möglich verursachen. Aber jetzt war nicht der richtige Zeitpunkt, um zu fragen.

»Ich kann dich durch die Gärten führen, aber um diese Jahreszeit gibt es nicht viel zu sehen«, sagte er.

»Dann kannst du mir beschreiben, wie es im Sommer aussieht.«

Er nickte knapp, entließ Mrs. Tubbs und führte Kate die Treppe hinunter und durch einen Hinterausgang hinaus. Unmittelbar hinter dem Haus standen mehrere Reihen von Rosensträuchern, deren kahle Zweige aus dem Schnee ragten und die bis zum Eintreffen des Frühlings in einer Warteschleife standen.

»Jedes Beet hat eine andere Farbe, wenn die Blumen blühen.« Theodore stand da und blickte mit distanzierter Miene darauf. Er verschränkte die Finger hinter dem Rücken, und sie fragte sich, ob er an die Zeit dachte, als dieser Garten vor Farbe überquoll und er mit seiner Frau Picknicks zwischen den Rosenbeeten gemacht hatte.

Ihr Herz schmerzte für ihn. Es konnte nicht leicht sein, jemanden zu verlieren, den man liebte. Schon gar nicht eine Frau, von der man erwartet hatte, dass sie mit einem durchs Leben gehen würde.

»Das ist wirklich alles, was es zu sehen gibt.« Er drehte sich in alle Richtungen und schaute dann zum Horizont hinaus. »Nicht weit entfernt gibt es einen Teich, der jetzt wahrscheinlich zugefroren ist. Die Gärten um seine Ufer sind im Frühling wunderschön.«

Ein Teich. Das hörte sich gut an. Vielleicht könnte sie den im Frühjahr malen.

Sie rückte näher an ihn heran. »Danke, dass du mir das gezeigt hast. Ich freue mich darauf, die Gärten zu sehen, wenn die Jahreszeiten wechseln.«

»Vielleicht kannst du sie malen«, schlug er vor, wiederholte ihre eigenen Gedanken und überrumpelte sie. Sie hatte geglaubt, er sei in seiner eigenen Welt verloren.

»Das würde mir gefallen.«

Er drehte sich zu ihr um, und ihre Blicke trafen sich. »Ich möchte, dass du dich hier wohl fühlst. Ich weiß, dass die Situation wahrscheinlich nicht das ist, was du dir vorgestellt hast, als du ans Heiraten dachtest, aber die Welt hatte andere Pläne, und jetzt müssen wir das Beste daraus machen. Wenn du irgendetwas brauchst, scheue dich bitte nicht, es mir zu sagen.«

Gerührt legte sie ihre Hand auf ihr Herz. »Danke, Theodore. Ich glaube, ich bin jetzt bereit, mich zurückzuziehen.«

Er begleitete sie zurück in das Schlafgemach der Viscountess, und sie schloss die Tür hinter ihm.

Sie ließ sich auf das Bett fallen und schloss die Augen. Sie war dankbar, dass das Zimmer aufgeräumt worden war, aber sie kam sich trotzdem wie ein Eindringling vor. Theodore hatte gesagt, sie könne alles ändern, aber wenn sie das täte, wäre das eine Missachtung von Elizabeths Andenken?

Sie seufzte. Vielleicht war es falsch von ihr gewesen, darauf zu bestehen, ihn hierher zu begleiten. Vielleicht war einfach die ganze Ehe ein Fehler.

KAPITEL 20

Oxfordshire
Dezember 1822

NACH EINER NACHT, IN DER SIE SICH HIN UND HER GEWÄLZT und vergeblich darauf gewartet hatte, dass Theodore in ihr Bett kam, brauchte Kate eine Ablenkung. Eine, an der er nicht beteiligt war.

Sie frühstückten gemeinsam, doch dann entschuldigte sie sich und rief Margaret und einen Lakaien zu sich, die ihr halfen, ihre Farben sowie eine kleine Leinwand und eine Staffelei in einen Salon zu tragen, von dem Mrs. Tubbs ihr versichert hatte, dass er nur selten benutzt wurde.

Samuel, der Lakai, legte Laken auf den Boden, damit sie keine Farbe darauf tropfte, und stellte dann die Staffelei auf. Sie bot ihm die Farben an, die sie in der Hand hielt, und als er sie nahm, drehte sie die Staffelei so, dass sie dem Fenster zugewandt war, nahm dann die Leinwand von Margaret und befestigte sie.

»Ich danke euch beiden«, sagte sie, dankbar für die Hilfe. »Es hätte mich mehrere Gänge gekostet, um alles allein hierher zu bringen.«

211

Samuel verbeugte sich. »Dafür sind wir doch da, Mylady.«

Sie lächelte ihn an. »Du kannst jetzt zu deinen üblichen Aufgaben zurückkehren. Wenn ich fertig bin, schicke ich nach dir. Du brauchst deine Zeit nicht damit zu verschwenden, hier mit mir zu stehen.«

Er zog eine Grimasse. »Ich glaube nicht, dass seine Lordschaft es gutheißen würde, wenn ich Sie allein lasse, nachdem Sie gerade erst angekommen sind. Sie kennen den Haushalt noch nicht so gut, also kann ich Ihnen helfen, wenn Sie etwas brauchen sollten.«

Kates Zähne gruben sich in ihre Unterlippe, und sie überlegte, ob sie widersprechen sollte. Allein zu sein, würde ihr mehr Raum geben, um ihre Gedanken zu verarbeiten, aber sie wollte ihn nicht in Schwierigkeiten bei Theodore bringen, und er hatte Recht, wenn er sagte, dass sie mit dem Haus hier noch nicht vertraut war.

»In Ordnung. Vielen Dank, Samuel. Ich hoffe, ich habe dir keine Schwierigkeiten bereitet, indem ich dich davon abgehalten habe, dich um deine anderen Aufgaben zu kümmern?«

»Nein, Mylady.« Er neigte respektvoll den Kopf. »Lord Blackwell hat mich Ihnen für alle Aufgaben zugewiesen, bei denen Sie heute Hilfe benötigen.«

Das war eine Erleichterung. Sie würde es hassen, einen der Hausangestellten auf dem falschen Fuß zu erwischen, indem sie deren Zeitplan gleich durcheinanderbrachte.

Sie wandte sich an Margaret. »Bleibst du?«

»Ja, ich bleibe bei Ihnen, Mylady«, sagte sie, und ihre gesenkten Augen blickten in Samuels Richtung.

Kate runzelte neugierig die Stirn. Traute Margaret Samuel nicht genug, um sie zusammen allein zu lassen, oder war das Dienstmädchen romantisch an dem stämmigen jungen Mann interessiert? »Wie du willst.«

Kate schob alle Fragen über das Liebesleben ihres Dienstmädchens beiseite und widmete sich dem Studium der Landschaft. Sie nahm einen Bleistift und skizzierte leicht die Umrisse des Horizonts und der Straße, die sich in die Ferne schlängelte. Sobald sie eine Grundidee zusammen hatte, begann sie, Farben zu schichten, um einen Hintergrund aus Weiß, Braun und Grau zu schaffen.

Ein stürmischer Himmel wäre der dramatischste Hintergrund, also verwendete sie Grau-, Blau- und Weißtöne, um den Eindruck von Wolken und Schatten im oberen Bereich der Leinwand zu erzeugen.

Sie hatte gerade Samuel gebeten, ihr mehr braune Farbe zu bringen, damit sie mit den Bäumen und Sträuchern beginnen konnte, als sie eine Kutsche bemerkte, die die Einfahrt herunterkam.

Neugierig beobachtete sie, wie der Wagen vor dem Haus anhielt und ein warm gekleidetes, relativ unauffälliges Paar ausstieg.

Samuel versteifte sich.

»Wer ist das?«, fragte sie ihn.

Er schürzte die Lippen und sah aus, als würde er es in Erwägung ziehen, nicht zu antworten. Nach einem langen Moment sagte er: »Mr. und Mrs. Norman, Mylady. Die Eltern der verstorbenen Viscountess.«

»Oh.« Warum in aller Welt waren sie hier? Vielleicht, um ihnen zu ihrer Hochzeit zu gratulieren? Das schien ihr unter den gegebenen Umständen etwas seltsam zu sein.

»Seine Lordschaft wird nicht erfreut sein, sie zu sehen«, murmelte Samuel.

Noch seltsamer.

»Dann werde ich sie zuerst begrüßen«, sagte sie, legte ihren Pinsel ab und zog den Kittel aus, den sie zum Schutz ihres Kleides getragen hatte. Sie wischte sich die Hände an einem Tuch ab, aber sie blieben mit Farbe besprenkelt. »Margaret, hol mir doch bitte meine Handschuhe. Bring sie mir in den Hauptempfangsraum.«

Während Margaret sich beeilte, der Aufforderung nach-
zukommen, eilte Kate den Korridor hinunter und traf Mr.
Giles im Foyer.

»Unsere Gäste sollen mich bitte im Hauptempfangsraum
treffen«, sagte sie und bemerkte, dass Samuel ihr wie ein
Schatten gefolgt war. »Und würden Sie darum bitten, dass
man uns ein Tablett mit Tee und Keksen bringt?«

Mr. Giles verbeugte sich. »Natürlich, Mylady.«

Kate ging direkt in den Empfangsraum, wo Margaret
wartete. Sie nahm ihre Handschuhe vom Dienstmädchen
entgegen, zog sie an und strich sich durch die Haare, um zu
prüfen, ob alles an seinem Platz war, dann setzte sie sich auf
eines der Sofas und wartete.

Als Mr. und Mrs. Norman eintraten, hielten sie inne und
starrten sie einen Moment lang an, als wären sie überrascht,
nicht Theodore, sondern Kate vor sich zu haben. Mrs.
Norman war dünn, ihre Lippen zu einer missbilligenden
Linie zusammengekniffen, und ihr grau-braunes Haar war
so straff zurückgezogen, dass ihre Gesichtszüge hager wirkten. Mr. Norman hingegen war etwas mollig und hatte
schütteres graues Haar, das er in fest gedrehten Locken
trug.

»Willkommen«, sagte Kate und stand auf, um sie zu
begrüßen.

»Sie müssen die neue Viscountess sein«, erklärte die
Frau, deren Stimme so scharf war wie ihre spitze Nase.

»Das bin ich. Ich fürchte, ich bin im Nachteil.« Sie wusste
natürlich, wer sie waren, aber sie mochte den respektlosen
Tonfall von Mrs. Norman nicht.

Die Nasenflügel der Frau bebten. »Wir sind Mrs. und Mr.
Norman. Die Eltern der verstorbenen Viscountess.«

»Freut mich, Sie kennenzulernen.« Sie wusste nicht, was
sie sonst hätte sagen können. Hoffentlich würde sich bald
herausstellen, warum sie gekommen waren. In Anbetracht
des schlechten Wetters dürfte das keine leichte Aufgabe

gewesen sein, auch wenn sie in der nahe gelegenen Stadt South Wye wohnten.

Sie glättete die Vorderseite ihres Kleides und wünschte sich, es wäre in besserem Zustand gewesen, als sie Mr. und Mrs. Norman zum ersten Mal begegnete. Was mussten sie von ihr denken?

»Gleichfalls.« Mrs. Normans Tonfall sagte aber etwas ganz anderes.

»Ich bin erst gestern in Blackwell Hall angekommen, aber es ist bereits offensichtlich, dass Ihre Tochter von allen, die hier wohnen, verehrt wird«, sagte sie und kniff die Haut zwischen Daumen und Zeigefinger zusammen, um nicht an ihrem Rock herumzufummeln.

Mrs. Norman schnaubte. »Das dürfte wohl kaum der Fall sein.«

Kate legte ihren Kopf schief. »Ich verstehe nicht.«

»Natürlich nicht.« Mr. Normans Stimme war sanfter als die seiner Frau, und irgendetwas daran verleitete einen dazu, sich näher heranzuwagen und all seine Sünden zu beichten. Sie wusste sofort, warum er Vikar geworden war. »Lord Blackwell war für den Tod von Elizabeth verantwortlich. Selbst wenn man von einem Unfall ausgeht, hat er die Kutsche gefahren, was sehr verdächtig erscheint. Warum er und nicht ein Kutscher? Sehr verdächtig.«

Ein Windhauch wirbelte Kates Haar auf, und sie strich es sich hinters Ohr und wusste nicht, wie sie reagieren sollte. Nach dem, was Theodore gesagt hatte, hatte seine Frau ihm sehr viel bedeutet. Er hatte sie geheiratet, obwohl seine Eltern eine andere Verbindung bevorzugt hätten. Wenn er die Kutsche gefahren hatte, war das zwar seltsam, aber nicht völlig ungewöhnlich gewesen. Sie bezweifelte sehr, dass er etwas mit Elizabeths Tod zu tun gehabt hatte. Vielleicht waren Mr. und Mrs. Norman auch Jahre später noch von der Trauer geblendet.

»Und selbst wenn wir darüber hinwegsehen, der einzige

Grund, warum sie in diesem Sturm unterwegs waren, war der Druck, unter dem sie stand, schwanger zu werden. Sie waren wegen einer solchen Angelegenheit auf dem Weg zu einem Arzt«, fuhr er fort. »Ein Freund von mir hat gesehen, wie sie sich nach dem Termin vor der Arztpraxis gestritten haben.«

Ah, das ergab schon mehr Sinn. Auch wenn sie nicht glaubten, dass Theo Elizabeth ermordet hatte, so waren sie doch der Meinung, dass seine Entscheidungen sie getötet hatten. Sie teilte diese Ansicht nicht, aber sie verstand, warum sie einen Schuldigen brauchten. Allerdings würde sie nicht zulassen, dass sie in ihrer Gegenwart schlecht über ihren Mann sprachen.

»Niemand hier hat über die verstorbene Lady Blackwell mit etwas anderem als der größten Hochachtung gesprochen«, sagte sie und war dankbar, dass ihre Stimme nicht zitterte. »Der Viscount eingeschlossen. Ich glaube nicht, dass er für ihren Tod verantwortlich gewesen ist.«

»Dann sind Sie naiv«, sagte Mrs. Norman giftig, wobei sich ihre Augen zu Schlitzen verengten. »Sie mögen sich ein schönes Bild malen, aber als sie noch lebte, wurde Elizabeth mit weit weniger Respekt behandelt.«

Jemand bewegte sich am Rande ihres Sichtfelds, aber Kate sah sich nicht um. Sie wollte den beiden nicht den Rücken kehren.

»Es tut mir sehr leid, das zu hören.« Das war keine Überraschung. Menschen konnten grausam sein, vor allem, wenn sie glaubten, dass andere sich über ihren Stand erhoben hatten.

Mr. Norman neigte den Kopf, um ihre Bemerkung zu würdigen. »Ich kann mir vorstellen, dass Sie wissen, wie die Welt gegenüber denjenigen sein kann, die nach höheren Träumen streben, als ihre bescheidene Herkunft ihnen erlauben darf.«

»Das tue ich.« Nicht, dass sie das aus erster Hand

erfahren hätte. Sie hatte das Privileg genossen, in eine wohlhabende und einflussreiche Familie hineingeboren zu werden. Sie hatte keine Ahnung, wie es sich angefühlt haben musste, in Elizabeths Schuhen zu stecken.

Er trat näher an sie heran. »Wenn sie einen Erben geboren hätte, wäre sie vielleicht freundlicher behandelt worden. Viele der Menschen, die sie als Freunde betrachtet hatte, wandten sich gegen sie, weil sie nicht nur über ihre Verhältnisse geheiratet hatte, sondern auch den nächsten Erben des Blackwell-Anwesens nicht hervorgebracht hatte. Lady Blackwell hat ihren Unmut über diesen Umstand gewiss kundgetan.«

Kates Herz schmerzte für Elizabeth. Sie konnte sehr wohl glauben, was Mr. Norman sagte, und ihre Brust zog sich zusammen bei dem Gedanken daran, was Elizabeth durchgemacht haben musste. »Es tut mir leid, dass das passiert ist. Das hatte sie nicht verdient.«

»Nein, das hatte sie nicht«, stimmte er düster zu.

Ein Dienstmädchen kam mit einem Teetablett herein, das sie auf einen Tisch stellte.

»Möchten Sie etwas Tee?«, fragte Kate.

»Danke, nein«, sagte Mrs. Norman und machte einen Schritt. »Wir werden nicht lange bleiben. Ich möchte nur, dass Sie auf etwas achten. Wenn Sie Blackwell nicht geben können, was er haben will, könnten Sie so enden wie Elizabeth. Es wäre das Beste, wenn Sie so viel Abstand wie möglich zwischen sich und ihn bringen.«

Kates Nackenhaare sträubten sich, aber sie presste die Lippen aufeinander, um nichts zu sagen, was sie bereuen würde. »Sind Sie deshalb heute hierher gekommen? Um mich zu warnen?«

Mr. Norman nickte. »Wir wollen nicht, dass eine weitere Frau das gleiche Schicksal erleidet wie unsere geliebte Elizabeth.«

»Ich danke Ihnen für Ihre Sorge.« Sie hob ihr Kinn.

»Lord Blackwell scheint jedoch keineswegs ein gefährlicher Mensch zu sein. Er hat sich mir gegenüber nur ehrenhaft verhalten und macht den Eindruck, ein fürsorglicher und rücksichtsvoller Mann zu sein.«

»Das ist ein Trick.« Mrs. Norman rang die Hände und verlagerte ihr Gewicht von einem Fuß auf den anderen. »Lassen Sie sich von ihm nicht täuschen.«

Kates Geduld schwand. »Bitte sprechen Sie in meiner Gegenwart nicht länger schlecht über meinen Mann. Ich weiß, dass Sie gute Absichten haben, aber ich werde keine weitere Verunglimpfung seines Charakters dulden.«

Zwei Gestalten erschienen am Rande ihres Blickfeldes und bewegten sich schnell auf sie zu. Sie schaute hinüber, und ihr Magen verkrampfte sich. Theodore stürmte in den Raum, und Samuel war ihm dicht auf den Fersen.

»Wenn man vom Teufel spricht ...«, murmelte Mrs. Norman.

Kate erwartete fast, dass die Frau sich bekreuzigen würde, aber zum Glück für sie alle tat sie das nicht. Das hätte eine furchtbare Szene gegeben.

Theodore blieb nicht stehen, bis er ihre Seite erreicht hatte. Er legte einen Arm um sie, seine Hand ruhte auf ihrem Rücken, und er stellte sich seinen ehemaligen Schwiegereltern entgegen.

»Wie sieht es mit dem neuen Pfarrhausdach aus?«, fragte er und ignorierte dabei die offensichtliche Spannung zwischen ihnen.

»Es ist ... akzeptabel.« Mr. Norman sprach langsam, und seine Augen wanderten von Kate zu Theodore und zurück. Er schrumpfte ein wenig in sich zusammen. »Ich danke Ihnen für die Überweisung der notwendigen Mittel für die Reparaturen.«

»Gern geschehen.« Theodore blickte zu Boden, sein dunkler Blick begegnete dem von Kate. »Ich sehe, du hast bereits die Bekanntschaft von Lady Katherine, der neuen Viscountess Blackwell, gemacht.«

»Das haben wir.« Mr. Normans Rücken richtete sich leicht auf. »Wir hoffen, dass Lady Blackwell noch viele Jahre bei guter Gesundheit bleiben wird.«

»Ich auch«, sagte Theodore.

»Wir haben ein Auge auf Sie«, zischte Mrs. Norman, die offenbar beschlossen hatte, dass Subtilität überbewertet wurde.

Theodores Hand zuckte gegen ihren Rücken. »Es gibt nichts, worüber Sie sich Sorgen machen müssten. Es ist alles in Ordnung.«

»Wir sollten zum Pfarrhaus zurückkehren«, sagte Mr. Norman, nahm den Arm seiner Frau und zerrte sanft daran. »Guten Tag, Lord Blackwell.«

Mrs. Normans dünne Oberlippe kräuselte sich, aber sie ließ sich von ihrem Mann aus dem Zimmer führen.

»Bitte sorge dafür, dass die Normans gehen«, sagte Theodore zu Samuel, der nickte und ihnen folgte.

Sobald sie verschwunden waren, ließ Theodore Kate los und schuf Abstand zwischen ihnen.

»Geht es dir gut?«, fragte er und zog die Augenbrauen zusammen.

Sie atmete schwer aus und langsam wieder ein, um ihr rasendes Herz zu beruhigen. »Sie sagten, du hättest ihre Tochter in den Tod getrieben, und ich solle gehen, bevor mir das Gleiche passiert.«

Er seufzte und strich sich mit der Hand über das Gesicht. »Das hätte ich erwarten müssen.«

»Warum solltest du?«, fragte sie verblüfft.

»Sie geben mir die Schuld am Verlust von Elizabeth, und sie haben auch allen Grund dazu. Normalerweise sind sie vernünftig genug, mich nicht persönlich zu konfrontieren. Sie dürften mich noch mehr hassen, als ich dachte, wenn sie sich innerhalb weniger Tage nach unserer Ankunft an dich wenden. Sie haben keine Zeit verschwendet, und es war mutig von ihnen, hierher zu kommen.«

Seine Stimme war rau vor Emotionen. Und Kate verspürte den seltsamen Drang, ihn umarmen zu wollen. Seine Beziehung zu den Normans sollte nicht so sein. Sie alle hatten jemanden verloren, den sie geliebt hatten. Sie hätten gemeinsam trauern sollen, aber stattdessen hatte man ihm die Möglichkeit verwehrt, mit den Menschen zu trauern, die ihr am nächsten standen.

»Es tut mir leid«, flüsterte sie und wusste, dass die Worte nicht annähernd ausreichten.

Die Furche zwischen seinen Augenbrauen vertiefte sich. »Warum? Es ist nicht deine Schuld.«

»Das heißt aber nicht, dass du mir nicht leid tun kannst.«

Er atmete aus und rieb sich die Brust. »Du hast Recht. Ich denke, ich schulde dir eine richtige Erklärung.«

Sie zögerte. Ja, sie hätte gerne eine vollständige Erklärung der Umstände von Elizabeths Tod gehabt, aber nach dem Glanz in Theodores Augen und seiner angespannten Haltung zu urteilen, würde es ihm keine Erleichterung bringen, ihr die Geschichte zu erzählen.

Sie traf eine rasche Entscheidung. »Du musst nichts tun oder sagen, wozu du noch nicht bereit bist. Unsere Ehe ist noch jung. Es macht mir nichts aus, zu warten, bis du dich mit mir wohler fühlst, bevor wir Vertraulichkeiten austauschen.«

Er schüttelte den Kopf. »Es ist besser, wenn wir es jetzt hinter uns bringen.«

Kate wandte sich an Margaret. »Du kannst uns allein lassen.«

Margaret machte einen Knicks und huschte hinaus.

Theodore steckte die Hände in die Hosentaschen und wippte auf den Zehenspitzen, dann beruhigte er sich. »Hast du davon gehört, wie mein Vater gestorben ist?«

»Es gab einen Sturm ...« Sie hatte noch mehr gehört, war

sich aber nicht sicher, wie viel davon sachlich richtig war, also brach sie ab.

»In der Tat.« Er starrte aus dem Fenster, und sie fragte sich, ob er auf die Stelle blickte, an der sein Vater gestorben war. »Sein Lieblingspferd hatte sich losgerissen, und er ging auf die Suche nach ihm. Leider war der Wind so heftig, dass er von einer Klippe stürzte. Ich war derjenige, der ihn gefunden hat, aber er war schon lange tot.«

Ihr Herz drückte sich zusammen. Sie konnte sich nicht vorstellen, wie schrecklich für sie selbst gewesen wäre, die Leiche ihrer Mutter zu entdecken. Sie schauderte schon bei dem Gedanken daran. »Es tut mir leid. Das muss furchtbar gewesen sein.«

»Das war es.« Er drehte sich nicht zu ihr um. Sie war sich nicht sicher, ob er sie überhaupt noch richtig wahrnahm. »Elizabeth hatte es nicht eilig gehabt, Kinder zu bekommen, da wir noch jung waren, aber als er tot war, brauchten wir einen Erben. Ich ... ich habe sie nicht unter Druck gesetzt, aber meine Mutter schon. Die ganze verdammte Welt schien zu glauben, dass sie das Recht hätten, ihre Meinung zu diesem Thema zu äußern.«

»Das tun sie oft«, bedauerte Kate.

»Ich hätte mich gerne mit jedem angelegt, der es wagte, in meiner Gegenwart eine unpassende Bemerkung zu machen, aber das Problem war, dass sie es hinter meinem Rücken taten. Elizabeth hatte sich mit meinem Vater angefreundet und trauerte. Hinzu kam der Druck, schwanger zu werden, und sie wurde jedes Mal unglücklicher, wenn wir erfuhren, dass sie nicht schwanger war.«

»Hast du ihr gesagt, dass es nicht eilig war?«, fragte Kate neugierig, obwohl sie wusste, dass sie ihn die Geschichte einfach so erzählen lassen sollte, wie er es für richtig hielt.

»Immer und immer wieder.« Er schloss die Augen und ballte die Fäuste an den Seiten. »Drei Mal hat sie ein Baby verloren.«

Tränen brannten in Kates Augen, und sie versuchte nicht, sie zu unterdrücken. Nach allem, was sie durchgemacht hatten, verdienten Elizabeth und Theodore ihre Gefühle.

»Sie wurde melancholisch. Manchmal vergingen Tage, ohne dass sie ihre Kammer verließ. Gelegentlich schöpfte sie falsche Hoffnung, und alles schien heller zu sein, aber dann verschwand diese Hoffnung wieder, und sie war noch trostloser als zuvor.«

Sein Kiefer verkrampfte sich, und als er die Augen öffnete, klebten seine Wimpern mit Tränen. »An jenem letzten Tag ... dem Tag, an dem sie ... dem Tag, an dem es passierte, erwischte ich sie dabei, wie sie sich hinausschleichen wollte, um den Arzt aufzusuchen. Sie gestand, dass ihr übel war und ihre Blutung etwas verspätet war. Sie dachte, sie könnte schwanger sein, aber sie wollte sich erst selbst davon überzeugen, bevor sie mit mir sprechen würde.« Seine Schultern sanken herunter. »Sie wollte mich nicht enttäuschen.«

Kates Inneres kribbelte, und sie hatte fast Angst zu fragen: »Was ist passiert?«

Er sah sie an, seine dunklen Augen schwammen. »Das Wetter hatte sich gedreht. Ich bat sie zu warten, aber sie sagte, sie könne es nicht ertragen, nichts zu wissen. Sie hat mich angefleht, sie dorthin zu fahren. Nur ich, damit niemand außer uns und dem Arzt wusste, dass sie sich schämte, falls sie sich geirrt haben sollte.«

»Sie hatte keinen Grund, sich zu schämen«, flüsterte Kate.

Seine Fäuste ballten sich. »Das habe ich ihr gesagt, aber sie war von den Blicken und dem Getuschel zermürbt. Schließlich stimmte ich entgegen besseren Wissens zu. Ich dachte, wenn es eine Chance gäbe, und sei es auch nur eine winzige, dass sie schwanger war, dann wäre der Seelenfrieden, den sie dadurch erlangen würde, die Reise wert. Leider war sie das nicht.«

»Der Arzt war sich sicher?«

Theo nickte. »Sie war außer sich. Ich versuchte, ihr zu versichern, dass alles in Ordnung sei, aber sie schrie mich an, dass das nicht stimme und dass nichts in Ordnung sei, solange sie keinen Sohn habe.« Er schloss die Augen und drückte sie zu, offensichtlich hielt er so viele Emotionen wie möglich zurück, um die Ereignisse dieses unglücklichen Tages zu Ende erzählen zu können.

Kate legte ihre Hand auf seinen Arm, wollte ihn trösten, zögerte aber, ihn zu unterbrechen.

»Auf dem Heimweg wehte der Sturm Äste über die Straße, die die Pferde erschreckten. Die Straße war schlammig, und ich weiß nicht, ob es der Schlamm, der Wind oder die Pferde waren, aber die Kutsche kippte um, und ich wurde herausgeschleudert. Die Pferde liefen mit dem Wagen davon, und als ich sie endlich zu greifen bekam, war es für Elizabeth schon zu spät.«

Kate unterdrückte ein Schluchzen, schlang ihre Arme um Theodore und hielt ihn fest. Er war steif in ihrer Umarmung, aber er schniefte und wurde nach einem Moment weicher.

»Ich zog die Kutsche von der Straße, so gut ich konnte, um einen weiteren Unfall zu vermeiden, und ritt dann auf einem der Pferde ohne Sattel nach South Wye, wobei ich Elizabeth mitnahm. Ich ritt direkt zum Arzt, nur für den Fall, dass ich mich irrte und sie noch nicht tot war, aber er sagte, er bezweifle, dass sie noch lange überlebt hatte, nachdem ihr Kopf auf dem Boden aufgeschlagen war.«

»Es tut mir so leid.« Die Worte konnten niemals ausreichen, um den verheerenden Verlust zu erklären, den er erlitten hatte - ganz zu schweigen von dem Trauma, das er erlebt hatte -, aber sie waren alles, was sie zu bieten hatte.

Er atmete zitternd ein. »Ich wünschte nur, wir hätten uns nicht gestritten, bevor sie starb. Ich wünschte, ich hätte ihr stattdessen ein letztes Mal gesagt, dass ich sie liebe.«

Kates Atem stockte, und die Tränen, die ihr bisher sanft über die Wangen gelaufen waren, flossen in Strömen.

Dieser arme Mann.

Er hatte die Frau verloren, die er liebte, und es gab nichts, was er hätte tun können, um sie zu retten. Schlimmer noch, er hatte mit ansehen müssen, wie sie starb, er wusste, dass ihre letzten Erinnerungen unglücklich gewesen waren, und dann hatte man ihn dafür verantwortlich gemacht.

Auch die arme Elizabeth. Alleine und entfremdet. Besessen davon, ihre Pflicht zu erfüllen, aber unfähig, dies zu tun.

Es war tragisch.

Unnötig und tragisch, und sie fühlte sich so hilflos, nichts dagegen tun zu können. All das war geschehen, und das Einzige, was sie tun konnte, war, Theodore zu helfen, sich zu erholen, wie immer er es ihr erlaubte.

Kate umarmte ihn erneut, vergrub ihr Gesicht in seinem Hemd und durchtränkte es sofort mit ihren Tränen. »Wo auch immer sie ist, ich bin sicher, dass Elizabeth jetzt ihren Frieden gefunden hat.«

»Ich hoffe es.« Sein Ton war wehmütig, als ob er das nicht wirklich glaubte, und das ließ sie noch mehr weinen. »Aber was ist, wenn nicht, und es ist alles meine Schuld?«

KAPITEL 21

»Es war nicht deine Schuld.«

Die geflüsterten Worte besänftigten Theos Verzweiflung, auch wenn er sie nicht wirklich glaubte.

»Du musst dir diese dumme Vorstellung aus dem Kopf schlagen«, fuhr Kate fort, indem sie seine Schultern festhielt und ihren tränennassen Blick auf seinen richtete.

Sein Herz verkrampfte sich. Wie unglaublich musste sie sein, dass sie um eine Frau weinte, die er geliebt und verloren hatte. Vor allem, wenn man bedachte, dass er jetzt *ihr* Ehemann war. Eigentlich müsste sie ihm böse sein, weil er immer noch um Elizabeth trauerte, und nicht ihr Mitgefühl für seinen Verlust zum Ausdruck bringen.

Er suchte in ihren Augen nach einer Andeutung von Täuschung, aber er fand sie nicht. »Es gibt so viele Dinge, die ich hätte anders machen können. Wenn ich nicht gewesen wäre ...«

Sie hob die Hand, um ihn zu unterbrechen. »Damit ist jetzt Schluss. Wir haben viele Dinge zu besprechen, aber zuerst werden wir uns ein paar Scones zum Tee bringen lassen.«

Er betrachtete ihren Gesichtsausdruck. Ihre Mundwinkel

waren angespannt, ihre Nase und ihre Augen leicht gerötet, aber es gab keine Anzeichen des Ekels, den er bei seinem Geständnis erwartet hatte. Sein Atem stockte vorübergehend in seiner Brust.

War es möglich, dass sie wirklich nicht weniger von ihm hielt wegen dem, was passiert war?

Er hatte Angst zu hoffen.

Theo ließ sich zu einem Sofa ziehen, wo er auf Kates Drängen hin Platz nahm und wartete, während sie ging und mit jemandem vor der Tür sprach.

Als sie zurückkam, setzte sie sich nicht ihm gegenüber, sondern neben ihn, und zu seinem großen Erstaunen verschränkte sie ihre Finger mit seinen.

»Ich habe deine verstorbene Frau nie kennengelernt«, begann sie leise, ihre grauen Augen waren immer noch wässrig, aber nicht mehr tränend. »Ich kannte sie nicht. Aber als Frau kann ich verstehen, warum sie das Gefühl hatte, einen Erben zeugen zu müssen, vor allem, wenn die Leute schon sagten, sie sei keine gute Partie für dich, und deine Mutter sie unter Druck setzte. Es tut mir leid, dass sie das durchgemacht hat, und es tut mir leid, dass du das auch durchgemacht hast. Es war sicher nicht leicht für dich zu sehen, wie unglücklich sie war, als du das Problem nicht lösen konntest.«

»Ich habe es versucht«, murmelte er. »Ich habe ihr gesagt, dass es keine Eile hat. Ich habe Verwandte, auf die der Titel hätte übergehen können.« Der hätte sogar an seinen eigenen Bruder gehen können. »Wir haben darüber gestritten. Sie war so verzweifelt auf ein Baby aus, dass sie bereit war, Risiken einzugehen, die nicht notwendig waren. Ich wollte nur, dass sie glücklich war.«

»Ich bin sicher, dass sie das wusste«, versicherte sie ihm.

»Aber es war nicht genug.«

Sie hob ihre ineinander verschränkten Hände und strich mit ihren Lippen über den Rücken der seinen. Ihr Mund war weich und hinterließ ein Kribbeln auf seiner Haut. »Ich denke, du hast alles getan, was du konntest.«

Warum sollte sie das glauben? Sie kannte ihn nicht gut genug, um ein solches Urteil zu fällen.

»Weil du ein guter Mensch bist«, sagte sie.

Hm. Er musste laut gesprochen haben.

Er war versucht, zu streiten. Auf all die Dinge hinzuweisen, in denen er *nicht* gut war. Er hatte Elizabeth immer wieder im Stich gelassen. Aber Kates ruhige graue Augen leuchteten voller Aufrichtigkeit, und er brachte es nicht übers Herz, den Trost, den sie ihm zu spenden versuchte, zurückzuweisen.

»Die ganze Angelegenheit war tragisch«, fuhr sie fort und blickte auf ihre verschränkten Hände hinunter. »Aber du bist nicht schuld.«

»Das akzeptiere ich nicht«, stieß er innerlich verwirrt hervor. Er war sich nicht sicher, ob er sich über ihr Drängen ärgern sollte oder über sich selbst, weil er nicht in der Lage war, ihr einfach die gewünschte Antwort zu geben.

»Nicht deine Schuld«, beharrte sie mit zusammengekniffenen Augen. »Es war ein Unfall. Es war schrecklich, aber Unfälle passieren nun einmal.«

Sein Kinn zitterte. »Es war vermeidbar.«

»Ich glaube, du ...« Sie unterbrach sich und holte tief Luft, öffnete den Mund, als wollte sie fortfahren, schloss ihn aber wieder.

Was wollte sie sagen?

Sie hatte eindeutig noch mehr auf dem Herzen, aber sie schien noch nicht bereit zu sein, ihre Gedanken zu äußern.

»Ich hätte mich weigern sollen, sie zum Arzt zu fahren.« Seine Schultern sackten zusammen, und er zog seine Hand aus ihrer zurück. »Oder wenn nicht das, dann hätte ich dafür sorgen müssen, dass sie nie so verzweifelt geworden wäre wie in den letzten Monaten. Das machte sie leichtsinnig.

Vielleicht hätte ich mich anfangs von ihr fernhalten sollen, dann wäre sie noch am Leben.«

Kate schwieg so lange, dass er den Kopf hob und feststellte, dass sie ihn genau beobachtete. »Vielleicht«, gab sie zu. »Aber vielleicht war es für sie an der Zeit zu gehen. Das können wir unmöglich wissen. Ihr wart verliebt, und die Erinnerung an diese Zeit sollte man nicht bereuen, sondern in Ehren halten. Du tust ihr einen schlechten Dienst, wenn du dir deine Ehe wegwünschst.«

Ihre Worte trafen ihn am Brustbein, so dass ihm der Atem aus den Lungen gedrückt wurde.

Sie hatte Recht, erkannte er. Indem er seine Entscheidungen hinterfragte, respektierte er nicht, was sie miteinander geteilt hatten, und die Jahre, in denen sie glücklich gewesen waren. Das wollte er nicht tun.

Die Tür öffnete sich, und er zuckte zusammen, sein Herz schlug ihm bis zum Hals.

»Verzeihung, Mylord«, murmelte das Dienstmädchen, als sie ein Tablett mit Scones, Butter, Marmelade und Sahne abstellte.

»Eine Entschuldigung ist nicht nötig«, murmelte er und rieb sich die Brust, um die plötzliche Enge zu vertreiben.

»Wie magst du deine Scones?«, fragte Kate.

»Mit Marmelade und Sahne.«

Sie bestrich beide Scones mit Erdbeermarmelade und gab Sahne darauf, reichte ihm einen und nahm den anderen für sich. Er hielt das Gebäck fest, konnte sich aber nicht dazu durchringen, einen Bissen zu nehmen, so gut es auch duftete.

»Kann ich sonst noch etwas tun?«, fragte das Dienstmädchen.

»Nein, danke«, sagte Kate.

Das Dienstmädchen zog sich zurück und schloss die Tür hinter sich.

Kate verschlang ihr Gebäck, als ob sie den ganzen Tag nichts gegessen hätte. Sie schaute ihn an, und er merkte, dass

die Sahne vom Scone tropfte und an seinen Fingern herun-
terlief. Er leckte sie ab und biss in das Gebäck. Es war warm
und schmeckte im Mund überraschenderweise nicht nach
Asche. Sein Magen knurrte, und er aß schnell den Rest. Der
Zusammenstoß mit Mr. und Mrs. Norman dürfte ihn
hungrig gemacht haben.

»Also ...«

Theo hob eine Augenbraue, und sein Magen kribbelte, als
er sich fragte, was sie wohl sagen würde. Sicherlich nichts
Gutes. »Also?«

Sie knabberte an ihrer Unterlippe und wich seinem Blick
aus, ein Hauch von Farbe auf ihren Wangen. »Ich muss
fragen ... nach allem, was zwischen dir und Elizabeth passiert
ist, kann ich verstehen, dass du die Geschichte nur ungern
wiederholen willst. Aber heißt das, dass du keine Kinder
haben willst?«

Das Gebäck lag ihm schwer im Magen. Er hatte gehofft,
dieser Frage noch eine Weile ausweichen zu können, aber sie
verdiente eine Antwort, auch wenn er sie nicht geben wollte.

»Die Wahrheit ist«, begann er und zappelte in seinem
Sitz, »dass ich gerne Kinder hätte.«

Sie strahlte.

»*Aber*«, fuhr er zögernd fort, »ich kann nicht zusehen,
wie eine andere Frau, die mir etwas bedeutet, dasselbe
durchmacht wie Elizabeth. Es ist zu schmerzhaft.«

Sie neigte den Kopf, die Lippen nachdenklich geschürzt.
»Viele Frauen werden schwanger und gebären ohne
Probleme.«

Er nickte. »Aber viele sterben auch bei der Geburt oder
an Komplikationen.«

»Das ist wahr.« Sie nahm ihre Teetasse und hob sie an
ihre Lippen. Sie nippte daran, verzog das Gesicht und setzte
die Tasse wieder ab. »Zu heiß.«

Ihr Ausbleiben einer Reaktion beunruhigte ihn. Er wollte
sie packen und herausfinden, was sie darüber dachte, aber sie

war offensichtlich in Gedanken bei der Sache, also nahm er seine ganze Geduld zusammen und wartete.

Schließlich stellte sie die Teetasse zurück auf den Tisch und sagte: »Ich wollte schon immer Kinder haben.«

Das war kaum überraschend. Seiner Erfahrung nach wollten das die meisten Frauen.

Sie hob ihr Kinn an und begegnete seinem Blick. »Ich bin bereit, das Risiko einzugehen, dass ich nicht schwanger werde oder dass mir bei der Geburt etwas zustoßen könnte. Ich denke, das solltest du auch in Betracht ziehen. Ich kann dich nicht zwingen, die Ehe zu vollziehen - zum einen wäre das nicht gerecht, zum anderen weiß ich nicht, was das bedeutet -, aber ich bitte dich, meine Fähigkeit, eigene Entscheidungen zu treffen, zu berücksichtigen.«

Seine Kehle schmerzte, und er schluckte. Seine Schultern zogen sich bis zu den Ohren hoch, und er vermied gezielt den Blickkontakt.

Sie hatte ein gutes Argument. Es war ungerecht von ihm, Entscheidungen über ihre Zukunft zu treffen, ohne ihre Wünsche zu berücksichtigen, aber es sollte doch einen gewissen Spielraum geben, wenn es zu ihrem eigenen Wohl war.

»Ich kann den Gedanken nicht ertragen, dich verkümmern zu sehen«, sagte er leise.

Zu seiner Überraschung rückte sie näher und drückte sich an seine Seite. Er sah ihr in die Augen, und sie umfasste sein Gesicht und drückte ihm einen Kuss auf die Wange.

»Ich würde es begrüßen, wenn du deine Haltung zumindest überdenken würdest. Ich bin stark genug, um meine eigene Meinung zu kennen.« Ihre Augen füllten sich mit Emotionen, als sie mit ihrer Handfläche über seinen Kiefer strich. »Ich werde aber nicht drängen. Nicht jetzt.«

Er biss sich auf die Lippe und hasste es, dass er zwischen ihr und dem stand, was sie wollte. Sicherlich musste es doch etwas geben, das er ihr jetzt anbieten konnte, auch wenn es keine Kinder waren.

»Es gibt Wege, wie wir Intimität teilen können, die nicht die gleichen Risiken bergen«, platzte er heraus.

Sie ließ ihre Hände sinken, und er trauerte um den Verlust ihrer Berührung. »Du bist verstört. Du solltest jetzt keine Entscheidungen treffen. Ich möchte nicht, dass du etwas tust, was dir unangenehm ist oder was du später bereuen wirst.«

»Das werde ich nicht.« Verzweiflung zerrte an seinen Eingeweiden. Aber sein Gefühl der Dringlichkeit ließ nicht nach. Es war wichtig, dass Kate erkannte, dass sie ihm etwas bedeutete. Vielleicht hatte er sich diese Ehe nicht ausgesucht, aber er hatte Gefühle, wenn es um sie ging. Er mochte sie. »Ich will es dir zeigen.«

Ihre Augen weiteten sich, und sie hielt inne. »Äh, bist du sicher? Denn die vergangene Stunde war überwältigend. Wir sollten nichts überstürzen.«

»Ich bin mir absolut sicher.«

Zumindest wusste er, dass er es bereuen würde, wenn er Kate nichts geben würde. Er konnte ihr nicht alles bieten, was sie sich erträumte, aber er würde sie nicht völlig unzufrieden mit ihrem Schicksal zurücklassen.

Er umfasste ihr Gesicht. »Möchtest du einen Kuss?«

»Ja, bitte.«

Er strich mit seinen Lippen über ihre, zuerst sanft, aber mit jeder Sekunde, die verging, fester. Sie seufzte und lehnte sich an ihn, ihr Atem strich über seine Haut. Er wich zurück, dann küsste er sie erneut. Diesmal antwortete sie zögernd, ihre Lippen bewegten sich unter seinen.

Er tauchte seine Zunge zwischen diese Lippen, und sie versteifte sich, bevor sie sie öffnete, um ihm Zugang zu gewähren. Die Spitze ihrer Zunge berührte die seine in einer seidenen Liebkosung, die ihn heiß werden ließ. Sie schmeckte ein bisschen nach Marmelade, zusammen mit etwas Einzigartigem, das nur Kate war.

Sie wurde kühner, ihre Zunge tanzte mit der seinen, und er lächelte in den Kuss hinein, weil er es liebte, wie ihre zaghaften Berührungen immer sicherer wurden. Das erinnerte ihn an die ruhige Zuversicht, die sie in den meisten Bereichen ihres Lebens an den Tag legte.

Widerstrebend zog er sich zurück. »Wie war das?«

Sie blinzelte langsam, ihre Augen waren glasig und ihre Wangen rosa. »Wunderbar.«

Sein Magen flatterte angenehm. »Es gibt noch so viel mehr, was ich dir zeigen möchte.« Er ließ sich vor ihr auf die Knie fallen und ignorierte den dumpfen Schmerz beim Aufprall auf den Boden. »Darf ich?«

Sie runzelte die Stirn. »Darfst du was?«

»Das hochschieben.« Er schob den Rock hoch, sodass ein dünner Streifen Porzellanhaut über ihren Knöcheln zum Vorschein kam. »Dich berühren. Ich möchte dich hier küssen, an diesem intimsten Ort.«

»Oh.« Ihre Augen weiteten sich, aber nach kurzem Zögern nickte sie. »In Ordnung.«

Er hob den Rock an und entblößte wohlgeformte Waden. Ihre Unterwäsche verhinderte, dass er mehr sehen konnte, also hob er auch die aus dem Weg und starrte hungrig auf ihre weichen, glatten Schenkel.

Er fuhr mit seinen Händen von ihren Knien bis dorthin, wo ihre Oberschenkel zusammentrafen, und eine Gänsehaut kräuselte sich unter seinen Handflächen. Er strich mit dem Daumen über die seidige Hitze ihrer Mitte und freute sich darüber, wie sie wimmerte und ihre Beine spreizte.

»Das ist der Ort, an dem wir uns treffen, wenn wir zusammenliegen, aber es gibt viele Möglichkeiten, wie ich dir hier Vergnügen bereiten kann.«

»Vergnügen?«

»Ja.« Er zwang sich, ihr in die Augen zu sehen, anstatt

sich nur auf diese verlockende Weichheit zu konzentrieren, in der er sein Gesicht vergraben wollte. »Ich möchte, dass du mir sagst, was du magst und was du nicht magst. Das funktioniert nur, wenn du ehrlich zu mir bist.«

Ihr Atem stockte, und er merkte, dass er begonnen hatte, sie sanft zu streicheln.

»Das werde ich«, versprach sie.

»Gut. Lehn dich zurück und genieße. Du musst nichts tun.«

»Sind Sie sicher?«,

»Ziemlich.«

Sie bewegte sich, vermutlich um es sich bequemer zu machen. Theo erlaubte sich schließlich, ihre Mitte anzustarren. Hübsch und rosa, mit einem Hauch von rötlichem Haar, das eine Nuance dunkler war als das Haar auf ihrem Kopf. Er beugte sich vor und küsste die kleine Perle an der Spitze. Sie gab einen erschrockenen Laut von sich, der in der Kehle stecken blieb.

»Alles klar?«, fragte er, blies warme Luft auf sie und genoss es, wie sie daraufhin erschauderte.

»Ja.«

Seine Zunge fuhr heraus und strich mit der flachen Seite über ihre empfindlichsten Stellen. Ihre Hüften bockten, und er benutzte seine Unterarme, um ihre Schenkel zu fixieren. Dann leckte er sie erneut und schmiegte seinen Mund an sie, um sie an das Gefühl zu gewöhnen.

Ihr leises Keuchen und Seufzen trieb ihn an, und er tauchte seine Zunge in ihre feuchte Hitze und stöhnte bei ihrem süßen, moschusartigen Geschmack.

»Oh!«, rief sie aus, umklammerte ihren Rock und starrte ihn mit großen Augen an. »Ist das etwas, was Menschen tun?«

Er grinste verrucht. »Wenn sie ihre Frauen schätzen.«

Sie hatte keine Lust zu widersprechen, nahm ihn einfach

beim Wort und stemmte sich ihm entgegen, als er es wieder tat.

Er bearbeitete sie mit seinem Mund und seiner Zunge und stöhnte sein Vergnügen heraus, sodass sie keinen Zweifel an seiner Begeisterung haben konnte. Als sie zu zittern begann, konzentrierte er sich auf die kleine Perle und hielt einen sanften Rhythmus aufrecht, bis sie aufstöhnte und vor Erregung bebte.

Er lehnte sich zurück und genoss den Anblick seiner Frau. Rote Wangen, schwere Augenlider, ihre Brust hob und senkte sich, während sie nach Luft schnappte.

Atemberaubend.

Als sie sich wieder gefasst hatte, setzte sie sich auf und schob ihre Röcke nach unten, um sich wieder zu bedecken.

Sie beugte sich vor und küsste ihn, was ihn angesichts dessen, was er gerade getan hatte, schockierte. »Kann ich mich irgendwie ... revanchieren?«

KAPITEL 22

THEODORE BLIEB DER MUND OFFEN STEHEN, UND DIE KNOTEN in Kates Bauch zogen sich zusammen. Hatte sie einen Fehler gemacht mit dieser Frage? Nur hatte sie noch nie so etwas erlebt wie das, was er mit ihr gemacht hatte, und sie wollte ihm das gleiche schöne Gefühl geben, das er ihr gegeben hatte. Wie könnte das falsch sein?

»Amelia hat mir gesagt, dass eheliche Beziehungen lustvoll sein können, aber ich habe ihr nicht ganz geglaubt«, beeilte sie sich hinzuzufügen. »Ich habe mich geirrt, und da ich jetzt weiß, wie gut es sein kann, möchte ich, dass du dasselbe fühlst.«

Er starrte sie an, offenbar verblüfft.

Hitze pochte zwischen ihren Beinen und erinnerte sie an die Gefühlswelle, die sie nur wenige Augenblicke zuvor durchströmt hatte, und sie drückte die Schenkel zusammen und genoss den süßen Puls.

»Natürlich nur, wenn es einen Weg gibt, das zu tun, ohne ein Baby zu zeugen.« Sie wollte nicht, dass er glaubte, sie würde seine diesbezüglichen Bedenken ohne weitere Diskussion abtun.

Er räusperte sich, und seine Ohren wurden rot. »Es gibt, äh, Möglichkeiten.«

»Gut.« Sie grinste und freute sich, das zu hören. Sie war sich nicht sicher, ob es die beste Wahl war, körperliche Intimität zu teilen, wenn sie beide bereits emotional waren, aber vielleicht würde es sie einander näher bringen. Sie würde es nicht bereuen. »Vielleicht könnte ich meinen Mund auf dich legen, so wie du es bei mir getan hast?«

Er stotterte, Röte breitete sich in seinem Nacken aus und verschwand unter dem Kragen seines Hemdes. »Heben wir uns ... Äh ... das für später auf.« Er zögerte. »Bist du sicher, dass du das tun willst? Fühle dich nicht verpflichtet. Was ich getan habe, habe ich für dich getan, nicht weil ich gehofft habe, dass du dich revanchieren würdest.«

»Ich möchte es aber«, versicherte sie ihm. »Bitte.«

»Wie du willst.«

Er stand auf und setzte sich neben sie aufs Sofa. Sie wollte aufstehen und sich vor ihm hinknien, wie er es bei ihr getan hatte, aber er hielt sie mit einer Hand auf der Schulter auf.

»Du kannst so bleiben«, sagte er heiser.

»In Ordnung.« Fasziniert beobachtete sie, wie er seine Hose aufknöpfte und sie so weit herunterzog, dass seine Unterhose zum Vorschein kam. Er richtete sich lange genug auf, um seine Unterhose herunterzuziehen, und sie starrte auf das entblößte Stück Fleisch.

Diesen Teil eines Mannes hatte sie noch nie gesehen. Seine Oberschenkel waren mit grobem, dunklem Haar bedeckt, und an seiner Leiste befand sich ein Fleck mit weichem, federndem Haar an der gleichen Stelle wie bei ihr, aber da endeten die Ähnlichkeiten.

Ein dicker, fester Schaft schob sich nach außen. Er war rot, hatte eine glänzende, bauchigen Spitze und weiche, große Kugeln darunter.

Das war der Teil, der in sie hineingehörte? Wie um alles in der Welt sollte das passen?

Theodore ergriff ihre Hand und legte sie um den Schaft. Die Haut war heiß auf ihrer Handfläche und so seidig wie die Haut ihres Unterleibs. Aber viel härter darunter. Er ermutigte sie, ihren Griff fester zu machen und ihn entlang seiner Länge zu bewegen.

»So«, murmelte er.

Sie ließ sich von ihm leiten, bis sie den Dreh raus hatte und seine Hand wegstreichen und die Führung übernehmen konnte. Sie wollte nicht, dass er für sein eigenes Vergnügen arbeiten musste. Schließlich hatte sie das auch nicht tun müssen.

»Ist das richtig?«, fragte sie, während sie ihre Hand auf und ab bewegte.

»Ja. Perfekt. Du machst das so gut.«

Sie lächelte vor sich hin und machte weiter, wobei sie seine Atemzüge und die leisen Grunzer und Seufzer, die er von sich gab, nutzte, um zu entziffern, was er am liebsten mochte. Sie wurde kühner und spielte mit ihrer anderen Hand über die Spitze. Sie strich mit den Fingern über die gespannte Haut, und als ein Tropfen klarer Flüssigkeit erschien, sammelte sie ihn auf ihrem Daumen und untersuchte ihn.

»Das ist mein Samen.« Seine Stimme war angestrengt, und sie fand, dass ihr das gefiel. »Wenn ich einen Orgasmus habe - und das ist der Höhepunkt der Lust, den du erlebt hast - produziere ich viel mehr davon. Der Samen ist das, was eine Schwangerschaft verursacht, wenn ich in dir bin, wenn er herauskommt.«

Wie faszinierend. Sie sah so harmlos aus, und doch konnte diese Flüssigkeit Leben schaffen.

Sie fuhr fort, ihn zu streicheln, fest entschlossen, es richtig zu machen. Er hatte so viel gelitten. Er hatte es verdient, sich gut zu fühlen.

Seine Schenkel begannen zu zittern, und sie erinnerte sich daran, wie ihr eigener Körper dasselbe getan hatte, kurz bevor sie ... zum Orgasmus gekommen war.

Himmel, seine Zunge hatte sich göttlich angefühlt, als sie ihre geheimsten Stellen erkundete. Würde es ihm genauso viel Spaß machen, wenn sie das Gleiche mit ihm machen würde?

Vorsichtig beugte sie sich vor, bis ihr Mund nur noch einen Zentimeter über der Spitze seines Schafts schwebte. Dort war eine weitere Samenperle aufgetaucht, die sie mit ihrem Mund umschloss und ableckte.

Theodore fluchte und wölbte sich. Sein Schaft pulsierte in ihrer Hand, bevor Strähnen von durchscheinendem Weiß aus dem Ende schossen und auf ihrem Gesicht landeten.

Sie blinzelte erschrocken, und ihre Wimpern klebten zusammen. Ein Moschusduft erfüllte ihre Nase, und als sich ihre Lippen öffneten, strich sie instinktiv mit der Zunge darüber hinweg. Der Samen war salzig, aber nicht unangenehm, und sie summte, aber als ihr klar wurde, was sie genau getan hatte, wurde ihr Inneres zu Eis.

Sie wich vor Theodore zurück, ihre Hand flog zum Mund. Er hatte gesagt, dass sie schwanger werden könnte, wenn sein Samen in sie eindringen würde. Bedeutete dies ...?

»Es tut mir so leid«, rief sie, und das Entsetzen verdrehte ihr den Magen. Was für ein dummer Fehler. Er würde ihr niemals mehr trauen. »Das wollte ich nicht. Ich habe nicht darüber nachgedacht. Bin ich jetzt schwanger?«

Theodore runzelte die Stirn, dann kicherte er. *Kicherte.* Als ob das ein Grund zum Lachen wäre.

»Es ist alles in Ordnung.« Sein Tonfall war von Zuneigung geprägt. »Du wirst nicht schwanger, wenn du es schluckst.«

Die plötzliche Enge in ihrer Brust lockerte sich. »Gott sei Dank.«

»Ich bin derjenige, dem es leid tun sollte«, fuhr er fort,

und etwas Weiches tupfte über ihr Gesicht. Es wanderte über ihre Nase, ihre Wange hinunter und strich sanft über ein Auge. »Ich habe alles über dich verschüttet. Ich hatte nicht erwartet, dass meine Reaktion so ... heftig ausfallen würde. Ich bitte um Entschuldigung.«

Sie kicherte. »Ihr braucht Euch nicht zu entschuldigen, Mylord.«

»Theodore«, erinnerte er sie. »Oder Theo, wenn dir das lieber ist.«

Sie öffnete die Augen, tastete über ihr Gesicht und stellte fest, dass es immer noch leicht klebrig war. Sie ignorierte das und sah ihm in die Augen, und ihr Herz schlug höher angesichts der Zuneigung, die in seinem Blick lag.

»Theo.« Sie kostete den Namen. »Das gefällt mir.«

Ihn bei seinem Spitznamen zu nennen, war intim. Das implizierte Nähe. Und das gab ihr das Gefühl, etwas Besonderes zu sein.

»Darf ich dich Kate nennen?«, fragte er, streichelte ihren Wangenknochen und hielt ihren Blick fest.

»Ja.«

Er grinste. Er küsste sie auf die Nasenspitze. »Ausgezeichnet. Also, Kate, ich schlage vor, wir gehen nach oben, bevor die Bediensteten merken, was wir hier gemacht haben.«

Ihre Wangen brannten, und sie warf einen Blick auf die Tür. Sie konnte nicht glauben, dass sie vergessen hatte, dass jeden Moment ein Mitglied des Haushaltspersonals daran hätte vorbeigehen können. Sie hatte gar nicht versucht, leise zu sein. Wenn sie sie gehört hätten, würde sie ihnen nie wieder in die Augen sehen können.

»Hey! Hör auf damit.«

»Womit aufhören?«, fragte sie verblüfft.

»Du denkst zu viel nach.« Er steckte sein Taschentuch in die Tasche und machte sich daran, seine Hose zu schließen. »Von Eheleuten wird erwartet, dass sie bestimmte Dinge miteinander tun, vor allem, wenn sie frisch verheiratet sind. Du brauchst dich nicht zu schämen.«

Sie nickte. Er hatte natürlich Recht. Das bedeutete jedoch nicht, dass sie in Zukunft nicht vorsichtiger sein würde. Keiner der Bediensteten musste wissen, wie sie sich im Rausch der Leidenschaft anhörte.

Theo stand auf und reichte ihr die Hand. Sie nahm seine Finger, und er half ihr auf die Füße. Ihre Beine waren etwas schwach, und sie stolperte und landete gegen seine Brust.

Sobald sie das Gleichgewicht gefunden hatte, führte er sie aus dem Salon. Sie hielt ihren Kopf gesenkt, ein wenig verlegen, ungeachtet dessen, was er gesagt hatte. Sie nahmen die Treppe in den zweiten Stock, er führte sie in den Familienflügel und blieb vor ihrer Schlafzimmertür stehen.

Erst da wurde ihr klar, dass sie nicht wusste, was er jetzt vorhatte. Sollte sie hineingehen und sich zurechtmachen, während er das Gleiche in seinen Gemächern tat?

Theo öffnete die Tür und legte seinen Arm um sie, als sie eintraten, um sie daran zu hindern, sich weiter zu wundern. Er führte sie zu dem Stuhl vor ihrem Schminktisch und bedeutete ihr, sich zu setzen. Daraufhin verließ er den Raum.

Ihr Magen wurde flau. Einen Moment lang hatte sie zu hoffen gewagt, dass er vielleicht eine Weile bei ihr bleiben würde, aber sie hätte es besser wissen müssen.

Sie starrte auf ihr Spiegelbild, machte sich ein Bild von ihren geröteten Wangen und großen Augen und fragte sich, ob sich irgendetwas in ihr verändert hatte, jetzt, da sie nicht mehr völlig unschuldig den Gepflogenheiten von Eheleuten gegenüber war.

Es fühlte sich so bedeutsam an, dass etwas hätte passieren sollen, um den Anlass zu feiern, aber außer dem Bewusstsein eines Vergnügens, das sie nie erwartet hatte, war alles wie immer.

Das schien nicht richtig zu sein.

Kate stand auf und wollte Margaret herbeirufen, um ihr beim Waschen und Anziehen für den ersten Abend in ihrem neuen Zuhause zu helfen, aber bevor sie das tun konnte, öffnete sich die Tür, und Theo trat wieder ein, eine Schüssel in der einen und einen Waschlappen in der anderen Hand.

Er runzelte die Stirn. »Was ist los?«

»Nichts.« Ein Kloß saß ihr im Hals. Er war zurückgekommen.

Er legte den Kopf schief, fragte aber nicht weiter nach. »Setz dich. Lass mich dich ordentlich reinigen.«

Prompt setzte sie sich. Er schloss die Tür, kam zu ihr und stellte die dampfende Schüssel auf den Frisiertisch. Er tauchte den Waschlappen in das Wasser und wrang ihn aus, dann wusch er damit vorsichtig die letzten Spuren seines Samens von ihrem Gesicht.

Sie schloss die Augen und sonnte sich in der Aufmerksamkeit. Als er fertig war, erwartete sie, dass er wieder gehen würde, aber stattdessen nahm er ihre Haarbürste in die Hand.

»Darf ich dein Haar bürsten?«, fragte er mit einem Hauch von Verletzlichkeit in seiner Stimme.

Sie war von der Anfrage überrascht, weil sie so intim war, aber sie fand die Idee gut. »Du darfst.«

Sie hielt den Atem an, als er die Haarspangen löste und eine nach der anderen auf den Tisch legte. Sie dachte, er würde grob sein, aber seine Finger waren erstaunlich flink.

Als ihr Haar offen lag, fuhr er mit den Fingern hindurch, sodass es über ihren Rücken floss, dann griff er nach der kunstvoll geschnitzten Holzbürste und begann, sie durch ihr Haar zu ziehen. Die Bewegung war sanft und beruhigend, und sie schloss die Augen und genoss die Massage der Borsten über ihre Kopfhaut. Wann immer er einen Knoten fand, hielt er inne, um ihn zu lösen, immer darauf bedacht, ihr nicht wehzutun.

Was für ein Gentleman.

Als er fertig war, glänzte ihr Haar im Spiegel golden, und sie fühlte sich ganz weich.

»Kann ich dich im Bett halten?«, fragte er, als er die Bürste weglegte und seine Hände auf ihren Schultern ruhten. Seine Hitze wärmte sie bis ins Innerste, und sie schmolz noch ein wenig mehr dahin.

»Wir haben noch nicht zu Abend gegessen«, sagte sie. Die Nacht war noch nicht ganz hereingebrochen.

Er lächelte. »Ich lasse uns später etwas bringen, das wir im Bett essen können.«

Oh, diese Idee gefiel ihr. Es war unanständig und köstlich und etwas, das sie seit ihrer Kindheit nicht mehr gemacht hatte, es sei denn, sie war krank gewesen.

»Ja, bitte. Ich rufe nach Margaret. Brauchst du Barlow?«

»Nein.« Er drückte ihr zärtlich die Schultern. »Wenn du dich wohl damit fühlst, ziehe ich dich aus, und du kannst dasselbe für mich tun.«

Ihr Magen drehte sich um, und sie konnte ihre Überraschung kaum verbergen. Ihn auszuziehen schien noch intimer zu sein als das, was sie bereits miteinander geteilt hatten. Die Vorstellung, ihm zu erlauben, sie zu entkleiden, sogar noch mehr. Doch so einschüchternd die Vorstellung auch war, ihr Blut raste vor Vorfreude. Sie wollte ihn ausziehen und sehen, was seine Kleidung noch verbarg.

»Einverstanden.« Sie befeuchtete ihre Lippen. »Darf ich dich zuerst ausziehen?«

Sie würde sich weniger entblößt fühlen, wenn er bereits nackt wäre, bevor er ihr Kleid und ihre Unterwäsche auszog.

»Natürlich.«

Sie stand auf und umrundete den Stuhl, um sich vor ihn hinzustellen. Sie musterte ihn von Kopf bis Fuß. Zuvor hatte er ihr unwissentlich gezeigt, wie der Verschluss seiner Hose funktionierte, und die Knöpfe seines Hemdes waren einfach genug.

Zögernd nahm sie seinen obersten Knopf zwischen Finger und Daumen und schob ihn durch die Öffnung. Der Halsausschnitt seines Hemdes öffnete sich und enthüllte einen Streifen bleicher Haut. Sie ging weiter zum nächsten, und ihre Finger tasteten ungeschickt damit herum. Er blieb ruhig und hatte Geduld mit ihr, während sie sich an seiner Vorderseite hinunterarbeitete, bis sich die Seiten seines Hemdes lösten und sie von seinem Schlüsselbein bis zu seinem Bauchnabel sehen konnte.

Zögernd schob sie ihm das Hemd von den Schultern, ihre Zähne gruben sich in ihre Unterlippe, als sie seine nackte Brust betrachtete. Er hatte rosa Brustwarzen, genau wie sie, aber sie waren viel kleiner. Dunkle Haare bestäubten seine Brust und bildeten einen Pfeil bis zu seiner Leiste. Sein Bauch war straffer als ihrer, und die Muskulatur seiner Oberarme war viel ausgeprägter.

Er ließ das Hemd an seinen Armen hinab zu Boden rutschen. Kates Blick wanderte an seinen sehnigen Unterarmen hinunter zu seinen Händen, und sie bemerkte zum ersten Mal, dass seine Knöchel leicht verfärbt waren, so als ob sie geprellt worden wären und gerade heilen würden. War er irgendwie verletzt worden?

Das Bedürfnis nach Antworten brannte in ihr, aber da der Schaden offensichtlich schon eine Weile zurücklag und sie die romantische Atmosphäre nicht zerstören wollte, öffnete sie stattdessen seine Hose und sah zu, wie sie herunterfiel und sich um die Spitzen seiner Stiefel legte.

»Oh je«, sagte sie mit schwacher Stimme. »Daran habe ich nicht gedacht.«

Er lachte. »Wir können das schaffen. Lass mich einfach zum Bett schlurfen, damit ich mich setzen kann.«

Mit den durch die Hose gefesselten Knöcheln watschelte er unbeholfen zum Bett und hockte sich auf die Kante. Kate kniete sich vor ihn und löste die Hose von seinen Stiefeln. Er nahm sie ihr ab und hielt sie aus dem Weg.

Kate betrachtete die Schnürsenkel einen Moment lang, bevor sie versuchte, sie zu lösen. Es brauchte mehrere Versuche, aber schließlich gelang es ihr, die Knoten zu lösen und die Schnürsenkel zu lockern. Sie ergriff den Stiefel und zog fest daran. Zum Glück ließ er sich mit wenig Aufwand abziehen. Der zweite folgte kurz darauf, und er zog sich die Hose aus, sodass er nur noch eine weiße Unterhose trug.

Kate kicherte. »Das ist nicht nach Plan gelaufen.«

Ein liebevolles Lächeln umspielte seine Lippen. »In der Tat. Sollen wir weitermachen, bevor ich meine ganze Würde verliere?«

Kate drehte ihm sofort den Rücken zu und präsentierte ihm ihre Knöpfe. Nachdem sie ihn mit der Hose um die Knöchel gesehen hatte, war sie weit weniger beunruhigt über die Aussicht, sich vor ihm auszuziehen.

Seine Fingerspitzen fuhren über die Mitte ihres Rückens, während er ihre Knöpfe öffnete. Sie zog ihre Schuhe aus. Als ihr Kleid zu Boden flatterte, trat sie heraus, und er hängte es über die Lehne eines Stuhls, bevor er ihr aus dem Unterrock half.

Er trat hinter sie, und sie bemerkte, dass sie in Richtung des Spiegels blickten. Von ihrem Standpunkt aus konnte sie sein Spiegelbild sehen, breitschultrig hinter ihr, die harten Linien seiner Gesichtszüge etwas abgemildert, während er auf sie herabblickte. Im Vergleich zu ihm wirkte sie klein und zart. Der Kontrast war seltsam ergreifend.

Er umfasste eine ihrer Brüste und fuhr mit dem Daumen sanft über ihre Brustwarze. Einen Moment lang glaubte sie, dass er ihr vergnüglichere Aktivitäten vorschlagen könnte, wie die, die er im Salon begonnen hatte, aber stattdessen ließ er sie los.

»Welches Nachthemd möchtest du tragen?«, fragte er und schritt zu ihrem Schrank hinüber.

»Irgendeins«, antwortete sie und versuchte, nicht zu enttäuscht darüber zu sein, dass er sie nicht verführt hatte.

Er holte ein weißes Nachthemd aus einer Schublade und zog es ihr über den Kopf, dann ließ er sich mit ausgestreckten Beinen auf dem Bett nieder und gab ihr ein Zeichen, zu ihm zu kommen. Ihr Herz schlug ein wenig zu schnell, als sie sich neben ihn legte und einen kleinen Abstand zwischen ihnen hielt.

Das akzeptierte er aber nicht. Er zog sie an seinen Körper und schlang einen seiner Arme um ihre Taille. Mit dem Rücken an seine Brust gepresst, war sie von Wärme umgeben, von starken Armen gehalten, und sie entspannte sich mit einem Seufzer der Freude. Sie hatte nicht gewusst, dass es sich so schön anfühlen konnte, einfach bei ihrem Mann zu liegen.

Sie atmete tief ein und nahm den schwachen Duft von Minze war, zusammen mit ... war das Öl von Wintergrün? Was auch immer es war, es gefiel ihr.

Ein tiefes Gefühl der Zufriedenheit legte sich über sie und machte sie für die Tageszeit ungewöhnlich schläfrig, doch als sie gähnte und seine Hand mit ihrer bedeckte, schoss ihr ein schrecklicher Gedanke durch den Kopf, der wie ein metaphorischer Eimer Eiswasser wirkte und sie aus ihrem gemütlichen Kokon aufschreckte.

Sie war dabei, sich in diesen Mann zu verlieben.

Und sie war sich einigermaßen sicher, dass er immer noch in Elizabeth verliebt war.

Oh nein.

KAPITEL 23

THEO SAH DIE KUTSCHE AM HORIZONT. SIE WURDE HINTER EINEM Paar in Panik geratener Pferde hergeschleift, die Seite war eingedrückt.

Das Herz schlug ihm bis zum Hals, und er trieb seine Beine an, schneller zu laufen. Er hatte Glück, dass die Pferde so durcheinander waren, dass sie sich nicht schnell bewegten. Sobald er nahe genug heran war, hob er das Messer, das sich irgendwie in seiner Hand materialisiert hatte, schnitt das Geschirr durch und trennte die Pferde von der Kutsche.

Theo kletterte über die Kutsche und suchte verzweifelt nach Elizabeth.

Er kroch durch das Fenster hinein. Diesmal lag sie mit dem Gesicht nach unten, ihr dunkles Haar war mit Blut verklebt. Er nahm sie an der Schulter und drehte sie sanft um. Er verlor den Boden unter den Füßen, als er nicht Elizabeths braune Augen sah, die ihn ausdruckslos anstarrten, sondern Kates neblig graue.

»Nein!«, rief er und drückte mit zwei Fingern auf den Puls an ihrem Hals, um verzweifelt nach einem Herzschlag zu tasten.

Da war nichts.

Er schloss sie in seine Arme und neigte ihren Kopf zu sich. Das *musste ein Irrtum sein. Jeden Moment würden sich diese glasigen Augen aufhellen, und sie würde ihn anlächeln.*

Aber sie tat es nicht.

»Nein, nein, nein«, murmelte er und versuchte inständig, eine Antwort von ihr zu bekommen. »Wach auf, Kate. Aufwachen. Bitte ...«

»Wach auf, Theo«, sagte eine weibliche Stimme direkt über seinem Gesicht. »Es ist nur ein Traum. Du hast einen Albtraum.«

Er blinzelte trübe, und als sich das Bild von Kates klaren grauen Augen, die vor Sorge glänzten, über ihm kristallisierte, brach er in einen Schluchzer der Erleichterung aus.

Oh, Gott sei Dank. Sie war nicht tot. Sie war hier, lebendig und gesund.

»Du bist in Ordnung«, flüsterte er und kämpfte sich aus den Decken, um seine Arme um ihre Taille zu legen. Er vergrub sein Gesicht an ihrem Bauch und atmete den Duft von ihr ein, den Duft nach Frau und Blumen. Ihre Seife, vielleicht.

Sie spannte sich kurz an, entspannte sich dann aber und streichelte sein Haar. »Mir geht es gut. Es ist alles in Ordnung.«

Er drückte sie fester an sich und konnte die Erinnerung an ihre glasigen Augen und ihre blasse Haut nicht vertreiben. Obwohl sie hier in der Gegenwart bei ihm war, konnte er sich genau an das Gefühl ihres leblosen Körpers in seiner Umarmung erinnern.

Er erschauderte. Er durfte sie nicht auch noch verlieren. Nicht wie Elizabeth. Er würde es nicht ertragen können.

Um sich zu vergewissern, dass es ihr wirklich gut ging, rollte er sich von ihr herunter und betrachtete ihr Gesicht und ihren Hals in dem schwachen Licht der Morgendämmerung, das durch die Vorhänge in den Raum drang. Sie war unversehrt, kein einziger Blutfleck war an ihr zu sehen. Aber das zu sehen, war nicht genug.

Er schob das Bettzeug von weg und griff nach dem Saum ihres Nachthemdes. Er zog es hoch, entblößte ihre Unterschenkel und fuhr mit den Händen über die Haut dort, um sich zu vergewissern, dass alles in Ordnung war.

Was aber, wenn sich der Schaden unter ihrem Nachthemd verbarg? Menschen starben an inneren Verletzungen.

Obwohl seine rationale Seite wusste, dass sie keine schweren Unterleibsverletzungen erlitten hätte, während sie mit ihm im Bett lag, ermutigte er sie, ihr Nachthemd auszuziehen, damit er ihren Oberkörper erkunden konnte.

Er strich mit seinen Handflächen über ihren Bauch und ihre Brüste, dann über ihren Rücken und über ihre Arme. Nachdem er sich davon überzeugt hatte, dass sie nicht in Gefahr schwebte, plötzlich zu sterben, hörte er auf, sie abzusuchen, und sein Atem kam in schweren Stößen, während er versuchte, das wilde Hämmern seines Herzens unter Kontrolle zu bringen.

Schweißperlen standen an seinen Schläfen, und er hielt Kates Hüften fester, als er es wahrscheinlich sollte. Seine Finger hinterließen Abdrücke auf ihrer lilienweißen Haut, und er konnte sich nicht überwinden, sie zu bewegen, falls sie plötzlich verschwinden würde. In diesem Moment war er auf eine Weise mit ihr verbunden, die keiner von ihnen leugnen konnte.

Er brauchte jedoch mehr. Er küsste sie, genoss ihren Geschmack - eine schlaftrunkene Frau mit einem Hauch von Süße - und atmete ihren Duft ein, der so warm und lebendig war. Einfach nur zu sehen, dass es ihr gut ging, war nicht genug. Er musste sie fühlen, riechen, schmecken und hören.

Seine Zunge drang in ihren Mund ein, und er stöhnte, er wollte ihr näher kommen, aber er wusste nicht wie.

Kate wandte ihr Gesicht ab und trennte ihre Lippen von seinen. »Wie geht es dir?«, fragte sie sanft.

Er hob seine Augen zu den ihren und hielt ihren Blick

fest, wieder einmal erleichtert über das Funkeln des Lebens, das er dort sah. »Ich brauche ...«

Sie schürzte die Lippen und legte den Kopf schief. »Was brauchst du, Theo?«

Plötzlich war es mehr als offensichtlich, was diese beunruhigende Panik verschwinden lassen würde. Er musste sich immer und immer wieder in ihr vergraben, ihre Hitze spüren, die ihn erdrückte, und ihren Duft so weit in seine Nase einziehen, dass er sich in sein Gehirn einbrannte. Dann würde der Albtraum sicher von ihm abfallen.

»Ich muss mit dir Liebe machen«, raunte er, nahm eine Hand von ihrer Hüfte und schob sie zwischen ihre Beine. Er streichelte sie, bis sie stöhnte, und ließ dann seine andere Hand zu ihrer Taille gleiten.

Sie runzelte die Stirn. »Aber hast du denn nicht gesagt, das sei riskant?«

»Ich habe meine Meinung geändert.« Es gab nichts Lebensbejahenderes als Sex. Er brauchte sie. Jetzt.

Er tauchte in sie ein, fand eine Spur von Nässe, die bewies, dass sie gegen seine Berührung nicht immun war, und er drückte sie fest an sich, erfreut, als sie zitterte.

Sie ließ ihre Hüften kreisen, ritt auf seiner Hand, und er stützte ihr Gewicht so gut er konnte, damit sie einen besseren Winkel finden konnte. Ihr Kopf sank zurück, und sein Blick fiel schließlich von ihren Augen auf ihre frechen Brüste. Er wusste, dass die Warzenhöfe zartrosa waren, aber sie lagen in der Dunkelheit im Schatten, der Raum zwischen ihnen war ein verlockendes Tal.

Sie hob den Kopf, ihre Augen schläfrig, aber in ihnen lag ein Blick von grimmiger Konzentration, als sie fragte: »Ganz sicher?«

»Ja.« Solange er nicht in ihr war, würde er sich nicht beruhigen. Er brauchte den Trost, den ihr Körper ihm bieten würde. »Willst du es?«

Sie sah ihn mit verschleierten Augen an und nickte dann.

Gott sei Dank.

Er streichelte sie weiter, bis sie so feucht war, dass er ihr mehr geben konnte. Er küsste sie, um sie abzulenken, während er einen Finger in sie schob. Sie schnappte nach Luft und tauschte unwillkürlich den Atem mit ihm aus.

»Tut es weh?«, fragte er mit zusammengebissenen Zähnen und betete, dass sie nein sagen würde.

»Nein, es ist nur ... seltsam.«

Er neigte seine Hand, um ihre Mitte zu umfassen, und sie rollte sofort ihre Hüften, um Reibung zu erzeugen. Nach einer Weile hatte sie sich soweit entspannt, dass er einen zweiten und dann einen dritten Finger hinzufügen konnte. Er mochte verzweifelt sein, aber er wollte ihr nicht wehtun.

Nach einer gefühlten Ewigkeit kroch er über sie und drückte seinen Schwanz an ihren Eingang.

»Ich werde langsam machen«, versprach er. »Wenn es unangenehm ist, sag es mir.«

»Ich vertraue dir.«

Verdammt, diese Worte raubten ihm den Atem. Er konnte sich des Eindrucks nicht erwehren, dass ihr Vertrauen in ihn völlig unangebracht war.

Dennoch stieß er die Spitze seines Schwanzes in sie hinein und hielt inne, damit sie sich daran gewöhnen konnte. Ihr Atem stockte, und sie spannte sich an, klammerte sich fast schmerzhaft fest, doch dann entspannte sich ihr Atem, und sie wackelte mit den Hüften, um ihn zu umschließen. Er schob sich Stück für Stück vor und hielt oft inne, um sie nicht zu drängen.

Schließlich war er tief in ihr. Die ganze Anspannung löste sich aus seinen Muskeln.

Sie war hier.

Sie war in Sicherheit.

Das Wichtigste: Sie war *am Leben.*

Er begann, sich in ihr zu bewegen, und fand ihre Lippen, die er mit einem Kuss eroberte. Ihre Lippen öffneten sich, und er rieb seine Zunge an ihrer, erfreut, als sie stöhnte und den Kuss vertiefte.

Ihre Unerfahrenheit war offensichtlich, aber ein Teil von ihm war begeistert, weil er wusste, dass sie noch nie mit einem anderen Mann so zusammen gewesen war. Er war der Einzige, der gesehen hatte, wie sich ihre Augenlider vor Vergnügen senkten und sich ihre Lippen zu einem Seufzer verzogen. Der Einzige, der ihre enge, heiße Hitze um sich herum gespürt hatte. Der Einzige, der ihre süßen Lippen gekostet hatte.

Sie schlang ihre Knöchel um die Rückseite seiner Oberschenkel, hielt ihn fest und öffnete sich ihm noch mehr.

Gott, sie fühlte sich köstlich an.

Er fand einen langsamen, gleichmäßigen Rhythmus, wobei die Hektik seines Hungers durch ihre Lebendigkeit gemildert wurde. Ihr Leben.

Das Vergnügen baute sich tief in seiner Wirbelsäule auf, und er bewegte sich, wobei er darauf achtete, mit jeder Bewegung gegen ihre Klitoris zu stoßen, bis sie seinen Namen schrie und sich um ihn herum zusammenzog. Ihr Orgasmus entlockte ihm seinen eigenen, und er entleerte sich in ihr.

Sofort wurde er starr.

Verdammt.

Was hatte er getan?

Er hatte vergessen, sich herauszuziehen.

Das war nicht gut.

In dieser Sekunde könnten sie gemeinsam ein Baby gezeugt haben.

Oder, schlimmer noch, *nicht*.

Er hätte sich zurückziehen sollen. Warum hatte er nicht darüber nachgedacht? Normalerweise war er so vorsichtig. Seine verdammten Emotionen hatten die Oberhand über ihn gewonnen.

Jetzt würde sie für seinen Fehler bezahlen.

Gottverdammt.

Sein Kiefer wurde steif, er stieß sich von ihr ab und rollte sich neben ihr auf den Rücken. Er umklammerte ihre Hand ein wenig zu fest und schaute blicklos nach oben.

Er hatte mit ihr geschlafen. Sein Samen war in ihr. Wenn es schlimm wurde, riskierte er eine weitere Fehlgeburt. Wenn nicht, bestand die Gefahr, dass sie den gleichen Weg wie Elizabeth einschlagen und ihm von der Melancholie gestohlen werden würde.

So oder so, es würde nichts Gutes dabei herauskommen.

»Theo?« Ihre Stimme war leise, zögernd. »Was ist los?«

Er kniff die Augen zu und fluchte leise vor sich hin. Zu allem Überfluss hatte er seine Frau zu einem Zeitpunkt beunruhigt, wenn sie sich im Glanz ihrer Vereinigung sonnen sollte.

»Alles ist gut.«

Sein Tonfall war alles andere als beruhigend, aber er konnte das anscheinend nicht ändern.

»Theo.« Er spürte ihre Bewegung, als sie sich auf ihren Ellbogen abstützte. »Sag es mir.«

Er öffnete die Augen. Ihr Gesicht schwebte über seinem, eine Furche zwischen den Augenbrauen und Anspannung um ihren Mund.

»Es tut mir leid«, flüsterte er. »Das hätte ich nicht tun sollen.«

Ihre Hand presste sich an ihre Kehle, und sie zuckte zusammen. »Was tun?«

»Alles.« Er wollte nach ihr greifen, hielt sich aber zurück. Er hatte den Trost ihrer Umarmung nicht verdient. »Ich hätte nicht riskieren sollen, was wir gerade getan haben.«

Sie sah erschrocken aus. »Wolltest du es nicht? Du hast gesagt ...«

»Ich wollte es«, beeilte er sich zu sagen, entsetzt über ihre Verzweiflung. »Ich schwöre, ich wollte das, aber es war nicht klug. Was ist, wenn etwas schief geht? Was ist, wenn ich dich auch verliere?«

Ihr Gesichtsausdruck wurde weicher, als ihr die Erkenntnis kam, und sie legte ihren Kopf auf das Kissen neben ihm und kuschelte sich an ihn. »Was auch immer passiert, es wird alles gut werden. Du wirst mich nicht verlieren.«

»Das kannst du gar nicht wissen.«

So etwas hatte sie noch nie erlebt. Er schon. Er hatte sich schützen wollen, indem er sich weigerte, wieder zu heiraten, und dann, als dies nicht gelang, indem er sich von seiner Frau fernhalten würde.

Jetzt fürchtete er, dass es zu spät war, einen von ihnen zu retten. Durch seinen Egoismus hatte er sie vielleicht beide ins Verderben gestürzt.

KAPITEL 24

EIN KLOPFEN AN DER TÜR SIGNALISIERTE DIE ANKUNFT VON Mrs. Tubbs in Kates Schlafgemach, und die Knoten in ihrem Bauch zogen sich zusammen. Sie hoffte, dass sie nicht einen schrecklichen Fehler machte.

Seit der Nacht, in der sie ihre Körper geteilt hatten, waren etwas mehr als zwei Wochen vergangen. Zwei Wochen und eines der einsamsten Weihnachtsfeste, die sie je erlebt hatte. Die Dienerschaft hatte die Dekoration aufgebaut, und sie und Theo hatten Geschenke ausgetauscht, aber die ganze Angelegenheit war unangenehm gewesen, und sie hatten den Tag weitgehend getrennt verbracht.

Sie hatte versucht, ihn zum Singen von Weihnachtsliedern zu bewegen, während sie auf dem Klavier spielte, aber er war zu beschäftigt gewesen, und schließlich hatte sie aufgegeben. Es war bei weitem nicht der fröhliche, festliche Urlaub, den sie sich erhofft hatte.

Trotz der Zeit, die vergangen war, ging ihr die Erinnerung an seinen entsetzten Gesichtsausdruck nicht aus dem

Kopf, als er erkannt hatte, was sie getan hatten, nachdem er aus seinem Albtraum erwacht war.

Sie hatte verstanden, warum er sich so aufgeregt hatte - was ihn in Angst und Schrecken versetzt hatte - und sie hatte versucht, mit Freundlichkeit und Mitgefühl zu reagieren. Er bedeutete ihr etwas, und sie wollte ihn nicht in einem solchen Zustand sehen.

Aber unabhängig davon hatte sich seine Reaktion danach wie die schlimmste Art von Zurückweisung angefühlt. Er war wirklich entsetzt gewesen über das, was ihr wie ein schöner, intimer gemeinsamer Moment erschienen war ... zumindest bis zu dem Moment, als er es nicht mehr war.

Dann war es nur allzu offensichtlich geworden, was es wirklich gewesen war.

Ein Fehler.

Einer, den er von ganzem Herzen bereute.

So schrecklich das auch war, noch schlimmer war das flaue Gefühl in ihrem Magen, als sie sich fragen musste, ob sie ihn irgendwie ausgenutzt hatte. Er war in einem geschwächten Zustand gewesen, aufgewühlt von seinem Albtraum und nicht gerade in der besten Verfassung.

Sie hatte ihn gefragt, ob er sicher sei, dass er die Ehe vollziehen wolle, und er hatte ja gesagt, aber sie hätte sich trotzdem verweigern sollen. Das Richtige wäre gewesen, sich anzuziehen und über das zu reden, was ihn in seinen Träumen geplagt hatte, anstatt sich von ihm in etwas hineinziehen zu lassen, was er nie gewollt hätte, wenn er klar gedacht hätte.

Das Klopfen ertönte erneut, und sie wurde in die Gegenwart zurückgeholt.

»Herein!«, rief sie und wandte sich der Tür zu.

Der Knauf drehte sich, und Mrs. Tubbs trat ein, ein freundliches Lächeln auf den schmalen Lippen. »Was kann ich für Sie tun, Mylady?«

Kate schaute sich um und versuchte, den Mut wiederzufinden, den sie gehabt hatte, als sie nach Mrs. Tubbs geklingelt hatte. Es war doch nicht falsch, dass sie diesem Ort ihren eigenen Stempel aufdrücken wollte, oder? Seit ihrer Ankunft hatte sie mit Elizabeths Geist gelebt. Alles trug das Zeichen der verstorbenen Viscountess.

Kate wollte sie nicht auslöschen oder ersetzen, aber sie musste etwas tun, um ihr das Gefühl zu geben, dass sie nun auch hierher gehörte. Alle hatten sie freundlich behandelt, und sie merkte, dass sie sich über ihre Anwesenheit freuten, aber sie fühlte sich wie ein Eindringling, der in das Leben von jemand anderem getreten war.

Theodore hatte ihr gesagt, dass sie alle Änderungen vornehmen könne, die sie wolle, und genau das wollte sie auch tun. Zumindest in der Sicherheit ihres eigenen Schlafzimmers.

»Ich würde gerne umdekorieren«, erklärte sie und stählte ihr Rückgrat.

Mrs. Tubbs nickte, als ob diese Bitte sie nicht überraschen würde. »Was möchten Sie ändern?«

Kate nahm ein Blatt Papier von ihrem Schreibtisch und überflog die Punkte auf der Liste. »Ich hätte gerne neue Tapeten, am liebsten in einem hellen Rosaton. Ich hätte gerne dunkelblaue Vorhänge und dazu passende Bettwäsche.«

»Das ist leicht zu machen.« Mrs. Tubbs nahm Kate den Zettel ab. »Würden Sie lieber Ihre eigenen Tapeten auswählen oder einen Bediensteten für Sie auswählen lassen?«

Kate dachte darüber nach. »Ich wähle selbst. Ich werde Margaret nach South Wye mitnehmen, sie kann mir dabei helfen.«

»Sehr gut, Mylady. In der Zwischenzeit müssen wir Ihnen aber ein anderes Zimmer geben, während die Änderungen vorgenommen werden. Haben Sie ein bestimmtes im Sinn?«

Als Kate den Kopf schüttelte, dachte Mrs. Tubbs einen Moment lang nach, dann hellte sich ihr Gesicht auf: »Ich habe genau das Richtige.« Sie eilte in den Korridor.

Kate folgte ihr den Flur hinunter in ein anderes Zimmer, das in femininen Flieder- und Cremetönen gehalten war, mit einer gerüschten Tagesdecke und einem Gemälde mit einem Rosengarten an der Wand. Es roch ein wenig muffig, als ob es eine Zeit lang nicht gelüftet worden wäre.

Kate betrachtete das Gemälde und fragte sich zuerst, ob es der Rosengarten von Blackwell Hall sei, aber sie erkannte schnell, dass es das nicht war. Aber trotzdem schön.

»Ich lasse Ihre Sachen vorübergehend hierher bringen, wenn Sie damit einverstanden sind?«, sagte Mrs. Tubbs.

»Das wäre sehr hilfreich, danke.«

»Möchten Sie, dass das jetzt sofort gemacht wird?«

»Ja, bitte.« Ein Aufschub hatte keinen Sinn. Wenn sie es aufschieben würde, könnte sie es sich ausreden, und das würde nur dazu führen, dass sie sich in dem Raum, der ihre Zuflucht sein sollte, weiterhin unwohl fühlte.

Mrs. Tubbs verließ den Raum und ließ Kate allein zurück. Sie setzte sich auf das Bett und stellte erfreut fest, dass die Matratze einigermaßen weich war, dann ließ sie sich auf den Rücken fallen. Sie blickte hinauf an die weiße Decke und hoffte, dass sie Theo nicht verärgern würde. Das wollte sie wirklich nicht tun. Auch wollte sie seine frühere Ehe nicht missachten.

Aber sie war einsam und fühlte sich fehl am Platz. Er hatte es in den letzten zwei Wochen vermieden, wieder mit ihr das Bett zu teilen, und schien kein Interesse daran zu haben, sie auch nur anzurühren, um nicht von der Leidenschaft überwältigt zu werden und einen weiteren »Fehler« zu machen. Gegen die Einsamkeit konnte sie nicht viel tun, also blieb ihr nichts anderes übrig, als das zweite Problem anzugehen und zu versuchen, dass sich Blackwell Hall mehr wie ein Zuhause anfühlte.

Sie schloss die Augen, als sie zu brennen begannen, und zwang sich, nicht zu weinen. Sie hatte sich für dieses Leben entschieden, wohl wissend, dass Theo nicht vorgehabt hatte, wieder zu heiraten. Naiverweise hatte sie gedacht, dass sie ihn umstimmen könnte.

Sie nahm an, dass sie das immer noch tun könnte, aber sie hätte sich nicht darauf verlassen sollen. Obwohl sie ehrlich glaubte, dass sie ihm wichtig war - sonst wäre er nicht so verzweifelt über die Möglichkeit, ihr Unrecht zu tun -, war er so sehr in der Vergangenheit gefangen, dass er nicht sehen konnte, welche Freude die Zukunft bringen könnte, wenn er bereit wäre, ein Risiko einzugehen.

Ein Klopfen an der Tür rüttelte sie aus ihrer Träumerei auf. Sie stand auf und öffnete. Samuel stand auf der anderen Seite und mit ihrem Schreibtisch.

»Darf ich das reinbringen, Mylady?«, fragte er mit einem respektvollen Kopfnicken.

»Natürlich.« Sie trat zur Seite, und er trug den Schreibtisch herein, um ihn neben den bereits im Raum stehenden zu stellen. Der von Kate war aus dunklerem Holz, während der andere heller war, aufwändig beschnitzt mit einem floralen Muster.

Samuel richtete sich auf und wich zurück. »Möchten Sie Ihr Bett hierher bringen lassen, oder sollen wir es ins Lager stellen?«

»Bringt es bitte ins Lager.« Das wäre einfacher, als die Betten zu tauschen. Zumal sie bezweifelte, dass es einfach sein würde, das Bett zu bewegen. »Oder, wenn die Renovierung möglich ist, ohne es überhaupt zu versetzen, könntet ihr es auch einfach abdecken und dort lassen.«

Er nickte, die Stirn in Falten gelegt. »Das werde ich Mrs. Tubbs vorschlagen.«

Er ging, und Kate setzte sich auf den Stuhl vor dem anderen Schreibtisch. Sie musterte das Blumenmuster und zeichnete es mit ihrem Finger nach. Die Neugier übermannte sie, und sie öffnete den Deckel. Das Einzige, was sich darin befand, war eine kleine persönliche Bibel mit einem verblassten schwarzen Einband.

Sie blätterte durch die Seiten und hielt inne, als sie die saubere Schrift an den Rändern bemerkte. Wem auch immer das Buch gehörte, er hatte sich genug Mühe gegeben, um seine eigenen Gedanken zu bestimmten Passagen hinzuzufügen. Die Handschrift sah weiblich aus, obwohl sie sich nicht sicher sein konnte.

Sie klappte das Buch zu, weil sie das Gefühl hatte, in die Privatsphäre des Besitzers eingedrungen zu sein, doch als sie es wieder in den Schreibtisch legen wollte, rutschte eine Blume zwischen den Seiten hervor und landete auf dem Holz.

Vorsichtig nahm Kate die Blume zwischen Daumen und Zeigefinger. Die muss schon seit Jahren dort drin eingepresst sein, denn sie war so dünn und trocken, dass sie fast durchsichtig war. Ihr Herz stotterte, als ihr etwas in den Sinn kam, und sie ließ die Blume fallen, als ob sie sich verbrannt hätte.

Hatte diese Bibel der blumenliebenden Elisabeth gehört?

Sie eilte zur Tür und rief auf dem Korridor nach Mrs. Tubbs. Die Haushälterin kam mit roten Wangen und einer hochgezogenen Augenbraue aus dem Schlafgemach der Vicomtesse.

»Stimmt etwas nicht?«, fragte sie, wobei ihr Tonfall weitaus wärmer war als ihre Miene, aber Kate hatte inzwischen herausgefunden, dass dies bei ihr üblich war. Die Gesichtszüge der Haushälterin wirkten trotz ihres freundlichen Wesens nie besonders einladend.

Kate zögerte und kam sich dumm vor. Was spielte es für eine Rolle, ob sie die Bibel von Elizabeth gefunden hatte? Die Frau hatte jahrelang hier gelebt. Natürlich waren Spuren ihres Privatlebens geblieben. Aber sie konnte nicht umhin, neugierig auf sie zu sein. Sie wusste sie ein wenig von dem, was Theo und andere gesagt hatten, aber sie wollte mehr wissen.

Mrs. Tubbs runzelte die Stirn. »Was ist es?«

»Ich habe etwas gefunden. Ich wollte nur nachfragen, wem es gehört.«

»Oh.« Sie nickte und marschierte rüstiger durch den Flur, als man es von einer Frau ihres Alters erwarten würde. »Was haben Sie gefunden?«

Kate führte sie zu dem Schreibtisch und zeigte ihr die Bibel und die Blume. »Hat das ... Elizabeth gehört?«

Mrs. Tubbs atmete leise aus. »Oh, ja. Das war die persönliche Bibel ihrer Ladyschaft. Ihr Vater schenkte sie ihr zur Heirat mit seiner Lordschaft. Sie mochte sie sehr.«

Kates Herz zog sich zusammen. »Danke, dass Sie mir das gesagt haben.«

»Kein Problem, Mylady.« Sie wippte von einem Fuß auf den anderen und fühlte sich sichtlich unbehaglich. »Soll ich sie mitnehmen?«

»Nein«, rief Kate erschrocken aus. »Nein, die kann hier bleiben. Ich möchte vielleicht das Schlafgemach nach meinem Geschmack gestalten, aber ich möchte nicht, dass Elizabeths Existenz versteckt wird. Wenn ihr das Buch so viel bedeutet hat, könnten wir es vielleicht in der Bibliothek ausstellen.«

Mrs. Tubbs strahlte. »Das ist eine schöne Idee. Ich werde seine Lordschaft fragen. In der Zwischenzeit überlasse ich die Bibel Ihnen.«

Kate blickte auf die Bibel hinunter, verlockt von der Vorstellung, einen unerwarteten Einblick in Elizabeths innerste Gedanken zu bekommen. Das wäre aber nicht richtig. Sie sollte nicht dort herumschnüffeln, wo sie nichts zu suchen hatte.

»Ich habe es mir anders überlegt. Vielleicht könnten Sie das Buch Lord Blackwell zur Aufbewahrung geben, bis er sich entschieden hat, was er damit machen möchte.«

Mrs. Tubbs' Gesichtsausdruck wurde weicher, und ihre Augenwinkel kräuselten sich. »Ja, das werde ich.« Mit knorrigen Händen griff sie nach der Bibel und schob die Blume behutsam wieder hinein. »Sie tun unserem Herrn gut. Er sieht es vielleicht noch nicht, aber ich schon. Haben Sie Geduld. Er wird schon wieder zu sich kommen.«

»Ich hoffe es.« Aber sie hatte nicht so viel Vertrauen wie Mrs. Tubbs. Theo hatte eine Menge durchgemacht. Es gab keine Garantie, dass er sich jemals wieder davon erholen würde.

Mrs. Tubbs ging mit der Bibel weg. Kate ging zu ihrem eigenen Schreibtisch hinüber und holte ein Blatt Papier und einen Bleistift heraus. Sie blickte aus dem Fenster, wo sich kahle Rosensträucher deutlich vom Schnee abhoben. Mit dem Bleistift in der Hand begann sie, die Umrisse der Pflanzen nachzuzeichnen, wobei sie besonders auf den Kontrast zwischen den Pflanzenskeletten und dem weiß gepuderten Boden achtete.

Während sie skizzierte, ließ sie ihre gemischten Gefühle in das Bild einfließen. Es war kein fröhliches Bild, aber sie war auch nicht besonders fröhlicher Stimmung. Stattdessen war es düster und stimmungsvoll - und regte auf eine Weise zum Nachdenken an, die sie nicht beabsichtigt hatte.

»Kate?«

Sie zuckte zusammen und schlug mit dem Knie gegen die Unterseite des Schreibtisches. Sie biss sich auf die Lippe, um nicht zu fluchen, denn ihr Knie pochte von dem Aufprall. Sie atmete langsam durch die Nase ein, um sich zu sammeln, und wandte sich, den neuen Schmerz ignorierend, dem Eingang zu.

Theo stand da, mit Tränen in den Augen und Elizabeths Bibel an seine Brust gepresst. »Warum hast du mir das gegeben?«

Sie biss sich auf die Innenseite ihrer Wange und fragte

sich zu spät, ob sie zu weit gegangen war und einfach hätte so tun sollen, als hätte sie das Buch nie gefunden.

»Ich dachte, du solltest es haben«, sagte sie, nicht bereit zuzugeben, dass sie sich nicht getraut hatte, einen Blick hineinzuwerfen, um seine verstorbene Frau zu verstehen. Das wäre sicher nicht das, was er gerne hören würde. »Sollte ich ... nicht?«

Er murmelte etwas vor sich hin.

»Es tut mir leid.« Sie stand auf und sah ihn an. »Ich wollte dich nicht verärgern.«

»Das hast du nicht.« Er verringerte den Abstand zwischen ihnen mit ein paar langen Schritten. »Ich habe nur .... Ich weiß nicht, was ich tun soll.«

Sie legte den Kopf schief. »Worüber?«

»Dich.« Er lächelte zittrig. »Ich empfinde etwas für dich, und das sollte ich nicht. Nicht, solange ich nicht weiß, wie ich dich glücklich machen kann. Du hast etwas Besseres verdient als einen Versager von einem Ehemann.«

Sie starrte ihn an und wusste nicht, was sie sagen sollte. Hatte er gerade zugegeben, dass er romantische Gefühle für sie hatte?

Er war eindeutig beunruhigt und im Zwiespalt über das, was seinen Kopf und sein Herz beschäftigte, aber sie hatte den Eindruck, dass seine Frustration nur nach innen gerichtet war. Vielleicht glaubte er, dass er es nicht verdiente, mit einer anderen Frau glücklich zu werden, weil Elizabeth diese Möglichkeit nie haben würde, oder er glaubte wirklich, dass er sie unglücklich machen würde.

»Ich werde dieselben Fehler wieder machen«, fuhr er fort, strich sich mit der Hand durchs Haar und drehte sich um, um zum Bett und zurück zu gehen. »Du wirst unglücklich sein, und ich werde unglücklich sein, und ich werde nichts dagegen tun können.«

»Moment mal.« Sie legte eine Hand sanft auf seinen Oberarm. »Schluss mit den Schuldzuweisungen. Ich bin sicher, Elizabeth würde nicht wollen, dass du so unglücklich bist. Du hast nichts falsch gemacht, und ich auch nicht.«

»Doch, das habe ich«, rief er und betonte dies mit einer Handbewegung. »Ich konnte nicht verhindern, dass sie in Verzweiflung geriet, und ich weiß nicht, wie ich es bei dir besser machen kann, außer dass ich dir den Druck nehme, einen Erben zeugen zu müssen. Wenn ich meine Lektion nicht lerne, dann wird sich die Geschichte wiederholen.«

Kate kniff die Augen zusammen. Ja, Theo hatte mehr Leid erfahren als die meisten anderen, aber sie hatte genug von dieser Einstellung. »Wie wäre es, wenn du mir vertraust, dass ich weiß, was ich brauche, und dass du danach fragst, anstatt davon auszugehen, dass du allein für meine Gesundheit und mein Wohlergehen verantwortlich bist und dass ich nicht in der Lage bin, mich selbst auszudrücken? Ich bin ein Mensch mit eigenen Gedanken und eigenen Zielen. Ich bin kein hilfloses Kind, das dir ausgeliefert ist.«

Seine Kinnlade fiel herunter, und seine Augen weiteten sich. »Ich ... Ich ...«

Sie verschränkte die Arme und wartete. »Ja?«

»Du hast etwas Besseres verdient«, sagte er, machte auf dem Absatz kehrt und floh.

Kate seufzte. »Nun, das lief nicht gut.«

KAPITEL 25

»Haben Sie Lady Blackwell heute Morgen gesehen?«, fragte Theo Mrs. Tubbs, als sie an dem Zimmer vorbeikam, in dem er gerade frühstückte.

Nachdem er sich neulich zum Narren gemacht hatte, hatte er sich bei Kate mit einem Geschenk aus London entschuldigt, speziellen Künstlerfarben, von denen man ihm versichert hatte, sie seien perfekt zum Malen von Landschaften.

Sie hatte seine Entschuldigung angenommen und ihm gesagt, er hätte ihr kein Geschenk kaufen müssen, aber er hatte die Aufregung in ihren Augen und das kleine Lächeln gesehen, das sie nicht ganz verbergen konnte. Es gefiel ihm, ihr etwas zu kaufen, an dem sie Freude hatte.

Sie hatten nicht weiter über ihre Gefühle gesprochen, sondern schienen sich in aller Stille geeinigt zu haben. Sie gingen einander nicht mehr aus dem Weg, und er freute sich, mehr Zeit in ihrer Gesellschaft verbringen zu können.

In Anbetracht ihrer zaghaften neuen Nähe war es seltsam, dass sie nicht mit ihm gefrühstückt hatte.

»Ich habe sie nicht gesehen, Mylord«, sagte Mrs. Tubbs und zögerte dann.

»Was?«, wollte Theo wissen, dem dieses Zögern nicht gefiel.

Mrs. Tubbs zog eine Grimasse. »Es ist nichts, ich bin sicher.«

Er zog eine Augenbraue hoch. »Warum sagen Sie mir nicht, was Sie beunruhigt, und ich entscheide, ob ich mir Sorgen machen muss oder nicht.«

Sie nickte. »Nun gut. Ich glaube, ich habe gehört, wie Margaret Samuel erzählt hat, dass es ihrer Ladyschaft nicht gut geht.«

»Inwiefern?«, fragte er, und sein Herzschlag beschleunigte sich. Seit er sie kennengelernt hatte, hatte er Kate nicht als kränklich erlebt.

Er erinnerte sich, wie er das Schlafgemach der Viscountess geöffnet hatte und Elizabeth mit zugezogenen Vorhängen im Bett gelegen und leise geweint hatte, weil ihre Blutung wieder einmal begonnen hatte.

Vielleicht war Kates Monatsblutung da. Seit jener Nacht, in der sie zusammen gewesen waren, wusste er, dass entweder ihre Blutung kommen würde und er sich mit den Folgen ihrer Nichtschwangerschaft auseinandersetzen müsste, oder dass sein Samen sich durchsetzen würde und er Monate in der Qual des Wartens verbringen und beten würde, dass sie das Baby nicht verlieren würden. Jetzt konnte man nichts mehr tun, außer abzuwarten.

»Ich weiß es nicht.« Mrs. Tubbs senkte ihren Blick. »Ich bin nicht geblieben, um zuzuhören.«

»Danke, dass Sie mir gesagt haben, was Sie wissen.« Er entließ sie mit einem Nicken, und sie eilte hinaus.

Er starrte auf seinen leeren Teller und war erleichtert, dass er bereits gegessen hatte. Hätte er gewartet, hätte er wahrscheinlich keinen Appetit mehr. Das Essen lag ihm sowieso schwer im Magen wie ein Klumpen Blei, den sein Körper nicht zu verarbeiten wusste. Seine Kehle brannte, und er trank den Rest seines Tees aus, in der Hoffnung, es zu lindern, aber die Flüssigkeit half nicht.

Er schob seinen Stuhl zurück, stand auf und machte sich auf den Weg durch das Haus zu Kates Schlafzimmer. Er hatte nicht gefragt, welche Veränderungen sie in den Gemächern der Viscountess vornehmen wollte. Ehrlich gesagt, es war ihm egal. Sie hatte nie etwas anderes getan, als Elizabeths Andenken zu respektieren, und sie hatte es verdient, sich in ihrem privaten Raum wohlzufühlen.

Er klopfte. Es vergingen Sekunden, und niemand reagierte. Er klopfte erneut. Ein dumpfes Grunzen war zu hören. Besorgt öffnete er die Tür und steckte seinen Kopf hinein.

Die Vorhänge waren zugezogen, und der Raum war schummrig, aber er konnte Kate deutlich erkennen, die auf dem Boden neben dem Bett kauerte und einen leeren Nachttopf auf dem Schoß hatte. Während er zusah, krampfte sie und erbrach sich, wobei der saure Geruch von Erbrochenem die Luft durchdrang.

Er rümpfte die Nase, eilte zu ihr und ließ sich neben ihr auf die Knie fallen. Er legte ihr eine Hand in den Nacken, und als sie sich wieder über den Nachttopf beugte, half er ihr, ihr Haar zurückzuhalten, während sie ihren Magen mit einem Erschaudern entleerte.

Als sie fertig war, drehte sie sich zu ihm um und sah dabei ganz unglücklich aus. »Tut mir leid, dass du das sehen musstest.«

Ihre Wangen waren blasser als sonst, ihre Augen tränten, und als er mit dem Fingerrücken ihre Stirn berührte, war sie heiß und klamm.

»Wie lange fühlst du dich schon unwohl?«, fragte er und wartete, bis er sicher war, dass sie sich nicht wieder übergeben würde, bevor er ihr den Nachttopf aus der Hand nahm.

Sie schloss die Augen und lehnte sich an das Bett zurück.

»Seit ein paar Tagen immer mal wieder, aber das ist das erste Mal, dass ich mich übergeben muss.«

»Du hättest etwas sagen sollen.« Schon als die Worte seinen Mund verließen, wusste er, warum sie es nicht getan hatte. Sie hatte sich Sorgen über seine Reaktion gemacht. Heiße Scham durchströmte ihn. Seine Frau hätte einen Arzt gebraucht, ihn aber aus Sorge um ihn selbst nicht darum gebeten, einen zu holen.

Was für ein Chaos.

»Es tut mir leid«, sagte er und gab ihr keine Gelegenheit zu einer Antwort. »Ich werde sofort einen Arzt holen lassen. Warte hier.«

Er ging in den Korridor und winkte Samuel zu, der sich in der Nähe aufhielt. Der Lakai schien Gefallen an Kate gefunden zu haben - oder vielleicht auch nur an ihrem Dienstmädchen - und war oft in ihrer Nähe zu finden.

»Dr. Hanson soll herkommen«, sagte er leise, um die Aufmerksamkeit der anderen Hausbewohner nicht zu sehr auf sich zu ziehen. »Ich wäre dir auch dankbar, wenn du ein Dienstmädchen herschicken könntest, das den Nachttopf ihrer Ladyschaft leert und ein Glas Wasser mit Zimmertemperatur, eine Schüssel mit kühlem Wasser und ein Tuch mitbringt. Bitte außerdem die Küche, eine Brühe zuzubereiten.«

Samuels Augenbrauen zogen sich zusammen. »Ist ihre Ladyschaft krank?«

Er nickte. »Beeile dich.«

Mit entschlossener Miene schritt Samuel davon.

Theo kehrte ins Schlafgemach zurück und stellte fest, dass Kate es zurück ins Bett geschafft hatte und unter die Decke gekrochen war. Er setzte sich auf den Rand der Matratze und schluckte an dem Stein vorbei, der ihm im Hals zu stecken schien. Er wusste, was er zu fragen hatte, und es war an der Zeit, ein Mann zu sein und es zu tun.

Trotz seines aufgewühlten Bauches hielt er ihrem Blick stand. »Wann hast du zuletzt geblutet?«

Sie knabberte an ihrer Unterlippe und blickte in die Ferne, während sie nachdachte. »Nicht mehr seit vor unserer Hochzeit.«

»Lange vorher?«, fragte er und beugte sich vor. »Das ist wichtig.«

Aschfahl nickte sie. »Vielleicht sechs oder sieben Wochen. Könnte ich ...?«

Zuerst hob sich sein Herz - eine instinktive Reaktion -, aber dann durchfuhr ihn ein Schauer, und seine Brust zog sich zusammen.

Elizabeth war dreimal schwanger gewesen. Bei den ersten beiden Malen hatte er sich darauf gefreut, sein ungeborenes Baby auf der Welt willkommen zu heißen. Beim dritten Mal hatte er nur noch Angst gehabt, wissend, wie es enden würde.

»Dann besteht die Möglichkeit, dass du ein Kind bekommst.« Theo atmete langsam und tief ein und aus und erinnerte sich daran, nicht die Nerven zu verlieren. Egal, wieviel Angst er davor hatte, ein Baby - oder schlimmer noch, Kate - zu verlieren, sie brauchte ihn jetzt, und er konnte es sich nicht leisten, zusammenzubrechen.

»Hältst du das für wahrscheinlich?«

In ihren Augen leuchtete Hoffnung, und er brachte es nicht übers Herz, sie zu bremsen.

»Vielleicht.«

Ein Dienstmädchen betrat den Raum mit einem Glas Wasser in der einen und einer Schüssel in der anderen Hand und einem Tuch unter dem Arm. Sie stellte die Schüssel und das Glas auf den Nachttisch und legte das Tuch neben die Schüssel, dann nahm sie den Nachttopf mit hinaus.

Theo reichte Kate das Glas Wasser. »Trink das. Ich bin mir sicher, dass sich dein Mund im Moment nicht sehr angenehm anfühlt.«

Mit einem Blick der Dankbarkeit nahm sie das Glas und nippte daran. Sie hielt inne, und als ihr Körper nicht negativ auf das Wasser reagierte, trank sie mehr. Sie trank das Glas halb aus und reichte es ihm zurück.

Er tauchte das Tuch in die Schüssel mit Wasser, wrang es aus und tupfte ihr die Stirn ab. »Wie fühlt sich das an?«

»Das ist schön«, murmelte sie und schloss die Augen.

»Gut.«

Er hielt ihr das Tuch gegen die Stirn und erfrischte es alle paar Minuten mit dem Wasser. Er behielt sie im Auge, für den Fall, dass sie sich wieder würde übergeben müssen, aber die Tatsache, dass sie dies bereits getan hatte, hatte ihr offenbar eine vorübergehende Gnadenfrist verschafft.

Bald darauf kam das Dienstmädchen mit dem gereinigten Nachttopf zurück und stellte ihn neben dem Bett ab, falls Kate ihn brauchen sollte. Sie war eingenickt, aber Theo wich nicht von ihrer Seite.

Kurze Zeit später brachte Mrs. Tubbs eine Schüssel mit Brühe herein. Theo überlegte, ob er Kate wecken sollte, entschied sich aber dagegen. Dann regte sie sich von allein, als Mrs. Tubbs die Tür schloss.

»Möchtest du etwas Brühe?«, fragte er und deutete auf die Schüssel auf dem Nachttisch. »Es ist Hühnchen, glaube ich.«

»Ich werde es versuchen«, sagte sie müde. »Ich bin mir nicht sicher, ob ich etwas bei mir behalten kann.«

Sie hatte Mühe, sich aufzusetzen, und er beeilte sich, Kissen hinter sie zu legen. Er hielt die Schüssel mit der Brühe in der Hand, tauchte den Suppenlöffel hinein und hob ihn an ihre Lippen. Ihre Augen weiteten sich, aber ihre Lippen öffneten sich automatisch, und sie schlürfte vom Löffel.

Sie summte nachdenklich. »Ich denke, ich kann ruhig ein bisschen mehr essen. Aber nicht zu viel.«

Er löffelte mehr Brühe für sie.

Sie sah ihn mit zusammengekniffenen Augen an. »Ich kann das auch allein machen.«

»Lass mich. Bitte.« Er musste seine früheren Versäumnisse auf jede erdenkliche Weise wiedergutmachen.

Sie suchte seinen Blick, dann neigte sie den Kopf in stummer Zustimmung. Als er sie dieses Mal füttern wollte, wehrte sie sich nicht. Es hatte etwas sehr Intimes, jemanden zu füttern, und sein Herz füllte sich mit Wärme, als er ihr half, ihren armen, unruhigen Magen zu füllen.

Als die Schüssel fast leer war, schüttelte sie den Kopf. »Nicht mehr.«

»Mylord«, sagte Mr. Giles von außerhalb des Raumes. »Dr. Hanson ist hier.«

»Bringen Sie ihn bitte hoch«, rief Theo zurück.

Schritte zogen sich den Flur hinunter zurück, und etwa eine Minute später führte Mr. Giles Dr. Hanson ins Schlafgemach. Der Arzt war jung und hatte vor kurzem die örtliche Klinik von seinem Vater geerbt. Er war blond und hatte ein freundliches Gesicht, wie es sich für einen Mann in seinem Beruf gehörte.

Dr. Hanson stellte seine Tasche auf den Boden und verbeugte sich. »Guten Morgen, Lord und Lady Blackwell. Wie kann ich Ihnen behilflich sein?«

»Lady Blackwell ist krank«, sagte Theo und stand auf, um die Hand des Arztes zu schütteln. »Danke, dass Sie so schnell gekommen sind.«

»Kein Problem.« Dr. Hanson wandte sich an Kate. »Wie haben sich Ihre Symptome gezeigt?«

»Ähm ...« Sie blinzelte, als fiele es ihr schwer, sich auf ihn zu konzentrieren. »Mein Magen ist seit einigen Tagen unruhig, und ich habe mich heute Morgen übergeben müssen.«

»Es ist ... möglich, dass ihre Ladyschaft schwanger ist«, sagte Theo zögernd.

»Ich verstehe.« Der Arzt gestikulierte zu ihr. »Darf ich näher kommen?«

Sie nickte zustimmend.

Er kniete neben dem Bett nieder und berührte ihre Stirn. »Heiß. Hatten Sie Kopfschmerzen oder Schwindelgefühle?«

Kate schaute Theo an, bevor sie antwortete. »Ein bisschen schwindlig.«

Theo grub seine Fingernägel in die Handflächen, während die Schuldgefühle an seinen Eingeweiden zerrten. Schuldzuweisungen würden ihr jetzt nicht helfen. Alles, was er tun konnte, war, vorsichtiger zu sein als bisher und ihr klarzumachen, dass sie mit allem zu ihm kommen konnte.

»Gibt es Gerüche, die Sie besonders beunruhigen?«, fragte der Arzt.

»Hmm, nein. Das glaube ich nicht.«

»Wann hatten Sie Ihren letzten Monatsfluss?«

Ihre Wangen liefen hochrot an, und Theo war versucht, den Arzt anzuschnauzen, er solle nicht so persönliche Dinge fragen, aber stattdessen antwortete er einfach für sie und ersparte ihr die Peinlichkeit.

»Sechs oder sieben Wochen.«

Dr. Hanson gab ein Geräusch in seiner Kehle von sich. »Darf ich Ihren Unterleib abtasten?«

»In Ordnung«, sagte Kate zaghaft und schob die Decken zurück, um ihren mit einem Nachthemd bekleideten Körper zu enthüllen.

Dr. Hanson fuhr mit seiner Hand über ihren Bauch und drückte an mehreren Stellen ein wenig nach unten. Nachdem er so lange weitergemacht hatte, dass Theo seine Hände von seiner Frau wegreißen wollte, wich der Arzt zurück.

Er stellte noch ein paar Fragen und zog dann seine Schlussfolgerungen. »Ich halte es für sehr wahrscheinlich, dass Sie ein Kind bekommen. Übelkeit ist in den ersten Monaten der Schwangerschaft normal. Sie könnten Übelkeit, Schwindel, Müdigkeit und eine Überempfindlichkeit gegenüber bestimmten Gerüchen oder Geschmäckern verspüren. All dies ist zu erwarten und gibt keinen Anlass zur Sorge.«

Schweißperlen bildeten sich auf Theos Oberlippe, und eine Welle von Schwindelgefühl überkam ihn.

Schwanger.

Sie war *schwanger.*

Nun, sie hatten die Antwort auf die Frage nach dem Ergebnis ihres Liebesspiels. Jetzt konnte er nichts weiter tun, als sie so gut wie möglich zu schützen und zu beruhigen und zu beten, dass sie keine Fehlgeburt haben würde.

»Sind Sie sicher?«, fragte Kate und warf einen Blick auf ihn.

Sein Magen verdrehte sich. Unter anderen Umständen wäre sie zweifellos begeistert von dieser Nachricht gewesen, aber wegen ihm wusste sie wohl nicht, wie sie reagieren sollte.

Verdammt, er musste ihr klarmachen, dass er bei allem zu ihr stehen würde, auch wenn er verdammte Angst hatte, sie und ihr Baby zu verlieren. Sie hatte so viel Farbe in sein Leben gebracht. Die Vorstellung, dass das vorbei sein könnte …

Er konnte sie kaum ertragen.

»Ich kann nicht sicher sein, bis Sie erste Anzeichen zeigen oder weitere Blutungen ausbleiben, aber ich bin ziemlich zuversichtlich«, sagte der Arzt. »Tun Sie Ihr Bestes, um zu essen und zu trinken, auch wenn Sie sich nicht wohl fühlen, und strengen Sie sich nicht zu sehr an. Sie sollten vorsichtig sein.«

Aufgrund der Art und Weise, wie Dr. Hanson Theo einen Blick zuwarf, hatte sein Vater ihm genau erzählt, welche Probleme Theo und Elizabeth gehabt hatten, und er war auch über Theos Gemütszustand besorgt.

»Wenn Sie mich brauchen, zögern Sie nicht, zu jeder Tages- und Nachtzeit nach mir zu rufen«, fuhr er fort und lächelte Kate aufmunternd an. »Wenn Sie allgemeine Fragen zur Schwangerschaft haben, können Sie mir auch einen Brief schicken lassen. Ich werde Ihnen umgehend antworten.«

»Danke«, krächzte Theo und vergrub die Hände in den Taschen, um sie nicht zu ringen. Wenn er Kate noch mehr Anlass zur Sorge gäbe, würde er sich das nicht verzeihen. Er musste für sie stark sein.

»Ich mache mich auf den Weg«, sagte Dr. Hanson, stand auf und hob seine Tasche auf. »Es gibt keinen Grund für mich, länger zu bleiben. Wenn sich die Übelkeit verschlimmert, sagen Sie mir Bescheid.«

»Ich begleite Sie hinaus«, sagte Theo.

Dr. Hanson nickte und verließ das Schlafgemach. Theo zögerte, bevor er ihm folgte, da er Kate nur ungern verlassen wollte. Er würde aber nicht lange weg sein.

Als Kate sie nicht mehr hören konnte, sprach Dr. Hanson.

»Nur weil die Schwangerschaft bei der verstorbenen Viscountess, Gott hab sie selig, schwierig war, heißt das nicht, dass Ihre neue Viscountess das gleiche Problem haben wird«, sagte er leise. »Kopf hoch, Lord Blackwell. Wir werden alles tun, was wir können, damit Ihr Erbe sicher auf die Welt kommt.«

Theos Hände zitterten, und er war froh, dass sie noch immer nicht sichtbar waren. »Ihre Sicherheit hat für mich Priorität.« Er würde sich über ein Kind freuen, zumal er hatte glauben müssen, dass er nie eines haben würde, aber er wollte nicht riskieren, dass Kate dafür sterben müsste. »Sie kommt zuerst.«

Dr. Hanson neigte den Kopf. »Natürlich. Ich wollte damit nicht das Gegenteil andeuten. Trotz ihrer Übelkeit scheint Lady Blackwell eine starke Konstitution zu haben. Ich sehe keinen Grund zur Sorge.«

Theo war dankbar, das zu hören, auch wenn es ihn nicht völlig beruhigte. Es hatte auch keinen offensichtlichen Grund für Elizabeths Schwierigkeiten gegeben.

Er begleitete Dr. Hanson zur Tür und überlegte, ob er einen Abstecher zu seinem heimlichen Whiskey-Vorrat machen sollte, bevor er zu Kate zurückkehrte, entschied sich aber dagegen. So verlockend der Gedanke auch sein mochte, er sollte bei klarem Verstand bleiben, um sie zu schützen.

Er ging einen seltsam stillen Korridor entlang und fragte sich, ob sich das Hauspersonal vor ihm versteckte, weil sie sich nicht sicher waren, ob er gleich den Verstand verlieren würde. Er würde es ihnen nicht verübeln.

Er betrat zögernd Kates Schlafzimmer und setzte sich auf die Kante ihres Bettes.

»Es tut mir leid«, sagte sie und sah unglücklich aus. »Ich weiß, dass du das nicht wolltest.«

Er nahm ihre Hand und drückte sie. »Ich bin nicht wütend. Ich habe mir eigentlich immer ein Kind gewünscht. Ich habe ... einfach Angst, dass dir etwas zustoßen könnte.«

Sie nickte, schien aber nicht überzeugt zu sein.

Seufzend hob er ihre Hand an seine Lippen und küsste den Handrücken, dann drehte er sie um und drückte seine Lippen auf die Innenseite ihres Handgelenks, wo er ihren Pulsschlag spürte. »Es war meine Entscheidung, das zu tun, was wir getan haben. Dies ist die Folge. Ehrlich gesagt, könnte es das Beste sein, was uns je passiert ist, aber ich werde wahrscheinlich nervös sein, bis wir auf der anderen Seite mit dir und dem Baby gesund und glücklich herauskommen.«

Ihr Gesichtsausdruck wurde weicher, sie verschränkte ihre Finger mit seinen und hob ihr Kinn an, mit einem Schimmer von Entschlossenheit in ihren Augen. »Ich verstehe, warum du Angst hast. Ich weiß, dass es im Moment nicht so aussieht, aber ich bin mir sicher, dass alles gut werden wird.«

Er hoffte, dass sie Recht hatte.

Er saß bei ihr, bis sie wieder einschlief, und dann tat er etwas, was er seit Jahren nicht mehr getan hatte. Er ging auf die Knie und betete. Er betete für Kate und ihr Baby, dass es ihnen gut gehen würde. Dass die Schwangerschaft ohne Probleme verlaufen würde. Dass seine neue Familie ganz bleiben würde.

Aber in den dunkelsten Winkeln seines Verstandes fragte er sich: Wenn Gott seine Gebete schon vorher nicht erhört hatte, warum sollte er es dann jetzt tun?

KAPITEL 26

»BIST DU DIR DA SICHER?«

Kate warf einen Blick auf Theo, der seinen Arm um ihren Rücken schlang, als wäre er bereit, sie aufzufangen, falls sie in Ohnmacht fallen sollte.

Das war zwar süß von ihm, aber in den letzten zweieinhalb Wochen, seit sie von der Schwangerschaft erfahren hatten, war er die ganze Zeit so gewesen, und nun war sie mit ihrem Latein am Ende.

So sanft sie konnte, lächelte sie zu ihm auf und sagte: »Wenn ich nicht bald etwas vom Lande sehe, könnte ich den Verstand verlieren. Ich bin schon zu lange eingesperrt. Ich brauche frische Luft und neue Eindrücke.«

Sein Gesichtsausdruck wurde schmerzerfüllt. »Ich weiß. Ich mache mir nur Sorgen.«

Sie streckte sich auf die Zehenspitzen und küsste ihn auf die Wange, wobei sie die leichte Röte genoss, die in ihm aufstieg. »Wir werden vorsichtig sein.«

Sie musste zugeben, dass es ihr gefiel, wenn er sich um sie kümmerte ... bis zu einem gewissen Grad. Es war schön zu wissen, dass sie ihm etwas bedeutete. Nachdem er wochenlang eine kühle Distanz zu ihr gewahrt hatte, hatte sich sein

Verhalten völlig verändert, fast so, als ob das Eintreten einer seiner Befürchtungen ausreichte, um die emotionale Barriere zu durchbrechen, die er versucht hatte, zwischen ihnen zu errichten.

Allerdings hasste sie es, dass seine Aufmerksamkeit von der Angst kam.

Ja, sie hatte sich unwohl gefühlt. Ehrlich gesagt, es war furchtbar gewesen. Sie hatte kaum etwas zu sich nehmen können und hatte ständig Schmerzen gehabt. Aber sie hatte nicht das Gefühl, dass sie am Rande des Todes stand, und er behandelte sie, als könnte ein Fehltritt ihr letzter sein.

Sie wünschte sich, sie könnte ihm das Gegenteil beweisen, aber sie hatte schnell erkannt, dass das Einzige, was ihm seine Angst nehmen würde, die sichere Geburt ihres Kindes war. Hoffentlich würde er danach erkennen, dass sich die Geschichte nicht wiederholen würde, und er würde sich erlauben, seinen Griff etwas zu lockern.

Theo half ihr die Stufen hinunter und über den Kiesweg zur Kutsche. Vor zwei Nächten hatte es geregnet und den Schnee weggespült, sodass die Straße für die Fahrt nach South Wye frei war. Vor der Kutsche stand eine kleine Stufe, und er half ihr hinein. Ihre Augenbrauen hoben sich beim Anblick eines Kissens, das auf der Bank neben dem Fenster auf der anderen Seite des Wagens lag.

»Ich dachte, du könntest eine zusätzliche Polsterung gebrauchen, falls wir über irgendwelche Unebenheiten fahren«, sagte Theo, als er hinter ihr einstieg und sie zu dem Kissen geleitete.

Sie setzte sich darauf und nickte zustimmend. Es war bequem. »Danke.«

Er setzte sich neben sie, ließ aber einen enttäuschend großen Abstand zwischen ihnen. »Ich habe dem Fahrer gesagt, er soll langsam fahren.«

Eine Seite ihres Mundes zog sich nach oben, und sie schaute aus dem Fenster in den Himmel, um ihm nicht zu zeigen, wie liebenswert sie ihn fand. Es wehte eine kalte Brise, und die Wolken hatten sich nach dem Regenguss noch nicht verzogen, aber sie war trotzdem froh, aus dem Haus zu sein.

Die Kutsche rollte über den Schotter und auf die Straße, die von Blackwell Hall wegführte. Sie lehnte sich an die Wand. Das Kissen machte den Sitz weicher, aber auch weniger stabil und damit anfälliger für reisebedingte Übelkeit als für die schwangerschaftsbedingte Übelkeit, die ihr unwillkommener Begleiter gewesen war.

Während sie die Straße in Richtung der Gemeinde South Wye entlangrollten, richtete sie ihren Blick auf den Horizont vor dem Fenster und atmete langsam und tief durch, wobei sie sich bemühte, sich nicht anmerken zu lassen, wie sehr ihr der Magen drehte. Wenn sie verriet, dass es ihr nicht gut ging, würde Theo sie mit aller gebotenen Eile in Blackwell Hall in Sicherheit bringen.

Sie *brauchte* diesen Ausflug.

Sie spürte, wie Theo sie aus den Augenwinkeln beobachtete, während sie unterwegs waren. Schließlich gab sie es auf, so zu tun, als würde sie es nicht bemerken, und nahm seine Hand, in der Hoffnung, dass der Körperkontakt ihn beruhigen würde.

Seine Handfläche war warm an ihrer. Seine Knöchel waren leicht vernarbt, hatten aber keine blauen Flecken wie die, die sie einmal dort gesehen hatte, und sie fragte sich, woher das kam. Würde er es ihr jemals sagen?

Bei ihrer Erkundung von Blackwell Hall, als sie nach Ersatzgarn gesucht hatte, war sie in einen Raum gestolpert, in dem ein seltsamer Lederbeutel von der Decke hing. So etwas hatte sie noch nie gesehen. Hatte das etwas mit seinen vernarbten Knöcheln zu tun?

Sie schüttelte den Kopf, um wieder klar sehen zu können, und blinzelte überrascht über den Anblick eines wunderschönen, kahlen Baumes inmitten der weiten Felder. Die knorrigen Äste und die Art und Weise, wie die Schatten hindurchfielen, hatten etwas an sich, das diesen Baum zu einem ausgezeichneten Malmotiv machen würde. Sie müsste mit ihren Farben hierher zurückkehren.

Kurze Zeit später kamen sie in South Wye an. Die Stadt war klein, aber nicht winzig. In der Hauptstraße gab es mehrere Geschäfte, von denen eines der örtlichen Näherin gehörte. Sie hatte den Laden der Näherin schon einmal besucht, als sie mit Margaret in die Stadt gefahren war, aber die Näherin selbst war unpässlich gewesen und hatte ihrer Tochter die Leitung des Ladens in ihrer Abwesenheit überlassen.

Kate hatte ein paar Bänder und eine Mütze gekauft, um sich in der Gemeinde beliebt zu machen, und war auch in der Bäckerei gewesen, wo sie Leckereien für sich und Theo gekauft hatte.

Sie hatte versucht, in jedem Geschäft etwas zu kaufen, in dem sie als Frau willkommen war, damit die Einheimischen wussten, wer sie war. Sie war besonders begeistert gewesen, als sie in der kleinen Buchhandlung, die dem Postamt angeschlossen war, ein Exemplar von Amelias Roman entdeckt hatte.

Heute waren sie vor allem in South Wye, um bei der Schneiderin neue Kleider zu bestellen.

Die Kutsche kam vor dem Laden der Schneiderin zum Stehen, und Theo stieg aus und half ihr beim Aussteigen. Sie zog einen Atemzug frischer Landluft ein und betrachtete die Schaufensterauslage. Es gab vielleicht zwei oder drei Dutzend Stoffballen - nicht viel, verglichen mit dem Angebot in London, aber besser, als sie in einer Stadt dieser Größe erwartet hatte.

»Soll ich draußen warten?«, fragte Theo, wobei seine geschürzten Lippen und die Furche in seiner Stirn deutlich machten, dass er lieber in ihrer Nähe bleiben wollte.

Sie schaute in den Himmel. Es lag eine gewisse Kälte in

der Luft, die Schnee androhte, obwohl sie noch genügend Zeit haben sollten, nach Hause zurückzukehren, bevor es losging. »Du kommst besser mit rein. Ich bin sicher, dass sie nichts dagegen hat, wenn du in der Nähe der Tür wartest.« Höchstwahrscheinlich würde die Frau von der Anwesenheit des örtlichen Lords begeistert sein.

Er nickte. »Ausgezeichnet.«

Sie verbarg wieder einmal ein Lächeln. Wenn er glaubte, er sei subtil, wenn er so über ihr schwebte, machte er sich etwas vor. Sie nahm seinen Arm, und sie gingen gemeinsam hinein.

Drinnen ließ sie ihn los und wandte sich an eine matronenhafte Frau mit dunklem Haar und freundlichem Gesicht, von der sie annahm, sie sei die Näherin. Die Augen der Frau weiteten sich, und sie machte einen kurzen Knicks.

»Mylady«, sagte sie atemlos. »Es ist mir eine Ehre, Sie kennenzulernen. Ich bin Mrs. Halt, aber Sie können mich Annie nennen. Ich glaube, Sie haben meine Tochter vor einiger Zeit kennengelernt. Wie kann ich Ihnen helfen?«

Kate grüßte Annie herzlich und bestätigte, dass sie ihre Tochter tatsächlich kennengelernt hatte, bevor sie den Grund für ihr Kommen nannte - abgesehen von ihrem dringenden Bedürfnis, aus dem Haus zu kommen. »Ich nehme zu und möchte neue Kleider bestellen, die Platz für Wachstum bieten.«

Annie schnappte nach Luft und schlug sich die Hand vor den Mund, sichtlich erfreut, mit diesem Klatsch gesegnet zu sein, dann schien sie sich zu fangen und räusperte sich. »Was immer Sie brauchen. Haben Sie bestimmte Stoffe im Sinn?«

Kate drehte sich um und betrachtete die Auslage. »Ich fühle mich manchmal etwas unbehaglich, deshalb bevorzuge ich weiche oder leichte Stoffe. Im Allgemeinen trage ich gerne Blau-, Rosa- und Grüntöne.«

Annies Stirn legte sich mitfühlend in Falten. »Macht das Kleine Ihnen Probleme?«

»Nur ein bisschen.« Geistesabwesend legte sie ihre Hand auf ihren noch flachen Bauch. »Etwas Übelkeit, und ich bin müder als sonst, aber nichts, worüber man sich Sorgen machen müsste.«

Dr. Hanson war mehrmals geholt worden, um Theo von dieser Tatsache zu überzeugen. Eines Nachts, als es ihr besonders schlecht gegangen war, war er sogar in Blackwell Hall geblieben, um sie zu überwachen, und hatte berichtet, dass sie zwar dehydriert war, ihre Symptome aber wirklich nichts Ungewöhnliches waren.

»Haben Sie versucht, Ingwer zu essen oder mit heißem Wasser und Honig zu trinken?«, fragte Annie und griff nach einem blassgrünen Stoff, der Kate bereits aufgefallen war.

»Habe ich nicht.«

»Hat bei mir Wunder gewirkt. Ingwer hat meine Schwangerschaftsübelkeit wie von Zauberhand vertrieben. Probieren Sie es aus und sehen Sie, was Sie davon halten. Wenn es in Blackwell keinen gibt, wird der Lebensmittelhändler sicher welchen haben.«

Kate notierte sich in Gedanken, dass sie die Köchin fragen würde, ob sie Ingwer zu ihren Mahlzeiten hinzufügen könnte. Sie hatte es noch nie in einem Getränk gehabt, aber wenn es half, war sie bereit, auch das zu versuchen.

Sie und Annie diskutierten über Stoffe und darüber, welche Art von Kleid ihr gefallen könnte. Kate hielt es einfach, da sie nicht wusste, wie weit Annies Fähigkeiten reichten, und als sie ging, glühte die Näherin förmlich vor Aufregung bei dem Gedanken, eine Viscountess einzukleiden.

»Möchtest du noch die Bäckerei besuchen?«, fragte Theo, als sie auf die Straße traten. »Ich bin hungrig, und du bist es sicher auch.«

»Ein Brötchen oder eine Pastete wäre vielleicht ganz nett«, gestand sie, denn sie wusste, dass es keinen Sinn hatte, sich zu wehren. Sie war nicht sonderlich hungrig - dafür war ihr Magen zu unruhig -, aber Theo hatte es sich zur Aufgabe gemacht, sie nicht nur warm und bequem zu halten, sondern auch darauf zu achten, dass sie genug aß.

Eine Schneeflocke landete auf ihrer Nase, und sie legte den Kopf in den Nacken. Eine weitere schmolz auf ihrer Stirn.

»Wir sollten uns beeilen«, sagte sie und verschränkte ihren Arm mit seinem. »Der Schnee ist schneller gekommen als erwartet, und wir sollten wieder zuhause sein, bevor es richtig losgeht.«

Theo schwankte, sichtlich hin- und hergerissen zwischen dem Wunsch, sie und ihr ungeborenes Kind zu ernähren, und dem Bedürfnis, sie so schnell wie möglich nach Hause und aus dem Wetter zu bringen. Nach einem Moment nickte er, und sie eilten gemeinsam zur Bäckerei.

Als sie die Bäckerei erreichten, trat leider ein Ehepaar heraus. Kate erkannte sie sofort, versteifte sich und stolperte fast über ihre Füße, als sie zum Stillstand kam.

»Mr. und Mrs. Norman«, hauchte sie und drehte sich instinktiv zu Theo um, um zu sehen, wie er auf diese unerwartete Begegnung reagierte.

Er war blass, seine Lippen schmal, und er zog sie näher an sich heran. »Guten Tag.«

»Guten Tag?«

Zu Kates Überraschung war es der sanftmütige Vikar, der antwortete, mit aufgeblähter Brust und zusammengekniffenen Augen, und nicht die boshafte Frau.

»Guten Tag?«, forderte Mr. Norman. »Ich sage nein, Sir. Seit wir Ihre arme Frau kennengelernt haben, haben Mrs. Norman und ich herausgefunden, wie es zu dieser Heirat kam. Sie haben eine Unschuldige kompromittiert und sie zu einer Hochzeit gezwungen. Hätten wir das früher gewusst, hätten wir Blackwell Hall sicher nicht verlassen, ohne ihr ein sicheres Geleit zu geben, weg von Ihnen.«

Kate sah die beiden ungläubig an. »Wie bitte?«

Mr. Norman wandte sich ihr zu. »Ich gebe Ihnen mein Wort, Mylady, wir werden nicht tatenlos zusehen, wie dieser Schuft das Leben einer weiteren jungen Frau ruiniert.«

Instinktiv fuhr Kates Hand zu ihrem Bauch.

Mr. Norman erbleichte, und seine Frau neben ihm keuchte und sah aus, als würde sie gleich ohnmächtig werden.

Mr. Norman stotterte einige Sekunden lang, und dann wechselte sein Gesicht langsam von Weiß zu einem schrecklichen Rotton.

»Wie können Sie es wagen?« Er stolzierte auf Theo zu, mehr wie ein Preisboxer als wie ein Pfarrer. »Hat es Ihnen nicht gereicht, ihren Ruf zu ruinieren und ihr die Zukunft zu stehlen? Sie mussten ... Sie .... Sie sind fest entschlossen, dieses süße Mädchen unglücklich zu machen, Sie elendes Schwein.«

Ein starker Wind warf Kate zurück, und die Ärmel ihres Kleides klebten an ihrer Haut, feucht vom Schnee, der zu fallen begann. Sie starrte auf Mr. und Mrs. Norman, und so sehr sie auch mit ihnen fühlte, weil sie den wichtigsten Menschen in ihrem Leben verloren hatten, es reichte jetzt.

Es war kein Wunder, dass Theo so durcheinander war. Diese Leute ließen ihn nicht weitergehen. Sie trauerten, aber das war keine Entschuldigung dafür, einen guten Mann zu zerstören.

Kate drückte das Kreuz durch und nahm ihren Mut zusammen. »Ich bin nicht unglücklich«, sagte sie laut und deutlich.

Alle drei Personen wandten sich ihr zu. Ausgezeichnet. Sie hatte ihre Aufmerksamkeit.

»Lord Blackwell hat mich *nicht* ruiniert. Er hat mir nicht die Zukunft gestohlen. Ich mag ihn, ich respektiere ihn, und Ihr Verlust tut mir aufrichtig leid, aber es war nicht seine Schuld, und er ist nicht der Dämon, für den Sie ihn halten.«

»Sie wissen nicht, wie Elizabeth unter seiner Obhut behandelt wurde«, sagte Mrs. Norman schrill.

»Ich weiß, dass er Ihre Tochter geliebt hat.« Kate hielt ihren Blick fest und forderte sie im Stillen auf, zu widersprechen. »Ich weiß, dass er genauso um sie trauerte wie Sie, wenn nicht noch mehr. Aber Sie beide konnten sich aneinander anlehnen. Wen hatte er? Er hatte bereits seinen Vater verloren, und dann verlor er auch noch seine Frau. Sie hätten für ihn da sein sollen, aber stattdessen haben Sie ihn dämonisiert. Wenn Sie darüber reden möchten, wie man die Zukunft von jemandem ruiniert, sollten Sie vielleicht in den Spiegel schauen.«

Mrs. Normans Augen waren zusammengekniffen, die Farbe stand in ihren Wangen, und sie sah aus, als wolle sie Kate ohrfeigen, aber Mr. Norman hatte innegehalten und schien zuzuhören.

»Sie sind ein Pfarrer.« Kate wartete einen Moment, um diese Worte einsinken zu lassen. »Sollten Sie nicht zur Vergebung ermutigen, statt zu Schuldzuweisungen und sinnlosem Ärger?«

Mr. Norman nickte so knapp, dass sie es fast nicht bemerkt hätte. »Sie haben mir viel zu denken gegeben. Sie sind nicht unglücklich?«

»Nein, das bin ich nicht«, sagte sie fest und ließ keinen Raum für Fehlinterpretationen.

»Also gut.« Er wich einen Schritt zurück und zerrte am Arm seiner Frau. »Wenn Sie einmal geistlichen Beistand brauchen, sind Sie im Pfarrhaus immer willkommen.«

Während Mrs. Norman vehement protestierte, zerrte er sie weg.

»Kate?«

Sie drehte sich langsam zu Theo um und hoffte, dass diese ganze Interaktion ihn nicht dazu gebracht hatte, die Fortschritte, die sie in ihrer Beziehung gemacht hatten, zu bereuen. »Ja?«

Er bewegte sich auf sie zu, bis weniger als ein Meter zwischen ihnen lag, und nahm ihr Gesicht in seine Hände. »Hast du das ernst gemeint?«

Sie blickte in seine dunklen Augen, unfähig, die Emotionen in ihnen zu lesen. »Was davon?«

»Alles.«

Sie lächelte ihn an und hoffte, dass er die Aufrichtigkeit in ihrem Gesichtsausdruck erkennen würde. »Das habe ich.«

Sein Daumen fand ihren Mundwinkel und strich über ihre Unterlippe. »Ich hoffe, du weißt, dass du mir sehr am Herzen liegst. Mehr als ich je erwartet hätte.«

Ihr Herz schlug höher, und ihre Brust fühlte sich leicht an, aber sie wagte kaum zu träumen. »Du bist so wichtig für mich geworden«, flüsterte sie.

Er schaute sich um, und sie hatte den Eindruck, dass er sie vielleicht geküsst hätte, wenn sie nicht auf einer öffentlichen Straße gestanden hätten. »Es hat mich von Anfang an erschreckt, wie leicht ich mich in dich verlieben konnte, aber jetzt habe ich keine Angst mehr davor.« Er grinste, und es war fröhlich und hell und schön. »Ich bin fertig mit dem Kämpfen. Ich möchte, dass wir im wahrsten Sinne des Wortes Mann und Frau sind.«

KAPITEL 27

Kates Augen weiteten sich, als sie versuchte, Theos Worte zu verarbeiten. Sie konnte kaum glauben, was sie da hörte. Es war ein Traum. Eine Fantasie. Eine, von der sie nie erwartet hätte, dass sie wahr werden würde. Zumindest nicht so schnell.

Vielleicht hatten Mr. und Mrs. Norman ihr einen Gefallen getan, indem sie sie und Theo zur Rede gestellt hatten, denn dadurch hatte sie sich verteidigt, was wiederum dazu geführt hatte, dass er eine Art Erleuchtung erfuhr.

Wie, das wusste sie nicht. Aber sie hatte nicht vor, das in Frage zu stellen.

»Es ist der falsche Zeitpunkt dafür.« Seine Miene verfinsterte sich, und er wich von ihr zurück. »Es tut mir leid, das ist völlig unangebracht. Es ist kalt, und wir müssen dir etwas zu essen besorgen und dafür sorgen, dass du wohlbehalten ins Herrenhaus zurückkommst, bevor der Schneefall noch schlimmer wird.«

»Aber ...« Sie begann zu protestieren, als Theo sie in die Bäckerei führte und seine Aufmerksamkeit auf die Auslage mit den Backwaren lenkte. Sie presste frustriert die Lippen aufeinander, war aber entschlossen, mit ihm zu sprechen, sobald sie allein waren.

»Wir nehmen zwei Stücke Obstkuchen«, sagte Theo zu dem Mann, von dem Kate annahm, er sei der Bäcker.

Der Bäcker wickelte ihre Kuchenstücke ein, und Theo führte Kate zurück auf die Straße, wo die Kutsche wartete. Dem Kutscher musste schon klar gewesen sein, dass sie bald losfahren wollten. Theo öffnete die Tür, wischte sich das schneebedeckte Haar aus der Stirn, und Kate kletterte an ihm vorbei hinein und setzte sich auf ihr Kissen.

Theo sprang hinter ihr herein, zog die Tür zu und reichte ihr das eingepackte Bündel. »Du solltest essen.«

Sie hob die Augenbrauen. »Bevor ich auch nur einen Bissen zu mir nehme, würde ich gerne wissen, was du damit meintest, dass wir in jeder Hinsicht Mann und Frau sein sollen.«

Er blickte auf seine Hände hinunter, und eine leichte Röte überzog seine Wangen. »Obwohl wir uns immer näher gekommen sind, weiß ich, dass wir uns beide davor gedrückt haben, ganz offen zueinander zu sein, und das ist meine Schuld. Ich habe zugelassen, dass meine Vergangenheit mit Elizabeth meine Gegenwart mit dir trübte. Ich will nicht, dass das noch einmal passiert. Ich möchte, dass wir alles, was wir zusammen haben könnten, annehmen, auch wenn es beängstigend ist.«

Sie überlegte einen Moment lang und versuchte, sich ihre Hoffnung nicht anmerken zu lassen. Sie wollte sich nicht aufregen, wenn sie am Ende nur enttäuscht werden würde. »Wie wirst du damit umgehen, wenn die Schwangerschaft nicht reibungslos verläuft?«

Er zog eine Grimasse. »Es wird nicht einfach sein. Ich kann nur versprechen, dass ich jeden Tag so nehmen möchte, wie er kommt. Du bist sowieso schwanger, was auch immer wir jetzt tun, es wird nichts daran ändern. Wir müssen es gemeinsam angehen.«

»Und Intimität?« Denn sie hatte in letzter Zeit seine Aufmerksamkeit genossen, aber obwohl sie Küsse geteilt und miteinander gekuschelt hatten, hatten sie nie wieder das Vergnügen erlebt, das sie in jener ersten Nacht in Oxfordshire gefunden hatten.

Seine Grimasse verwandelte sich in ein verruchtes Grinsen. »Du bist sowieso schwanger. Das habe ich am meisten befürchtet. Ich sehe keinen Grund, jetzt noch vor Intimität zurückzuschrecken, es sei denn ...« Er verzog das Gesicht. »Es sei denn, du willst keine.«

»Oh, ich will Intimität«, versicherte sie ihm.

»Dann sollten wir mit dem Üben beginnen, sobald wir zurück sind«, murmelte er, und einen Moment lang glaubte sie, er würde versuchen, sie gleich in der Kutsche zu verführen. Unglücklicherweise fuhren sie in diesem Moment über eine Bodenwelle, woraufhin sich ihr Magen verkrampfte und sie zum Fenster hinausschauen musste, um sich nicht zu übergeben.

Anstatt die Intimität an einem so skandalösen Ort wie dem Rücksitz einer Kutsche zu erkunden, packte Theo den Kuchen aus, und sie aß so viel, wie sie konnte, ohne dass ihr schlecht wurde.

Als sie in Blackwell Hall ankamen, zogen sie sich in sein Schlafgemach zurück, wo er ihr die feuchte Kleidung auszog, bis sie nackt war, und sie daran erinnerte, wie schön es war, ihn in sich zu spüren.

Am Anfang war es ein wenig seltsam - wenn auch nicht schmerzhaft, weil er so sorgsam war -, aber mit jedem Augenblick, der verging, sehnte sie sich mehr danach, wie er sie ausfüllte. Es war etwas Unglaubliches, mit ihm auf so intime Weise verbunden zu sein.

Er streichelte ihren Bauch und hielt sie fest, erwärmte ihr Herz und gab ihr das Gefühl, fast ... gehegt zu werden. Sie war neu im Liebesspiel, aber sie wusste instinktiv, dass das, was sie mit Theo teilte, etwas Besonderes war. Bei anderen wäre es nicht so.

Danach kuschelte sie sich an seine Seite, hörte das Trommeln des Regens auf dem Dach und lächelte. Noch am Morgen hätte sie nie gedacht, dass der Tag eine solche Wendung nehmen würde.

Ihre Wange ruhte auf seinem Herzen, und sie lauschte dem gleichmäßigen Pochen, ein wenig erleichtert, dass er nicht in Panik geraten war, wie beim letzten Mal, als sie intim gewesen waren.

Schließlich bekamen sie Hunger, und sie ließen sich Tee und Kekse bringen. Vielleicht war das ein bisschen faul, aber sie genoss ihre gemeinsame Zeit und wollte nicht umziehen. Allerdings bat sie ihn, ihr zu helfen, ihr Kleid wieder anzuziehen, damit sie nicht völlig verdorben aussah, wenn das Dienstmädchen kam.

Es klopfte an der Tür, und sie ging hin, um zu öffnen, in der Erwartung, ein Dienstmädchen vorzufinden, aber stattdessen war es Theo. Erschrocken drehte sie sich um.

Nein, es war nicht Theo. Es konnte nicht Theo sein. Er saß immer noch auf der Bettkante und wartete darauf, dass sie mit dem Tablett zurückkam.

»Ist etwas nicht in Ordnung?«, fragte er mit besorgtem Blick.

Kate drehte sich wieder zu dem Mann um. Das musste Nicholas sein. Wenn er glatt rasiert war, sah er Theo viel ähnlicher als mit einem Bart.

»Guten Abend, Nicholas«, sagte sie und hörte Theo hinter sich fluchen.

Nicholas trug einen dicken Mantel, der an den Schultern mit Schnee bestäubt war. Er schien gerade aus London angekommen zu sein. »Lady Katherine«, sagte er und wischte sich das Kinn ab, während ihm das Wasser von der Nasenspitze über das Gesicht tropfte.

Das war der Moment, in dem sie es bemerkte.

Auf seinem Kinn befand sich eine kleine, süße Sommersprosse.

Eine Sommersprosse, die sie *erkannte*.

Eine Sommersprosse, die kein Fleck war, und die ihr Mann nicht hatte.

»Sie waren das«, hauchte sie.

Nicholas' Augen weiteten sich, und er wich einen Schritt zurück. »Ich glaube, ich gehe jetzt besser.«

»Sie waren derjenige auf dem Balkon«, warf sie ihm vor, während er zu überlegen schien, ob er bleiben oder gehen sollte. »Sie waren es, der geflohen ist und mich dort zurückgelassen hat.«

»Raus!«, rief Theo aus, der neben ihr auftauchte und Nicholas wegschickte. Er schob die Tür zu und wandte sich an Kate. »Ich kann es erklären.«

»Es war *er*«, beharrte sie und schlang ihre Arme um sich.

Was in Gottes Namen war hier los?

Sie hatte Nicholas getroffen. So sehr hatte er Theo nicht ähnlich gesehen, oder? Aber er hatte einen Bart gehabt und einen Hut getragen, und sie war ihm nur kurz begegnet. Es war möglich, dass sie den Grad der Ähnlichkeit völlig übersehen hatte.

Nicholas und Theo sahen einander viel ähnlicher, als Brüder sollten.

Es sei denn, sie waren Zwillinge.

Nicht dass es wichtig wäre, was sie waren. Was zählte, war, dass *Nicholas* mit ihr auf dem Balkon gestanden hatte, nicht Theo. Ihr Magen verkrampfte sich, und Übelkeit machte sich in ihr breit. Sie hielt sich an der Wand fest. Theo stürmte auf sie zu, aber sie hielt ihm die Hand entgegen, um ihn aufzuhalten.

Alles ergab jetzt so viel Sinn.

Kein Wunder, dass Theo sie und Sophie am Morgen nach dem Ball verwechselt hatte. Er hatte keine von ihnen zuvor getroffen. *Nicholas* hatte das. Er war einfach aufgetaucht, um einen Heiratsantrag zu machen, ohne zu wissen, welcher Frau er den Antrag machen sollte.

»Erkläre es mir«, sagte sie und stieß sich von der Wand ab. Das Letzte, was sie jetzt wollte, war schwach aussehen oder sich schwach fühlen.

»Nicholas ist mein Zwillingsbruder.«

Sie winkte abweisend mit der Hand. »Dazu werden wir noch kommen. Zuerst möchte ich wissen, warum ich ihn kennengelernt habe und mit dir verheiratet bin.«

Er wollte nach ihr greifen, hielt dann aber inne. »Nicholas meinte, ich solle eine erneute Heirat in Betracht ziehen. Er hat versucht, mich dazu zu überreden, und ich habe ihn abgewiesen. Da er ein dickköpfiger Bastard ist, beschloss er, hinter meinem Rücken eine passende Braut für mich zu suchen. Er besuchte den Wembley-Ball unter meinem Namen. Er gab sich gegenüber allen, mit denen er zu tun hatte, als ich aus. So ist *mein* Name in den Skandal- blättern neben deinem gelandet.«

»Wie hast du es herausgefunden?«, fragte sie, während ihre Schläfen pochten.

Er zog eine Grimasse. »Das erste Mal, dass ich davon erfuhr, war, als er sturzbetrunken in mein Schlafzimmer stolperte und gestand, dass er den Ruf von jemandem ruiniert haben könnte.«

»Was dann? Du hast einfach beschlossen, dass die Tatsa- che, dass du nicht heiraten willst, irrelevant ist, und bist gleich rübergekommen, um mir einen Antrag zu machen? Warum sollte er es nicht selbst tun?«

»Aus mehreren Gründen.« Seine Hände ballten sich zu Fäusten an den Seiten. »Erstens, weil die Leute vielleicht nicht geglaubt hätten, dass er es war. Vielleicht hätten sie geglaubt, er wolle mich decken. Zweitens, weil ich mir bewusst war, dass der Vormund einer jungen Lady darauf drängen würde, dass sie einen Viscount und keinen zweiten Sohn heiratet, wenn sie die Wahl hätte.«

Wütend keuchte sie: »Ich bin keine ...«

»Drittens«, fuhr er fort und erntete einen finsteren Blick, »wenn Nicholas die Wahrheit gesagt hätte, hätte das die Aufmerksamkeit auf die Tatsache gelenkt, dass wir eineiig sind, was es offensichtlich machen würde, dass wir Zwillinge sind.«

Kate hob eine Augenbraue, immer noch verärgert über die Andeutung, dass sie eine Titeljägerin sein könnte, und verwirrt über die ganze Situation. »Und?«

»Und das sind wir auch, aber meine Eltern haben gelogen und gesagt, wir seien ein Jahr auseinander geboren. Sie waren der Meinung, dass dies einem Streit um den Titel und das Erbe vorbeugen würde. Es sollte eine kleine, harmlose Täuschung sein, aber dann, als wir älter wurden, wurde klar, dass wir identisch waren, und Mutter begann zu befürchten, dass die Gesellschaft ihre Lüge erkennen und sie verstoßen würde.«

»Aber wie habt ihr das versteckt?«, wollte sie wissen, weil sie es einfach nicht verstand. »Sicherlich haben es die Leute an seiner Schule oder Freunde von dir bemerkt?«

Theo schritt durch den Raum, die Aufregung rollte in Wellen von ihm ab. »Wir besuchten verschiedene Schulen und bewegten uns in unserer Jugend nicht in denselben gesellschaftlichen Kreisen.«

»Und was danach? Von euch beiden dürfte doch erwartet worden sein, dass ihr an der Gesellschaft teilnehmt.«

»Ich habe nicht viel für gesellschaftliche Anlässe übrig.« Er drehte sich zu ihr und zerrte am Kragen seines Hemdes, was ihre Aufmerksamkeit auf die durch den geöffneten obersten Knopf sichtbare Haut lenkte. »Ich erfülle meine Pflichten im Oberhaus, aber ich beteilige mich nicht an der Art von Aktivitäten, die andere Männer oft tun. Nicholas ist eher ein Freund von Geselligkeit, Clubbesuchen und Pferderennen, sodass wir uns selten über den Weg laufen und kaum jemand etwas davon mitbekommt.«

Kates Schläfen pochten. Logisch gesehen folgte sie dem Sinn seiner Worte, aber ihr Herz konnte sich keinen Reim darauf machen. Ihre Gefühle waren durcheinander, der tiefe Schmerz des Verrats bildete den Hintergrund für die Hitze der Wut und die eisige Kälte des Unglaubens. »All das nur, um deine Mutter davor zu bewahren, von den anderen Ladys für ein oder zwei Jahre gemieden zu werden?«

Theo fuhr sich mit der Hand durch die Haare, die zerzaust zu Berge standen. »Im Großen und Ganzen gab es keine großen Täuschungsmanöver. Wie ich schon sagte, führen wir sehr unterschiedliche Leben. Aber bei den Gelegenheiten, bei denen wir zur gleichen Zeit am gleichen Ort sind, wie etwa bei der Hochzeit, bemühen wir uns, uns so weit wie möglich voneinander fern und die Interaktionen kurz zu halten. Andernfalls wird Mutter überreizt. Ich weiß, es ist lächerlich. Wir hätten schon vor Jahren damit aufhören sollen, aber sie ist das einzige Elternteil, das wir noch haben, und wir wollten nicht, dass sie unglücklich sein würde.«

Ihr Herz tat weh. Nein, sie nahm an, er konnte nicht wollen, dass seine Mutter unter sozialer Ächtung leiden musste, selbst wenn sie sie selbst verschuldet hatte, denn ihr Elend würde ihn zu sehr an das erinnern, was er mit Elizabeth durchgemacht hatte.

Kate schüttelte den Kopf. »Du musstest doch wissen, dass ich die Wahrheit irgendwann erfahren würde. Warum hast du es mir nicht einfach gesagt?«

»Ich hatte es vor.« Er sah verloren aus. »Es schien nie der richtige Zeitpunkt zu sein. Ich habe ... angefangen, mich in dich zu verlieben, und ich wollte nicht, dass du sauer auf mich bist.«

Sie presste die Fäuste auf ihre Augen. »Sauer?«

Sie war mehr als sauer. Ganz zu schweigen von der seltsamen Art und Weise, wie er und Nicholas versucht hatten, Lady Blackwell zu schützen. Für den Moment konnte sie sogar den Drang vergessen, sich zu fragen, was in aller Welt

Lord und Lady Blackwell zu der Entscheidung bewogen hatte, zu lügen. Aber sie konnte nicht aufhören, daran zu denken, dass sie *Nicholas* auf dem Wembley-Ball getroffen hatte, nicht Theo.

Das ließ ihre gesamte Beziehung in einem neuen Licht erscheinen. Sie hatte gewusst, dass Theo nicht wieder heiraten wollte - er hatte es ihr gesagt. Aber sie hatte zumindest geglaubt, dass er derjenige war, der in jener Nacht mit ihr auf dem Balkon gestanden hatte, und obwohl sie ein ziemlich schlechtes Gewissen wegen ihres vorgetäuschten Ausflugs gehabt hatte, hatte sie sich mit der Tatsache getröstet, dass sie beide Opfer der Umstände geworden waren.

Jetzt erzählte er ihr, dass es sein Bruder gewesen war, mit dem sie geplaudert hatte. Es war sein Bruder gewesen, der geflohen war und sie dort allein zurückgelassen hatte. Er nicht.

Alles, was sie zu wissen geglaubt hatte, war falsch.

Theos Gesicht war von harten Falten gezeichnet, und er atmete schwer, schien aber nicht zu wissen, was er noch sagen sollte. Sie wollte ihn an den Schultern packen und schütteln. Wollte wissen, warum er so verdammt ehrenhaft sein und sie heiraten musste, um seine Familie zu schützen, obwohl er das gar nicht wollte.

Sein Bruder hatte einen Fehler gemacht, und er hatte den Preis dafür bezahlt.

Wie erniedrigend es doch war, zu erkennen, dass der »Preis« in diesem Fall die Ehe mit ihr gewesen war.

Sie war blind gewesen, das nicht zu erkennen. Er wollte sie nicht. Das hatte er nie.

»Ich brauche Zeit für mich«, sagte sie und verließ eilig das Schlafgemach.

KAPITEL 28

THEO ZERRTE AN SEINEM HEMD UND FUMMELTE AN DEN Knöpfen herum, während er Kate hinterherlief. Er hatte nur ein paar Schritte aus seinem Schlafgemach gemacht, als er mit Nicholas zusammenstieß.

»Geh aus dem Weg«, knurrte Theo, schob Nicholas beiseite und rannte zur Tür des Schlafzimmers, das Kate benutzt hatte, während die Gemächer der Viscountess renoviert wurden.

Er griff nach dem Türknauf, aber der ließ sich nicht drehen. Er überlegte, ob er gegen die Tür hämmern und sie auffordern sollte, sie zu öffnen, aber er dachte sich, dass er sich damit im Moment wohl kaum bei ihr beliebt machen würde, und er brauchte jede Hilfe, die er bekommen konnte.

»Es tut mir leid«, sagte Nicholas und legte seine Hand auf Theos Oberarm. »Ich nahm an, du hättest es ihr gesagt.«

»Hatte ich nicht«, gab Theo zu, und sein Bauch zog sich vor Scham zusammen. »Sie weiß es jetzt.«

Nicholas stöhnte. »So viel war klar. Es war unklug von dir, sie so lange zu täuschen. Ich kenne sie zwar nicht gut, aber ich bezweifle, dass eine Frau über ein solches Verhalten erfreut sein dürfte.«

Theo warf ihm einen Blick zu. Das Letzte, was er jetzt gebrauchen konnte, war, dass man ihn darauf hinwies, welch großen Fehler er gemacht hatte. Er wusste es bereits. »Das wollte ich nicht. Ich hatte vor, es ihr irgendwann zu sagen, aber ich habe es länger hinausgezögert, als ich es hätte tun sollen. Ich wurde einfach abgelenkt und habe es vergessen.«

Nicholas schnaubte und verdrehte die Augen. »Ich kann mir nicht vorstellen, dass sie diese Ausrede so einfach hinnimmt, Bruder. Warum gehst du nicht von der Tür weg? Ich bin sicher, dass sie ein paar Minuten für sich braucht.«

»Ich …« Theo zögerte. Er wollte Kate nicht allein lassen, wenn sie aufgebracht war. Allerdings hatte sie ihn gebeten, genau das zu tun, und es wäre nicht richtig von ihm, ihre Bitte nicht zu respektieren. Seufzend warf er einen Blick über seine Schulter und kehrte dann widerwillig in sein Schlafgemach zurück.

Nicholas folgte ihm.

»Abgesehen davon, wie seid ihr miteinander ausgekommen?«, fragte Nicholas und rümpfte die Nase, als er das Bett betrachtete. Er ging zu Theos kleinem Schreibtisch und setzte sich stattdessen dorthin.

Theo stand auf. Er brachte es nicht über sich, auf dem Bett zu sitzen, auf dem er noch vor wenigen Minuten nackt gelegen hatte, Kate im Arm, und alles schien in Ordnung zu sein.

»Es war schwierig, aber wir haben uns heute geeinigt. Ich … ich habe ihr gesagt, dass ich sie gern habe.« Er sah auf seine Hände hinunter und wusste nicht, was er mit ihnen tun sollte. »Ich denke, *gern* ist vielleicht ein falscher Begriff. Sie weckt in mir Gefühle, die ich schon lange nicht mehr hatte.«

»Das ist gut.« Als Theo ihm einen zweifelnden Blick zuwarf, fügte Nicholas hinzu: »Nein, das ist es wirklich. Du verdienst es, wieder jemanden Wichtiges in deinem Leben zu haben. Es tut mir nur leid, dass ich wie ein Trampeltier hineingestolpert bin, ohne mich vorher zu vergewissern, wie viel sie weiß. Obwohl, ehrlich gesagt, Theo, hättest du ihr das schon früher sagen müssen. Wenn ihr euch so nahe gekommen seid, ist es kein Wunder, dass sie jetzt verletzt ist.«

Theo zuckte zurück. Er hasste den Gedanken, dass Kate verletzt war und er nicht nur nichts dagegen tun konnte, sondern auch noch die Ursache für diese Verletzung war.

»Warum bist du überhaupt hier?«, fragte er.

Nicholas' Schultern sanken in sich zusammen. »Im Parlament kam eine wichtige Frage zur Sprache. Internationale Diplomatie. Die Abstimmung findet Anfang nächster Woche statt, und ich fühle mich nicht in der Lage, dich dabei zu vertreten. Die Dokumente, die sie uns zur Verfügung gestellt haben, sind sehr umfangreich. Du weißt doch, wie schwer ich mit solchen Dingen zu kämpfen habe. Zumindest solltest du sie lesen und mir sagen, wie ich abstimmen soll. Ich möchte das nicht falsch machen.«

»Hast du sie mitgebracht?«, fragte Theo.

»Das habe ich.«

»Gut. Ich werde sie mir bald ansehen.«

Nicholas lächelte müde. »Danke.«

Theo schüttelte den Kopf. »Nein, ich danke *dir*. Deinetwegen konnte ich diese Zeit abseits meiner Verpflichtungen genießen.«

Nicholas hatte Theo im House of Lords vertreten. Solange er nicht zu viel redete und die richtige Kleidung trug, schien niemand den Unterschied zwischen ihnen zu bemerken.

Nicholas senkte seinen Blick. »Das war das Mindeste, was ich tun konnte, nachdem du in der Schlinge des Pfarrers gelandet bist. Ich muss sagen, ich bin erleichtert zu hören, dass es nicht nur schlecht war.«

»Du hattest Recht mit Kate«, gab Theo zu. »Sie ist etwas Besonderes.«

»Das freut mich.«

»Ich werde versuchen, bald ins Parlament zurückzukehren. Das Einzige, was mich zurückhalten könnte, ist die Tatsache, dass wir erwarten.«

»Erwarten? Was erwarten?« Nicholas' Kinnlade fiel herunter. »Warte mal. Willst du damit sagen, dass die Viscountess schwanger ist?«

Theo nickte reumütig. »Ich kann nicht sagen, dass ich so gelassen war, wie ich es hätte sein sollen.«

Nicholas pfiff. »Natürlich nicht. Du hast mehrere Fehlgeburten erlebt, und nach dem, was mit Elizabeth passiert ist, ist es kein Wunder, dass du jetzt nervös bist. Mach dir bitte keine Sorgen um die Rückkehr ins Oberhaus. Wenn du mir die wichtigsten Punkte zusammenfassen und mir sagen würdest, wie ich abstimmen soll, bin ich gerne bereit, so weiterzumachen wie bisher, bis die aktuelle Sitzung beendet ist.«

Ein Klopfen an der Tür ließ die beiden aufschrecken. Theos Herzschlag beschleunigte sich, und er griff nach dem Knauf und zog die Tür auf, in der Hoffnung, Kate auf der anderen Seite zu finden. Stattdessen war es Mr. Giles. Sein Magen wurde flau.

Mr. Giles neigte den Kopf. »Mylord, ich weiß, es steht mir nicht zu, Lady Blackwells Entscheidungen zu hinterfragen, aber sie hat gerade eine Kutsche gerufen und ist hinausgegangen. Sie war nicht dem Wetter entsprechend gekleidet, und selbst wenn sie es wäre, sollte sich niemand auf die Straße wagen. Der Schnee fällt dicht, und der Wind ...«

Theos Kehle schnürte sich zu, und er versuchte, langsam einzuatmen, aber er rang nach Luft. »Lady Blackwell ist in den Schnee hinausgegangen?«, würgte er hervor und rieb sich die Brust, um den Schmerz zu lindern.

»Ja«, sagte Mr. Giles mit einer Grimasse. »Sie hat eine Leinwand mitgenommen. Ich glaube, sie wollte die Kutsche irgendwo abstellen und malen.«

Verdammt.

Was für eine lächerliche Idee.

Das sollte ihn aber nicht überraschen. Er wusste bereits, dass Kate sich gerne in ihre Kunst zurückzog, wenn sie verzweifelt war. Aber warum konnte sie das nicht in der Sicherheit ihres Hauses tun?

Er schaute aus dem Fenster, und ein Schauer lief ihm über den Rücken. Die Wolken waren weiß und grau gefleckt, die Bäume in der Ferne peitschten im Wind hin und her, und auf dem Boden lag schon wieder Schnee.

Er konnte nicht umhin, sich an den Tag zu erinnern, an dem er seinen Vater angefleht hatte, nicht in den Sturm hinauszugehen. Sein Vater war nie zurückgekommen. Und was das Nehmen eines Wagens angeht ... Wenn die Straßen schlammig waren, gab es keine Garantie, dass sie in Sicherheit sein würde, selbst wenn sie nicht weit wegfahren wollte.

Was zum Teufel hatte sie sich dabei gedacht?

»Ich gehe ihr nach.« Er ging zur Tür, hielt dann inne und holte seinen Mantel und seinen Hut aus der Garderobe. Er wollte nicht zögern, aber sich in Schwierigkeiten zu bringen, weil er sich nicht ein paar Sekunden Zeit genommen hatte, um sich vorzubereiten, würde niemandem helfen.

»Glaubst du, dass du sie einholen kannst?«, fragte Nicholas und rannte, um mit Theo Schritt zu halten, als dieser aus dem Schlafgemach trat und den Korridor entlang eilte.

»Wenn ich reite.« Es wäre sicherer, zu Fuß zu gehen, aber dann hätte er keine Chance, die Kutsche einzuholen.

»Sei vorsichtig.« Nicholas packte ihn am Arm und zwang Theo, stehen zu bleiben und sich ihm zuzuwenden. »Ich meine es ernst. Sei nicht leichtsinnig.«

Theo riss sich aus Nicholas' Griff los und wollte ihn gerade zurechtweisen, als er seine Augen sah und innehielt. Sie waren weit aufgerissen, das Weiße war zu sehen.

Nicholas hatte Angst.

Nicht um sich selbst, sondern um Theo. Schließlich

hatten sie beide ihren Vater in einem solchen Sturm verloren. Wahrscheinlich hatte er genauso viel Angst, seinen Bruder zu verlieren, wie Theo vor dem Verlust seiner Frau.

»Das werde ich«, versprach Theo.

»Gut.« Nicholas gab ihm einen kleinen Schubs. »Dann geh.«

Theo stürmte die Treppe hinunter und stieß die Haustür auf. Er stolperte, als er sich Hut und Mantel anzog, und merkte zu spät, dass er sie hätte anziehen sollen, bevor er das Haus verließ.

Er schaffte es, seine Arme in die Ärmel zu stecken, als er sich auf den Weg zu den Ställen machte, und als er dort ankam, war die Vorderseite vollständig zugeknöpft und er war bereit zum Aufbruch. Er stürmte in den Stall und erschreckte den Stallmeister, der gerade eine der nervösen Stuten beruhigte.

»Mylord?« Er richtete sich auf. »Was ist?«

»Ich muss Prince satteln.« Theo eilte zu dem Stall, in dem sein Lieblingswallach untergebracht war, wobei er darauf achtete, gleichmäßig zu atmen und seine Muskeln zu entlasten, damit er nicht alle Pferde hier erschreckte.

Er öffnete die Stalltür von Prince und führte ihn heraus. Der Stallmeister schnappte sich den Sattel, und gemeinsam zäumten sie ihn auf und vergewisserten sich, dass alles an seinem Platz war. Theo spürte die Neugierde des Stallmeisters, aber der Mann stellte keine Fragen.

Theo führte Prince nach draußen, bestieg ihn und lenkte ihn auf die Straße, die von Blackwell Hall wegführte. Er hatte keine Ahnung, wohin Kate wollte, aber es gab nur eine Straße, die zum Anwesen und auch davon weg führte, wenn sie also eine Kutsche genommen hatte, musste sie diesen Weg genommen haben.

Schnee stach in seine Wangen, und er benutzte seine linke Hand, um ihn aus seinen Augen zu streichen, während er Prince zu mehr Tempo drängte. Das Pferd kannte die

Straße gut und wich allen Löchern und vereisten Stellen aus. Es war ein Glück, dass sie diesen Weg schon so oft gemeinsam geritten waren, denn durch den Schnee und den Wind konnte Theo kaum mehr als eine Pferdelänge vor ihnen sehen.

Er blinzelte in die Ferne und versuchte, die Silhouette einer Kutsche zu erkennen. Er sah nichts.

Prince bog um eine Ecke, und dort, vor ihm, entdeckte Theo endlich, was er gesucht hatte. Er entspannte sich und war dankbar, dass er Kate aufgespürt hatte, ohne dass einem von ihnen etwas zugestoßen war.

Doch dann, als er mit klopfendem Herzen zusah, begann sich der Wagen zu drehen. Die Räder rutschten auf dem Eis, und der Wagen stürzte um.

Ein Schrei entrang sich ihm, aber er konnte ihn kaum hören im Rauschen des Windes, dem Klirren von Holz und den verzweifelten Schreien der Pferde.

Die Kutsche kippte auf die Seite, der Kutscher wurde nach vorne geschleudert, schlug wie ein Sack Kartoffeln auf dem Boden auf und rollte einmal, bevor er liegenblieb. Wenn Kate im Wagen einen Laut von sich gab, hörte Theo es nicht.

Prince war unruhig und hatte Angst, sich dem Unfall zu nähern. Als sie nahe genug waren, hielt Theo ihn an, rutschte vom Pferd und rannte dann auf zitternden Beinen zur Kutsche. Die erhob sich von der Straße wie ein Alptraum aus Nebel, Blut und Erinnerungen.

Er hatte diesen Moment so oft in seinen Träumen und in den schlimmsten Winkeln seines Geistes durchlebt. Er blickte zwischen dem Wagen und dem Fahrer hin und her. Er wollte zu Kate gehen, aber es würde wahrscheinlich nicht lange dauern, um festzustellen, ob es dem Mann gut ging, und dann wäre das zumindest eine Sache, um die er sich nicht weiter sorgen musste.

Entschlossen ließ er sich neben dem Fahrer auf die Knie fallen und drehte ihn auf den Rücken. Der Kutscher starrte zu ihm auf, seine Augen waren benommen, aber aufmerksam. Theo untersuchte seinen Körper schnell auf schwere Verletzungen. Da er nichts fand, zögerte er noch eine Sekunde, bevor er dem Mann versicherte, dass er schnell zurückkommen würde, ehe er zur Kutsche eilte.

Die Pferde ruckten gegen ihr Geschirr, und er befürchtete, dass sie in ihrer Panik alles noch schlimmer machen würden. Er überlegte, ob er sie befreien sollte, aber seine Hände waren von der Kälte gefühllos, und er fürchtete, dass es schwierig werden würde. Er hatte keine Zeit zu verlieren. Er konnte nicht länger warten, um nach Kate zu sehen. Er würde zurückkehren und die Tiere losmachen, sobald er sich vergewissert hatte, dass sie in Sicherheit war.

Die Kutsche lag auf der Tür, sodass er über den Wagen klettern und sich durch das Fenster hineinlassen musste. Kate lag ausgestreckt an der anderen Wand und rührte sich nicht. Sein Atem stockte.

Nein, sie durfte nicht tot sein. Das durfte sie nicht sein. Er weigerte sich, das zu akzeptieren.

Er schlängelte sich durch das Fenster und fiel unbeholfen hinein. Bei der Landung verspürte er einen stechenden Schmerz in der Hüfte. Er kroch zu Kate und zog sie vorsichtig in seine Arme. Als er ihr Gesicht zum ersten Mal sah, konnte er sich kaum dazu überwinden, ihr in die Augen zu schauen, weil er befürchtete, dass sie ihn ausdruckslos anstarren würden.

Er zwang sich. Sie waren geschlossen. Er atmete scharf aus und starrte mehrere Sekunden lang auf ihre Brust, bis sie sich hob und senkte. Ein Ruf der Erleichterung kam über seine Lippen.

Sie war am Leben.

Vorsichtig untersuchte er sie auf Wunden. Die Seite ihres Kopfes war blutverschmiert, vielleicht von der Stelle, an der sie aufgeschlagen war, als die Kutsche sich überschlagen hatte. Darüber hinaus schien alles in Ordnung zu sein.

Gott sei Dank.

»Kate«, sagte er und strich mit der Hand über ihr Gesicht. »Wach auf, mein Schatz.«

Sie rührte sich nicht.

»Kate?« Er rüttelte sie an der Schulter, erhielt aber keine Antwort.

Verdammt, er würde sie alleine hier rausholen müssen.

Er packte sie an der Taille und manövrierte sie so vorsichtig wie möglich nach oben und durch das Fenster an der Seite des Wagens, die jetzt zum Himmel zeigte. Mit einem mühsamen Grunzen hob er sie an, bis ihr Oberkörper an der Außenwand des Wagens anlag.

»Ich habe sie.«

Theos Muskeln wurden schwach, als er Nicholas' Stimme erkannte. »Kannst du sie bei den Schultern nehmen, und ich hebe ihre Beine hinaus?«

»Auf jeden Fall.«

Theo beugte sich vor und schlang seine Arme um Kates Oberschenkel. Seine Arme spannten sich an, als er sie durch den engen Raum hievte, und er war erleichtert, als sich das Gewicht verringerte, als Nicholas sie ergriff und sie sanft aus dem Wagen glitt.

»Brauchst du Hilfe?«, fragte Nicholas.

»Nein, bleib einfach zurück.«

Theo griff nach dem Rand des Fensters und zog sich hinauf, wobei das Holz in seine Handflächen biss. Kaum war er draußen, fröstelte er erneut. Er ließ sich neben dem Wagen auf den Boden fallen und kniete neben Kate nieder. Nicholas hatte sie auf dem Rücken auf die Straße gelegt.

»Wir müssen sie zurück nach Blackwell bringen«, sagte er und fragte sich, wie genau sie das tun wollten. Der Wagen war wahrscheinlich beschädigt und nicht fahrtüchtig. Er konnte kaum eine bewusstlose Frau auf dem Rücken von Prince tragen. Sie würde herunterfallen.

»Ich habe einen unserer nicht gekennzeichneten Wagen

mitgebracht«, sagte Nicholas und ging in die Hocke, um Kates Gesicht zu betrachten. »Der Fahrer wartet schon. Er hat die Pferde abgeschirrt und sie zurück auf die Straße getrieben. Wenn wir zurück sind, wird er sie von einem Stallburschen abholen lassen.«

Theo schloss die Augen. »Du bist brillant.«

Wenn Nicholas nicht die Voraussicht gehabt hätte, eine Kutsche mitzubringen, wer weiß, wie lange es gedauert hätte, bis er es geschafft hätte, Kate sicher nach Hause und ins Bett zu bringen? Sie war schwanger. Sie konnten sich keine Verzögerungen leisten.

»Lasst sie uns gemeinsam zur Kutsche tragen.« Er drehte sich um und schob einen Arm unter ihre Schultern. Mit der anderen Hand drückte er ihren Kopf gegen seinen Bauch, damit sie sich nicht noch mehr verletzte.

In Anbetracht ihrer Verletzungen wäre es besser gewesen, wenn er es vermeiden könnte, ihren Kopf überhaupt zu berühren, aber das Wichtigste war im Moment, sie schnell nach Hause und aus dem Sturm zu bringen.

Nicholas hob ihre Beine hoch, und gemeinsam brachten sie Kates schlaffen Körper zum Wagen. Der Fahrer hielt die Tür auf, und sie setzten sie hinein. Theo kletterte zu ihr hinein, während Nicholas um die Vorderseite des Wagens herumging. Er schien die Kutsche selbst hergefahren zu haben. Theo fand, er sollte nicht überrascht sein. Nicholas war ein hervorragender Reiter, und er war dafür bekannt, dass er sowohl auf Zweispännern Rennen fuhr als auch direkt auf dem Pferderücken teilnahm.

Theo zog Kate ein Stück auf seinen Schoß, um sie vor den Stößen und Erschütterungen der Fahrt zu schützen. Er versuchte, ihre Kopfwunde genauer zu untersuchen, aber das war hier drin ungünstig. Es beunruhigte ihn, dass sie noch nicht aufgewacht war. Ihre Atmung war gleichmäßig, aber vielleicht hatte der Schlag gegen ihren Kopf mehr Schaden angerichtet, als er zuerst gedacht hatte.

Seine Brust zog sich zusammen. *Bitte werd wieder gesund.*

Sobald die Kutsche anhielt, hörte er, wie Nicholas nach einem Lakaien rief und den Mann anwies, Dr. Hanson zu holen.

»Sag ihm, er soll sehr vorsichtig fahren«, rief Nicholas, dessen Stimme lauter wurde, als er sich der Kutschentür näherte. »Die Straßen sind gefährlich.«

Nicholas und Theo trugen Kate nach drinnen, wo eine besorgte Mrs. Tubbs mit zwei Dienstmädchen auf sie wartete.

Mrs. Tubbs' Mund blieb offen stehen, als sie Kate erblickte, und sie wimmerte, während die Farbe aus ihrem Gesicht wich. »Mary, zünde das Feuer in Lady Blackwells Zimmer an. Jane, schlag das Bett auf und fülle eine Schüssel mit warmem Wasser. Wir müssen die Kopfwunde säubern.«

Ein Lakai trat vor und griff nach Kate, aber Theo schüttelte den Kopf. Niemand außer ihm würde seine Frau tragen.

Nun, er und sein Bruder.

»Stellen Sie sicher, dass Mr. Cartwright versorgt wird«, sagte er in Bezug auf den Fahrer. »Er braucht ein Bad, um sich aufzuwärmen, und er hat vielleicht ein paar kleine Schrammen und Prellungen. Er war auch bei dem Unfall dabei. Wenn der Arzt kommt, wird er sowohl die Viscountess als auch Mr. Cartwright untersuchen müssen.«

Mrs. Tubbs nickte. »Ich werde Mr. Tubbs nach ihm sehen lassen.«

»Danke.«

Theo und Nicholas gingen die Treppe hinauf zu Kates Schlafzimmer. Jane, das Dienstmädchen, hatte bereits das Bett aufgeschlagen. Sie setzen Kate auf die Matratze.

Theo schnaubte. »Ich werde sie ausziehen müssen. Ich brauche Margarets Hilfe.«

»Ich kann ...«

Er schnitt Nicholas das Wort ab. »Nein.« Niemand sonst

würde Kate in diesem verletzlichen Zustand sehen. Es war seine Aufgabe, für sie zu sorgen.

Sein Bruder quittierte dies mit einem Kopfschütteln und stürzte aus dem Zimmer. Keine Minute später stürmte Margaret mit großen, erschrockenen Augen herein.

»Ich werde sie auf den Bauch drehen«, sagte er ihr, während er Kates Schulter festhielt. »Sie müssen ihr das Kleid aufschnüren, während ich dafür sorge, dass sie atmen kann.«

Er setzte Kate auf, ohne auf eine Antwort zu warten. Glücklicherweise reagierte Margaret trotz ihres offensichtlichen Schocks prompt. Das Kleid ließ sich wegen der nassen Bänder nur schwer aufmachen. Wie Mr. Giles vorhin gesagt hatte, war Kate nicht für das Wetter gekleidet gewesen. Sie musste sich vor ihrer Flucht das angezogen haben, was am einfachsten zu greifen gewesen war.

Warum war sie so töricht gewesen?

Gemeinsam zogen Margaret und Theo ihr das Kleid aus, und dann kümmerten sie sich um ihre Unterwäsche, die ebenfalls nass war, wenn auch zum Glück weniger. Wäre sie bis auf die Haut durchnässt gewesen, wäre das Risiko, sich zu erkälten, größer gewesen.

Als sie nackt war, ging Margaret, um ein Handtuch zu holen. Theo trocknete sie ab, während Margaret vorsichtig ihr Haar löste, damit der Arzt die Kopfwunde besser würde sehen können. Schließlich tupfte Theo die Wunde mit einem sauberen Tuch ab und stellte sicher, dass sie frei von Schmutz war und nicht mehr blutete, bevor sie sie in die Decken einwickelten.

Jane hatte die Vorhänge zugezogen, nachdem sie das Feuer angezündet hatte, und der Raum begann sich bereits zu erwärmen. Der Kamin war zwar nur klein, aber er reichte aus, um die Kälte und die Feuchtigkeit zu vertreiben.

Als die Dienstmädchen das Zimmer verließen, klopfte Nicholas an die Tür und trat mit einem Stuhl ein. Er trug ihn zu Kates Bett hinüber und setzte sich dann auf den anderen Stuhl vor dem Schreibtisch. Theo setzte sich auf den Stuhl, den Nicholas hereingebracht hatte, und nahm Kates Hand.

Sein Magen war steinhart, und seine Finger waren eiskalt, als er ihr schönes Gesicht anstarrte und auf den Arzt wartete.

Bitte wach auf, mein Schatz. Ich brauche dich.

KAPITEL 29

»... VERWIRRUNG, UND DANN SOLLTEN SIE ...«

»... Bettruhe bis ...«

Kate hatte Mühe, wenigstens Bruchstücke eines Gesprächs zu verstehen, da sie unter starken Kopfschmerzen litt, die ihre Gedanken vernebelten und es ihr schwer machten, an etwas anderes zu denken als an den Schmerz.

»... das Baby ...«

Das forderte ihre volle Aufmerksamkeit.

Sie öffnete die Augen und blinzelte, dankbar, dass der Raum nur schwach beleuchtet war, denn das Pochen in ihren Schläfen wurde schlimmer.

Was war geschehen?

Wo war sie?

Sie zerbrach sich den Kopf und versuchte, sich zu erinnern, aber es tat zu sehr weh, und sie gab auf. Ein Paar brauner Augen erschien über ihr, eingebettet in ein hartes Gesicht mit Falten um den Mund und tiefen Furchen zwischen den Augenbrauen.

»Theo«, flüsterte sie. »Was ...?«

»Oh, du bist wach.« Ein Mann drängte Theo zur Seite und nahm seinen Platz ein.

Sie runzelte die Stirn, weil sie wusste, dass sie ihn erkennen müsste, aber sie konnte ihn in diesem Moment nicht einordnen. Er hielt ihr eine Kerze vor das Gesicht, und sie wich zurück und zuckte zusammen, als das Feuer ihren Kopf verbrannte. »Die Pupillen reagieren. Das ist gut.«

»Du hattest einen Unfall.« Starke Finger legten sich um ihre eigenen. Da sie die Hände des Arztes sehen konnte, musste sie annehmen, dass diese Hände Theo gehörten. »Du warst sauer auf mich und bist in einer Kutsche weggefahren.«

Eine Reihe von Bildern flackerte in ihrem Kopf auf.

Theo im Bett, sein warmes Lächeln, als er auf sie herabblickte.

Ein Mann, der Theo so ähnlich sah, aber eine Sommersprosse am Kinn hatte.

Die Wahrheit, die sie aufgedeckt hatte.

Ihr dringendes Bedürfnis zu malen, während sie ihre widersprüchlichen Gefühle gegenüber Theo und die Erinnerung an den knorrigen Baum, an dem sie vorbeigefahren waren, verarbeitete. Sie erinnerte sich, dass der Baum nur eine kurze Strecke von Blackwell Hall entfernt war, und es war ihr nicht unvernünftig erschienen, mit einer Kutsche dorthin zu fahren, um ihn zu malen. Sie hatte vorgehabt, zurückzukehren, sobald sie sich wieder gefangen hatte.

Sie schloss die Augen. Ihr Kopf fühlte sich an, als würde er in zwei Teile zerspringen.

»Sehen Sie mich an«, befahl Dr. Hanson. »Jetzt, wo Sie wach sind, müssen wir Sie noch eine Weile in diesem Zustand halten, um sicherzustellen, dass Ihr Gehirn nicht geschädigt ist.«

Irgendwie kostete das Heben ihrer Augenlider so viel Energie wie das Steigen mehrerer Treppen. Sie wünschte sich, sie wieder zu schließen, aber sie hatte heute schon genug dumme Entscheidungen getroffen. Egal, wie wütend sie gewesen war, eine Kutsche zu nehmen, während es *schneite*, war *nicht* vernünftig gewesen. Sie hatte das bemerkt, bevor sie überhaupt weit gekommen waren, und den Fahrer gebeten, umzukehren. Unglücklicherweise hatte eben dieses Wendemanöver den Wagen zum Umkippen gebracht.

»Der Kutscher«, röchelte sie, und es schmerzte, als die Worte in ihrem Schädel widerhallten. »Geht es ihm gut?«

»Im Großen und Ganzen«, sagte der Arzt. »Er hatte eine leichte Beule am Kopf und einige Prellungen. Ich habe ihn untersucht, nachdem ich vorhin Ihre Wunde verbunden habe.«

Oh. Es war also nicht das erste Mal, dass er ihr Zimmer besuchte. Wenn sie tatsächlich in ihrem Zimmer war. Sie war zu müde, um sich umzusehen und sich zu vergewissern.

»Wie fühlst du dich?«, fragte Theo leise.

Sie neigte ihr Gesicht zu ihm und tat ihr Bestes, um keine Grimasse zu schneiden, weil ihr Kopf so pochte. »Es tut weh.«

Dr. Hanson schnalzte mit der Zunge. »Zweifellos wird es das auch noch eine Weile lang tun. Die gute Nachricht ist, dass Ihr Körper stark zu sein scheint. Ich bezweifle, dass wir viel tun können, außer es Ihnen warm und bequem zu machen, während Sie sich erholen.«

Das war eine Erleichterung. Wenn sie dem Baby wehgetan hätte, würde sie sich das nie verzeihen.

Oh nein. *Das Baby.*

Ihre freie Hand flog zu ihrem Bauch und umklammerte ihn, als könnte sie allein durch die Berührung ihres Bauches feststellen, ob das Kind darin gesund war.

Dr. Hansons Blick wurde weicher. »Es gibt keine offensichtlichen Anzeichen für eine Notlage, aber es wird eine Weile dauern, bis wir sicher sein können, dass Ihr Baby unverletzt geblieben ist.«

Tränen stiegen Kate in die Augen, und ihre Kehle schnürte sich zu. Was würde sie tun, wenn sie durch diese dumme, impulsive Entscheidung das Baby verlieren würde?

Lieber Gott, was würde *Theo* tun, wenn das passieren sollte? Er hatte schon so viel durchgemacht.

»Ich werde Ihnen beiden etwas Zeit geben«, sagte Dr. Hanson und blickte zwischen ihnen hin und her, als ob er Kates Gedanken lesen könnte. Er verbeugte sich und verließ den Raum.

Theo ergriff das Wort, bevor Kate dazu kommen konnte. »Es tut mir leid.«

Sie erstarrte mit einer Entschuldigung auf ihren eigenen Lippen.

Er drückte ihre Hand und rückte näher an sie heran, damit sie sich nicht so sehr anstrengen musste, um ihn zu sehen. »Wir hätten die Täuschung nicht so lange aufrechterhalten dürfen. Nicholas hat mir gesagt, dass es nicht gut wäre, es dir nach unserer Hochzeit immer noch vorzuenthalten, aber ich ...« Er schüttelte den Kopf. »Um ehrlich zu sein, habe ich mir Sorgen gemacht, du würdest weniger von mir halten oder vielleicht denken, du hättest den falschen Bruder geheiratet. Du bist mir wichtig, und ich wollte nicht, dass du mich mit Verachtung oder Enttäuschung ansiehst.«

Kate legte ihren Kopf leicht schief. »Ich bin unglücklich, dass du mich getäuscht hast, aber du bist mir auch wichtig - ich glaube, das hat es noch schlimmer gemacht, als ich es erkannt habe. Im Nachhinein bin ich ... froh ..., dass ich dich und nicht Nicholas geheiratet habe.«

»Du bist verständnisvoller, als ich es verdiene.« Er neigte den Kopf und ließ seine Lippen über ihre Stirn gleiten. »Ich hätte schon früher ehrlich zu dir sein sollen. Du hattest es verdient zu wissen, dass ich nicht mit dir auf dem Balkon war.«

»Das hatte ich«, stimmte sie zu, denn wie gerecht war es eigentlich, dass sie am Ende nicht einmal mit dem Mann verheiratet worden war, der sie ruiniert hatte? Natürlich war es ihm gegenüber nicht gerecht gewesen, dass er in diese Situation gezwungen worden war, aber es war auch ihr gegenüber nicht gerecht gewesen. Sie hatte keine Ahnung, was im Hintergrund mit seinem Familiendrama passiert war.

Er räusperte sich. »Ich bereue es aber nicht, dich geheiratet zu haben. Das werde ich nie.«

Sie befeuchtete ihre Lippen, und ihr Puls beschleunigte sich. »Wirklich nicht?«

Sie hätte geglaubt, er hätte sie als eine Art unerwünschte Last aufgebürdet bekommen. Jemand, den er lieb gewonnen, den er aber nie wirklich gewollt hatte.

Theo musterte ihr Gesicht, sein Ausdruck war sanft. »Nein, überhaupt nicht. Ich war zwar nicht mit dir auf dem Balkon, und es stimmt, dass ich wegen des Leids, das Elizabeth und ich erfahren haben, nicht noch einmal eine Frau wollte, aber ich bin Nicholas so unglaublich dankbar, dass er die Sache vorangetrieben hat, denn du machst mich glücklich, Kate.«

Wärme durchströmte sie, und ihre Mundwinkel hoben sich trotz ihres Misstrauens. Das hatte sie nicht erwartet. Er hatte ihr gesagt, dass sie ihm wichtig war, und das hatte er in den vergangenen Wochen auf vielerlei Weise gezeigt, aber sie hatte ja auch keinen Vergleich gehabt. Sie hatte nicht wissen können, ob er normalerweise so rücksichtsvoll gegenüber anderen war.

Er fuhr sich mit den Zähnen über die Unterlippe, bevor er sie losließ. »Ich habe Angst, dass dir etwas zustößt. Ich bin sicher, du hast das schon erkannt. Aber ich kann mir auch nicht vorstellen, ohne dich zu sein.« Seine Gesichtszüge wurden grimmig. »Ich *will* mir nicht vorstellen, dass ich ohne dich sein könnte. Als ich sah, wie die Kutsche umkippte, konnte ich kaum noch atmen. Bitte tu mir so etwas nie wieder an.«

Sie senkte den Blick und schämte sich für ihre Unachtsamkeit. »Das werde ich nicht. Ich hätte nie gehen sollen. Ich hatte bereits erkannt, dass ich albern war. Wir wollten gerade umkehren, als ... nun, als etwas schief ging.«

Er blinzelte heftig, und sie erkannte, dass er Tränen in den Augen hatte.

»Nicht weinen«, murmelte sie und ließ ihre Handfläche gegen seine gleiten. »Ich werde nicht wieder so ein Dummkopf sein. Es tut mir leid, wie viele unangenehme Erinnerungen das geweckt haben muss.«

Jetzt, wo sie wieder halbwegs klar denken konnte, war sie so schrecklich enttäuscht von sich selbst. Sie konnte sich kaum dazu durchringen, ihn anzuschauen.

Sie hatte ihn nicht nur Elizabeths Tod wiedererleben lassen, sondern auch völlig vergessen, dass sein Vater während eines Sturms gestorben war. In Anbetracht der Umstände war es erstaunlich, dass er so gelassen blieb.

»Das wolltest du nicht.« Sein Griff um sie wurde fester. »Tu es einfach nicht wieder.«

»Das werde ich nicht«, wiederholte sie. »Aber ich möchte auch, dass du mir versprichst, nie wieder ein so großes Geheimnis vor mir zu verbergen. Würdest du das tun?«

Er nickte. »Ich gebe dir mein Wort, dass ich nie wieder Geheimnisse vor dir haben werde. Um ganz offen zu sein, sollte ich dir noch sagen, dass ich gerne boxe und es als Ventil benutze. Es ist kein Geheimnis, aber nur wenige Menschen wissen es.«

»Du boxt?«, fragte sie, ohne zu wissen, warum sie diese Vorstellung so faszinierend fand. War das der Zweck dieses Ledersacks, den sie in dem geheimnisvollen Raum gefunden hatte? Boxen?

»Ja. Wenn wir hier sind, benutze ich entweder einen Sack zum Üben oder mache Sparring mit Nicholas, aber in London nehme ich gelegentlich an Kämpfen in einem Gentlemen's Club teil.«

Hitze blühte in ihrem Inneren auf, als sie sich Theo in einem lockeren weißen Hemd vorstellte, mit geballten Fäusten, die vor Schweiß trieften, während er sich mit einem anderen Mann einen Schlagabtausch lieferte. Seine Augen würden dunkel und gefährlich sein, seine Bewegungen stark und tödlich. Sie hatte keinen Zweifel daran, dass er in der Lage war, einen Gegner zu Fall zu bringen.

Verdammt, warum war das so erregend?

Sie war verletzt. Sie sollte nicht auf diese Weise auf seine Worte reagieren. Schon gar nicht, wenn sie immer noch wütend auf ihn war, weil er sie getäuscht hatte.

»Kann ich ... Auch mal zusehen?«, fragte sie zögernd.

Seine Augen weiteten sich. »Das würdest du wirklich gerne sehen?«

Sie sah ihn mit zusammengekniffenen Augen an. Wenn er glaubte, dass Frauen zu empfindlich waren, um solche Dinge zu sehen, hatte er sich getäuscht.

Aber er nickte. »Du kannst mir gerne beim Üben zusehen. Es dürfte schwieriger sein, dich zu einem Kampf mitzunehmen, da Frauen im Allgemeinen nicht zugelassen sind, aber wenn du willst, finden wir einen Weg.«

»Gut.«

Vielleicht könnte sie ihm danach helfen, seinen Sieg zu feiern ...

Keine unanständigen Gedanken.

»Es gibt nichts anderes zu sagen als ...« Er beugte sich vor und küsste sie züchtig. »Ich ... Ich will alles mit dir, Kate.«

»Ich kann ...«

Er hielt seine Hand hoch. »Ich weiß, dass du vielleicht etwas Zeit brauchst, um mir zu verzeihen. Damit kann ich leben. Aber ich muss dich um etwas bitten.«

Sie zog eine Augenbraue hoch und schnaufte dann, als selbst das weh tat. »Was ist es?«

Er beugte sich vor, bis ihre Gesichter nur noch eine Handbreit voneinander entfernt waren. »Du musst vorsichtiger sein. Ich weiß, dass ich mir zu viele Sorgen mache und mehr um dich herumglucke, als dir lieb ist, aber ich habe bereits eine Frau verloren, die ich geliebt habe. Ich kann das nicht noch einmal tun.«

Kate atmete zu schnell ein und hustete, als der Atemzug in ihrem Hals landete. Ihr Gehirn schrie auf, und sie drückte die Augen zu, bis der Schmerz nachließ. »Wie bitte?«

Er runzelte die Stirn und legte den Kopf schief, als wäre er sich nicht sicher, was er gesagt hatte. Als er sich fing, weiteten sich seine Augen. Sie wartete, in der Erwartung, dass er einen überstürzten Rückzug antreten würde, aber stattdessen wurde sein Blick starr und seine Augenbrauen zogen sich entschlossen zusammen.

»Ich liebe dich«, sagte er und sein Kiefer verkrampfte sich, als ob er erwartete, sie würde protestieren. »Ich liebe dich sehr. Es tut mir leid, dass ich ein ängstlicher Idiot war, aber das liegt jetzt hinter uns. Ich liebe dich, und ich habe keine Angst mehr, es zu sagen. Komm mir einfach auf halbem Weg entgegen und pass auf dich auf, ja?«

»Das werde ich«, murmelte sie, und ihre Lippen schürzten sich. Ihr Herz fühlte sich zu groß für ihre Brust an, und es war ihr sogar egal. »Ich werde vorsichtiger sein.«

Wenn er mutig genug gewesen war, ihr sein Herz zu schenken, musste sie sicherstellen, dass er es nicht bereute, es ihr anvertraut zu haben.

»Danke.« Er hob ihre Hand, küsste sie auf den Handrücken und verschränkte seine Finger mit ihren. »Fühlst du dich in der Lage, mit Nicholas zu sprechen? Er fühlt sich schrecklich, weil er an den Geschehnissen beteiligt war.«

»Ja.« Ehrlich gesagt hatte sie nicht mehr viel Energie, aber sie wollte Theos Zwillingsbruder noch richtig kennen-lernen, bevor sie wieder einschlief. Auch wenn er es nicht gesagt hatte, hatte sie den Eindruck, dass die Brüder einander nahe standen, und wenn er für Theo wichtig war, dann war er es auch für sie. Ganz abgesehen davon, dass sie ihm gewissermaßen ihre Ehe verdankten.

Anstatt von ihrer Seite zu weichen, rief Theo nach einem

Dienstmädchen, das Nicholas in das Zimmer bringen sollte. Er klopfte fest an, bevor er eintrat, und er tat es langsam, als fürchte er sich vor dem, was er vorfinden würde.

Nicholas sah in der Tat wie sein Bruder aus. Ihre Haare hatten eine ähnliche Länge, und ihre Gesichter waren bis auf die Sommersprosse natürlich gleich. Im Gegensatz zu Theo trug Nicholas jedoch eine goldene Brokatweste und eine elegante Krawatte. Wenn sich die beiden im selben Raum befanden, war es offensichtlich, wer wer war.

Nicholas näherte sich vorsichtig und zog die Augenbrauen zusammen, als er bemerkte, wie sie da saßen und dass Theo ihre Hand hielt.

Er verbeugte sich. »Ich entschuldige mich für den Schock, den ich Ihnen versetzt habe, Mylady. Ich hoffe, Sie können mir verzeihen.«

Sie betrachtete ihn mit Interesse. »*Du* bist also derjenige, der mich kompromittiert hat.«

Nicholas' Blick schoss zu Theo, als suche er nach Hilfe. Theo grinste nur.

Nicholas räusperte sich. »Das tut mir auch leid.«

Sie lachte leise. »Mir nicht. Ich bin immer noch wütend auf euch beide, aber vielleicht war es Schicksal, dass der Zeitpunkt so furchtbar für uns war, denn ich bezweifle, dass ich irgendeinen der anderen Männer der *feinen Gesellschaft* so sehr respektieren oder bewundern könnte wie Theo. Ich kann mich glücklich schätzen, ihn meinen Ehemann nennen zu dürfen.«

Nicholas' Augenbrauen flogen hoch. »Theo, ja?«

»In der Tat«, sagte sie von oben herab. Mehr wollte sie ihm nicht geben. Jedenfalls noch nicht. »Setz dich und erzähl mir von dir, Nicholas.«

Nicholas setzte sich, und sie unterhielten sich, bis ihre Augen zu schwer waren, um noch länger offen zu bleiben. Sie schloss sie und hörte den Brüdern beim Reden zu, als ihr das Bewusstsein entglitt.

Kurze Zeit später öffnete sie die Augen wieder. Ein großer Körper drückte sich der Länge nach an den ihren, ein Arm lag um ihre Taille. Sie kuschelte sich enger an Theo und genoss seine Nähe.

Das Feuer war erloschen, und der Raum war in Schatten gehüllt. Sie schloss die Augen und atmete seinen vertrauten Minzgeruch ein.

»Ich liebe dich«, flüsterte sie in die Dunkelheit.

Vorhin hatte sie sich nicht getraut, es zuzugeben, zu verblüfft von seiner Enthüllung, um es zu erwidern. Trotz der Lügen und Ängste, die zwischen ihnen herrschten, musste sie die Worte jetzt laut aussprechen.

Sie liebte ihn. Sie hatte sich wahrscheinlich viel früher in ihn verliebt, als es klug gewesen wäre. Sie hatte nie erwartet, sein Herz zu gewinnen, da er ihr klar gemacht hatte, dass er Elizabeth liebte, aber die Tatsache, dass er es tat - dass er auch für sie Platz in seinem Herzen geschaffen hatte - war mehr, als sie sich erträumt hatte.

Das würde sie ihm auch sagen. Nur nicht, solange er glauben könnte, es sei die Folge eines kräftigen Schlags auf den Kopf.

Vielleicht morgen.

Oder vielleicht würde sie ihn erst einmal ein wenig wegen seiner Täuschung zappeln lassen.

KAPITEL 30

Oxfordshire
April 1823

THEO LEGTE SEINE HAND IN DIE VON KATE, WEIL ER DIE körperliche Verbindung zwischen ihnen brauchte, während sie darauf warteten, dass Dr. Hanson zur Untersuchung erschien.

»Was auch immer passiert, wir werden es schaffen«, murmelte Kate, und ihre klaren grauen Augen begegneten den seinen.

Er schluckte an einem Kloß in seinem Hals vorbei. Gott, er hoffte, dass sie Recht hatte. Er nahm an, dass er einfach darauf vertrauen musste.

Die vergangenen beiden Monate waren wie ein glücklicher Traum gewesen. Ihr Bauch war weiter gewachsen und damit auch das Band zwischen ihnen. Sie hatten Stunden miteinander verbracht, um einander besser kennenzulernen.

Er hatte wieder angefangen, Gedichte zu schreiben, obwohl er vergessen hatte, wie man Gedichte gut strukturierte, sodass er nur langsam vorankam. Sie hatte ihm einige der Bilder gezeigt, auf die sie besonders stolz war, und sie hatten eines im Esszimmer und ein anderes in ihrem Schlafzimmer aufgehängt.

Er betrachtete jetzt das Gemälde und bewunderte die hellen Farbtöne der Blumen am Ufer eines Baches. Offenbar war dieser Ort einer ihrer Lieblingsplätze auf dem Landgut der Longleys in Suffolk.

»Ich bin sicher, du hast recht«, sagte er und lenkte seine Aufmerksamkeit wieder auf sie.

Er hatte versucht, sie nicht so sehr einzuengen, nachdem sie sich von dem Unfall in der Kutsche erholt hatte, aber wenn ihm seine Angst zu viel wurde und er sich nicht zurückhalten konnte, lächelte sie nur, mit einem amüsierten Ausdruck in den Augen, und ließ ihn tun, was er tun musste, um sich zu vergewissern, dass sie gesund und glücklich war.

Ihre gute Laune schien nie zu schwinden, und seine Befürchtung, dass sie in Melancholie versinken würde wie Elizabeth, schwand allmählich.

Sie hatten die ersten Monate der Schwangerschaft ohne Zwischenfälle überstanden - so schien es zumindest. Bei keiner von Elizabeths Schwangerschaften waren sie so weit gekommen. Nach Angaben von Dr. Hanson hatte das Risiko, dass etwas schief gehen könnte, nach den ersten drei Monaten abgenommen. Jedes Mal, wenn er spürte, dass er in Panik geriet, erinnerte er sich daran.

»Bist du ... Enttäuscht, dass du nicht mehr Zeit in deinem Schlafgemach verbringen kannst?«, fragte er und blickte auf die rosafarbenen Wände, die von den krakeligen Linien eines dunkelblauen und weißen Musters durchzogen waren. Die Vorhänge hatten fast den gleichen Blauton wie die Akzente in der Tapete, und die Tagesdecke war aus einem ähnlichen Stoff wie die Vorhänge gefertigt.

Kate lehnte ihren Kopf an seine Schulter. Sie saßen nebeneinander an das Kopfende ihres Bettes gelehnt. »Es ist schön, meinen eigenen Raum zu haben, aber ich verbringe meine Nächte lieber mit dir.«

Ein Knoten in seinem Bauch löste sich. Sie war jede Nacht bei ihm im Schlafgemach und verließ es nur, wenn es das Baby zu unangenehm für sie machte, um in seiner Nähe zu schlafen. Er hatte befürchtet, dass sie sich aufgrund seiner Befürchtungen gedrängt fühlen könnte, in seiner Nähe zu bleiben.

Sie verdrehte die Augen, als hätte sie seine Gedanken gelesen. »Du dummer Mann. Ich liebe es, mit dir zu kuscheln.«

Er ignorierte die Beschimpfungen und drückte ihr einen Kuss auf die Stirn. »Ich mag es auch, dich in meiner Nähe zu haben.«

Es klopfte an der Tür, und Mr. Giles verkündete, dass der Arzt eingetroffen sei. Kate hob ihren Kopf von Theos Schulter, und er stand vom Bett auf und ging zur Tür.

»Führen Sie ihn herein, Giles.«

Während der Butler ging, um Dr. Hanson zu holen, nahm Theo den Stuhl von Kates Schreibtisch und trug ihn hinüber, damit er sich neben sie setzen konnte.

Dr. Hanson schlenderte herein, zerzaust von der Frühlingsbrise. Ein freundliches Lächeln überzog seine groben Züge, und er neigte den Kopf zur Begrüßung. »Guten Tag, Lord und Lady Blackwell.«

Theo nickte höflich. »Danke, dass Sie gekommen sind.«

»Das ist überhaupt kein Problem.« Der Arzt stellte seine Tasche ab und durchquerte den Raum, um sich auf die Seite des Bettes gegenüber von Theo zu stellen. »Wie geht es Ihnen denn so, Lady Blackwell?«

Kate legte ihren Kopf zurück und sah zu ihm auf. »In den vergangenen zwei Wochen konnte ich das Essen besser bei mir behalten. Mein Rücken schmerzt ein wenig, und ...« Sie wurde rot. »... meine, äh, Hüften auch, aber es ist nicht konstant.

Er nickte. »Das liegt wahrscheinlich daran, dass Ihr Körper Platz für das Baby schafft. Die Rückenschmerzen könnten auch von dem zusätzlichen Gewicht herrühren, obwohl ich bezweifle, dass es so viel ist, dass es zu diesem Zeitpunkt zu viel Unbehagen verursacht. Ruhen Sie ausreichend?«

Kate warf einen Blick auf Theo und lächelte. »Lord Blackwell hat dafür gesorgt, dass ich mindestens neun Stunden im Bett liege. Ich schlafe nicht immer gut, aber das liegt nicht an einem Mangel an Möglichkeiten.«

Dr. Hanson kniete sich neben das Bett. »Sind es die Rücken- und Hüftschmerzen, die Sie wach halten?«

»Teilweise, aber ich habe auch zu den seltsamsten Zeiten Hunger bekommen.«

Und das Verlangen nach den seltsamsten Speisen, dachte Theo im Stillen. Kombinationen, die ihm nie in den Sinn gekommen wären, wie zum Beispiel süße Früchte mit Käse oder Salz auf Pudding.

»Das ist normal«, versicherte Dr. Hanson ihr. »Das Baby kann sich in Ihnen bewegen und Druck auf Ihren Magen ausüben, sodass Sie glauben, Sie seien satt, obwohl Sie es gar nicht sind, und dann, wenn es sich das nächste Mal bewegt, merken Sie plötzlich, wie hungrig Sie sind. Achten Sie einfach darauf, dass Sie genug essen, damit Sie bei Kräften bleiben.«

»Das tut sie«, sagte Theo.

Er hatte nicht widerstehen können, ihr Essverhalten zu überwachen, um sicherzugehen, dass sie genug zu sich nahm. Er brauchte sich aber keine Sorgen zu machen. Sie schien die Dinge gut im Griff zu haben.

»Gut.« Dr. Hanson streckte seine Hand nach Kates rundem Bauch aus. »Darf ich?«

Sie nickte.

Er fuhr mit der Handfläche über die Beule. »Haben Sie die Bewegungen des Babys schon gespürt?«

»Ja«, sagte Kate.

Theo sah ihr in die Augen und schmolz bei der Wärme,

die er dort fand, dahin. Es war einer der magischsten Momente seines Lebens gewesen, als sie aufgeregt in sein Büro gestürmt war, ihren Rock hochgezogen, seine Hand auf die nackte Haut ihres Unterleibs gelegt und er das leiseste Stupsen gegen seine Handfläche gespürt hatte.

Ein Beweis dafür, dass sein Baby lebte.

Tränen waren ihm in die Augen gestiegen, und er hatte sich nicht die Mühe gemacht, sie zu verbergen, als er ihren Bauch geküsst hatte. Kate wusste, wie viel es ihm bedeutete, zu wissen, dass es ihrem Sohn oder ihrer Tochter gut ging.

Dr. Hanson öffnete seine Tasche und zog ein hölzernes röhrenförmiges Werkzeug heraus. »Das ist ein Stethoskop«, sagte er. »Es ist eine relativ neue Erfindung. Ich habe dieses hier erst vor einem Monat gekauft. Ich werde damit Ihr Herz und Ihre Lunge abhören und sicherstellen, dass alles in Ordnung ist.«

»Es wird ihr doch nicht wehtun, oder?«, fragte Theo und begann, sich von seinem Stuhl zu erheben. Keine neumodische Erfindung war es wert, seine Frau zu verletzen, egal wie beruhigend sie auch sein mochte.

Dr. Hanson lächelte freundlich. »Ganz und gar nicht.«

Er drückte das eine Ende des Schlauchs auf Kates Brust und schien durch ihn hindurch zu lauschen, dann brachte er sie dazu, sich nach vorne zu beugen, während er den gleichen Vorgang in ihrem Rücken wiederholte. Dann steckte er das Stethoskop zurück in seine Arzttasche und schloss den Reißverschluss.

Er schlug die Hände zusammen und schaute ernsthaft von Kate zu Theo. »Soweit ich das beurteilen kann, verläuft die Schwangerschaft so, wie sie verlaufen sollte. Sie können davon ausgehen, dass Sie ein gesundes Baby zur Welt bringen werden. Natürlich werde ich sie während der gesamten Schwangerschaft weiter beobachten, aber wenn es größere Probleme geben sollte, hätten sie sich in der Regel schon gezeigt.«

Die Anspannung wich aus Theos Muskeln, und ihm wurde plötzlich schwindelig.

Dem Baby ging es gut.

Kate war gesund.

Mehr als das, sie war *glücklich*. Und das war er auch.

Kate strahlte ihn an und war offensichtlich ebenso erleichtert wie er selbst. Und aufgeregt.

»Wir bekommen ein Baby«, flüsterte sie, und ihr Lächeln reichte von einem Ohr zum anderen.

»Das tun wir«, stimmte er zu.

»Wenn wir hier fertig sind, mache ich mich auf den Weg«, sagte Dr. Hanson. »Ich muss heute noch eine andere werdende Mutter besuchen.«

Theo stand auf und schüttelte ihm die Hand. »Ich danke Ihnen. Wir freuen uns sehr, dass Sie gekommen sind.«

Dr. Hanson verbeugte sich. »Mit Vergnügen, Mylord.«

Er verließ den Raum und schloss die Tür hinter sich.

Theo reichte Kate seine Hand, und als sie sie nahm, zog er sie vom Bett in seine Umarmung. »Ich liebe dich.« Er überschüttete ihr hübsches Gesicht mit Küssen. »Ich kann es kaum erwarten, unseren Sohn oder unsere Tochter kennenzulernen.«

Sie zögerte einen Moment und fragte dann: »Und du wirst nicht enttäuscht sein, wenn es eine Tochter ist? Auch wenn das bedeutet, dass du immer noch keinen Erben haben würdest?«

Er schnaubte. »Ich pfeife auf das Bedürfnis nach einem Erben. Nicholas kann die Arbeit erledigen. Oder einer unserer Vettern. Alles, was ich mir von unserem Kind wünsche, ist, dass es gesund zur Welt kommt und nie an unserer Liebe zu ihm zweifelt.«

Ihre Augenwinkel kräuselten sich, als sie zu ihm aufblickte. »Und das werden sie. Ich weiß es, und ich denke, wenn jemand qualifiziert ist, sich dazu zu äußern, dann bin ich es. Du hast mir auf so viele verschiedene Arten gezeigt, dass ich nicht daran zweifeln darf, dass du mich liebst. Ich weiß, dass du dasselbe für unser Baby tun wirst.«

Er schlang seine Arme um ihre Taille und legte seine Hände auf ihren Rücken. Die Wölbung ihres Bauches drückte fest gegen seinen Unterleib, und er liebte es, den Beweis für die Existenz ihres Kleinen zu spüren und zu sehen.

»Ich liebe dich. Ich hätte nie gedacht, dass ich jemals wieder jemanden lieben würde. Du bedeutest mir die Welt, Kate.«

Er hoffte, dass sie das wusste. Er war sich bewusst, dass er sie anfangs weggestoßen hatte, weil er Angst gehabt hatte, sie unglücklich zu machen oder, wenn er sich die Wahrheit eingestehen würde, sich in sie zu verlieben und erneut jemanden, den er liebte, zu verlieren.

Aber sie zu lieben war das Risiko wert. Sie brachte Farbe und Lebendigkeit in sein Leben zurück, und sie würde nie erfahren, wie sehr er sie dafür verehrte. Keine Worte würden ausreichen.

»Ich liebe dich auch.« Sie streckte sich auf die Zehenspitzen und küsste ihn. »Ich liebe es, wie dein Lächeln dich immer wieder zu überraschen scheint. Ich liebe es, wie du mir das Gefühl gibst, etwas Besonderes zu sein. Und ich liebe dein gutes, freundliches Herz und deine Loyalität gegenüber den Menschen, die dir etwas bedeuten.«

Das Herz, das sie erwähnt hatte? Es war bis zum Rand gefüllt.

»Hallo«, rief eine vertraute Männerstimme. »Darf ich reinkommen?«

Theo ließ Kate nur widerwillig los, behielt aber einen Arm um ihre Taille. »Du darfst.«

Nicholas stürmte breit grinsend ins Zimmer und bot Kate eine Wildblume an. Auf den Feldern rund um das Anwesen hatten sie gerade zu blühen begonnen, und Kate hatte mehr als einen Nachmittag draußen verbracht, um sie zu malen.

»Herzlichen Glückwunsch«, rief er aus, als Kate ihm die Wildblume abnahm. »Dr. Hanson hat gesagt, dass alles in Ordnung ist.«

»Es scheint so«, sagte sie und klemmte sich unter Theos Arm.

»Ausgezeichnet.« Nicholas verschränkte die Hände hinter dem Rücken und hüpfte auf den Fußballen. »Ich habe einen Brief von Mutter erhalten. Sie ist auf dem Weg von London hierher, und nach dem, was sie gesagt hat, wird sie sich wohl sehr um Kate kümmern.«

Theos Griff um Kate wurde fester. Er war davon ausgegangen, dass ihre Mutter irgendwann auftauchen würde, und er hatte gemischte Gefühle dabei. Einerseits hatte sie Erfahrung mit Schwangerschaft und Geburt, sodass es hilfreich sein würde, sie in Rufbereitschaft zu haben. Er wusste auch, dass sie sich über ein Enkelkind freuen würde.

Seine Zurückhaltung rührte von ihrer Behandlung von Elizabeth her. Sie war nie grausam zu ihr gewesen, als ihre Schwangerschaften ausblieben, aber sie hatte auch nicht das verständnisvolle weibliche Ohr gehabt, das seine verstorbene Frau vielleicht gebraucht hätte, und sie hatte Elizabeth das Gefühl gegeben, dass sie unter Druck stand, einen Erben zu zeugen. Er konnte nicht anders, als ihr das vorzuwerfen, obwohl er tief in seinem Inneren hoffte, dass es dieses Mal anders sein würde.

»Ich werde Mrs. Tubbs bitte, ihr Zimmer vorzubereiten«, sagte Kate. Sie wandte sich an Theo. »Ich könnte etwas frische Luft gebrauchen. Willst du mit mir im Garten spazierengehen?«

»Auf jeden Fall.«

Sie machten sich auf den Weg nach draußen. Nicholas eilte zu den Ställen, während Kate und Theo durch die

Rosengärten wanderten. Sie standen noch nicht in voller Blüte, aber die Rosen zeigten erste Lebenszeichen.

Als sie das Ende des Gartens erreichten, blieb Kate stehen und nahm Theos Hände. Er sah sie an, den Kopf zur Seite geneigt, und wartete auf das, was sie ihm sagen wollte.

Kate blickte nach unten, dann richtete sie sich auf und hob ihr Kinn. »Ich würde gerne ein Porträt von dir und Nicholas malen.«

Er hob eine Augenbraue. Was auch immer er von ihr erwartet hatte, es war sicher nicht das. »Woher kommt das denn?«

»Ich finde es schade, dass es hier keine Bilder von euch beiden zusammen gibt, die man auch ausstellen könnte, nur weil ihr einander so ähnlich seid. Ich weiß, dass ihr euch nur ungern zusammen sehen lasst, weil deine Mutter befürchtet, aus der Gesellschaft ausgeschlossen zu werden, wenn ihre Lüge auffliegt, aber wäre es nicht schön, ein Gemälde von euch zu haben, auch wenn es nur innerhalb der Familie aufbewahrt wird?«

Eigentlich ... wäre es das.

Theo hatte nie darüber nachgedacht, dass es keine gemeinsamen Porträts von ihm und Nicholas gab, aber er nahm an, dass die meisten Familien mit Kindern in ihrem Alter mindestens ein Familienporträt hatten. Das hatten sie verpasst. Im Speisesaal hing ein Porträt von ihm, und in der Bibliothek gab es eines von Nicholas - gemalt, als sein Haar noch länger und sein Gesicht bärtig gewesen war -, aber keines, auf dem sie nebeneinander standen, wie es sich für Brüder gehörte.

Jetzt, wo er darüber nachdachte, standen er und Nicholas einander wirklich nahe. Sie waren einander sehr wichtig. Das Fehlen eines Porträts von ihnen beiden fühlte sich falsch an.

»Du hast Recht«, sagte er und beugte sich vor, um ihre

Nasenspitze zu küssen. »Aber bitte übertreibe es nicht, während du unser Kind austrägst.«

Ihre Mundwinkel hoben sich. »Das werde ich nicht. Nichts ist für mich wichtiger als sie oder er.«

Er wusste, dass sie die Wahrheit sagte. Obwohl sie an jenem Tag, an dem sie von Nicholas und der Rolle, die er in ihrer Beziehung gespielt hatte, erfahren hatte, eine törichte Entscheidung getroffen hatte, hatte sie darauf geachtet, ihren Fehler nicht zu wiederholen.

Allerdings hatte sie ihm unmissverständlich gesagt, dass sie den Rest ihrer Schwangerschaft nicht in ihrem Schlafgemach verbringen würde. Sie würde vernünftig sein, wollte aber nicht so behandelt werden, als sei sie zerbrechlich, und das respektierte er.

Sie wanderten noch eine Weile durch den Garten und atmeten den Duft von Gras und Landluft ein.

Etwa eine Stunde, nachdem sie ins Haus zurückgekehrt waren, eilte Nicholas in den Salon, wo Theo einen Vers über die Art und Weise überarbeitete, wie das Grau von Kates Augen je nach ihrer Stimmung von Silber zu Schiefer zu blass wie Nebel wechselte. Währenddessen machte sich Kate Notizen darüber, wie groß das Porträt der Brüder sein sollte.

»Nicholas«, rief Kate und blickte von ihrem Zettel auf. »Wärst du bereit, dich mit Theo porträtieren zu lassen?«

Nicholas blieb auf der Stelle stehen. Sein Mund öffnete sich, und er schloss ihn wieder. Er starrte sie einen Moment lang an, und dann, zu Theos großem Entsetzen, glitzerten seine dunklen Augen vor Tränen. Plötzlich wurde er lebhaft.

»Das würde mich freuen«, sagte er. »Was hast du dir denn vorgestellt? Soll ich eine Pose einnehmen? Wann fangen wir an?«

Theo starrte seinen Bruder an, von seiner Begeisterung überrascht. Es war ihm gar nicht bewusst gewesen, wie viel diese Anerkennung ihrer Beziehung für Nicholas bedeuten könnte. In ihrer typischen, scharfsinnigen Art hatte Kate bemerkt, was er selbst nicht bemerkt hatte, und sich bemüht, es zu korrigieren.

Während Nicholas anfing, über die Vorzüge des Posierens in verschiedenen Räumen des Hauses zu debattieren, offenbar ohne dass einer von ihnen etwas dazu sagen musste, ging Theo zu Kate hinüber und nahm ihr Gesicht in seine Hände.

»Du bist wunderbar«, sagte er ihr und streifte ihre Lippen mit seinen. »Ich bin so froh, dass ich dich habe.«

Er hatte nicht einmal gemerkt, wie viel in seinem Leben fehlte, bis sie es ihm gezeigt hatte. Glücklicherweise hatte er nicht vor, sie jemals wieder gehen zu lassen, sodass er nie wieder in seine einsame, kalte Existenz ohne sie zurückkehren musste.

Sie zuckte ein wenig mit den Schultern. »Ich bin die Glückliche. Wenn ich dich nicht an einem Herbsttag vor dem Schneiderladen gesehen hätte, hätte ich vielleicht nicht mit Nicholas auf dem Wembley-Ball gesprochen, und wir hätten uns vielleicht nie kennengelernt. Ich denke gerne, dass alles genau so funktioniert hat, wie es sollte.«

Er küsste sie. »Ich liebe deine romantische Ader.«

Sie rümpfte die Nase und erwiderte seinen Kuss. »Ich liebe dich einfach.«

Er grinste. Ja, er war wirklich ein Glückspilz.

EPILOG

Oxfordshire
August 1823

»Atme durch den Schmerz«, drängte Theo und ergriff Kates Hand.

Sie drückte seine Finger und nutzte das Gefühl seiner Handfläche auf ihr als Anker, um sich von dem pochenden Schmerz zwischen ihren Beinen und in ihrem Unterleib abzulenken.

Sie sog Luft ein und versuchte, dies langsam zu tun, wie es ihr beigebracht worden war. Als sie ausatmete, durchfuhr sie eine weitere Welle des Schmerzes, und sie wölbte sich schreiend vom Bett.

Leider gab es keine Möglichkeit, der Quelle ihres Schmerzes zu entkommen, wenn sie sich in ihrem eigenen Körper befand.

»Der Arzt und die Krankenschwester sind auf dem Weg«, sagte Theo und blickte über die Schulter zu Nicholas, der in der Tür stand und eine Grimasse zog, als ob *er* derjenige wäre, dem sich ein riesiges Baby aus dem Leib reißen wollte.

»Am besten, sie kommen bald, sonst ist es zu spät«, knirschte sie zwischen zusammengebissenen Zähnen hervor.

Theo legte ihr ein weiches, feuchtes Tuch auf die Stirn. »Atmen.«

»*Du* atmest«, schnappte sie. »Wo ist meine Mutter?«

Als hätte die Nennung ihres Namens sie herbeigerufen, erschien Lady Drake in der Tür mit dem Arzt, Dr. Hanson, hinter ihr und Schwester Wilkins an ihrer Seite. Lady Drake eilte zu Kate, setzte sich neben sie aufs Bett, nahm ihre andere Hand und drückte sie fest, als wüsste sie, dass dies genau das war, was Kate brauchte.

»Wir müssen Ihren Rock hochziehen, damit ich sehen kann, womit ich es zu tun habe«, sagte Dr. Hanson angespannt.

Ein anderes Mal wäre Kate diese Forderung vielleicht peinlich gewesen oder hätte sie sogar entsetzt, aber jetzt wollte sie einfach nur, dass das Baby so schnell wie möglich aus ihr herauskam. Mit Hilfe der Krankenschwester zerrte sie ihre Röcke hoch, und Theo verließ seinen Platz an ihrer Seite, um ihr die Unterwäsche auszuziehen.

Der Arzt untersuchte sie, und sie versuchte, einen Schrei zu unterdrücken, als sich ihre Muskeln zusammenzogen und ...

Verdammt, das tat weh.

Als Lady hatte sie nie viel Grund zum Fluchen gehabt, aber sie fand, sie könnte jetzt eine Ausnahme machen.

»Was ist los?«, fragte Theo und versuchte, sich zwischen den Arzt und Kate zu stellen, um sie vor dem zu schützen, was ihr Kummer bereitete.

Der Arzt schnalzte mit der Zunge. »Es ist alles in Ordnung. Geburten sind schmerzhaft. Sie müssen zur Seite treten, damit ich meine Arbeit machen kann.«

»Aber ...« Theo brach ab. »Es gibt doch sicher eine Möglichkeit, es ihr angenehmer zu machen?«

»Ja«, stimmte der Arzt zu. »Aber ich ziehe es vor, ihr

nichts zu geben, um den Schmerz zu betäuben, es sei denn, es ist unumgänglich. Es besteht ein höheres Risiko, dass dem Baby etwas passiert, wenn wir sie betäuben.«

Kate zog eine Grimasse. Sie wünschte sich, sie würden aufhören, darüber zu diskutieren, und einfach weitermachen. Eine weitere Wehe durchfuhr sie, und sie biss sich so fest auf die Lippe, dass sie Blut schmeckte.

Theo fing ihren Blick auf, und seine Augen waren verzweifelt. Er entdeckte das Blut, und seine Kehle bebte, als er schluckte. »Was kann ich tun?«

»Sie können sich setzen«, sagte Lady Drake entschieden. »An die Wand, wo Sie Dr. Hanson bei der Erfüllung seiner Pflichten nicht in die Quere kommen.«

Widerwillig tat Theo, was ihm gesagt wurde. Kate stieß ein leises »Danke« an ihre Mutter aus. Es war schön, Theos Unterstützung zu haben, und sie war froh, dass er im Raum war, aber sie hatte schon genug durchgemacht, ohne sich auch noch mit seinen Nerven herumzuschlagen.

Zumindest würde er sie dort, wo er jetzt war, weniger ablenken.

Der Prozess, ihr Baby auf die Welt zu bringen, schien ewig zu dauern. Wellen von Schmerz und Unbehagen durchliefen sie, eine nach der anderen in einer Art unerträglichem Crescendo.

Als der Schrei eines Säuglings die Luft zerschnitt, war die Nacht schon halb vorbei, und Kate war schweißgebadet. Ihr ganzer Körper schmerzte, und sie hatte absolut keine Lust, dem Ruf der Natur in nächster Zeit zu folgen, aber das Wehklagen ihres Neugeborenen war es allemal wert.

Der Arzt kümmerte sich um die Nachgeburt, und die Krankenschwester säuberte das Baby und wickelte es in eine weiche Decke. Theo, Gesicht verhärmt und dessen Brust sich schnell hob und senkte, zog seinen Stuhl zu ihr hinüber, als Lady Drake mit dem Bündel näher kam.

»Sie haben einen Sohn«, sagte ihre Mutter leise und bot den kleinen Jungen zuerst Theo an.

Kate machte das nichts aus. Sie war sich nicht einmal sicher, ob sie ihn halten könnte, selbst wenn sie es wollte. Ihre Arme waren so schwach wie Stiefmütterchenstängel.

»Ein Sohn«, hauchte sie und beugte sich vor, um sein kleines Gesicht zu sehen.

Theo nahm Lady Drake den Säugling unbeholfen ab, drückte ihn an seine Brust und betrachtete ihn, als wäre er das Kostbarste, was er je gesehen hatte. Auch Kate konnte ihre Augen nicht von dem Baby lassen. Er hatte ein paar dunkle Haarbüschel, rote, weiche Wangen und eine Knopfnase.

»Er ist perfekt.« Theo hob seinen Blick zu ihr. »Du hast es geschafft, Kate.«

»Wir haben es geschafft«, korrigierte sie, denn er hatte sie bei jedem Schritt begleitet.

Er gluckste, der Klang war müde. »Ich bin mir sicher, dass du den schwierigen Teil erledigt hast.«

»Vielleicht«, gab sie zu. »Aber er war es wert. Sieh ihn dir an.«

»Findest du, er sieht aus wie ein Oliver?«, fragte Theo.

»Ollie.« Kate lächelte. »Unser kleiner Ollie.«

Dr. Hanson hüstelte, um ihre Aufmerksamkeit zu erregen. »Herzlichen Glückwunsch, Sie haben einen gesunden Jungen bekommen. Ich bleibe hier, um Lady Blackwell und Oliver im Auge zu behalten, wie wir es besprochen haben, aber ich lasse Sie erst einmal allein. Schwester Wilkins ist im Nebenzimmer, falls Sie sie brauchen.«

Er verschwand durch die Schlafzimmertür, dicht gefolgt von Schwester Wilkins, und mit einem Winken und einem sehnsüchtigen Blick auf ihren Enkel verabschiedete sich auch Lady Drake.

Endlich waren Kate und Theo mit ihrem Baby allein.

»Geht es dir gut?«, fragte Theo, der seine Augenbrauen besorgt zusammenzog.

Sie seufzte. »Ich bin erschöpft. Und wund. Aber ich schaffe das schon.«

»Möchtest du ihn halten?«

»Ich bin mir nicht sicher, ob ich das kann«, gab sie zu.

Sein Gesichtsausdruck wurde weicher. »Vertrau mir.«

Er stützte Ollies Gewicht mit einem Arm ab, manövrierte sich auf das Bett und legte sich neben ihren Körper. Er schob seinen freien Arm hinter ihren Rücken, führte Ollie mit dem anderen auf ihre Brust und half ihr, ihre Arme um ihn zu legen.

Das Baby war warm und zappelig. Sie schloss ihre Augen und atmete ihn ein.

»Wir sind jetzt eine Familie«, murmelte sie und streichelte seinen kleinen Flaumkopf.

»Das waren wir schon immer«, sagte er. »Jetzt haben wir nur noch ein Mitglied mehr. Hoffentlich nicht das letzte?«

Kate warf ihm einen Blick zu. »Das erste Kind ist gerade erst geboren, und du planst schon ein zweites?«

Insgeheim war sie froh darüber. Sie hatte sich immer mehr als ein Kind gewünscht.

Er küsste sie auf die Stirn. »Es ist mir egal, ob wir nur einen haben oder eine ganze Reihe von ihnen. Ich liebe dich, und ich liebe unsere Familie. Wir werden sehr glücklich zusammen sein, dafür werde ich sorgen.«

Ihr Herz schlug wie wild. Sie zweifelte nicht einen Moment an ihm. Immerhin hatte sie bekommen, was sie wollte.

Liebe. Familie. Glück.

Eine Zukunft.

ENDE

ÜBER DEN AUTOR

Jayne Rivers liebt Liebesromane aus der Zeit des Regency, besonders die von Sarah MacLean und Julia Quinn. Sie schreibt Wohlfühlgeschichten mit Heldinnen, mit denen sie sich gerne anfreunden würde, und mit Helden, von denen sie sich mit Begeisterung verführen lassen würde - wenn sie nicht verheiratet wäre, versteht sich.